NO MEIO DA NOITE

RILEY SAGER

NO MEIO DA NOITE

Tradução de Renato Marques

intrínseca

Copyright © 2024 Todd Ritter. Publicado mediante acordo com o autor. Todos os direitos reservados.

Esta edição não pode ser exportada para Angola, Cabo Verde, Guiné-Bissau, Moçambique, Portugal, São Tomé e Príncipe e Timor Leste.

TÍTULO ORIGINAL
Middle of the Night

COPIDESQUE
Thaís Carvas

REVISÃO
Amanda Werneck
Thais Entriel

ADAPTAÇÃO DE PROJETO E DIAGRAMAÇÃO
DTPhoenix Editorial

DESIGN DE CAPA
Christopher Lin

ILUSTRAÇÃO DE CAPA
Alberto Ortega

CIP-BRASIL. CATALOGAÇÃO NA PUBLICAÇÃO
SINDICATO NACIONAL DOS EDITORES DE LIVROS, RJ

S136m   Sager, Riley
          No meio da noite / Riley Sager ; tradução Renato Marques. – 1. ed. – Rio de Janeiro: Intrínseca, 2025.
          368 p.; 21 cm.

          Tradução de: Middle of the night

          ISBN 978-85-510-1273-4

          1. Ficção americana. I. Marques, Renato. II. Título.

                              CDD: 813
25-98085.0   CDU: 82-3(73)

Gabriela Faray Ferreira Lopes – Bibliotecária – CRB-7/6643

[2025]
Todos os direitos desta edição reservados à
EDITORA INTRÍNSECA LTDA.
Av. das Américas, 500, bloco 12, sala 303
22640-904 – Barra da Tijuca
Rio de Janeiro – RJ
Tel./Fax: (21) 3206-7400
www.intrinseca.com.br

*Para Patricia Cole.
Acho que você teria adorado este livro.*

Sábado, 16 de julho de 1994
6h37

A luz do sol penetra na barraca como um vazamento de água, pingando no menino com um brilho suave. A gota de luz em seu rosto o acorda de um sono profundo. Ele abre os olhos, só um pouco, sua visão turva atrás de uma teia de cílios ainda pegajosos de sono. Fitando a luz tingida de laranja pelo tecido da barraca, ele tenta localizar a posição do sol para ver se adivinha que horas são e se sua mãe já está acordada, tomando café na cozinha, esperando-os para o café da manhã.

Está abafado dentro da barraca. O calor de julho nunca foi de amenizar durante a noite e agora preenche o ar, espesso e pesado. O menino queria dormir com o zíper da barraca aberto, mas seu pai disse que encheria de mosquitos. Então, o zíper permanece fechado, prendendo o calor como numa armadilha, que se mistura com os cheiros característicos dos meninos no verão. Grama e suor, repelente e protetor solar, hálito matinal e odor corporal.

Ele franze o nariz por causa do cheiro e sente gotículas de suor na testa enquanto se vira no saco de dormir. Parece seguro. Como um abraço.

Embora esteja acordado, ele não quer se levantar ainda. Prefere ficar exatamente onde está, do jeito que está. Um menino numa manhã preguiçosa de sábado, bem no meio de um verão igualmente preguiçoso.

Seu nome é Ethan Marsh.
Ele tem dez anos.
E este é o último momento livre de preocupações que ele terá pelos próximos trinta anos.

Porque, quando está prestes a fechar os olhos novamente, ele percebe outra réstia de luz. Um clarão em formato de fenda vertical cintilando na lateral da barraca.

Estranho.

Estranho o suficiente para fazê-lo se sentar com as costas retas, os olhos arregalados, observando o rasgo no tecido que vai do topo da barraca até o chão. O rasgo é ligeiramente enrugado, feito pele que acabou de ser cortada. Pela abertura, ele avista um pedaço de quintal conhecido. Grama recém-cortada. Céu azul-claro. O brilho do sol que só agora começa a iluminar as árvores distantes.

Ao ver a cena, Ethan de repente se dá conta de algo a que ainda não tinha dado total atenção quando despertou, e só agora está começando a entender.

Ele está em uma barraca.

No quintal de casa.

Completamente sozinho.

Porém, quando ele foi dormir na noite anterior, havia outra pessoa naquela barraca.

Alguém que agora desapareceu.

UM

Criiiiiitch.
Acordo no susto com o som que atravessa o quarto escuro. O barulho ricocheteia nas paredes e me atinge em sucessivas ondas. Continuo deitado na cama, completamente imóvel, com os olhos bem abertos, até o ruído desaparecer.

Não que ele de fato tenha estado lá, para começo de conversa. Décadas de experiência me ensinaram que a barulheira estava apenas na minha cabeça. Sonho, lembrança e alucinação, tudo misturado. Foi a primeira vez que aconteceu desde que voltei para esta casa. Para ser sincero, estou surpreso que tenha demorado tanto, afinal, em breve fará mais um ano do que aconteceu aqui. A data se aproxima a galope.

Eu me sento e olho para o relógio na mesinha de cabeceira, na esperança de que esteja mais perto do amanhecer do que da meia-noite. Não tenho essa sorte. São apenas duas e quinze. Ainda tenho uma longa noite insone pela frente. Com um suspiro, pego o caderno e a caneta que deixo ao lado do relógio. Depois de semicerrar os olhos na escuridão, encontro uma página em branco e escrevo cinco palavras frustrantes.

Tive o Sonho de novo.

Jogo de volta o caderno na mesinha de cabeceira, depois a caneta, que faz um barulhinho ao colidir com a capa do caderno antes de sair rolando pelo carpete. Digo a mim mesmo que deixe a caneta lá até de manhã. Que nada acontecerá com ela durante a noite. Mas os pensamentos ruins me vêm rapidamente. E se a tinta preta feito piche vazar e manchar o carpete cor de creme? E se eu for atacado no meio da noite e a única coisa que eu tiver para me defender for uma Bic sem tampa, que agora está fora do meu alcance?

A segunda hipótese, tanto alarmante quanto improvável, faz com que eu me levante da cama. Pego a caneta e a coloco em cima do caderno. Pronto. *Muito* melhor.

A ansiedade se abrandou — por enquanto —, e estou prestes a rastejar de volta para debaixo das cobertas quando algo lá fora atrai minha atenção.

Uma luz.

Não é algo incomum em Hemlock Circle. Apesar de não haver iluminação nas ruas, aqui não costuma ficar um breu à noite. Através das janelas salientes, a luz se esparrama pelos gramados imaculados da frente das casas e, no segundo andar, ilumina os quartos antes de o sol raiar e muito depois do crepúsculo. As arandelas que ladeiam a porta da frente da residência dos Chen permanecem acesas durante a noite, sua luz quente afastando invasores e morcegos que, vez por outra, tentam se empoleirar nos beirais. No verão, a piscina no quintal da casa dos Wallace cintila em um tom vibrante de azul. No Natal, luzes enfeitam cinco das seis casas do bairro, incluindo a dos Patel, que as acendem assim que começa o Diwali e só as apagam quando se inicia o novo ano.

Além disso, há as luzes das garagens.

Estão presentes em todas as casas.

Duas luzes de segurança com sensor de movimento, centralizadas acima das portas da garagem e que brilham como faróis quando acionadas. À noite, por toda a rua sem saída, elas piscam com a frequência de vaga-lumes conforme os moradores retornam do trabalho na luz minguante, saem para buscar a correspondência, levam as lixeiras de reciclagem até o meio-fio.

À medida que a meia-noite se aproxima, algumas dessas luzes continuarão ligando. Quando os cervos se esgueirarem pelo bairro a caminho da floresta. Ou quando Fritz Van de Veer sair furtivamente de casa para fumar um cigarro depois que a esposa, Alice, for se deitar.

A luz que atraiu minha atenção é a que fica acima da garagem dos Patel, duas casas depois da minha. Ela ilumina um pedaço da entrada da garagem deles, e o clarão deixa o asfalto branco feito gelo. Curioso, vou até uma das janelas do quarto que ainda não considero meu. Não tecnicamente. O quarto que já foi meu, e que ainda é, fica do outro lado do corredor, agora vazio. Este aqui é o quarto dos meus pais, onde eu raramente me aventurava a entrar quando criança. Agora, porém, devido a uma série de acontecimentos recentes com os quais ainda estou lutando, ele se tornou meu.

As janelas desse novo quarto proporcionam um panorama de Hemlock Circle. De onde estou, consigo ver pelo menos um pedaço de cada casa na rua sem saída. Vislumbro parte da residência que era dos Barringer à esquerda e um canto da propriedade dos Chen à direita. De frente para mim, com a vista totalmente desobstruída, da esquerda para a direita, estão as casas dos Van de Veer, dos Wallace e dos Patel, que ainda está com a luz da garagem acesa.

O que eu *não* vejo é o que pode ter acionado as luzes. Mitesh e Deepika Patel provavelmente estão dentro de casa, dormindo um sono profundo. Não há o corre-corre de nenhum animal desviando da luz. Não sopra nenhuma lufada de vento que possa ter feito um galho próximo balançar com força suficiente para ativar o sensor de movimento. A única coisa que consigo ver é uma entrada de veículos vazia numa ruazinha sem saída tranquila na madrugada.

Pouco depois, nem isso eu consigo ver mais, pois de súbito a luz da garagem dos Patel se apaga.

Após dez segundos, a luz da casa dos Wallace se acende. É bem ao lado da residência dos Patel, e elas estão separadas apenas pela entrada da rua sem saída, que no momento está livre de carros, livre de pessoas, livre de qualquer coisa.

Eu me aproximo da janela, meu nariz quase colado no vidro, e me esforço para enxergar algo — qualquer coisa, por menor que seja — que poderia ter acionado a luz acima da garagem da casa dos Wallace.

Não há nada.

Quer dizer, nada que eu consiga ver.

Ainda assim, continuo perto da janela, observando, mesmo depois que a luz da garagem da casa dos Wallace se apaga. Só consigo pensar em uma coisa que poderia ter acionado o sistema de iluminação: um morcego. Aqui eles são abundantes, como atestam as luzes da varanda dos Chen, e alimentam-se dos diversos insetos que vivem na floresta que circunda a ruazinha sem saída. Além do mais, são criaturas notoriamente difíceis de enxergar na escuridão.

Mas, então, a luz acima da garagem dos Van de Veer se acende, e sei que minha teoria está errada. Morcegos voam a esmo, perseguindo presas. Eles não se movem metodicamente de casa em casa.

Não, isso é diferente.

Isso é... preocupante.

Um sentimento de apreensão se espalha pelo meu peito enquanto penso em trinta anos atrás. Não consigo evitar. Não depois do que aconteceu aqui.

Quando a luz da casa dos Van de Veer se apaga, começo a contar.

Cinco segundos.

Depois dez.

Depois um minuto inteiro.

Tempo suficiente para eu pensar que o que está lá fora, seja o que for, passou e seguiu adiante, provavelmente se embrenhando floresta adentro, o que significa que era um animal. Algo pequeno e rápido demais para que eu conseguisse avistar, mas não pequeno e rápido o suficiente para escapar das luzes de garagem das casas de Hemlock Circle. O aperto no meu peito diminui, e me permito soltar um suspiro de alívio.

De repente, a iluminação acima da garagem dos Barringer se acende.

A luz em si está fora do meu campo de visão, mas a claridade que ela lança no gramado e na calçada faz meu coração parar por um segundo.

O que quer que esteja lá fora não foi embora.

Na verdade, está se aproximando.

Vários cenários hipotéticos pipocam na minha mente, começando pelo pior deles, pois é assim que meu inconsciente funciona. Sempre pensando primeiro na possibilidade mais alarmante, a mais terrível de todas. Neste caso, seria que alguém está rondando a rua.

Alguém que não consigo ver, mas que com certeza está lá.

Indo de casa em casa, procurando outra criança para sequestrar.

O segundo pior cenário, e apenas um pouco menos preocupante, é que quem quer que esteja lá fora veio para inspecionar Hemlock Circle, testando as luzes de segurança para ver se é fácil arrombar uma casa aqui.

A terceira hipótese é de que alguém simplesmente saiu para uma caminhada tarde da noite. Algum morador das outras vielas sem saída desta área suburbana de cinco quilômetros quadrados. Alguém que, como eu, está assolado de insônia e decidiu se mexer para tentar enxotar a falta de sono.

Mas, se é apenas um passeio inocente, por que a pessoa parece estar se escondendo?

A resposta paranoica, mas lógica, é que *não* se trata de um passeio inocente. É outra coisa. Algo pior. E eu, provavelmente a única pessoa em Hemlock Circle acordada a essa hora, preciso tentar impedir que algo de ruim aconteça. Devo isso a todos os meus vizinhos.

Quando a luz da casa ao lado, dos Barringer, se apaga, entro em ação. Sabendo que minha casa é a próxima, espero pegar a pessoa no flagra, quem quer que seja. Ou pelo menos deixar claro que nem todo mundo na rua está dormindo.

Saio do quarto dos meus pais e avanço às pressas pelo corredor até as escadas. No primeiro andar, atravesso o hall de entrada até a porta da frente, meus pés descalços batendo contra o piso de madeira. Eu a destranco, abro e adentro a noite quente de meados de julho.

Não há ninguém aqui além de mim.

Concluo isso de imediato. Sou apenas eu, com a respiração pesada, de cueca boxer e camiseta da banda LCD Soundsystem. Não ouço nem vejo coisa alguma enquanto percorro a frente da casa em direção à entrada da garagem. Quando viro a esquina da casa, meu movimento aciona a luz de segurança acima das portas da garagem, que acende com um fraco *clique*.

Por um segundo, acho que a presença de outra pessoa foi a responsável por acender a luz e me viro, em pânico. Percebo que estou sozinho e que os insetos já começaram a orbitar a luz da garagem. Eu os observo girar em volta da luz incandescente, sentindo-me ao mesmo tempo tolo e em alerta máximo.

De repente, uma voz irritada que atormenta meus pensamentos há anos vem à tona na minha cabeça. *Controle-se, Ethan. Não há ninguém lá fora.*

Só para ter certeza, fico completamente imóvel, examinando a rua sem saída em busca de sinais da presença de outra pessoa. Fico lá por tanto tempo que a luz se apaga, mergulhando a entrada da garagem — e a mim — de volta na escuridão.

É nesse exato instante que eu sinto. Uma presença, tênue no ar da noite. Ela se demora daquele mesmo jeito que certos cheiros perduram. Fumaça de charuto. Perfume. Torrada queimada. É como se alguém tivesse estado aqui há meros segundos. Talvez ainda esteja, escondido entre as árvores que cercam Hemlock Circle, me observando.

Você está sendo paranoico, diz a voz na minha cabeça.

Mas não estou. Eu consigo *sentir*. Da mesma forma que sabemos que há alguém no quarto ao lado, mesmo que a pessoa não esteja fazendo barulho.

O mais inquietante é quanto a presença me parece familiar. Não consigo entender por quê. Não que eu saiba quem está aqui — se é que realmente tem alguém. No entanto, os pelos dos meus braços se arrepiam, e um calafrio percorre meu corpo inteiro, desafiando o ar ameno.

Só então me dou conta de quem é a presença que estou sentindo. Uma presença que pensei que nunca mais fosse sentir.

— Billy? — digo.

Embora seja um mero sussurro, o nome preenche a noite, ecoando pela escuridão inquieta, persistindo muito depois de ter sido pronunciado. Quando enfim desaparece, sei que estou equivocado.

Isso é impossível.

Não pode ser Billy.

Ele se foi há trinta anos.

DOIS

Continuo do lado de fora por mais ou menos um minuto, aguardando no escuro, na desesperada esperança de sentir mais um pouco da presença de Billy. Porém, ele se foi. Não há nem vestígio dele — ou de qualquer outra pessoa — ali.

Assim que retorno para dentro, em vez de voltar para a cama, fico perambulando pela casa escura e silenciosa, que parece e ao mesmo tempo não parece um lar. Não consigo me lembrar da última vez que dormi por oito horas seguidas. Durante a maior parte da minha vida, o sono ia e vinha. Não demoro para adormecer. Um mergulho imediato em um sono tranquilo. O problema sempre vem depois, quando acordo após uma ou duas horas, subitamente alerta, inquieto e tomado por uma indescritível sensação de pavor. Isso pode durar várias horas, até eu conseguir voltar a dormir. Às vezes, nem consigo voltar a dormir.

Insônia crônica, diagnosticou meu médico. Oficialmente, tenho isso desde os meus vinte anos, embora tenha começado muito antes. Ao longo do tempo, fiz polissonografia, tive um diário do sono e tentei todas as dicas que me foram dadas. Tirar a TV do quarto. Ler por uma hora antes de dormir. Uma monotonia de banhos quentes, chás de camomila e histórias para dormir. Nada funciona. Nem os remédios fortes que derrubam até elefante.

Então, simplesmente aceitei que sempre estarei acordado entre uma e quatro da manhã. Eu me acostumei com as horas escuras e silenciosas no meio da noite, quando parece que sou a única pessoa no mundo que não está dormindo.

Em vez de desperdiçar esse momento, tento fazer bom uso dele, ficando atento às coisas enquanto todos os outros dormem. Na faculdade, eu vagava pelos dormitórios e circulava pelo pátio, certificando-me de que tudo estava bem. Quando Claudia e eu dividíamos uma cama, eu a observava dormir, e ela ficava tensa toda vez que acordava e se deparava comigo encarando-a. Agora que moro sozinho, passo o longo e solitário período da noite olhando pela janela. Como aqueles grupos de vizinhos que se reúnem para fazer rondas no bairro, só que de um homem só.

A dra. Manning, a última de uma longa lista de terapeutas que remonta à minha adolescência, acredita que isso decorre de uma combinação de culpa e ansiedade.

"Você não consegue dormir", disse-me ela, "porque acha que pode perder outra chance de impedir que algo terrível aconteça. E que, mais cedo ou mais tarde, quem levou Billy acabará voltando para levar você."

Ela disse isso com a maior sinceridade do mundo, como se eu já não tivesse ouvido essas palavras umas doze vezes. Como se essa avaliação óbvia demais, de alguma maneira, me permitisse dormir a noite toda. Fingi que era uma grande descoberta, agradeci mil vezes, saí do consultório e nunca mais voltei.

Isso foi há sete anos, e, ao contrário do que deixei a dra. Manning acreditar, ainda não consigo dormir.

No momento, minha insônia é controlável. Recupero o sono perdido com cochilos ao meio-dia, deitando no sofá enquanto o noticiário murmura ao fundo, e, aos domingos, dormindo até a hora do almoço. Isso vai mudar quando o novo ano letivo começar em setembro. Aí terei que acordar às seis da manhã, tenha eu dormido ou não.

Mas ainda estamos em meados de julho, o que me permite zanzar de cômodo em cômodo esta madrugada. Já passou uma semana, e não fiz nada na casa desde que me instalei, assim que meus pais se mudaram, e agora o lugar tem uma atmosfera desconexa e temporária. Como se todos nós — meus pais, os funcionários da empresa de mudanças, eu — tivéssemos desistido no meio do caminho. A maioria dos meus pertences, incluindo metade das minhas roupas, ainda está dentro de caixas empilhadas nos cantos de cômodos vazios, esperando para ser desempacotada. Minhas coisas estão guardadas com tudo que meus pais deixaram para trás — móveis grandes demais que não caberiam em seu pequeno apartamento na Flórida ou que não tinham valor emocional para eles e não valiam a viagem.

Na sala de jantar, cadeiras circundam um espaço vazio onde deveria haver uma mesa. Na cozinha, saquearam os armários e levaram a maioria dos pratos, utensílios e copos, restando apenas os retardatários que não faziam parte de nenhum jogo. Na sala de estar, o sofá permanece, mas a poltrona na qual meu pai pega no sono todas as noites se foi. Assim como a TV. E o relógio de pêndulo. E pelo menos uma mesinha de canto, embora a tigela de cristal que ficava em cima dela tenha sido largada no carpete bege.

É um lembrete constante de que preciso fazer algo com o lugar. Não posso deixar que fique assim por muito mais tempo. Mas também não tenho vontade de ficar aqui por tempo demais, o que faria com que isso tudo parecesse menos uma situação temporária e mais a mudança triste e permanente que eu temo que seja.

Até a semana passada, fazia quase trinta anos que eu não morava nesta casa. Não voltei para a escola no outono depois que Billy desapareceu. Na verdade, não para a escola onde eu estudava. Aquela com os corredores familiares, os professores que eu conhecia e os amigos que eu nunca via nas férias do meio do ano, embora vivêssemos a menos de dois quilômetros de distância. Em vez disso, meus pais me mandaram para uma escola particular no interior do estado de Nova York, onde ninguém sabia quem eu era. Ou o que tinha acontecido no meu quintal. Ou como eu raramente dormia uma noite inteira desde então.

Foi um alívio morar em um dormitório barulhento, rodeado por meninos que não tinham o menor problema em serem indiferentes a mim. Usei isso a meu favor e tentei passar o mais despercebido possível até me formar. Ninguém me notava, e eu fazia de tudo para que as coisas continuassem assim. Até os poucos amigos próximos que eu tinha não sabiam o que havia acontecido com Billy. Embora eu não tivesse contado a ninguém sobre ele, meus colegas não conseguiam deixar de reparar que eu ficava bastante melancólico logo antes do recesso do fim de ano ou nas férias do meio do ano — e que voltava feliz da vida à escola quando o ano letivo era retomado.

Acho que meus amigos presumiam que eu odiava meus pais. A verdade é que eu odiava esta casa. Eu odiava a lembrança do que aconteceu aqui. Eu odiava acordar no meio da noite, olhar pela janela do meu quarto e ver o mesmo pedaço de grama em que Billy desapareceu. E eu odiava mais que tudo o sentimento de culpa que me dominava toda vez que isso acontecia.

Billy tinha desaparecido.

Eu ainda estava aqui.

De alguma forma, isso não parecia certo.

Quando chegou a hora de ir para a faculdade, escolhi uma ainda mais longe de casa. Northwestern. Lá, era ainda mais fácil camuflar-se nas multidões de estudantes vagando a esmo por verões ensolarados e invernos brutais. Eu me juntei a um grupo de desajustados. O mesmo tipo de geeks que curtem videogame e histórias em quadrinhos e hoje são populares, mas que, naquela época, passavam longe disso. Mesmo entre eles, eu me sentia um pouco excluído, preferindo livros a Game Boys, e saídas mais calmas a festas.

Foi em uma dessas saídas que conheci Claudia, que tinha ido com o amigo de um amigo. De repente, nós nos vimos parados um ao lado do outro num canto, fingindo curtir nossa cerveja quente.

— A vantagem de festas enormes — disse ela, sem que eu tivesse puxado assunto — é que, por serem grandes, elas oferecem um bom refúgio para introvertidos que nem a gente. Aqui, nós simplesmente nos destacamos.

Olhei para ela por cima da borda do meu copo de plástico. Ela era bonita, com um estilo meio intelectual. Cabelo castanho. Corpo esbelto. Sorriso tímido.

— O que faz você achar que sou introvertido? — perguntei.

— Sua expressão — respondeu ela. — Sua atitude. Sua linguagem corporal. O fato de você estar aqui comigo, a presidenta da Associação dos Introvertidos Anônimos.

Abri um sorriso, surpreso e feliz por ser identificado com tanta facilidade.

— Mas você falou primeiro.

— Só porque eu tenho uma queda por caras de óculos.

Essa única frase me fez criar coragem e chamá-la para um encontro. Fomos comer pizza e tomar cerveja, o primeiro encontro mais clichê de Chicago. O que não foi nada clichê foi o que eu contei a ela enquanto voltávamos andando para o campus — que, no verão em que eu tinha dez anos, meu melhor amigo foi levado de uma barraca no meu quintal e nunca mais foi visto ou ouvido.

— Meu Deus... — comentou ela, chocada. — Quem era esse seu amigo?

— Billy Barringer.

Claudia reconheceu o nome, é claro. Todo mundo já tinha ouvido falar de Billy.

O Menino Perdido.

Foi assim que a imprensa começou a chamá-lo nas semanas seguintes ao seu sequestro, quando era impossível ligar a TV sem ver alguma menção ao fato. E é assim que Billy continua sendo chamado naqueles recantos sombrios e atulhados de conspirações da internet que ainda falam sobre ele. Para muita gente, Billy virou uma lenda urbana, embora o que aconteceu com ele não seja tão misterioso quanto o que rolou com aquelas meninas que desapareceram do acampamento de verão, ou tão assustador quanto o caso daquele grupo de adolescentes assassinados em um chalé nas montanhas Pocono.

O caso de Billy ainda reverbera porque aconteceu em um tranquilo quintal de uma casa no subúrbio, que é tido, por muitos, como um dos lugares mais seguros dos Estados Unidos. E, se isso pode acontecer aqui, pode acontecer em qualquer lugar.

Naquela noite, impulsionado pelo nervosismo, muita cerveja e o olhar adorável e ardente de Claudia, contei tudo a ela.

Contei sobre como alguém entrou furtivamente no meu quintal no meio da noite, fez um rasgo na barraca em que dormíamos e arrancou Billy do saco de dormir.

Sobre como eu continuei dormindo o tempo todo, sem saber o que tinha acontecido até acordar na manhã seguinte e vislumbrar o sol por um rasgo na barraca que com certeza não estava lá na noite anterior.

Sobre como foram estranhas aquelas primeiras horas da manhã, quando nenhum de nós sabia da gravidade da situação, a confusão sobrepujando o medo.

Sobre como a polícia estava tão perdida quanto nós, sem conseguir encontrar qualquer pista que fosse sobre quem poderia ter levado Billy. Ou por qual motivo. Ou o que aconteceu com ele naquela noite.

Sobre como ninguém tem notícias dele, mesmo depois de todos esses anos. E como provavelmente nunca teremos. E sobre como sinto que tudo foi minha culpa, porque eu estava lá quando aconteceu. E sobre como, às vezes, a culpa é tão grande que eu me pego desejando que eu é que tivesse sido levado.

— Mas você não foi — disse Claudia. — Você está aqui, agora, comigo.

Ela me beijou, e meu coração quase explodiu. Naquele momento, jurei que ficaria ali, com ela, por quanto tempo fosse possível.

O que acabou sendo dezessete anos, durante os quais ambos nos formamos. Eu primeiro, Claudia dois anos depois. Ficamos ali mesmo por Chicago, onde ela arranjou um emprego no serviço de parques, e eu trabalhei como professor de língua e literatura inglesa em uma escola particular não muito diferente daquela em que estudei. Nunca fui o professor mais popular. Era muito diferente dos professores legais que a gente vê nos filmes, cuja paixão é tão contagiante que os alunos sobem nas carteiras para recitar poesia. Eu aparecia, dava minhas aulas, orientava adolescentes entediados na leitura de livros como *Grandes esperanças* e *O sol é para todos*.

Nossa vida juntos podia não ser emocionante, mas era boa.

Até deixar de ser.

Agora estou aqui, perambulando por uma casa escura cheia de caixas contendo resquícios de uma outra vida, que era boa. Pego meu celular, que está carregando na cozinha (outra dica para quem tem insônia: durma com o celular em outro cômodo), e digito uma mensagem.

não consigo dormir. claro

Faço uma pausa e digito o que realmente estou sentindo.

sinto sua falta, Claude

Envio as mensagens antes que eu mude de ideia, mesmo sabendo que elas me fazem parecer completamente patético. Não era bem assim que eu me imaginava aos quarenta anos. Sobretudo a parte sobre morar na casa onde cresci. Foram meus pais que tiveram a ideia quando me comunicaram de supetão que finalmente iam se arriscar e se mudar para a Flórida.

— Você estaria fazendo um baita favor para nós — insistiu minha mãe quando eu resisti de início. — Vender uma casa como esta é uma dor de cabeça.

O que ela quis dizer, mas não conseguiu, é que sabia que eu estava passando por uma fase difícil, tanto do ponto de vista emocional quanto do financeiro, e que eles ficariam felizes em ajudar, por mais que eu já não esteja mais na idade de precisar da ajuda dos meus pais. Pelo menos, não deveria estar.

Eu me rendi e acabei me mudando depois de acomodá-los em seu novo apartamento nos arredores de Orlando. Desde então, estou aqui, preso entre a idade adulta e a adolescência. Há dias em que parece que meus pais chegarão a qualquer momento com sacolas de compras nas mãos, minha mãe anunciando que comprou aquele sabor de sorvete Ben & Jerry's de que eu tanto gosto. Em outros momentos, parece que avancei no tempo e estou em um futuro em que ambos já se foram e eu herdei tudo.

No fim do corredor, passando o vestíbulo e a lavanderia, fica o que costumava ser o escritório do meu pai e que agora é meu escritório improvisado. Aqui as caixas estão abertas — uma tentativa dissimulada e pouco entusiasmada de desempacotar minhas coisas. Meu pai deixou as estantes, mas ficou com a mesa, o que me obriga a usar uma mesinha de centro velha que encontrei no porão para apoiar meu laptop.

Acendo a luminária, sento-me à mesinha de centro e abro o laptop. Digo a mim mesmo que não tenho ideia do que estou procurando. Que vou apenas navegar sem rumo pela internet até eu me cansar ou o sol nascer, o que acontecer primeiro.

Mas sei muito bem para onde estou indo, digitando o endereço com a facilidade instintiva de alguém que tem uma recaída.

O Sistema Nacional de Pessoas Desaparecidas e Não Identificadas. NamUs, na sigla em inglês.

Um banco de dados on-line de pessoas que desapareceram, foram sequestradas ou sumiram de maneira misteriosa.

Conheço bem as estatísticas. Nos Estados Unidos, a cada ano mais de quinhentas mil pessoas são dadas como desaparecidas. Embora a maioria seja rapidamente localizada, sã e salva, algumas pessoas não têm tanta sorte e vão parar no NamUs. As que continuam desaparecidas por mais de um ou dois anos acabam se tornando casos arquivados.

E há pessoas como Billy. Um caso arquivado há tanto tempo, e já tão distante, que agora está enterrado.

Enquanto digito o nome dele, não consigo deixar de pensar na presença que detectei na garagem. Sentir isso foi como levar uma agulhada amnésica com mil lembranças ao mesmo tempo. Um despertar repentino, tanto surpreendente quanto reconfortante. Uma sensação de familiaridade havia muito esquecida.

E o suficiente para me fazer pensar, por um segundo, que era de fato Billy.

Que ele estava vivo.

Que ele havia retornado.

Mas Billy ainda está desaparecido, e tenho a confirmação disso quando a página de seu caso aparece no site NamUs. No topo estão o número do processo, seu nome e sua foto, sob a qual há uma barra vermelha e letras brancas nas quais se lê a palavra mais horrível de todas.

Desaparecido.

A foto foi tirada no ginásio da escola em outubro, antes do ocorrido. Em algum lugar no apartamento dos meus pais há um retrato emoldurado meu em frente ao mesmo fundo azul borrado. Na minha foto, estou com um sorriso de orelha a orelha, exibindo dentes grandes demais para minha boca, a camisa polo amarrotada e o cabelo domado com uma generosa quantidade de gel.

A foto de Billy é o oposto. Nela, ele está estranhamente contido e formal, com a cara fechada. Sua boca quase se curva em uma expressão carrancuda, como se ele preferisse estar em qualquer outro lugar. Tenho certeza de que foi sua mãe, e não Billy, quem escolheu a camisa azul-escura e a gravata verde. Ela provavelmente até tentou domar seu cabelo rebelde, mas não deu certo. O redemoinho mais atrás da cabeça dele é a característica mais enternecedora da foto.

Perto do retrato está a data em que Billy desapareceu e a roupa que estava vestindo da última vez que foi visto. Camiseta preta, short azul, tênis branco.

Informações muito precisas, sim, mas que são apenas a ponta do iceberg. Sei, por exemplo, que a camiseta preta tinha uma manchinha branca no peito, o short era da marca Umbro, e que ele tirou os tênis uma hora antes de irmos dormir, por isso eles ainda estavam na barraca quando acordei. A última coisa que ele comeu foram dois *s'mores* que minha mãe tinha feito no forno porque achou muito perigoso acender uma fogueira no quintal. Eu me lembro até das últimas palavras de Billy.

Hakuna matata, cara.

Mais abaixo na página de Billy, uma série de fotografias de progressão de idade mostra como sua aparência poderia ter mudado ao longo dos anos. Aos quinze, aos vinte, aos vinte e cinco anos. Usando a foto tirada na escola como ponto de partida, todas as imagens o retratam, de um jeito desconcertante, com aquela mesma camisa azul e gravata verde, como se fossem as únicas peças de roupa que ele já usou na vida, ajustando-se magicamente ao restante do corpo à medida que ele ficava mais alto, mais largo, mais velho.

A última foto prevê como ele seria aos trinta e cinco, idade que completou há cinco anos. Seu rosto está mais cheio, embora a quase carranca permaneça. Seu cabelo, com o redemoinho enfim sob controle, está mais escuro e grosso. Eu já vi essa foto. Incontáveis vezes. Sempre fico impressionado ao constatar como é estranho ver alguém que para mim sempre foi jovem com uma aparência de mais idade. É a mesma sensação inquietante que às vezes tenho quando me encaro no espelho. As linhas finas no meu rosto e os cabelos grisalhos nas minhas têmporas e na minha barba irregular me fazem pensar: *Quando foi que eu fiquei tão velho?*

Só que, no caso de Billy, a questão é: será que ele chegou a essa idade? É possível que não tenha morrido e esteja vivendo em completo anonimato, como todos os outros homens de meia-idade por aí? Duvido. Se Billy estivesse vivo — se ele realmente ainda existisse —, já não saberíamos? O próprio Billy não revelaria a *alguém*?

Caso ele faça isso, há um contato da polícia na parte inferior da página. O número mudou várias vezes ao longo de todos os anos em que acesso o cadastro do desaparecimento de Billy no NamUs. Inclusive, na minha última visita era outro. Atualmente, o telefone é do detetive Ragesh Patel, membro do departamento de polícia local e filho único de Mitesh e Deepika Patel, que moram a duas portas da minha casa. Um rebaixamento notável. O contato costumava ser alguém do FBI, o que me diz que nem as autoridades acham que Billy será encontrado.

De certa forma, eu entendo. Todos — incluindo a própria família de Billy — acham que ele está morto. Houve até um velório, realizado um ano após seu desaparecimento. Compareci, suado e me coçando com o terno que comprei especialmente para a ocasião, e fitei a foto de Billy na moldura prateada em cima de um caixão vazio. Enquanto isso, todos olhavam para mim, o garoto que *não* tinha sido levado. Senti que a igreja inteira me analisava, perguntando-se o que eu tinha de tão diferente para que um sequestrador escolhesse Billy, e não a mim. Naquele momento, quis muito que os papéis fossem invertidos. Que Billy ainda estivesse vivo e que eu estivesse em qualquer lugar, menos lá, um sentimento que se tornou mais intenso quando a sra. Barringer começou a gritar. Lamentos vigorosos e ofegantes, tão estridentes que sacudiram os vitrais da igreja.

Fecho a página do NamUs e busco o nome de Billy no Google. O link mais recente me leva ao site de um detetive de internet que arrebatou muitos seguidores discutindo casos não resolvidos. Clico no link e, de cara, me deparo com duas fotos.

As fotos.

As duas imagens mais associadas ao estranho caso de Billy Barringer. São famosas em alguns fóruns on-line. Tão conhecidas que todos os blogs, podcasts e sites de *true crime* as usam. É compreensível, mas não deixa de ser perturbador, uma vez que ambas foram tiradas no meu quintal.

A primeira mostra uma barraca alaranjada em uma parte do gramado que foi cercada por fita de isolamento da polícia. Tirada por um fotógrafo do jornal *Star-Ledger* que se esgueirou quintal adentro sem a permissão dos meus pais, a foto tornou-se a imagem definitiva do caso Billy Barringer. O ângulo escolhido destaca a fenda vertical na lateral da barraca, o corte que se enruga sob a ação da mesma brisa que faz a fita policial zunir como um fio telefônico. Por trinta anos, essa pequena abertura — e a escuridão do lado de dentro — fez as pessoas se inclinarem e olharem mais de perto, esforçando-se para ter um vislumbre do lugar onde algo horrível ocorreu.

Até mesmo eu, que estava dentro daquela barraca poucas horas antes de a foto ser tirada, mas que sei tão pouco quanto todo mundo sobre o que aconteceu.

A outra imagem é a última foto que se tem de Billy, tirada no dia 4 de julho de 1994. Ela o mostra comendo uma fatia de melancia, suco cor-de-rosa escorrendo pelos seus lábios como se ele fosse um vampiro. É muito mais cativante do que sua sisuda foto escolar, e é por isso que acho que a mídia se apegou a ela. Aqui, meu amigo parece uma criança normal, quando, verdade seja dita, Billy era tudo menos normal.

Há alguém ao lado dele, completamente cortado da foto, exceto pelo pedaço de braço despido cutucando o de Billy no canto do quadro. Sou eu.

Meus pais, imediatamente preocupados sobre como eu seria afetado pelo sequestro do meu amigo, fizeram questão de me cortar da foto antes que ela fosse divulgada para a imprensa. Ao fazerem isso, criaram uma irônica inversão da situação.

Billy, o Menino Perdido, foi visto literalmente em todos os lugares, sua imagem quase tão onipresente naquele verão quanto O. J. Simpson e seu Bronco branco em fuga. E eu me tornei invisível. Apenas um pedaço de pele pertencente a outro menino. Por eu ser menor de idade, era assim que a polícia e a mídia se referiam a mim naquela época.

"Outro menino."

Um exemplo é a frase "Billy Barringer, de dez anos, estava acampando no quintal com outro menino quando foi levado no meio da noite", que por acaso é a primeira coisa que leio na matéria que está aberta agora no meu laptop. Continuo lendo o texto, embora não seja nada que eu já não tenha visto mil vezes. Há uma breve introdução sobre quem era Billy, onde ele morava, o que ele estava fazendo na noite em que desapareceu e o que aconteceu depois que todos se deram conta de seu sumiço. Espalhadas por todo o texto, há mais referências a mim como "outro menino", "um menino", "o melhor amigo de Billy". Todos os eufemismos me parecem bobos, já que o site cita o nome de quase todo mundo, incluindo os dos meus pais.

Fred e Joyce Marsh.

Assim como nossas casas na época, seus nomes estão lado a lado com os dos pais de Billy, Blake e Mary Ellen Barringer. Afinal, foi do nosso quintal que Billy desapareceu. E era sob os cuidados dos meus pais que ele estava.

O único outro nome não mencionado — nem no site, nem em qualquer outro lugar que eu tenha visto — é o de Andy Barringer, irmão mais novo de Billy. À época com sete anos, ele também foi esquecido pela imprensa, ganhando apenas uma mera menção.

Como a maioria das coisas que eu li sobre o desaparecimento de Billy, há um tom de julgamento na matéria. Sempre foi assim. Nas semanas seguintes ao sequestro, muito se falou sobre como um menino poderia ter sido levado do quintal de uma casa no subúrbio sem que ninguém visse. Todo mundo, desde os noticiários noturnos até o jornal *The New York Times* e a série documental *Unsolved Mysteries*, que exibiu um segmento sobre o caso naquele outono, fazia as mesmas perguntas. "Como isso pôde acontecer?" "Como ninguém percebeu?"

Não se dizia com todas as letras, mas era de uma clareza cristalina e absoluta: a culpa era da vizinhança.

Principalmente dos meus pais.

E principalmente minha.

A pequena parcela restante de culpa que não foi atribuída a nós acabou sendo direcionada às autoridades, que nunca descobriram o que aconteceu com Billy. Todos os órgãos e agências que você possa imaginar, da polícia ao FBI, se envolveram em algum momento. A única certeza consensual entre essas autoridades tão distintas é que, em algum momento entre as onze da noite do dia 15 de julho e as seis e meia da manhã do dia 16 de julho, alguém abriu um rasgo de 96 centímetros no lado esquerdo da barraca e, por ele, puxou Billy.

O que aconteceu depois disso foi — e ainda é — um mistério.

O minucioso exame que os peritos fizeram no corte indicou que ele foi feito do lado de fora da barraca. Como se tratava de um corte limpo, a polícia presumiu que foi utilizada uma faca nova ou recém-afiada. A estreita largura da fenda levou a polícia a concluir que era uma faca de cozinha e não uma faca de caça, que tem uma lâmina mais grossa.

Essa informação foi suficiente para desencadear uma busca em todas as casas da ruazinha sem saída, de cima a baixo. Eu tenho a lembrança de estar sentado na cozinha com meus pais e um agente do FBI, ouvindo o barulho de passos no andar de cima enquanto os investigadores iam de cômodo em cômodo. Na época, eu não sabia exatamente o que eles estavam procurando. Tudo o que eu sabia era que meus pais estavam assustados, o que me deixou assustado também.

A busca nas residências de Hemlock Circle resultou na apreensão de várias facas. Depois de testadas, nenhuma delas pôde ser identificada de maneira conclusiva como o mesmo objeto utilizado para abrir um buraco na minha barraca.

Com as buscas, vieram também os interrogatórios. Todos na vizinhança tiveram que passar por mais de uma rodada de questionamentos de policiais, investigadores de polícia e agentes do FBI.

Nenhum morador relatou ter ouvido ou visto nada suspeito, principalmente porque os quintais de Hemlock Circle são grandes pontos cegos. Sempre pensei na rua sem saída como o tabuleiro circular do jogo *Trivial Pursuit*, em que cada terreno é uma daquelas cunhas coloridas que a pessoa insere quando dá uma resposta correta. Cada casa, por sua vez, fica ligeiramente inclinada em relação às vizinhas. Tudo isso, somado às cercas vivas de privacidade que margeiam cada quintal, significa que ninguém em Hemlock Circle consegue ver livremente um quintal que não seja o seu. As únicas pessoas que poderiam ter testemunhado algo útil na noite em que Billy desapareceu éramos eu e meus pais. Mas o quarto deles era virado para a rua, e não para o nosso quintal.

Quanto a mim, bem, o site à minha frente resume da seguinte maneira: "O outro menino na barraca alegou não ter visto nem ouvido nada."

Uma palavra nessa frase me incomoda.

Alegou.

Como se eu pudesse ter mentido para a polícia.

Como se eu não desse a mínima para o que ocorreu com Billy, quando na verdade eu faria qualquer coisa para descobrir o que aconteceu com ele.

No entanto, não há mais nada a ser feito. Apesar de todos os interrogatórios e buscas, o único vestígio do paradeiro de Billy veio depois que uma unidade de cães farejadores seguiu seu cheiro por cerca de dois quilômetros pela vasta floresta que circunda a rua sem saída. A trilha terminava em uma via pouco usada que passa no meio da floresta, conectando duas estradas maiores e mais movimentadas, o que levou a polícia a considerar que Billy havia sido levado da barraca até um carro.

O que aconteceu depois disso — ou quem o levou —, bem, ninguém sabe. Não havia sinais de luta corporal, nem dentro nem fora da barraca. Ninguém relatou ter ouvido gritos de socorro ou pedidos de ajuda. Não encontraram manchas de sangue no quintal. Nenhuma pegada recente, sobretudo porque a grama havia sido cortada na tarde de 14 de julho e, portanto, estava curta demais para sorver marcas de sapato. Mas no quintal *foram encontradas* evidências residuais pertencentes a mais de uma dúzia de pessoas, por causa da festa de celebração do feriado de 4 de julho que meus pais deram no início daquele mês.

Poderia ter sido qualquer um de nós.

Poderia ter sido nenhum de nós.

Ao longo dos anos, muitos foram os suspeitos, mas não havia qualquer prova consistente ou irrefutável, porque todas as hipóteses eram, no melhor dos cenários, improváveis; e, no pior, impossíveis.

Vejamos, por exemplo, o Suspeito Improvável nº 1: Fred Marsh. Meu pai.

Ele foi a primeira pessoa que a polícia cogitou porque... por que não? O crime ocorreu em sua propriedade, afinal, bem debaixo de seu nariz. O que ficou muito claro desde o início é que ele nunca, jamais teria feito tal coisa. Ele é um homem decente. Um homem bom. Marido dedicado, professor de sociologia em Princeton, um homem tão zeloso e cumpridor da lei que nunca recebeu nem uma multa por excesso de velocidade. Além disso, minha mãe — um exemplo de decência — jurou de pé junto que ele dormiu ao lado dela a noite toda. E por que uma dona de casa, membro de longa data da Associação de Pais e Professores, mentiria sobre uma coisa dessas?

Quase que instantaneamente, o foco das suspeitas passou para o Suspeito Improvável nº 2: Blake Barringer, o pai de Billy.

Como o corte foi feito na lateral da barraca que dava para a casa dos Barringer, as autoridades presumiram que o sequestrador de Billy veio daquela direção. Isso levou a polícia a especular se o sr. Barringer era o culpado. Assim como com meu pai, essa hipótese não deu em nada.

Blake Barringer, representante de vendas farmacêuticas, estava em Boston naquela noite, viajando a trabalho. Dezenas de testemunhas o viram no bar do hotel, tomando uma cerveja até perto das onze da noite, e fazendo o check-out na manhã seguinte depois que sua esposa ligou para contar que Billy havia desaparecido. Era impossível ele ter ido de carro para casa, sequestrado o filho e voltado dirigindo até Boston.

Além disso, não se sabia de nenhuma razão pela qual Blake quisesse fazer mal ao filho, e ele parecia tão angustiado pelo desaparecimento de Billy quanto o restante da família. E ainda tem o fato de que a maioria dos sequestros cometidos por pais e mães é decorrente de disputas de custódia, e os Barringer permaneceram casados até a morte de Blake em 2004.

Os Suspeitos Improváveis nº 3 a 16 eram todos os outros moradores de Hemlock Circle. Com a exceção de Billy e de mim, havia um total de quinze pessoas presentes na rua sem saída naquela noite.

Todos nós fomos investigados de uma forma ou de outra. Nenhum de nós tinha motivo para machucar Billy — ou ideia de quem fez isso.

Esse vazio foi preenchido pelas dezenas de pessoas que, ao longo dos anos, afirmaram saber o que aconteceu. Malucos, gente atrás de atenção e, em alguns casos, até psicopatas alegaram que sequestraram Billy. Ou o assassinaram. Ou o viram empacotando compras no supermercado. Até o momento, sete homens se apresentaram dizendo ser ele. Todos os pronunciamentos e confissões foram investigados. Nenhum procedia, deixando aqueles de nós que conhecíamos e amávamos Billy com nada além de esperanças frustradas e perguntas sem resposta.

A essa altura, quase todos concordam que o suspeito mais provável é um desconhecido. Alguém que, num piscar de olhos, entrou em Hemlock Circle, levou Billy e se escafedeu tão rápido e de forma tão silenciosa quanto surgiu. O site aberto no meu laptop é um defensor ferrenho dessa teoria. O texto detalha que alguém — ninguém sabe quem — alegou ter visto um homem desconhecido com roupa camuflada vagando pela rua sem saída mais próxima de Hemlock Circle um dia antes do desaparecimento de Billy. Mas as autoridades nunca conseguiram vincular o sequestro do meu amigo a crimes semelhantes. Não correspondia aos padrões de nenhum serial killer conhecido nos vinte anos antes de 1994 ou nos trinta anos desde então. Nos interrogatórios do FBI com pessoas presas por sequestrar e matar meninos, ninguém admitiu ter algo a ver com o caso.

Trinta anos depois, as coisas continuam na mesma. Nenhum culpado. Nenhuma resposta. Nada além do triste e brutal fato de que Billy ainda está desaparecido.

Fecho o laptop e volto para o andar de cima. No quarto, pego novamente a caneta e o caderno. A única dica para insônia que realmente parece me fazer algum bem. Meu penúltimo terapeuta me disse que, se eu estiver com algo em mente, perturbando meus pensamentos até altas horas da madrugada, a melhor coisa a fazer é anotar. Ao tomar notas, permito que meu cérebro adie para mais tarde os pensamentos a respeito da história, como se fosse um botão de soneca mental. Nem sempre funciona, mas é melhor que nada.

Abro na página em que estava escrevendo antes.
Tive o Sonho de novo.
Embaixo disso, acrescento: *Billy NÃO está lá fora.*
Com cuidado, coloco o caderno e a caneta na mesinha de cabeceira e dou uma olhada no relógio. São quase quatro horas. Ainda tenho uma chance de dormir pelo menos um pouco.

No entanto, quando fecho os olhos, meus pensamentos voltam para o site de *true crime* que eu estava lendo. Embora fosse mais embasado e bem escrito do que outros que já vi, não contava a história toda. Primeiro, insinuava que o sequestro de Billy aconteceu do nada, que foi um fato inesperado. Que as vinte e quatro horas anteriores ao seu desaparecimento foram como outro dia qualquer daquele verão. Que não havia nuvens carregadas no horizonte prenunciando uma desgraça iminente, tampouco eventos no bairro que, pensando melhor agora, profetizavam uma tragédia.

A maior parte disso está correta. *Foi mesmo* um verão em Nova Jersey como qualquer outro. Ensolarado. Preguiçoso. Um pouco abafado para o gosto da minha mãe, mas agradável.

No entanto, há mais coisas na história. Sempre há. Na verdade, o dia em que Billy desapareceu foi tudo, menos comum.

E eu sabia que havia algo de errado assim que acordei.

Sexta-feira, 15 de julho de 1994
8h36

Ethan sente que há algo de errado antes mesmo de abrir os olhos. Deitado no emaranhado de lençóis que, enquanto dorme, ele ora empurra, ora puxa de volta para si, ouve Barkley arranhando com a patinha a porta do quarto que só recentemente ele teve permissão para manter fechada à noite. Antes deste verão, sua mãe o instruía a deixá-la aberta para que pudesse ver como ele estava e certificar-se de que o menino não ficava acordado até muito tarde. Ethan jurou que isso não era mais necessário. Foi somente após uma ajudinha do pai — "Ele já tem dez anos, Joyce. Dê um pouco de privacidade ao menino." — que a mãe cedeu. Desde o fim do ano letivo, ele tem permissão para fechar a porta toda noite antes de ir deitar.

Agora, porém, enquanto seu beagle continua farejando e se coçando, implorando para sair, Ethan reconsidera sua decisão. *Talvez*, ele pensa, *deixar a porta aberta por mais um ano não seja uma ideia tão ruim, no fim das contas.* Pelo menos Barkley conseguiria entrar e sair quando quisesse, permitindo que Ethan dormisse até mais tarde.

Enquanto afasta os lençóis e desliza para fora da cama, o menino sente o cheiro inconfundível de panqueca e bacon infiltrando-se pela fresta debaixo da porta. Não é de admirar que o cachorro queira sair. O aroma de seu café da manhã favorito deixa Ethan ansioso para sair também.

Ele abre a porta e deixa Barkley descer a escada em disparada até a cozinha. Ethan está prestes a fazer a mesma coisa quando, de repente, se dá conta de algo que o deixa confuso.

Hoje é sexta-feira. Sua mãe só faz panquecas e bacon aos sábados. Por que seu pai estaria fazendo isso de manhã enquanto a mãe está no trabalho? Ele descobre a resposta assim que entra na cozinha e encontra não apenas o pai, mas também a mãe. Era algo raro de se ver de segunda a sexta durante o verão. Desde que começou a trabalhar, na maioria dos dias úteis, a mãe de Ethan sai de casa antes de ele acordar. Uma estranha inversão de como a rotina funcionava no restante do ano, quando seu pai é quem saía bem cedo. No verão, o pai de Ethan dava algumas aulas, mas apenas no período da tarde, portanto tinha tempo para preparar o café da manhã do menino.

Porém, mais estranho que isso foi a noite anterior, quando a mãe de Ethan voltou ao escritório duas horas depois do jantar. Ethan e o pai estavam assistindo a um episódio velho de *Os Simpsons* quando ela entrou na sala, as chaves do carro tilintando na mão, e anunciou:

— Preciso dar um pulinho no escritório. Esqueci uma coisa lá.

Ethan, sem prestar muita atenção, ouviu o pai dizer algo como:

— Mas agora? Não pode esperar até amanhã de manhã?

— É rapidinho — respondeu a mãe antes de sair às pressas para a garagem.

Acabou levando mais de meia hora. Ethan sabe porque, quando ela voltou, o episódio de *Os Simpsons* já tinha acabado e um de *The Sinbad Show* tinha começado. Agora ele se pergunta se a presença dela em casa nesta manhã tem algo a ver com sua saída de ontem à noite.

— Bom dia, amigão — cumprimenta seu pai por trás da mais recente edição do *The New York Times*. Ao seu lado, há uma caneca fumegante de café e um prato cheio de panquecas.

De pé junto ao fogão, a mãe de Ethan não diz nada.

Embora ninguém nunca tenha dito com todas as letras, Ethan sabe, no fundo, que ele leva uma vida bem tranquila. Mora em uma casa legal rodeada por outras casas legais, em um bairro legal com vizinhos legais. Ele ganha todos os brinquedos que quer, mesmo que seja obrigado a esperar até o Natal ou seu aniversário para recebê-los. Seus pais trocam de carro a cada dois anos. Eles já foram à Disney duas vezes. Nas raras ocasiões em que ele esquenta a cabeça, é sobre algo trivial — uma prova de matemática que se aproxima, ser o último escolhido para o time na aula de educação física — ou por causa de medos abstratos e infundados. Morte. Guerra. Areia movediça.

Mas ver sua mãe de avental, com a espátula na mão, cozinhando em silêncio como se fosse sábado, sendo que com certeza não é, enche Ethan de uma ansiedade que ele poucas vezes sentiu em sua jovem vida.

— Aconteceu alguma coisa? — pergunta ele.

— Não aconteceu nada, amigão — diz seu pai, ainda escondido atrás do jornal.

— Mas vocês dois estão em casa.

— Por que isso seria esquisito? — Seu pai finalmente abaixa o *Times* para encará-lo com o que Ethan viria a conhecer como "o olhar de professor". Rosto calmo. Olhos inquisitivos emoldurados por óculos de armação tartaruga. A sobrancelha esquerda erguida tão alto que faz lembrar a curva de um ponto de interrogação. — Nós moramos aqui.

— Você entendeu o que eu quis dizer — insiste Ethan, puxando a cadeira mais para a frente enquanto sua mãe serve o café da manhã na mesa.

— Ele quer saber por que não estou no trabalho — explica ela ao marido, como se Ethan não estivesse lá.

— Você está doente? — pergunta o menino. — É por isso que está em casa?

— Eu não trabalho mais lá.

— Por que não?

A mãe de Ethan olha para o marido. Um diálogo silencioso no qual o menino sabe que estão debatendo o que contar a ele. Por fim, o pai assente, e a mãe responde:

— Eles não precisam mais de mim.

Embora a tensão na voz deixe claro que ela não quer falar sobre o assunto, Ethan precisa saber mais. Ela começou nesse emprego em maio — o que desencadeou um ajuste que foi enorme para uma criança acostumada a ter a mãe por perto antes e depois da escola e o dia inteiro durante o verão. A primeira vez que Ethan chegou da escola e encontrou a casa vazia foi assustadora e empolgante. Tudo bem que ele só ficou sozinho por uma hora. E, sim, acabou vendo TV e comendo biscoito como sempre fazia. Mas, assim como fechar a porta do quarto toda noite, essa pequena fração de liberdade fez com que ele se sentisse mais adulto.

Em segundo lugar, mas não menos importante, está o fato de que, se de agora em diante sua mãe vai ficar em casa o dia todo, ele não precisará mais de sua babá, Ashley. Para Ethan, isso é pior do que perder a liberdade. Significa que ele provavelmente não verá Ashley pelo restante do verão. E ele *adora* sua babá.

— Você vai arranjar outro emprego?

— Não sei. — Ela pega um pedaço de bacon, pensa em comê-lo e dá para Barkley. — Vamos ver.

Ethan sabe que isso quase sempre significa "não". Mas ele não está a fim de deixar esse assunto de lado.

— Acho que você deveria — aconselha ele. — Ou quem sabe até pedir seu antigo emprego de volta. Vai que você pode fazer outra coisa lá...

— É melhor assim — diz a mãe, usando outro de seus eufemismos favoritos para dizer "não". — Além disso, não quero voltar.

— Por que não?

— Na verdade, não posso falar sobre isso.

O pai de Ethan abaixa o jornal novamente e intervém:

— Não pode ou não quer?

— É complicado — responde a mãe enquanto leva a frigideira até a pia e a enche de água. Uma tática de protelação que até Ethan sabe que não vai funcionar. Fred Marsh é a persistência em pessoa.

Como já imaginava, o pai do menino a espera fechar a torneira antes de rebater:

— Você me disse que foi demitida por causa de corte de gastos. O que há de tão complicado nisso?

Em vez de responder, a mãe de Ethan pega a esponja de aço e começa a esfregar a frigideira.

— Joyce, o que você não está me contando? — insiste Fred. — Aconteceu alguma coisa ontem à noite?

Da pia, a mãe de Ethan aponta com a cabeça para Barkley, que está na porta de correr que dá para o quintal, com o focinho colado no vidro.

— Leve o cachorro lá fora — pede ela a Ethan. — Acho que ele quer fazer xixi.

Ethan, olhando para o prato meio cheio na frente dele, faz menção de protestar, mas pensa melhor. Algo estranho está acontecendo com os pais.

— Vá lá, amigão — acrescenta o pai. — É rapidinho. O café da manhã ainda estará aqui quando você voltar.

Ethan abre a porta, e Barkley sai em disparada, balançando o rabo enquanto atravessa o quintal, dispersando os pássaros. Ethan o segue; aquecidas pelo sol, as pedras do chão estão quentes sob seus pés descalços. Na parte mais fresca do gramado, encontra o graveto com o qual Barkley e ele brincaram no dia anterior.

— Aqui, meninão! — diz ele, imediatamente chamando a atenção do cachorro. — Pega!

Ele arremessa o graveto bem alto, observando-o girar e formar um arco até pousar aos pés da floresta que margeia o quintal. Barkley corre atrás do pedaço de pau enquanto Ethan olha para a casa. Lá dentro, seus pais estão sentados à mesa do café da manhã, no meio de uma discussão. Vê-los assim faz com que o menino sinta um frio na barriga de preocupação.

O divórcio é mais um de seus medos abstratos, embora menos infundado do que os outros. Ele já viu o que acontece quando pais se separam. Três anos antes, a casa ao lado era ocupada pelo antigo melhor amigo de Ethan, Shawn. Quando os pais dele se divorciaram, a casa foi colocada à venda, e o garoto foi obrigado a se mudar para o Texas com a mãe. Desde então, Ethan não teve mais notícias dele.

Ethan tem medo de que a mesma coisa aconteça consigo em breve, embora nem o pai nem a mãe pareçam furiosos demais enquanto ele os observa pela porta de vidro. Fred exibe novamente o olhar de professor, que, Ethan sabe, tem muitos significados. Curiosidade. Impaciência. Frustração.

A expressão de sua mãe é mais fácil de ler. Ela parece simplesmente triste.

Ethan se vira e fita o restante do quintal. Vê Barkley ainda na entrada da floresta, a brincadeira de pegar o graveto já esquecida. Em vez disso, o cachorro espia as árvores, com o corpo tenso. Quando rosna, o som é tão diferente do habitual que Ethan sente um calafrio percorrer sua espinha.

— Qual é o problema, meninão? O que foi que você viu?

Deve ser um esquilo, pensa ele. Ou um dos outros animais que saem da floresta a qualquer hora do dia. Ethan só consegue se lembrar de outra ocasião em que seu cachorro rosnou: para Fritz Van de Veer, na festa de 4 de julho, por razões que ninguém conseguia entender.

— Vem cá! — chama Ethan, tentando afastar o cachorro do que quer que esteja na floresta.

Não funciona, então ele vai até Barkley, cruzando o quintal até o ponto em que a grama recém-cortada encontra a floresta. Uma nítida linha de demarcação. Depois dela, a mata se estende por quilômetros, interrompida apenas por uma via de acesso que a corta.

Faz pouco tempo que Ethan recebeu autorização para se aventurar com Billy até aquela viazinha, a menos de dois quilômetros de casa, e nada mais que isso. O que por ele está mais do que bom. O garoto nem quer ir além. Não que sinta exatamente medo. Ele apenas nunca sentiu necessidade de sondar o interior da floresta, sobretudo porque já sabe o que há ali. Muitas árvores. Muitas pedras. Ah, e o Instituto Hawthorne, sobre o qual Ethan não sabe nada além do fato de que o lugar existe e que ele não tem permissão para ir até lá.

— Fique longe daquele lugar — ordenou Joyce certa vez, durante uma caminhada na floresta durante o outono.

— Por quê?

— Porque é propriedade privada, e seria invasão, o que é ilegal.

— Mas o que tem lá? — quis saber Ethan.

— Nada que você iria gostar.

Ethan acreditou nas palavras da mãe e nunca chegou perto do local. Ao contrário de outras crianças de sua idade, ele não acha o proibido tentador. Desconfia de que o instituto seja como o lugar onde seu pai trabalha, só que mais abafado.

Um barulho ressoa atrás de Ethan e Barkley, assustando-os. Eles se viram ao mesmo tempo, desviando a atenção da floresta vazia e focando no extenso gramado entre os dois e a casa.

Na grama, a alguns metros da cerca viva que separa o quintal de Ethan do de Billy, há uma bola de beisebol.

Ethan a pega, reparando nas manchas esverdeadas de grama e nas marcas de mordida de Barkley, que a abocanhou todas as dezenas de vezes que ela veio parar ali. Neste verão, até agora, tem acontecido todo dia. Um código que só Ethan e o vizinho sabem.

E a mensagem é sempre a mesma.

Billy quer brincar.

TRÊS

Scriiiiiitch.
Acordo às oito da manhã, num sobressalto, ofegante por causa do Sonho.

Duas vezes na mesma noite.

Não é um bom sinal.

Pelo menos o Sonho não está ecoando pelo quarto, como fez horas atrás. Isso se deve tanto à luz do sol que entra pelas janelas quanto ao rugido do cortador de grama no quintal da frente.

A maioria dos subúrbios funciona com a precisão de um relógio suíço, e Hemlock Circle não é diferente. Segundas-feiras são dias de coleta de lixo, e, de manhã, todos levam suas enormes lixeiras para o meio-fio e as arrastam de volta à garagem à noite. A mesma coisa acontece com o lixo reciclável, que passa a cada quinze dias, sempre às sextas-feiras.

As equipes de paisagismo e jardinagem vêm às terças-feiras, invadindo a rua com uma cacofonia ensurdecedora. Cortadores de grama, roçadeiras, sopradores de folhas. Sobretudo os sopradores de folhas. Se o subúrbio tivesse um som oficial, seria o zumbido incessante do ar comprimido nos pátios e calçadas, se livrando de quaisquer folhas cortadas ou soltas que ousam pousar em suas superfícies. Quando os sopradores de folhas são desligados, o silêncio parece enervante por um momento. Quieto demais. Abrupto demais.

No momento, porém, o cortador de grama continua a pleno vapor, deslocando-se do quintal da frente para o de trás enquanto tomo banho, me visto e desço até a cozinha para fazer um café. Conforme a água ferve, tento parar de pensar na última vez que tive o Sonho, que me assombra desde o dia seguinte ao desaparecimento de Billy.

É sempre a mesma coisa, começando na escuridão que rapidamente se esvai. Tudo ao redor logo fica mais claro. O suficiente para eu ver que estou dentro da minha velha barraca. Aquela de onde Billy foi arrancado quando eu tinha dez anos.

Mas Billy ainda está lá, dormindo ao meu lado. Acima dele, na lateral da barraca, há um longo corte. Sentindo a presença de alguém do lado de fora, espio pelo rasgo e encontro apenas escuridão. Seja quem for, não consigo ver, apesar de saber que está bem ali.

Então, eu ouço.

Scriiiiiitch.

O som da barraca sendo rasgada, embora essa parte já tenha acontecido. É um ruído atrasado, assim como quando vemos o relâmpago antes de ouvir o trovão.

E é aí que eu acordo. Toda droga de vez. O horrível *scriiiiiitch* perdurando por um instante, em qualquer cômodo da casa em que eu esteja.

Por que continuo tendo o Sonho e o que ele significa são mistérios que eu adoraria resolver. No começo, presumi que era porque, quando a barraca foi cortada, eu estava pelo menos consciente do que acontecia, se não totalmente acordado. Mas não tenho lembrança alguma de ouvir qualquer movimento. Nenhuma vaga lembrança de abrir os olhos e ver o corte no tecido.

Sinceramente, ainda não sei o que pensar. Um desconhecido entrou no *meu* quintal, abriu um rasgo na *minha* barraca e levou o *meu* melhor amigo. É possível que eu tenha conseguido dormir enquanto tudo isso acontecia, sem perceber nada, sem me lembrar de absolutamente nada? O eu de hoje, atormentado pela insônia, diria que não, mas o eu de dez anos era bem diferente. Naquela época, eu dormia como uma pedra.

Então a questão é: realmente ouvi alguma coisa, vi alguma coisa? Ou o Sonho é uma memória fabricada, criada com informações que eu sei? O rasgo na barraca. O sumiço de Billy. Uma pessoa desconhecida responsável por ambas as coisas.

Fiz o melhor que pude para responder a essa pergunta e dar à polícia pelo menos uma ínfima pista sobre o que tinha acontecido. Com o consentimento dos meus pais, uma semana depois do desaparecimento de Billy, fui colocado sob hipnose, na esperança de que algum detalhe esquecido borbulhasse das profundezas sombrias do meu subconsciente. Como isso não funcionou, fui levado a um analista de sonhos, que me fez falar sobre o Sonho e todos os outros de que eu conseguia me lembrar desde a noite em que Billy foi levado. Também não deu em nada. Depois disso, todos nós tivemos que fazer as pazes com a incerteza. Talvez eu não tenha visto nada, talvez tenha. Talvez o episódio tenha sido tão traumático que excedeu minha capacidade de processar o fato, e então eu o extirpei da minha memória, e o Sonho sirva como o único e intermitente lembrete dessa minha autoedição.

Todos entenderam, menos a sra. Barringer, que colocou na cabeça — e tentou colocar na minha também — que a chave para encontrar o filho estava enterrada em algum lugar nos cantos sombrios do meu cérebro. Certa manhã, um mês depois que Billy desapareceu, ela entrou cambaleando no meu quintal. A aflição a envelhecera tanto que ela parecia outra pessoa. Alguém a se temer.

A sra. Barringer arrastou consigo o irmão mais novo de Billy, provavelmente porque estava com muito medo de perdê-lo de vista. Andy, que na época tinha sete anos, não conseguia olhar nem para mim, nem para a mãe. Assustado e envergonhado, ele simplesmente fitou a grama.

— Ethan! — vociferou a sra. Barringer, e então reagiu com surpresa, como se até ela estivesse chocada com a aspereza de seu tom de voz. Ela largou a mão do filho e veio mancando em minha direção, deslizando os pés pela grama. — Você precisa contar a eles — continuou ela, agora com delicadeza. — Tá bem, querido? Apenas conte à polícia tudo de que você se lembra daquela noite.

— Mas eu não me lembro de nada.

A sra. Barringer estava bem perto de mim àquela altura. Dei um passo para trás em direção à casa, mas ela agarrou meus ombros com as duas mãos. Sua pegada era forte e bruta. O completo oposto de sua voz ainda suave.

— Você tem que se lembrar de *alguma coisa*. Mesmo que ache que não se lembra. É impossível que tenha dormido a noite toda.

O aperto em meus ombros tornou-se um beliscão. Ela começou a me chacoalhar, de leve no começo, mas com mais violência a cada segundo. Logo me vi sendo sacudido para a frente e para trás, minha cabeça balançando incontrolavelmente. Embora eu fosse apenas uma criança assustada, sabia o que a sra. Barringer queria de mim. Eu queria a mesma coisa que ela. Alguma pista, por menor que fosse, que pudesse ajudar a encontrar Billy.

Mas eu não me lembrava de nada.

Eu não sabia *de nada*.

— Me desculpa! — gritei, chorando. — Me desculpa! De verdade!

Naquele momento, minha mãe foi correndo até o quintal e me puxou para longe das mãos desequilibradas da sra. Barringer.

— Ele não sabe de nada, Mary Ellen! — afirmou minha mãe, com gentileza.

Tenho certeza de que ela viu um pouco de si mesma no estado frágil e descontrolado da sra. Barringer. A julgar pelo jeito como olhou para a vizinha, minha mãe pareceu entender que, se eu tivesse sido sequestrado, ela estaria no quintal *deles*, sacudindo o filho *deles*, implorando por informações.

Estou tomando aquele primeiro e abençoado gole de café quando percebo que o barulho lá fora parou. Nada de cortador de grama. Nada de soprador de folhas. Em vez disso, ouço o toque alegre da campainha. Abro a porta e encontro um dos jardineiros na varanda.

— O sr. e a sra. Marsh estão em casa? — pergunta ele, usando um pano para secar o suor da testa.

— Eles acabaram de se mudar.

— O senhor é o novo dono?

— Não — respondo, porque tecnicamente essa é a verdade. O que faz com que eu me pergunte o que de fato sou. — Sou filho deles. Vou ficar aqui até meus pais colocarem a casa à venda.

Então, me ocorre que ele já deve saber disso e está se preparando para pedir de uma maneira educada que eu lhe pague pelo gramado que acabou de cortar. Tento poupá-lo e acrescento:

— Quanto devo a você?

— Nada — diz ele. — Seus pais pagaram adiantado pelo serviço do verão inteiro. Estou aqui porque achei uma coisa no quintal hoje de manhã. Não é nada de mais, só que, numa próxima, ficaria muito agradecido se o senhor pedisse para os seus filhos não deixarem brinquedos espalhados no gramado no dia em que a gente vier cortar a grama.

— Eu não tenho filhos. — Semicerro os olhos, confuso. — Que brinquedo?

— Este aqui.

O homem enfia a mão no bolso fundo da calça cargo. Ele pega o que quer que seja e estica o braço para que eu possa ver.

Ali, na palma de sua mão em concha, há uma bola de beisebol.

Sexta-feira, 15 de julho de 1994
8h56

Billy olha para a bola de beisebol em sua mão, surpreso com quão danificada está depois de apenas algumas semanas de uso. O couro, que era branco, está cinza-claro, arranhado e com manchas de sujeira e de grama. Há até algumas marcas de dente das duas vezes em que Barkley a encontrou antes de Ethan. Isso pode acontecer de novo hoje se ele não tomar cuidado. Billy consegue ouvir o amigo e o cachorro do outro lado da cerca viva.

Ele sabe que isto é esquisito. O jeito como se agacha atrás da cerca viva para ouvir Ethan brincar com Barkley no quintal ao lado. Outros meninos simplesmente apareceriam no meio da folhagem e diriam "oi", mas onde está a graça nisso?

Não, Billy prefere fazer do seu jeito.

Do jeito esquisito.

Escondido atrás da cerca viva, segurando a bola de beisebol, esperando o momento perfeito para revelar seu código secreto.

A primeira vez que Billy tentou foi no primeiro dia das férias do meio do ano. Já entediado às dez da manhã, decidiu correr até a casa ao lado e perguntar a Ethan se ele queria explorar a floresta. Billy ainda não sabe por que decidiu fazer disso um jogo. Porém, quando viu a bola de beisebol em sua cômoda, intocada por meses, desde que a ganhara de aniversário, soube na hora que era isso que precisava fazer com ela.

No começo, Ethan ficou confuso. Ele devolveu a bola para Billy, perguntando se ele e Andy a haviam jogado por cima da cerca viva sem querer enquanto brincavam de arremessar. Como se isso acontecesse todo dia no quintal dos Barringer. Não acontecia. Andy, de vez em quando, brincava de lançar e agarrar a bola de beisebol com o pai. Mas Billy? Nunca.

— Eu joguei lá de propósito — explicou Billy.

Ethan estreitou os olhos.

— Por quê?

— Não sei. Eu queria que fosse, tipo, uma mensagem secreta. Sempre que encontrar a bola no seu quintal, é para vir me encontrar. Eu vi isso num filme. Um homem que se mudou para uma casa mal-assombrada encontrava bolas deixadas por um fantasma.

— Por que um fantasma faria isso?

Billy suspirou, como se a resposta fosse óbvia.

— Para que o homem soubesse que ele estava lá.

Ethan balançou a cabeça e lhe entregou a bola.

— Que *esquisito* — comentou ele, mas não de um jeito ruim. Não como Ragesh Patel ou os outros meninos mais velhos que cuspiam a palavra para Billy no ônibus da escola, como um insulto. Ethan só quis fazer uma observação.

Ou pelo menos é nisso que Billy gosta de acreditar.

Ele sabe que não é como os outros meninos de sua idade, e às vezes isso o incomoda. Às vezes ele até deseja ser diferente. Não tão propenso a fantasias, ou devaneios, ou ataques de imaginação. Não tão nerd, como também costumam rotulá-lo, embora Billy ache que nerds sejam pessoas superinteligentes, o que ele não é. Ele é bom em língua e literatura inglesa e adora ler, mas é péssimo em matemática. Todos os outros meninos não inteligentes que ele conhece compensam isso sendo atléticos. Outra área em que Billy é uma negação.

— Ele é excêntrico. — Foi o que Billy ouviu seu pai dizer uma vez para sua mãe quando a sra. Jensen os chamou para uma reunião na escola porque ela estava preocupada com a incapacidade de Billy de se enturmar com o restante de sua classe. — Não entendo por que isso é uma coisa tão ruim.

— Não é necessariamente ruim — retrucou sua mãe. — Mas eu me preocupo. O mundo não é gentil com meninos que são diferentes.

Isso foi há três anos, e mesmo que tenham se mudado de casa, de escola e de cidade desde então, Billy ainda se viu incapaz de se enturmar. Ele se sentiria completamente sozinho se não fosse por Ethan, que parece nunca se importar com suas excentricidades. Por isso, Billy achou legal experimentar com seu melhor amigo o esquema "bola de beisebol como mensagem secreta", que vem mantendo todos os dias até agora neste verão.

Bem, todos os dias, exceto ontem.

Ontem foi especial.

Mas hoje Billy está de volta à rotina, pronto para jogar a bola enquanto Ethan ainda está no quintal. Uma mensagem furtiva. Como se a bola tivesse sido colocada ali por um fantasma.

Espiando por entre a cerca viva, ele avista Ethan no meio do quintal, lançando um olhar preocupado para Barkley. O cachorro está na entrada da floresta, rosnando.

— Vem cá! — Ethan está chamando.

Como Barkley não vem, Ethan vai até ele. Billy observa o amigo atravessar o quintal e espera até ele chegar às árvores. Em um movimento rápido e silencioso, Billy se levanta, lança a bola por cima da cerca viva e a ouve cair no chão.

Em seguida, corre.

De novo, esquisito.

Como ele sabe que Ethan verá a bola de beisebol em dois segundos, poderia muito bem ter ficado ali. No entanto, Billy volta correndo para casa, entra às pressas pela porta dos fundos aberta e sobe a escada até seu quarto.

Lá, ele se senta — e espera que Ethan o encontre.

QUATRO

Olho para a bola de beisebol, que agora está na bancada da cozinha. Impecavelmente branca e com a costura vermelha, parece novinha em folha.

Deve ser alguma coincidência.

Tem que ser.

Billy ainda está desaparecido. Ele não voltou. E não tem como ter sido ele lá fora ontem à noite, vagando pela rua, apesar daquele breve arrepio que me veio quando pensei ter sentido sua presença.

Não, esta bola pertence a outra pessoa. Algum menino de uma casa vizinha que estava brincando de arremessar zuniu a bola no meu quintal e deixou para lá. Essa é a única explicação lógica. No entanto, conheço apenas uma criança na vizinhança, e duvido que tenha idade suficiente para brincar de arremessar uma bola de beisebol.

Ainda assim, pego a bola, vou lá para fora e cruzo o gramado até a casa à direita. Se fosse qualquer outro vizinho, eu subiria a calçada até a porta da frente e tocaria a campainha. Mas, como se trata de Russ, eu me espremo para passar pela cerca viva que separa nossas propriedades e saio do outro lado parecendo o Pé Grande no quintal dos Chen.

Como eu esperava, Russ já está lá fora, tomando café no quintal dos fundos. É uma manhã perfeita para isso, o calor de julho mantido sob controle por uma brisa suave que volve os aromas do jardim da sra. Chen. Rosa, frésia e madressilva.

Russ acena quando me vê e ergue a caneca.

— Servido?

— Acabei de tomar uma xícara.

— Ah, sim — diz Russ, daquele jeito dele tranquilo de surfista. Uma personalidade que ele adquiriu depois que fui estudar em uma escola particular. Antes disso, ele era angustiado, agitado, vivia irrequieto.

Além de tudo, mais nada em Russell Chen se assemelha ao que era aos dez anos de idade. Ele era um menino magricela. Desajeitado. Os braços e pernas finos feito macarrão e sua baixa estatura davam-lhe uma aparência mais jovem. Russ ainda parece mais jovial, só que agora é de uma forma que inspira inveja. Alto e musculoso, nada sugere seus quarenta anos. Seu rosto não tem linhas de expressão, e seu peitoral forte esgarça a camisa polo com o logotipo de sua loja de artigos esportivos.

Russ e eu éramos amigos na infância, mas não como Billy e eu. Ele era meio que uma peça sobressalente que nós, mesmo não querendo, deixávamos andar com a gente às vezes. Então, Billy se foi, e restamos apenas nós dois, unidos pelo fato de sermos vizinhos e de nossos pais terem ficado apavorados com a ideia de nos perder de vista.

Nunca vou me esquecer da primeira vez que fizemos algo sem Billy. Ele estava desaparecido havia três semanas, e eu tentei soterrar temporariamente a tristeza e o medo jogando basquete na frente da garagem, onde havia uma cesta montada. Russ apareceu por entre a cerca viva e perguntou se podia jogar comigo. Eu disse que não, que queria ficar sozinho.

— Eu sei que você preferia estar com o Billy — rebateu ele. — Mas agora eu sou sua única opção.

Mesmo naquela época, me pareceu insuportavelmente triste para um menino saber que ele não era a primeira opção de ninguém como amigo. Mas também achei corajoso da parte de Russ admitir isso.

— Tudo bem, você pode jogar — cedi, resignado.

Passamos o restante do verão jogando basquete na frente da minha garagem e mantivemos contato depois que fui estudar na escola particular. Permanecemos amigos durante a faculdade, embora naquela época não tivéssemos quase nada em comum. Enquanto eu me ensimesmava e encolhia, Russ se expandia, tanto em tamanho quanto em status social. Estrela do time de futebol americano. Rei do baile. Depois de se formar na faculdade, ele chegou a trabalhar como modelo por um tempo. No entanto, eu fazia questão de sair com ele toda vez que voltava para casa no fim de ano ou nas férias de julho. Ver Russ era um lembrete muito necessário de que nem todos os meninos de Hemlock Circle iam embora ou desapareciam.

Nas poucas vezes que Russ deixou este endereço, ele se viu de volta logo depois. Mais recentemente foi porque seu pai faleceu, então Russ e a esposa, Jennifer, mudaram-se para cuidar da mãe dele. Isso foi há cinco anos. Desde então, eles tiveram um filho, e estão com outro a caminho.

— Isso aí é para o Benji? — pergunta Russ, gesticulando para a bola de beisebol na minha mão.

— Não é dele? O jardineiro encontrou no meu quintal. Pensei que talvez o Benji tivesse jogado lá.

— Ele tem só quatro anos — explica Russ. — Se ele já consegue arremessar assim, Jen e eu não precisamos mais esquentar a cabeça com dinheiro para a faculdade.

Jennifer surge na porta dos fundos, segurando com uma das mãos a caneca de café e com a outra ajudando o filho a descer os degraus.

— Esquentar a cabeça com o quê?

— Ethan encontrou uma bola de beisebol — comenta Russ. — Achou que fosse do Benji.

Ergo a bola para que Jennifer possa dar uma olhada. Ela balança a cabeça.

— Não é dele. Benji tem uma bola, mas é, tipo, duas vezes maior. Quase do tamanho dele. Onde você achou essa aí?

— No quintal.

Jennifer se senta ao lado de Russ, segurando o barrigão.

— Talvez seja de alguém que veio dar uma olhada na casa dos Barringer.

A antiga casa de Billy teve vários donos desde que sua família se mudou em meados dos anos 1990, e ninguém morou lá por muito tempo. Todos os novos moradores eram casais sem filhos ou famílias com adolescentes. Aparentemente, ninguém com filhos pequenos queria correr o risco de outro desaparecimento. Os últimos proprietários, Bob e seu parceiro, Marcel, duraram cinco anos antes de colocarem o imóvel à venda há seis meses. Desde então, há uma placa de "VENDE-SE" no quintal da frente.

— Não vi ninguém por lá — digo.

Benji cutuca meu braço, querendo ver de perto a bola de beisebol. Eu me ajoelho e a entrego a ele, nervoso daquele jeito que sempre fico perto de qualquer pessoa abaixo de certa idade. As crianças me parecem tão indefesas, tão frágeis, e Benji não é exceção. Não é a primeira vez que me pergunto como Russ e Jennifer não parecem atormentados pela ansiedade a cada segundo do dia. Uma vez, fui à casa deles visitar Benji assim que ele nasceu e perguntei a Russ por que ele não demonstrava nervosismo agora que era pai.

— Ah, eu estou nervoso pra caramba — disse-me ele. — É que fiquei muito bom em fingir que não estou.

Agora mesmo, Russ é todo sorrisos enquanto observa o menino tentar lançar a bola. Ela voa por uns trinta centímetros antes de cair no chão de pedra, provando que com certeza não foi Benji Chen quem a jogou no meu quintal.

Depois de sanar sua curiosidade com a bola de beisebol, Benji vai até o pai e sobe em seu colo.

— O que é isso? — pergunta ele, olhando para a caneca de Russ.

— Café. Quer um gole?

Jennifer dá um tapinha descontraído no braço do marido.

— Nem brinca!

Nesse momento, eles parecem uma família perfeita. Pai, mãe, filho, todos tão adoráveis que chegam a dar inveja, com outra criança chegando em breve. Uma menina, Russ me contou quando tomávamos uma cerveja neste mesmo quintal duas noites atrás. Ver os três juntos, à vontade e felizes, faz com que eu me lembre do que eu poderia ter tido, mas escolhi não ter.

Fui eu quem não quis ter filhos, embora por um tempo tenha pensado que Claudia estava de acordo. Eu me lembro em detalhes do momento em que percebi que estava errado, desde as paredes bege do restaurante até o cheiro do salmão grelhado que tinha acabado de ser colocado na minha frente. Um misto vívido de limão e defumado. Eu estava pegando minha taça de vinho quando Claudia, do nada, anunciou:

— Quero ter um filho.

Eu congelei, meus dedos ainda segurando a haste da taça, sem conseguir responder.

— Ethan, ouviu o que eu disse? — perguntou Claudia, meio preocupada.

Ela sabia que suas palavras eram como uma granada de mão lançada em nosso casamento. E ela estava se preparando para a explosão.

— Ouvi — respondi, baixinho.

Claudia se inclinou para a frente, hesitante.

— E?

— Você me disse que não queria filhos — argumentei, o que era verdade. Depois de um mês de namoro, bem antes de as coisas ficarem sérias pra valer, decidimos colocar todas as nossas cartas na mesa. A maior delas, a que decidiria nosso futuro juntos, envolvia não querer filhos. — Nós concordamos nesse ponto.

— Eu sei. Concordamos. E eu estava bem com relação a isso. De verdade. — Claudia olhou para o próprio colo, onde presumi que suas mãos estavam amontoando o guardanapo sob a mesa. Uma mania que eu conhecia muito bem. Até aquele momento, achava que sabia tudo a respeito dela. — Mas, nos últimos anos, comecei a pensar que talvez eu queira.

— O que mudou?

— Eu — respondeu ela de bate-pronto. — *Eu* mudei. Pelo menos, a forma como penso mudou.

Soltei o ar devagar. Uma expiração triste. Porque a *minha* forma de pensar não tinha mudado, mas ficou claro que Claudia nutria a esperança de que, no fundo, tivesse.

— Você ficou chateado — pontuou ela.

Sim, fiquei. Mas não com ela. Eu não podia ficar zangado com Claudia por ela sentir o que sentia. Eu estava com medo do que aconteceria com o nosso casamento.

— Estou surpreso, só isso.

— Eu sei — reconheceu Claudia. — E eu sinto muito. Eu deveria ter contado a você antes.

— Por que não contou?

— Acho que pensei que ia passar. Só que, quanto mais eu pensava a respeito, mais percebia que é o que eu quero. Não consigo parar de pensar no nosso legado. No que vamos deixar para trás quando partirmos. Neste momento, não vamos deixar nada. Mas se tivéssemos uma família...

Ela interrompeu o próprio raciocínio, forçando-me a preencher o vazio.

— Nós somos uma família. Você e eu.

— Não, Ethan — discordou ela. — Somos apenas nós.

Então, ela começou a chorar, bem ali no meio do restaurante, e eu soube que estávamos com um grande problema no nosso casamento.

Sou arrancado das minhas lembranças quando a mãe de Russ aparece, saindo da casa usando um chapéu de palha e segurando uma pazinha de jardineiro coberta de terra seca. Ela está na casa dos setenta e ainda se move sem dificuldade e com elegância.

— Oi, sra. Chen — digo, cumprimentando-a do jeito que eu fazia quando criança.

— Oi, Ethan — responde ela, e anda até os gladíolos na beira do quintal, que balançam ao vento. — Está se lembrando de regar as flores da sua mãe?

— Estou.

Mentira. Eu não reguei nada, nem dentro nem fora da casa. Ainda assim, minha resposta agrada a sra. Chen, que assente e diz:

— Você é um bom filho. Assim como meu Russell.

Russ se encolhe de constrangimento com o elogio, o que faz com que eu me pergunte se ele está pensando no irmão mais velho, Johnny. O filho ruim. O filho que poderia ter se tornado bom se não tivesse morrido de overdose quando Russ tinha nove anos.

Essa foi a primeira grande perda em Hemlock Circle.

— Já sei com quem você poderia falar sobre a bola de beisebol — comenta Russ. — Com os Wallace.

— Por quê? — Pego a bola que Benji jogou/deixou cair no chão, tentando entender por que Russ acha que eu deveria ir até a casa do outro lado da rua sem saída. Ainda mais porque a única pessoa que está morando lá agora é o grosseirão do Vance Wallace.

— Ashley está de volta. Ela se mudou com o filho no mês passado.

— Não sabia — digo, tentando disfarçar a minha surpresa. Ashley Wallace está de volta a Hemlock Circle.

— Seus pais não devem ter contado porque sabem que você tinha uma baita queda por ela naquela época — brinca Russ, sorrindo.

— Eu não tinha.

— Claro que tinha. Todos nós tínhamos.

— Ah, você também tinha, é? — Jennifer fuzila o marido com o olhar.

— Eu disse "nós"? — Russ ganha tempo dando um gole no café.

— Quis dizer o Ethan e o Billy.

— Ele quis dizer que não tínhamos queda coisa nenhuma — acrescento. — Ela era mais velha.

Cinco anos mais velha, para ser exato. Agora a diferença de idade não é lá grandes coisas, mas, quando eu tinha dez anos, Ashley Wallace era muita areia para o meu caminhãozinho. E, apesar de ter negado com veemência, eu era perdidamente apaixonado por ela. Com razão. Ashley era divertida, engraçada e, naquela época, a garota mais bonita que eu já tinha visto. Além disso, ela era descolada, de um jeito que um menino de dez anos meio bobalhão sonhava em ser. Ela usava camisetas de bandas de que eu nunca tinha ouvido falar, mas tinha vontade de ouvir. Smashing Pumpkins. Violent Femmes. Sua favorita era uma branca com três letras pretas dentro de um retângulo preto em que se lia "NIИ".

— O que isso quer dizer? — perguntei certa vez.

Ela deu um sorrisinho.

— Nine Inch Nails. Eles são incríveis.

Na semana seguinte, quando meus pais me levaram a uma loja de CDs e disseram que eu poderia comprar qualquer um, escolhi *The Downward Spiral*. Meu pai me interceptou enquanto eu ia até o caixa. Olhando para o adesivo que indicava conteúdo explícito na capinha de acrílico, ele disse:

— Opa. Um pouco adulto demais pra você, não acha, amigão?

Eu não achava, mas obedientemente coloquei o CD de volta onde ele estava e peguei a trilha sonora do filme *Forrest Gump*, não porque eu quisesse, mas porque era um CD duplo e, portanto, custaria mais caro para os meus pais. Uma vitória vazia.

Mas o que me fazia gostar mesmo de Ashley era o fato de ela ser legal. Ela não fingia ser simpática, como algumas meninas da escola, e nem se achava superior por ser legal, como a maioria dos pais dessas meninas. Ashley era genuinamente agradável. Era impossível qualquer menino da minha idade não ter uma quedinha por ela.

— Acho que vou ver com ela também — digo, ficando ansioso só de pensar.

Faz quase trinta anos que não vejo Ashley Wallace, e, quando se trata de pessoas, aprendi que às vezes é melhor não remexer nossas lembranças.

— Boa sorte, amigo — responde Russ, dando uma piscadinha.

Balanço a cabeça, me despeço com um aceno e atravesso o quintal até a calçada que circunda a rua sem saída. Viro à esquerda, o que me leva primeiro à minha casa, depois à antiga casa dos Barringer, a rota trazendo à tona a lembrança de ter feito essa mesma caminhada no dia em que acordei e descobri que Billy tinha sumido.

Naquela confusão inicial, ao ver o zíper da porta da barraca fechado e o corte na lateral, primeiro pensei que Billy a tinha rasgado. Uma ideia ridícula por vários motivos, mas eu tinha dez anos.

E, uma vez que a ideia entrou no meu cérebro, não consegui me livrar dela, o que me levou a imaginar razões pelas quais ele teria saído da barraca. A única em que consegui pensar foi uma emergência de banheiro. Então, saí da barraca da maneira correta — abrindo o zíper, engatinhando para fora, ficando de pé no gramado — e entrei em casa. Lá dentro estava silencioso, meus pais ainda dormiam no andar de cima, e Barkley fazia o mesmo no sofá da sala. Ao ouvir a porta de correr se abrindo, o cão despertou, dando início a um frenesi de latidos que imediatamente acordou minha mãe.

— Acordou cedo — comentou ela enquanto descia devagar as escadas, usando um robe por cima da camisola.

— Cadê o Billy?

Minha mãe deu de ombros, sonolenta.

— Não está lá fora?
— Não.
Não passou pela minha cabeça contar a ela sobre o estado da barraca e que havia um rasgo na lateral, grande o suficiente para uma criança passar. Eu estava mais preocupado em descobrir onde Billy havia se enfiado. O medo começou a me dominar de mansinho, embora eu não tivesse entendido a sensação na época.
— Vou olhar no banheiro — informei.
— O de cima está vazio — avisou minha mãe, o que me fez seguir pelo corredor, passando pela cozinha, para dar uma olhada no lavabo do primeiro andar. Também estava vazio.

Enquanto eu o procurava, minha mãe saiu, provavelmente para ter certeza de que eu não estava enganado e, de alguma forma, não vi Billy dormindo ao meu lado na barraca. Um sinal de que naquele momento nem ela estava pensando com lucidez.

— O que é isso? — perguntou ela quando voltei ao quintal.

Minha mãe estava ao lado da barraca, espiando pelo tecido rasgado, exatamente do jeito que eu tinha feito minutos antes, só que do lado de dentro.

— Acho que foi o Billy que fez isso.

Ao contrário de mim, minha mãe sabia que o dano à barraca não tinha sido obra de um garoto de dez anos.

— Ethan, vá correndo até a casa dos Barringer e veja se Billy está lá.

Essa hipótese fazia tanto sentido quanto qualquer outra. Certamente parecia plausível que Billy tivesse ido para casa a fim de usar o próprio banheiro em vez do nosso. Ou que teve dificuldade de dormir na barraca e optou por voltar para a própria cama.

Por algum motivo que ainda não sei explicar, entrei em casa de novo e saí pela porta da frente, em vez de simplesmente passar pela cerca viva para chegar até o quintal dos Barringer. Acho que foi porque, no fundo, eu sabia que algo horrível havia acontecido e já tinha começado a evitar o nosso quintal — o que faço até hoje. Foi assim que me vi saindo de casa, indo até a rua, fazendo a curva, subindo a calçada, passando pelo quintal da frente e, depois, subindo os três degraus antes da porta.

A sra. Barringer atendeu. Ao me ver lá, sem seu filho, ela levou uma das mãos ao pescoço.

— Cadê o Billy? — perguntou ela.

— Ele não está aqui?

— Não, Ethan. Ele não está com você?

Quando balancei a cabeça, vi um lampejo de medo nos olhos da sra. Barringer. Perceber seu pânico comedido escancarou o fato inquietante que eu vinha tentando ignorar desde que acordei na barraca. Billy tinha desaparecido.

Trinta anos depois, ele ainda não voltou, e sua família também se foi. A casa onde moravam agora está vazia. Eu paro na calçada, impressionado com o aspecto de completo abandono do lugar. Não é à toa que ninguém queira comprar o imóvel. As venezianas desbotaram com a exposição ao sol, e as janelas estão tão escuras e vazias quanto os olhos de um cadáver. O único sinal de vida são as flores que enfeitam a entrada. Radiantes e belamente desabrochadas, está na cara que são obra da sra. Chen, a especialista em jardinagem de Hemlock Circle. Ela não devia aguentar ver as plantas naquele estado de negligência e assumiu a responsabilidade de cuidar delas.

Depois de dar uma última olhada na casa de Billy, sigo até a residência seguinte, onde moram os Van de Veer.

Fritz Van de Veer e a esposa, Alice, foram os primeiros a residirem em Hemlock Circle. Eles se mudaram no fim da década de 1980, quando o bairro terminou de ser construído. Logo depois, vieram os Wallace, os Patel, os Chen e minha família. Das seis casas originais, apenas a residência dos Barringer foi lar de mais de uma família. Primeiro os Remington, que passaram três anos lá antes de se divorciarem e se mudarem, depois os Barringer, e desde então várias outras famílias que vieram e se foram. Essa rotatividade, embora aconteça com certa frequência na maioria dos bairros, é incomum em um lugar como Hemlock Circle, de onde poucas pessoas saem.

Não estou dizendo que não é estranho cinco das seis famílias que moravam na ruazinha sem saída quando Billy desapareceu terem continuado aqui depois de trinta anos. Até os Barringer, que tinham todos os motivos para ir embora, permaneceram por alguns anos após o desaparecimento do filho. Na noite anterior à partida para a Flórida, perguntei aos meus pais por que eles ficaram aqui por tanto tempo. Por que todos ficaram.

Meu pai citou a diversidade da área, a limpeza e a tranquilidade, as excelentes escolas e os baixos índices de criminalidade, apesar do que aconteceu com Billy. Situado ao lado de Princeton e entre Nova York e Filadélfia, a localização do bairro fez dele um dos mais procurados para se morar do país.

Apesar da forma como meu pai falou, eu sei o verdadeiro motivo que manteve todas as famílias aqui por todos esses anos: ninguém queria ser o primeiro a ir embora, para não parecer suspeito. Agora que meus pais finalmente se sentiram confortáveis para se mudar, eu não ficaria surpreso se outros também partissem. Sobretudo Vance Wallace, que perdeu a esposa para o câncer alguns anos atrás e, até Ashley voltar, morava sozinho naquela casa enorme.

Para chegar à casa dos Wallace, preciso passar pela residência dos Van de Veer. Ao fazer isso, vejo Fritz Van de Veer contornando a casa, com uma mangueira na mão. Embora só esteja regando as flores, ele está vestido como um empresário que escolheu roupas casuais para ir ao escritório na sexta-feira. Calça cáqui engomada. Camisa branca impecável e enfiada por dentro da calça, de modo a exibir o corpo ainda esbelto. O único sinal de que está aposentado há anos são seus tênis, cujo branco reluzente combina com a camisa.

Sua esposa, Alice, usando um vestido de alcinha floral e sandálias, logo se junta a ele. Está tão esbelta e elegante quanto da última vez que a vi, o que deve fazer mais de dez anos. Tal qual o marido, seu cabelo é de um tom bege que se recusa a denunciar sua idade. Não exatamente loiro, não exatamente grisalho. Parados lado a lado, eles lembram Pat Sajak e Vanna White, os apresentadores do programa *Wheel of Fortune*.

Eu me aproximo do quintal dos Van de Veer e me detenho ao lado da cerca viva que separa a propriedade deles da antiga casa dos Barringer.

— Olá, sr. e sra. Van de Veer! — cumprimento em voz alta, parecendo ter trinta anos a menos, e não a mesma idade que eles tinham quando Billy foi levado.

Dá para entender tal formalidade. Por ser o único casal em Hemlock Circle sem filhos, Fritz e Alice não orbitaram muito a minha infância. Tirando a festa do feriado de 4 de julho que minha família dava todo ano e à qual eles compareciam, não consigo me lembrar de outra ocasião em que tenham estado em nossa casa. Tampouco consigo me lembrar de ter pisado na casa deles.

Por outro lado, depois do desaparecimento de Billy, o clima em Hemlock Circle nunca mais foi o mesmo. O bairro ficou mais sombrio, menos amigável. Os pais de Russ pararam de celebrar o Ano-Novo chinês com a casa aberta a todos, e os de Ashley nunca mais deram aquelas festas na piscina no Dia do Memorial. Os Patel ainda comemoravam o Diwali, mas apenas com parentes e amigos próximos. Até meus pais deixaram de fazer a festinha no feriado de 4 de julho, optando por me levar para passear em parques nacionais e importantes locais históricos.

— Ethan, oi! — exclama Alice enquanto seu marido acena com a mão que ergue a mangueira, lançando um jato de água em arco pelo gramado. Alice desvia da água e caminha até a calçada, onde segura meu rosto com as duas mãos de unhas feitas. — Faz séculos que não vemos você. Não faz, Fritz?

Atrás dela, o marido assente.

— Faz.

— Agora você já é um homem-feito! Deve estar com quantos anos, uns trinta?

— Estou com quarenta.

— Não! — diz Alice, tendo um sobressalto, e depois rindo. — Ah, estou me sentindo velha.

Ela dá um tapinha no meu braço, brincando, o que pode ser visto como um gesto amigável, mas também pode ser considerado um flerte. Para entender melhor, dou uma olhada para Fritz, que não esboça reação. Em vez disso, ele comenta:

— Vejo que está fazendo a ronda hoje.

— Como assim?

— Indo de casa em casa — explica Fritz, gesticulando outra vez com a mangueira, a água espirrando primeiro em direção à casa dos

Chen, depois à casa que era dos Barringer, antes de parar na direção da casa dos Wallace, ao lado.

— Ah! — balbucio, um pouco nervoso. Fritz Van de Veer estava me observando? Se sim, talvez também tenha visto quem jogou a bola de beisebol no meu quintal. Eu a levanto para que ele possa ver. — Só estou tentando encontrar o dono disto aqui. Estava no meu quintal hoje de manhã.

Alice olha rapidamente para a bola.

— Estranho algo assim aparecer.

— O senhor viu mais alguma coisa estranha recentemente?

— Não posso afirmar que sim — responde Fritz antes de se virar para a esposa. — Docinho, poderia entrar e me servir um copo de limonada? Já vou lá.

A princípio, não tenho certeza do que me surpreende mais: Fritz chamar a esposa de "docinho" ou não poder servir a porcaria da própria limonada. No entanto, o que me surpreende mesmo é ver Alice assentir obedientemente, me dar um tchauzinho e entrar em casa.

— Presumo que *você* tenha visto algo estranho — diz Fritz assim que a esposa sai de cena. — Caso contrário, não estaria perguntando.

Pondero sobre quanto devo contar a ele, sabendo que ainda pode haver uma explicação lógica para o que vi ontem à noite e que a bola de beisebol no meu quintal pode não ter nada a ver com as luzes da garagem se acendendo e se apagando em todas as casas de Hemlock Circle. Decido que é muito complicado compartilhar essas informações e simplesmente digo:

— Não, sr. Van de Veer.

— Não precisa ser tão formal, filho. Pode me chamar de Fritz.

— Fritz — repito, e o nome soa estranho ao sair da minha boca. — Estou apenas sentindo o clima, me familiarizando de novo com o bairro agora que estou de volta.

Ele assente de uma forma que me faz pensar que não acredita em mim.

— Pretende ficar por um tempo?

— Talvez. Ainda não decidi.

— Seria uma pena se não ficasse — lamenta Fritz enquanto aponta a mangueira para um arbusto de hortênsia que domina o canto de seu quintal, as flores azuis se sacudindo ao receber o jato de água. — Este lugar não seria o mesmo sem alguém da família Marsh morando aqui. Fiquei triste em ver seus pais irem embora. Eles estão gostando de lá?

— Estão, sim.

— É bom ouvir isso — comenta ele. — Da próxima vez que falar com eles, diga à sua mãe que eu mandei lembranças.

Fritz fecha a torneira e começa a recolher a mangueira. Eu me despeço com um aceno de cabeça e sigo caminho rumo à casa dos Wallace, o encontro com os Van de Veer já desaparecendo da minha memória. Como eu não os via muito quando morava aqui na infância, desconfio de que teremos ainda menos interações agora no meu retorno. Só quando chego aos degraus da frente dos Wallace é que me dou conta de um detalhe estranho na conversa.

Por que Fritz Van de Veer mandou lembranças à minha mãe, mas não ao meu pai?

Sexta-feira, 15 de julho de 1994
9h22

Depois de jogar na lixeira o resto do café da manhã comido pela metade e enfiar na lava-louça o prato sujo de xarope de bordo, Joyce Marsh diz ao marido que vai sair. A discussão deles foi intensa, mas breve, e mesmo que a poeira tenha baixado — pelo menos por enquanto —, Joyce precisa ficar um pouco longe dele, caso contrário vai admitir tudo.

Vai admitir que, na verdade, há mais detalhes na história de como ela perdeu o emprego.

Vai admitir que nunca poderá contar tudo a ele.

— Vai se reunir de novo com o Bando de Gralhas? — pergunta Fred enquanto ela, perto da porta do vestíbulo, troca suas pantufas por um par de sapatos de lona sem cadarço.

Ele está se referindo às outras esposas de Hemlock Circle, que geralmente se reúnem por alguns minutos todos os dias no quintal de quem quer que esteja lá primeiro. Hoje, é Trish Wallace, que está borrifando água nos lírios que margeiam sua calçada. Deepika Patel, que mora ao lado, já se juntou a ela, e Joyce sabe que as outras chegarão em questão de minutos.

Ninguém sabe dizer ao certo quando essas reuniões começaram. Não foi nada planejado, ninguém organizou nada. Era apenas um grupo de amigas e vizinhas saindo de casa para dizer "oi". Ainda assim, Fred insiste em chamar esse encontro espontâneo de Bando de Gralhas, soando mais desdenhoso do que Joyce acredita ser a intenção dele. Como se todas as mulheres fossem apenas um bando de fofoqueiras tagarelas sem nada melhor para fazer. Ela atribui isso à inveja por parte do marido. Os homens de Hemlock Circle nunca se reúnem assim.

— Vou — confirma ela, com um suspiro. — Hora de retomar os hábitos, eu acho.

Assim que sai de casa, Joyce vê que, além de Trish, Deepika e Misty Chen, Mary Ellen Barringer se juntou ao grupo. Uma surpresa. A vizinha de porta raramente frequentava as reuniões do Bando de Gralhas. Pelo menos, antes era assim. Talvez isso tenha mudado desde que Joyce parou de ir.

Ao atravessar a rua, ela não consegue deixar de pensar em como é chato não ir mais trabalhar. Sim, ela estava no emprego havia só dois meses, mas foi tempo suficiente para se acostumar com a rotina agradável. Agora, por exemplo, estaria se acomodando à sua mesa com uma xícara de café depois de bater um papo com Margie, a assistente sênior. A essa hora, Margie deve estar lá conversando com a pessoa que contrataram para ocupar o lugar de Joyce. Juntar-se ao Bando de Gralhas no gramado dos Wallace faz com que ela se sinta... Bem, ela não sabe direito como se sente. "Fracassada" é uma palavra muito forte, mas é quase isso. Decepcionada, talvez, por ter retornado tão facilmente à sua antiga rotina.

— Olha só quem voltou! — exclama Trish. — Está de folga?

— Férias permanentes — responde ela. — Não consegui conciliar com a minha agenda. Sabe como é.

Joyce sorri, apesar da mentira. Se ela não pode contar nada ao marido, com certeza não vai contar a essas mulheres. Porque, por mais pedante que possa ser, o nome que Fred deu ao grupo tem um fundo de verdade. Elas são de fato umas gralhas tagarelas e fofoqueiras.

— O trabalho de mãe nunca acaba — comenta Trish, e as outras concordam. As cabeças meneando fazem Joyce se perguntar se estão julgando-a mentalmente por tentar ter um emprego ao mesmo tempo que cuida da casa.

Em Hemlock Circle, não se espera que as mulheres trabalhem. Elas não precisam. É um bairro caro em uma região cara de um estado caro. Todas elas moram aqui porque seus maridos podem pagar. Elas são esposas de professores universitários e cientistas, engenheiros e banqueiros. Podem ter tudo o que desejarem.

— É melhor assim — diz Misty a Joyce. — Ethan precisa de você em casa. Só por mais um tempinho.

Joyce discorda. Ultimamente, o filho age como se não precisasse dela, o que é uma das razões pelas quais ela decidiu arranjar um emprego. Joyce sente falta dos dias em que ele dependia dela para tudo. Agora que não depende mais, há um vazio que ela esperava que o emprego preenchesse.

— Acho que você está certa — replica Joyce, recusando-se a discordar de Misty, cujo sorriso brilhante e a pele perfeita não dão nenhum indício de que nos últimos doze meses ela passou por uma das piores coisas que uma mãe pode passar. Pobre e problemático Johnny. Que tragédia...

— Certa sobre o quê?

Joyce se vira e vê Alice Van de Veer juntando-se ao grupo. A última pessoa que ela quer ver agora. Pelo sorriso largo que Alice lhe dá, Joyce se pergunta quanto aquela mulher sabe. Não apenas sobre o que Fritz, o marido dela, tem feito, mas também se Joyce está envolvida nisso. Ela duvida que Fritz tenha contado algo a Alice, mas esposas sempre descobrem as coisas. Até coisas que não deveriam saber.

"Alice é uma mulher do bem", dissera-lhe Fritz certa vez, enquanto andavam no carro dele. "Quanto menos ela souber, melhor."

— Estar em casa pelos filhos — responde Trish num tom descontraído, claramente presumindo que Alice não entenderia.

Os Van de Veer são o único casal em Hemlock Circle que não tem filhos, o que os torna mais excluídos, embora tenham sido os primeiros a se mudarem para lá.

— Ah, sim — murmura Alice.

Trish Wallace se aproxima e muda de assunto.

— Nem sei se devo comentar, porque não deve ser nada, mas tem alguém zanzando pela vizinhança.

Ela conta que viram um homem desconhecido caminhando entre Hemlock Circle e Willow Court na tarde anterior. Quem lhe contou foi Sally Seitz, que se mudou para Willow na mesma época em que Trish foi morar em Hemlock.

— Ele veio pela floresta? — indaga Mary Ellen.

Trish assente.

— Parece que sim. Sally ouviu dizer que ele saiu da floresta que tem atrás de Willow Court e veio para cá, para Hemlock. Ela disse também que ele estava com uma roupa camuflada. Se isso não é suspeito, então não sei mais o que é.

Ou pode não ser nada, pensa Joyce. Não é ilegal caminhar na floresta. É uma área de preservação ambiental, comprada pelo condado com subsídios do estado no fim dos anos 1980, quando Nova Jersey percebeu que ficaria sem terras não desenvolvidas se não fizesse algo a respeito. Daí a grossa muralha de árvores atrás de sua casa. Menos de dois quilômetros de floresta até a rua de acesso às estradas, e mais uns dois quilômetros dali até o Instituto Hawthorne.

— Podia ser alguém que estava caçando e se perdeu — sugere ela.

— Não é permitido caçar nestas florestas — explica Trish.

— Alguém que estava fazendo uma trilha, então.

Para Joyce, as pessoas fazem trilha lá o tempo todo. De fato, é incomum entrarem sem querer nos quintais, mas não há por que se preocupar.

— Você acha que ele estava observando as nossas casas? — pergunta Alice.

— Precisamos criar um grupo para fazer rondas no bairro — opina Deepika. — Eu venho dizendo isso há anos.

— Apenas fiquem de olhos abertos, moças — diz Trish, assertiva.

— A cada dia, este mundo fica mais maluco.

Depois disso, o Bando de Gralhas se desfaz, cada mulher retorna para a própria casa. Sozinha no asfalto, Joyce fita a casa onde mora com o marido e o filho. Vista da rua, parece tão grande. Muito maior do que ela já imaginou ter. Construídas ao mesmo tempo pela mesma construtora, todas as casas em Hemlock Circle são um pouco parecidas, com fachadas de tijolos, janelas de águas-furtadas no segundo andar e garagem para dois carros.

O bairro de North Jersey em que ela cresceu era cheio de casas altas e estreitas, amontoadas como livros na estante. Joyce sempre presumiu que continuaria morando em um lugar parecido com aquele. Em vez disso, está aqui, no que tecnicamente é o subúrbio, mas que parece muito mais remoto. A rua sem saída parece uma ilha por si só. Não é a primeira vez que Joyce se pergunta se ela é digna de um lugar como Hemlock Circle. Se merece estar aqui. Neste exato momento, sente que não.

Ela sabe que as outras mulheres do Bando de Gralhas diriam o contrário. Que ser dona de casa é tão essencial quanto qualquer outro trabalho. *Caramba, você é o que mantém aquela casa de pé*, ela imagina Trish Wallace dizendo.

Talvez seja verdade. Mas Joyce quer mais do que isso. Por que ela tem que ser apenas a sustentação? Ela não pode ajudar a construir a casa também?

Quando está prestes a entrar em casa, Joyce escuta alguém chamar seu nome no quintal ao lado. É Mary Ellen Barringer, parada perto da cerca viva, com o mesmo jeito calado e sério de sempre. Joyce tenta fingir que não ouviu e continua andando, determinada, pelo quintal da frente. Ela não está no clima para falar com Mary Ellen. Não é que não goste da vizinha. Ela gosta — em pequenas doses. Mas agora que Ethan e Billy Barringer se tornaram inseparáveis, essas doses estão ficando cada vez maiores.

Mary Ellen chama seu nome de novo, desta vez mais alto, e Joyce não tem escolha a não ser parar no meio do gramado, esboçar um sorriso e se virar.

— Oi, Mary Ellen!

— Você ainda acha que é uma boa ideia o Billy dormir aí? — pergunta ela, como sempre indo direto ao ponto.

— Não vejo por que não. Ethan adora os dias de acampar no quintal.

— Você não acha que é perigoso? Com o tal homem andando por aí?

Joyce estuda Mary Ellen, a princípio achando que a vizinha está fazendo uma piada sobre o ridículo comportamento das outras mulheres do Bando de Gralhas em relação ao homem desconhecido que supostamente está perambulando pela vizinhança. Pela reação delas, seria plausível pensar que Trish Wallace lhes disse que o Pé Grande estava assolando o bairro.

— Ah, isso — diz Joyce. — É uma bobagem, não acha?

— Não é uma bobagem — rebate Mary Ellen, deixando claro que não está de brincadeira. Claro que não está. Joyce já percebeu que Mary Ellen Barringer leva tudo muito a sério. — Tem alguém por aí. Planejando sabe-se lá Deus o quê. Todos nós deveríamos tomar cuidado até esse sujeito ser pego.

Mas ele não fez nada de errado, pensa Joyce. *Se é que esse homem existe. É mais provável que Sally Seitz tenha inventado isso só para parecer importante.*

— Acho que precisamos de mais informações antes de começarmos a ficar preocupados de verdade — argumenta Joyce. — Além disso, os meninos não vão acampar no meio da floresta. Eles vão ficar no nosso quintal. É totalmente seguro.

— Você acha mesmo? — pergunta Mary Ellen.

Joyce exibe o mesmo sorriso forçado que Alice lhe deu.

— Não há nada com que se preocupar. Vai ficar tudo bem.

Vinte e quatro horas depois, Joyce se arrependerá de cada palavra. Mas agora, neste exato momento, ela acredita fielmente no que diz — pelo menos sobre Ethan e Billy acampando no quintal. Todo o restante continua alarmante de um jeito enlouquecedor. Sobretudo quando ela chega à porta da frente de sua casa e percebe que um dos vizinhos continua do lado de fora. Alguém que não estava lá antes.

Fritz Van de Veer.

Ele está ao lado de sua garagem aberta, vestindo um terno preto, simplesmente olhando para ela do outro lado da rua. Joyce acena, como faria com qualquer outro vizinho, para caso alguém esteja observando de uma das outras casas.

Fritz não retribui a saudação.

Em vez disso, leva o dedo indicador aos lábios; sua mensagem é silenciosa, mas assustadoramente clara.

Não conte a ninguém sobre ontem à noite.

CINCO

Subo lentamente os degraus de entrada da casa dos Wallace, pensando no tipo de amizade que Fritz Van de Veer tinha com meu pai. Se é que tinham alguma relação, além da de vizinhos. O fato de Fritz ter mencionado minha mãe, mas não meu pai, sugere que eles não se davam tão bem, o que eu acho impossível. Todo mundo gosta do meu pai. Ele é um sujeito decente e legal. O tipo de pai a quem eu queria dar orgulho. E foi por isso que comecei a dar aulas, embora ser professor de língua e literatura inglesa em uma escola que prepara os alunos para a faculdade esteja muito longe de ser docente na Universidade de Princeton.

Talvez isso não impressione Fritz. Ou talvez o deixe inseguro. Ou, o mais provável, não seja nada, e Fritz só mencionou minha mãe porque ela costumava conversar com Alice e as outras esposas na rua. Concluindo que deve ser esse o motivo, toco a campainha dos Wallace.

Quem abre a porta é um menino de uns dez anos, cabelo castanho rebelde e a armação escura dos óculos deslizando pelo nariz. Ele olha para mim através das lentes sujas, parecendo curioso e um pouco irritado por ter sido afastado de seja lá qual atividade crianças de dez anos façam hoje em dia.

— Como posso ajudar? — pergunta ele de uma maneira tão precocemente séria que todo mundo acharia divertida, menos eu.

Meu estado de espírito geral, na verdade, é de desconforto. O fato de eu me sentir pouco à vontade perto de crianças choca todos que sabem que sou professor. "Dou aulas para adolescentes", faço questão de lembrar. "Não para crianças."

Eu lhe mostro a bola de beisebol e pergunto:

— Hum... oi. É sua? Encontrei no meu quintal e achei que poderia ser sua.

— Não — responde o menino sem olhar para a bola. Seus olhos curiosos permanecem cravados em mim.

— Henry? Está falando com quem?

A voz da mulher que vem de dentro da casa me faz endireitar a postura. Embora esteja diferente da última vez que a ouvi, há nela uma receptividade que reconheço na hora.

Ashley.

— Não conheço — responde o menino aparentemente chamado Henry.

— Diga a ele que, por favor, vá embora.

Henry olha para mim sem sorrir.

— Devo dizer ao senhor que, por favor, vá embora.

— Eu ouvi.

De repente, Ashley está lá, surgindo rapidamente atrás do filho, concentrada no brinco que estava colocando e sem me notar logo de cara. Quando, enfim, se dá conta da minha presença, há aquele instante em que ela reconhece o menino no homem que está diante dela e tenta processar se somos a mesma pessoa. Quando conclui que sim, ela abre um largo sorriso.

— Ethan? É você?

Seguem-se alguns segundos desajeitados em que Ashley abre os braços para me dar um abraço enquanto ofereço um aperto de mão, fazendo com que ambos mudem a abordagem. O resultado é um abraço meio de lado, o que deixa Henry confuso.

— Vocês se conhecem, então? — questiona o garoto.

— Este é Ethan Marsh, querido. Eu era babá dele. Faz muito, muito tempo.

— Trinta anos — acrescento, e Ashley franze a testa.

— Tanto tempo assim? Meu Deus.

Ela dá um sorriso tímido, como se estivesse envergonhada pela passagem do tempo. Não há por que estar. Usando uma calça jeans escura e uma blusa cor de tangerina, ela continua muito bonita. A mesma Ashley, mas um tanto diferente. O cabelo está um pouco mais escuro agora — castanho-claro em vez do loiro-acinzentado de sua adolescência —, e seu rosto e corpo estão mais esbeltos, mais angulosos, como quem ficou mais calejada com o tempo. Eu também fiquei, mas tive o efeito oposto na minha aparência. Estou mais suave, como se meu corpo estivesse tentando amortecer os golpes da vida.

— Não vejo você desde...

A maneira como Ashley interrompe o próprio raciocínio deixa bem claro que ela lembra exatamente quando nos vimos pela última vez. No velório de Billy. Como a igreja estava lotada, não conseguimos nos sentar juntos nem conversar. No entanto, assim que a cerimônia terminou, nossos olhares se encontraram quando ela estava saindo. Ashley me deu um dos sorrisos mais tristes que já vi, acenou e foi embora.

— O que você está fazendo aqui? — pergunta ela.

— Você quer dizer agora, neste exato momento? Ou em geral?

Ashley ri.

— Os dois, eu acho. Seus pais acabaram de se mudar, não é?

Faço uma breve atualização sobre meus últimos meses. A ida dos meus pais para a Flórida, minha mudança para a casa deles até eu me adaptar ao emprego novo como professor numa escola particular perto daqui.

— História parecida por aqui — diz Ashley quando termino meu relato. — Meu pai não anda muito bem, e Henry e eu precisávamos de um novo começo, então voltamos pra cá. Eu convidaria você para entrar e botarmos o papo em dia, mas vou mostrar uma casa em quinze minutos, e precisamos de mais tempo do que isso. Podemos deixar pra uma próxima vez?

— É claro que podemos — respondo. — Na verdade, só vim ver se isto aqui era do Henry.

Assim como seu filho, Ashley não olha nem de relance para a bola de beisebol na minha mão.

— Acho que ele nunca arremessou uma bola de beisebol na vida.

— Eu não tenho muita coordenação motora — admite Henry.

Ashley lança um olhar surpreso para ele.

— Quem te disse isso?

69

— Todo mundo.
— Até o vovô?
— *Principalmente* o vovô.
Como se tivesse sido convocado, Vance Wallace aparece atrás de Ashley e Henry e rosna uma pergunta num tom confuso e irritado:
— Quem está me chamando?
— Ninguém, pai — diz Ashley com um suspiro. — Estamos falando com Ethan Marsh.
— Ethan?
O sr. Wallace vem até a porta, um pouco mais devagar do que eu esperava, mas com o mesmo jeito combativo de antigamente, apesar de estar quase na casa dos oitenta. Ele é ex-boxeador e, nos anos 1980, abriu várias academias na região, que tiveram bastante adesão e foram um negócio lucrativo por muitos anos até ele vender todas para uma rede nacional. Agora o sr. Wallace parece um misto de aposentado com instrutor militar. Braços fortes, peitoral largo, barriga grande, um bronzeado que não tem como ser natural. Conforme ele se aproxima, porém, noto seu olhar um pouco distante. Embora seus olhos estejam fixos nos meus, ele parece estar olhando além de mim em vez de para mim.
— Seus pais chegaram bem na Flórida? — dispara ele.
— Chegaram, sim, senhor.
— Que bom. Vamos sentir falta deles por aqui. — Ele repara na bola de beisebol que estou segurando. — O que é isso aí?
— É uma bola, pai — responde Ashley meio nervosa, dando a impressão de que não é a primeira vez que ela precisa ajudá-lo a identificar objetos do cotidiano.
Isso faz com que eu me pergunte o que ela quis dizer exatamente quando me contou que Vance não andava bem.
— Disso eu sei — retruca Vance. — Queria saber por que ele está segurando uma bola.
— Encontrei no meu quintal — explico. — Só estou tentando achar o dono dela. Consegue pensar de onde pode ter vindo?
— Já perguntou ao seu vizinho? — indaga o sr. Wallace.
— Russ? Já. Eu acabei de vir de lá.

— Não ele. — Agitado, ele aponta para a casa de Billy. — Seu outro vizinho. O menino Barringer. Eu o vi lá fora ontem à noite.

— Pai — intervém Ashley, com a voz baixa e preocupada. — Billy não estava lá fora ontem à noite.

— Estava, sim. Eu o vi correndo pelo quintal.

— A que horas foi isso? — pergunto, meu interesse subitamente instigado.

O sr. Wallace pensa por um segundo.

— Um pouco depois das duas da manhã.

Apesar de estar fazendo muito calor, sinto um calafrio. Foi mais ou menos na mesma hora em que eu vi a luz acima da garagem dos Wallace se acender sem motivo aparente.

Olho de relance para Ashley, cuja expressão é de ceticismo, além de parecer tensa, preocupada e insuportavelmente triste.

— Faz décadas que não vemos o Billy, pai — retruca ela. — O senhor sabe disso.

— Mas eu sei o que eu vi, droga.

Ashley pega o braço do pai.

— Vamos lá pra dentro. Lembra que o médico disse que o senhor precisa descansar? — Ela me lança um olhar de desculpas antes de dizer: — Eu realmente preciso ir. A gente se vê mais tarde?

— Claro.

Por mais que seja bom rever Ashley, todas as lembranças e a nostalgia são tão avassaladoras que, para ser sincero, estou aliviado que nosso reencontro tenha sido interrompido. Temos muito tempo para conversar. Além disso, só consigo pensar no que o sr. Wallace acabou de dizer, e em como isso corrobora a experiência que tive na noite passada.

Aceno para Henry e, com a bola de beisebol na mão, volto para casa. Em vez de ir pela calçada, corto caminho pelo asfalto mesmo, contornando as plantas no centro do círculo que tem no fim da rua. Já no meu quintal, um flashback me atinge em cheio quando piso no meio-fio. Eu na garagem ontem à noite sentindo a presença de outra pessoa do lado de fora, escondida. E a única pessoa em que pensei é a mesma pessoa que o sr. Wallace afirma ter visto em seu quintal.

71

Será que não existe mesmo a menor possibilidade de nós dois estarmos certos?

Dentro de casa, vou direto para o escritório do meu pai. Lá, abro o laptop e acesso o cadastro de Billy no NamUs. Ainda desaparecido. Mas só porque o banco de dados diz isso, não significa que esteja correto. Significa apenas que ninguém — nem as autoridades — sabe onde ele está.

O que me leva a crer que, por mais ínfima e improvável que seja, há uma chance de que Billy esteja vivo.

Que ele tenha retornado a Hemlock Circle ontem à noite.

Que ele ainda possa estar aqui agora.

Esquadrinho a tela do laptop, procurando o contato da polícia. Ao lado do nome de Ragesh Patel, consta um número de telefone para o qual as pessoas podem ligar se tiverem qualquer informação sobre o caso. Sem pensar, pego meu celular e disco.

Ragesh atende no segundo toque com uma pergunta apressada:

— Detetive Patel. Qual é o motivo da sua ligação?

Faço uma pausa, assimilando como sua voz mudou desde a última vez que nos falamos. Não havia qualquer vestígio do sarcasmo adolescente que sempre associei ao menino mais velho que morava duas casas depois da minha. Em seu lugar, há uma voz mais grave, rouca e extremamente cansada.

— Oi, Ragesh. É Ethan Marsh. De Hemlock Circle.

Ragesh faz a mesma pausa que eu acabei de fazer. Tentando associar o nome à voz que mudou drasticamente. Ele ainda devia me imaginar como aquele garoto desengonçado e sem jeito de dez anos, e não como o quarentão que eu me tornei, que não é mais desengonçado, mas ainda um pouco sem jeito.

— Ethan, oi. Como posso ajudar?

— Estou ligando pra falar sobre Billy Barringer.

— O que é que tem ele? — questiona Ragesh, com tanta hesitação entre uma palavra e outra que demora um bom tempo para fazer a pergunta.

— Alguma novidade?

— Por que você está interessado no caso de Billy?

Uma pergunta desconcertante. Ele foi levado do meu quintal enquanto dormia ao meu lado. Por que eu *não* estaria mais interessado?

— Acabei de voltar a morar na casa dos meus pais. Estar aqui me despertou muitas lembranças, então pensei em ver se havia alguma novidade.

Não é mentira, mas está longe de ser toda a verdade.

— O que você ouviu? O que você sabe? — interroga Ragesh, abaixando a voz.

Fico entorpecido. Então *tem* novidades. Notícias importantes, levando em consideração o tom de voz de Ragesh. E por um segundo eu me permito pensar que o que senti ontem à noite e o que o sr. Wallace viu eram reais. Que o impossível realmente aconteceu.

Billy *voltou*.

— Eu não ouvi nada. O que está acontecendo?

— Ontem de manhã, restos humanos foram encontrados na área.

— Ragesh faz uma pausa, e sinto a sala onde estou se inclinar. — Um menino. Provavelmente em torno dos dez anos. Eles ainda estão verificando os registros odontológicos, mas tenho certeza de que o encontramos, Ethan. Encontramos Billy Barringer.

SEIS

Billy está morto.

Embora eu já presumisse, é diferente quando a suposição é confirmada. Porque, no fundo, eu nunca quis acreditar. Por décadas a fio, nutri frágeis esperanças e hipóteses. Agora que sei que estava errado todo esse tempo, é como se meu corpo estivesse flutuando. Uma sensação de estranheza e ausência de peso me atingiu no momento em que Ragesh me deu a notícia ao telefone e só passou no fim do dia.

A julgar pela aparência dos outros, posso dizer que sentem o mesmo. Russ segura com firmeza o braço do sofá, como se tivesse medo de escorregar. Ashley, espremida entre nós dois, está nauseada.

A única pessoa que aparentemente não foi afetada pelas notícias de hoje é o mensageiro: Ragesh Patel, que se ofereceu para passar aqui quando tivesse um tempo e dar mais detalhes. Às sete e meia, ele finalmente chegou, e agora fala de um jeito tão calmo e devagar, muito diferente do adolescente com a voz cruel e o riso zombeteiro das minhas lembranças. Ele mudou tanto que, quando apareceu na porta, quase não o reconheci. Está maior agora, peitoral e barriga robustos, e fios grisalhos salpicam seu cabelo e sua barba cheia. Quando fazia *bullying* com as crianças do bairro, suas feições eram mais angulosas e ele andava com a barba feita — ainda melhor para exibir o sorrisinho sarcástico que sempre tinha estampado no rosto.

— Não posso falar muito — diz. — Eu nem deveria estar conversando sobre isso com vocês. Ainda não informamos a imprensa, porque a família de Billy ainda não foi notificada. Ontem, entramos em contato com o hospital estadual onde a sra. Barringer está sob cuidados. Eles falaram que um médico daria a notícia a ela, mas que é muito improvável que ela entenda alguma coisa do que ele disser. E Andy Barringer está desaparecido. A última informação sobre o paradeiro dele tem mais de dez anos. Ele teve um breve relacionamento com uma das cuidadoras da mãe na época. Ela tentou entrar em contato, mas não tenho certeza se conseguiu falar com ele ou não. Então, tudo isso é informação muito confidencial, nada deve sair desta sala.

Ele não precisa explicar mais nada. Está claro que está fazendo um favor para mim, Ashley e Russ.

— E os outros vizinhos? — pergunta Russ, que se encolheu para que nós três coubéssemos no sofá. Isso lhe dá um aspecto estranhamente frágil. Apenas um menino recebendo más notícias. — Eles também deveriam saber.

— E eles saberão — assegura Ragesh. — Muito em breve. Mas não queremos que essa notícia vaze para a imprensa antes de localizarmos o irmão de Billy. Por isso, não podem contar para ninguém. E eu não tenho mais o que compartilhar. O Departamento de Investigações Criminais da polícia assumiu o caso.

Estudo o rosto de Ragesh. Se ele está irritado por ter sido afastado do caso, não demonstra.

— Tudo que posso dizer é que, ontem de manhã, encontraram restos mortais humanos na área. Um antropólogo forense os examinou e concluiu que parecem ser os restos mortais de uma criança do sexo masculino.

— Vocês têm certeza de que é o Billy? — pergunto, agarrando-me à ideia de que Ragesh pode estar errado.

— Os registros odontológicos confirmaram que é ele, o que já sabíamos. Com base no estado dos restos mortais e onde foram encontrados, só podia se tratar de Billy Barringer.

Todo o ar sai dos meus pulmões, levando consigo aquele último resquício de esperança. Por um instante, parece que estou me afogando. Eu me forço a inalar um pouco de oxigênio antes de perguntar:

— Onde ele foi encontrado?

— No lago, perto da cachoeira e do Instituto Hawthorne — responde Ragesh com a brusquidão de quem arranca um band-aid.

E por um bom motivo. O instituto fica a apenas três quilômetros de distância, separado do meu quintal por um trecho de floresta. E Billy esteve lá o tempo todo. Tão perto, mas ainda assim tão longe do resgate.

A sensação de estar flutuando se agrava, a ponto de eu pressionar os pés no chão apenas para ter certeza de que não me ergui do sofá. Para combatê-la, fecho os olhos e imagino a cachoeira. Um turbilhão branco caindo de um penhasco de granito no lago de profundidade desconhecida. Tudo isso criado não pela natureza, mas pelo homem, há mais de cem anos.

Quando eu era criança, ouvi rumores de que o lago não tinha fundo. Que, muito tempo atrás, as pessoas pulavam lá e nunca mais voltavam à superfície. Que seus fantasmas assombravam a cachoeira, pairando em forma de faixas de neblina ao redor da água em cascata. Uma lenda suburbana, mas aparentemente com um fundo de verdade, para meus pais terem me proibido de ir lá. Até hoje, só vi a cachoeira uma única vez.

Com Billy e as outras três pessoas nesta sala.

Na tarde antes de Billy desaparecer.

— Como Billy foi parar lá? — Faço a pergunta de olhos fechados, como se isso a tornasse mais fácil de fazer. Não torna. Porque parte de mim não quer saber a resposta, mesmo que eu precise, mesmo que seja só para ver se é melhor ou pior do que minha imaginação. — Você acha que ele pode ter caído e se afogado?

Enquanto as palavras ainda pairam no ar, percebo a improbabilidade dessa hipótese. Embora seja possível que Billy tenha retornado sozinho à cachoeira na calada da noite, esgueirando-se sob o manto da escuridão, não é o caso. A lateral da barraca foi cortada, e isso é razão suficiente para pensar que Billy não saiu por vontade própria. Para mim, o que mata a charada, no entanto, são seus tênis, que ainda estavam na barraca quando acordei na manhã seguinte. Se Billy pretendesse caminhar três quilômetros por uma área de mata fechada, sem dúvida teria calçado os tênis.

— Isso é improvável — comenta Ragesh. — Tanto o antropólogo forense quanto os investigadores encontraram na cena evidências que sugerem que ocorreu um crime.

Um silêncio sepulcral se instaura, e durante um tempo não ouço nada além do zumbido enfadonho do ar central e um gaio-azul gritando do olmo na frente da casa.

Crime.

— Não posso compartilhar detalhes, mas a teoria é que ele foi assassinado primeiro e depois arrastaram e jogaram o corpo no lago, lá do topo da cachoeira.

Ao meu lado, Ashley tapa a boca com a mão.

— Acho que vou vomitar.

Ela corre para o lavabo no corredor perto da cozinha, a lembrança de visitas de trinta anos atrás mostrando-lhe o caminho. Sigo Ashley e fico de prontidão no corredor, um pouco longe para lhe dar alguma privacidade, mas infelizmente perto o suficiente para ouvi-la vomitando atrás da porta fechada.

Minutos depois, Ashley sai do lavabo e, ao me ver, fica paralisada. Então, ela franze a testa e me puxa para um abraço desesperado e triste.

— Ah, Ethan. Mesmo depois de tanto tempo, eu gostava de pensar que ele ainda estava vivo. Eu sabia que não era verdade, mas era bom ter esse pensamento para me agarrar — lamenta ela, chorando em meu ombro.

Eu a envolvo com meus braços, incapaz de rechaçar as lembranças. De nós dois, uma semana depois do desaparecimento de Billy. Naquela época, todos os pais da cidade ficavam apavorados quando perdiam seus filhos de vista, nem que fosse por um segundo. Eu tinha permissão para sair e brincar, mas só na frente de casa, onde os vizinhos conseguiam me olhar.

Era ali que eu estava sentado naquela tarde, e não estava brincando. Nem de longe. Em vez disso, eu deslizava a mão sobre a grama, arrancava alguns tufos e os observava serem capturados pela brisa e voarem para longe. Cada vez que um pedacinho de folha se soltava da ponta dos meus dedos, eu pensava em Billy, que tinha feito basicamente a mesma coisa.

Voado para longe.

Desaparecido.

Embora nenhum adulto — nem a polícia, nem mesmo meus pais — tivesse me dito, eu também sabia que era alta a probabilidade de Billy estar morto. Um fato horrível para um garoto de dez anos ter que lidar.

No entanto, era nisso que eu estava pensando quando um Camry marrom, reluzente como uma moeda polida à luz do sol do meio da tarde, encostou rente ao meio-fio. Eu me levantei e imediatamente comecei a recuar em direção à casa. Apesar de permanecerem calados sobre o provável destino de Billy, os adultos ao meu redor falavam muito sobre quão perigosas pessoas desconhecidas podiam ser. Eu estava prestes a correr quando a janela do lado do carona abaixou, revelando Ashley ao volante.

— Vocês compraram um carro novo — comentei, porque era verdade. O outro carro dos pais dela era um Chevy Malibu azul-escuro.

— Pois é — disse Ashley. — E aí, vai ficar o dia inteiro olhando ou vai entrar?

A essa altura, minha mãe estava do lado de fora da casa e vinha caminhando em direção ao carro. Ela parecia muito estranha naquele momento. Estava com um olhar aterrorizado, mas sua boca se torcia num rosnado raivoso, mostrando os dentes. Isso lhe dava um aspecto vulnerável e cruel. Presumi que era assim que as mães ursas ficavam quando alguém se metia entre elas e seus filhotes.

— Ethan, se afaste desse carro! — gritou ela enquanto colocava o braço na minha frente, como se isso por si só pudesse me proteger do mal que ela achava que havia dentro daquele Camry em ponto morto.

— Oi, sra. Marsh! — cumprimentou Ashley pela janela aberta.

Minha mãe praticamente derreteu de alívio. O terror se esvaiu de seus olhos, e a expressão em seu rosto se abrandou. Apenas o braço por cima do meu peito permaneceu, mas ela logo o recolheu.

— Pensei que fosse alguém que eu não conhecia — falou minha mãe, aliviada.

— Estou só dando um oi para o Ethan. — Ashley refletiu por um instante. — Se quiser, posso levá-lo pra tomar um sorvete. Dar um descanso para a senhora.

Se fosse qualquer outra pessoa, tenho certeza de que minha mãe teria dito que não, ou pelo menos ponderado por mais de cinco segundos. Mas, como era Ashley, sua resposta foi instantânea.

— Obrigada — disse minha mãe. — Seria maravilhoso.

Entrei no carro, certificando-me de afivelar o cinto de segurança. Uma onda de preocupação me deu um frio na barriga. Era, até onde minha memória alcançava, a primeira vez que eu entrava em um carro sem um adulto ao volante. Um pensamento assustador, mas também empolgante.

— Você sabe dirigir?

— Óbvio — respondeu Ashley enquanto saía com o carro. — Meu pai me ensinou nesta última primavera.

— Eu quis dizer legalmente.

Desta vez, Ashley, que eu sabia que ainda tinha quinze anos, não disse nada.

— Aonde estamos indo? — perguntei assim que saímos de Hemlock Circle.

— Para a sorveteria é que não é. — Ashley cerrou o maxilar e olhou fixamente para a rua. — Eu queria falar com você. Sobre o Billy.

Eu me remexi no banco do carona, irritado, triste e culpado. Eu queria esquecer Billy. Só um pouquinho. O que me fez sentir ainda mais culpado, e então mais irritado e triste por não conseguir escapar dessa culpa.

— O que os adultos disseram a você? — indagou Ashley.

— Que alguém o levou.

Eu me virei para olhar pela janela, observando as casas e os gramados vizinhos. A maneira como passavam zunindo e desapareciam de vista me fez pensar em Billy. Eu sabia que veria aquelas casas e aqueles quintais novamente quando Ashley desse meia-volta e me levasse para casa. Mas e Billy? No fundo, eu sabia que nunca mais o veria. É algo tão terrível de se dar conta que comecei a chorar ali mesmo no carro.

— Acho que ele está morto — comentei, dando uma fungada triste.

— Quem te disse isso?

— Ninguém. Eu só sei que ele está.

Ashley pisou com tudo no freio, parando o Camry no meio da rua.
— Olha pra mim — pediu ela.
Eu não olhei. Não conseguia. Não com lágrimas descendo pelo meu rosto e ranho escorrendo do meu nariz. Eu queria que Ashley pensasse que eu era mais velho, mais forte, mais sábio do que alguém da minha idade. Em vez disso, eu parecia o chorão que eu sabia que era.
— Ethan — chamou ela, em um tom mais suave dessa vez. — Olha pra mim.
Eu a fitei, resistindo à vontade de me encolher quando Ashley retribuiu meu olhar. A compaixão em seus olhos fez com que eu me sentisse completamente patético. Mas então ela estendeu a mão e me puxou para um abraço.
— Não pense isso — disse ela. — Está me ouvindo? Nunca perca a esperança, Ethan. Se você continuar pensando que Billy está vivo e a salvo, então ele está. Mesmo que seja apenas na sua mente. Mesmo que você nunca descubra o que aconteceu com ele.
Agora estamos aqui, revivendo aquele momento, só que com os papéis invertidos, ambos diante da dura realidade de que qualquer esperança que ainda tínhamos morreu. Ashley se solta do meu abraço, quebrando o feitiço da lembrança. Ela se afasta de mim, enxugando as lágrimas com rímel que escorrem pelo seu rosto.
— Essa notícia acabou comigo.
— Com todos nós — comento.
— Menos com você. Está lidando muito bem com isso.
Se ao menos ela soubesse sobre o Sonho. E a insônia. E a culpa, a tristeza e a longa lista de terapeutas que tive desde a adolescência, profissionais que, apesar de seus valentes esforços, não conseguiram me ajudar nem um pouco.
— As aparências enganam.
— Acho que é melhor a gente voltar — afirma Ashley, passando o braço pelo meu. — É sempre mais fácil receber más notícias com um amigo.
Retornamos à sala e nos espremermos outra vez no sofá ao lado de Russ, que pergunta:

— Que tipo de evidência encontraram?

Ragesh pigarreia.

— Não estou autorizado a revelar essa informação.

— Como ele foi encontrado? — questiono enquanto me acomodo no sofá.

Alguma coisa nessa história parece estar errada. Billy estava desaparecido havia trinta anos, sem nenhuma pista de seu paradeiro ou do que tinha acontecido com ele. Então, de repente, o corpo dele é encontrado a três quilômetros daqui, não muito antes de eu ter sentido a presença dele no meu quintal.

— Por dois cientistas do Sistema Estadual de Proteção Ambiental — conta Ragesh. — Eles estavam coletando amostras de água e solo. Atividades rotineiras, eles fazem isso o tempo todo. Em uma das amostras, encontraram um fragmento de osso. Isso os levou a dragar o rio. Foi quando encontraram Billy.

— Mas aquela área não foi vasculhada décadas atrás?

Ragesh balança a cabeça.

— Pelo que entendi, não.

— Por causa do instituto? — pergunta Ashley, referindo-se ao Instituto Hawthorne, que fica no mesmo terreno que a cachoeira e o lago.

Ao total, são quarenta mil metros quadrados. Tudo isso já foi propriedade de Ezra Hawthorne, o último membro remanescente de uma família cujo dinheiro vem desde a época do navio *Mayflower*.

Embora fique pertíssimo da Universidade de Princeton, o Instituto Hawthorne era separado daqueles sagrados salões de ensino superior. Era tranquilo, modesto e privado. Extremamente privativo. Por décadas, passou despercebido porque ninguém sabia bem o que era, o que faziam ou por que precisavam de tantas terras.

Embora só tenha estado lá uma vez, eu me lembro vividamente de ser um lugar muito estranho. Uma mansão de pedra circundada por vários celeiros e outras construções anexas. No entorno havia o lago e a cachoeira, jardins de paisagismo clássico e simétrico e densos aglomerados de árvores, tudo projetado. Uma versão idealizada da natureza que não poderia acontecer sem planejamento. Parecia um Central Park que não via turistas havia décadas.

— Acho que foi mais porque Ezra Hawthorne era tão rico que fizeram vista grossa — opina Russ.
Ragesh franze os lábios numa linha reta.
— Não sei por que na época não fizeram uma busca minuciosa no lugar. Claramente só estão fazendo agora.
— O terreno do instituto não é propriedade privada? — indago.
— Sim e não — responde Ragesh enquanto passa a mão pela barba formidável. — Agora o terreno pertence ao governo. Espaço verde. O instituto fechou as portas no fim dos anos 1990, quando o sr. Hawthorne morreu. Ele doou as terras para o condado, com a determinação de que permanecessem intocadas. Nada de demolir prédios ou transformar a área em um parque público, ou algo assim. Então, tecnicamente são terras públicas nas quais é proibido entrar. Só permitem o acesso de pessoas quando vez ou outra alugam a mansão para festas privadas e casamentos.
— E naquela época? — questiona Russ. — O que faziam lá?
Ele fez uma pergunta semelhante trinta anos atrás, enquanto estávamos perto da cachoeira. Apenas Billy soube responder, e só de pensar nisso sinto um desconforto no meu estômago já embrulhado.
Ragesh dá de ombros.
— Não sei. Seja lá o que for, o instituto manteve em segredo. Pouquíssimas pessoas tinham acesso ao local.
No entanto, estávamos lá.
Nós quatro.
Foi Billy quem teve a ideia, e nós concordamos, porque não tínhamos nada melhor para fazer. Éramos apenas um grupo de crianças no auge do verão, apáticas em nosso mundo suburbano de belas casas e gramados aparados. Era natural querer ultrapassar os limites que nossos pais haviam traçado para nós.
Acabamos ganhando mais liberdade do que esperávamos. Billy principalmente. Talvez mais do que eu jamais poderia ter imaginado.
— Você acha que isso tem alguma coisa a ver com aquele dia? — pergunto, porque um de nós precisa perguntar. — Nós estávamos lá. E Billy foi parar lá de novo, dessa vez sem vida, menos de 24 horas depois. Não pode ser coincidência.

Ragesh, que estava de pé desde que havia chegado, se agacha até ficar no nível dos nossos olhos. É um gesto afável, cuja intenção certamente é nos desarmar. Algo ensinado na academia de formação de policiais para deixar as pessoas à vontade.

— Eu entendo por que você tiraria essa conclusão precipitada — diz ele, embora eu não esteja de jeito nenhum colocando a carroça na frente dos bois; na melhor das hipóteses, estou dando um passo de nada, indo de um fato, nossa presença na cachoeira, para outro: o corpo de Billy foi encontrado lá. — Mas não parece haver correlação entre o que aconteceu naquela tarde e o sequestro de Billy.

— Além de você, mais alguém que está investigando o caso sabe que estivemos lá? — questiono, abalado pela percepção de que, depois que Billy foi levado, nenhum de nós conversou sobre o que aconteceu naquele dia. — Quero dizer, durante todos esses anos, alguém contou à polícia sobre aquela tarde?

— Eu não contei — responde Ashley. — Acho que cheguei a comentar que estávamos todos na floresta, mas não especifiquei onde.

— Nem eu — diz Russ.

E comigo também foi assim. Apesar de ter sido interrogado por tantos policiais, detetives e agentes a ponto de todos se tornarem um borrão azul e cáqui, nunca mencionei que estivemos na cachoeira ou no terreno do Instituto Hawthorne. Gostava de pensar que era porque estava com medo de colocar a mim e aos outros em apuros, mas sei que o verdadeiro motivo foi a sensação de culpa. Assim como tenho certeza de que os outros também se sentiram culpados. Sobre o que aconteceu enquanto estávamos lá. Sobre como tratamos Billy. E, pensando melhor agora, embora pareça imperdoável, na época eu não achava que o ocorrido daquele dia tivesse algo a ver com o desaparecimento dele.

Esse não é mais o caso.

— Então a polícia naquela época não sabia que estivemos lá — concluo. — Ou que Billy esteve lá. E agora eles sabem?

Encaramos Ragesh, o policial de verdade na sala, que assente e diz:

— Eu mencionei isso hoje.

— E mesmo assim ainda acham que uma coisa não tem relação com a outra? — indago.

— Nosso instinto... *meu* instinto... diz que não há motivos para pensar que a morte do Billy tenha ligação com alguém associado ao instituto.

Ragesh se levanta, cansado de tentar nos deixar à vontade, sem saber que preciso disso agora mais do que nunca. A perniciosa sensação de levitação retorna. Perco o equilíbrio, cambaleio para o lado, batendo os ombros em Ashley. Ela pega minha mão e me consola, apertando-a.

— Por que não? — insisto.

— Porque tecnicamente não fizemos nada de errado naquele dia — responde Ragesh. — Sim, estávamos em um lugar onde não deveríamos estar. Mas éramos apenas um bando de crianças brincando. E não vimos nada proibido ou suspeito.

— Mas você não acha que é um pouco estranho que esse seja o lugar onde Billy foi parar?

— *É* estranho — admite Ragesh —, se você não levar em consideração que um lago numa área remota a que poucas pessoas têm acesso é o lugar mais conveniente em um raio de quinze quilômetros para desovar um corpo.

Ao meu lado, Ashley empalidece.

— Meu Deus, Ragesh. Não precisa ser tão grosseiro.

— Assassinato é uma coisa grosseira. — Ragesh cruza os braços e olha fixamente para ela. — Billy foi tirado da barraca, assassinado, e o corpo dele foi jogado no rio. Essa é a verdade brutal.

"Brutal" é a palavra perfeita para descrever a história. Billy era apenas um menino. E o que aconteceu com ele é tão brutal que, assim como Ashley, acho que estou prestes a vomitar. Respiro fundo e engulo em seco, determinado a me controlar pelo menos até todos irem embora.

— Vocês têm algum suspeito? — indaga Ashley.

— Nenhum que eu possa contar para vocês — diz Ragesh, inadvertidamente respondendo à pergunta dela. Sim, há suspeitos.

Russ se inclina para a frente, apoiando os cotovelos nos joelhos.

— E o homem desconhecido que foi visto na vizinhança?

— Isso não passou de conjectura. Ninguém sabe se realmente havia alguém vagando pela floresta.

— Mas ainda pode ter sido ele, certo?
— Nós estamos analisando todas as possibilidades — declara Ragesh.
— Quando você diz "nós", está se referindo à polícia? — pergunta Ashley.
— Correto. A detetive Cassandra Palmer está encarregada da investigação. No momento, ela está supervisionando as buscas no terreno do instituto, mas tenho certeza de que todos vocês terão notícias dela em breve.

Minha tontura se agrava com a perspectiva de mais interrogatórios. Além do fato de que estávamos no instituto — o que Ragesh insiste em afirmar que não é importante —, não há nada que eu possa dizer às autoridades agora que não tenha dito trinta anos atrás.

Nada de que eu consiga me lembrar, digo.

Respiro fundo outra vez e me inclino para trás no sofá. Talvez porque ela sinta meu cansaço, ou porque também esteja se sentindo exausta, Ashley pergunta a Ragesh:

— Mais alguma coisa?
— É mais ou menos isso.

Mais ou menos.

O que significa que *há* mais, e Ragesh ou não pode nos dizer o que é, ou não quer. Desconfio de que seja a primeira opção, pois ele acrescenta:

— Eu sinto muito. Sei que é muita coisa para assimilar, ainda mais sem uma resolução concreta.

Esse é outro fato com o qual estou lidando agora. Por décadas, tudo o que eu queria era uma indicação do que tinha acontecido com Billy. Agora que tenho uma resposta, ela parece horrível e inadequada.

Saber da morte de Billy serve apenas para gerar um mistério ainda maior: Quem fez isso com ele? Por quê? Com que propósito? Sem essas respostas, o que resta é uma sensação de decepção pesarosa. Depois de trinta anos, deveria haver mais.

Mais informações.
Mais justiça.
Mais respostas.

Em vez disso, o que nos resta fazer é tocar a vida, dia após dia, o que para Ashley e Russ significa retornar para suas famílias. Eu os acompanho até a porta.

— Obrigado por nos contar tudo que podia — diz Russ a Ragesh ao sair. — Ficamos muito agradecidos.

Na porta, Ashley me dá um abraço apertado e rápido e um beijinho na bochecha.

— É bom ter você aqui de volta, Ethan. Vê se não some.

Ela sai, e ficamos apenas Ragesh e eu, que permanece na sala de estar, de braços cruzados.

— O que está acontecendo, Ethan?

— Como assim?

— Você entendeu muito bem — retruca ele. — Você me ligou perguntando sobre Billy apenas 24 horas depois de o corpo ter sido encontrado. Acho que vale a pena conversarmos sobre essa coincidência.

Eu me jogo no sofá de novo, atordoado por mais uma onda de surpresa. Penso no tom de voz desconfiado que ele usou comigo por telefone mais cedo. *O que você ouviu? O que você sabe?*

— Você acha que eu *sabia* que Billy tinha sido encontrado quando liguei pra você?

— Não estou afirmando isso — rebate Ragesh, embora minha impressão seja a de que é *exatamente* isso que ele está fazendo. — Mas acho o *timing* da sua ligação bastante interessante. Alguma coisa deve ter instigado você a me procurar.

— Além de estar de volta à casa onde tudo aconteceu? Isso é motivo suficiente, você não acha?

— Faz uma semana que você voltou. Eu me informei. — Ragesh balança o dedo para mim, um gesto absurdo e provocador. Por um instante, o detetive estoico que ele se tornou oscila e me permite ter um vislumbre do *bully* que ele era. — Então minha suspeita é de que algo o tenha feito pensar em me ligar pra falar sobre o caso do Billy.

Ragesh tem razão, é claro. Mas dizer isso a ele significaria ter que explicar como, por um breve momento, achei que Billy estava lá fora andando pela rua no meio da noite. Diante da escolha de parecer suspeito ou apenas mentalmente perturbado, escolho a última opção.

— Eu acho que senti a presença dele — digo bem devagar, com medo de que Ragesh, o *bully*, reapareça. — No meu quintal. Decido contar tudo a Ragesh. Sobre o Sonho, as luzes da garagem, a súbita e estranha sensação de que Billy estava lá fora comigo. Essa última parte me deixa morto de vergonha. De eu realmente ter achado, mesmo que por um segundo, que Billy ainda estava vivo, que ele estava aqui, que estava, sei lá, esperando por mim.

Ragesh arqueia a sobrancelha. Não sei o que isso significa. Está tirando sarro de mim? É desprezo? Preocupação?

— E hoje de manhã acharam isso aqui no meu quintal.

Entro na cozinha, pego a bola de beisebol e a entrego a Ragesh.

— É só uma bola — constata ele, girando o objeto nas mãos.

— O mesmo tipo de bola que Billy jogava no meu quintal quase todo dia naquele verão antes de... — Quase digo *desaparecer*, mas me contenho, substituindo por algo mais preciso. — Morrer.

No entanto, nem essa é a palavra correta. Billy não apenas morreu. Ele foi assassinado. Algo que ainda não consigo dizer. Só de pensar nesse fato, meu estômago se revira de novo.

— Bem, não foi o Billy quem a colocou lá — afirma Ragesh ao me devolver a bola.

— Eu sei. Agora. Mas não ontem à noite. Ou hoje de manhã. *Foi por isso* que liguei pra você.

Ragesh parece acreditar em mim. Ou talvez seja tudo uma encenação. Outra coisa que ele aprendeu em sua jornada de adolescente babaca a policial. Faça as pessoas pensarem que você está do lado delas, mantenha-as falando, espere até que cometam um deslize.

— Não acha que pode ter alguém querendo te pregar uma peça? — pergunta o policial.

— Pode ser. Mas não sei por quê. Ou quem saberia fazer isso. Ninguém mais sabia do significado por trás da bola de beisebol. Só o Billy e eu, e nós dois prometemos, juramos de mindinho, não contar para mais ninguém.

— Talvez para lembrar a você do que aconteceu — sugere Ragesh.

— Eu não preciso ser lembrado. Eu me lembro muito bem do que aconteceu.

— Mas não tudo.

Ragesh abre um sorrisinho sarcástico que deixa claro que sabe tudo sobre as lacunas em minhas lembranças daquela noite. Porque é lógico que ele sabe. Deve ter lido todas as entrevistas, transcrições de interrogatórios e reportagens sobre o caso.

Mas o sorrisinho sarcástico é também um lembrete de que Ragesh e eu não somos amigos. Nunca fomos. Longe disso, na verdade. Trinta anos atrás, o restante de nós, a garotada de Hemlock Circle, fazia de tudo para evitá-lo. Ao contrário de muitos *bullies*, Ragesh nunca nos machucou fisicamente. Ele era especialista em abuso psicológico. Insultos. Xingamentos. Descobrir aquilo que nos deixava mais inseguros e trazer à tona o tempo todo. Como as excentricidades de Billy e a magreza de Russ. Naquela época, Ragesh nunca conseguiu identificar meu ponto fraco. Agora ele sabe qual é.

— Eu lembro o que realmente aconteceu naquele dia — afirmo.

— Eu já te disse...

— Que seu instinto te diz que isso não tem relação com o assassinato do Billy. Sim, eu sei. E acho que você está errado. E acho que você sabe o porquê.

Como uma vela perto do fim, o sorriso de Ragesh bruxuleia e se apaga.

— Escute, o que aconteceu naquele dia foi lamentável — diz ele.

— Não vou negar isso. E eu me arrependo literalmente de tudo. Mas provavelmente não teve nada a ver com o que aconteceu com Billy horas depois.

— Como pode ter tanta certeza?

— Porque, se tivesse algo a ver, Billy nunca teria voltado para casa naquela tarde. Mas voltou. Ele chegou em casa horas depois, completamente ileso, sem nenhum ferimento ou sinal de cansaço. Você estava com ele naquela noite, caramba. Ele parecia chateado?

Lembranças me vêm à mente como fotos polaroide sendo reveladas na hora. A tensão na barraca naquela noite. O que desencadeou a nossa briga. Meu imediato pedido de desculpas e a tentativa de Billy de um sorriso que não chegou a ser sincero.

Hakuna matata, cara.

— Não — respondo, porque é mais fácil do que tentar explicar tudo o que aconteceu entre nós dois naquela noite. — Ele parecia bem.

— Viu? — diz Ragesh, seu olhar de "eu não te falei?" abrandando a expressão em seu rosto para algo que parece pena. — Eu sei que isso é mais difícil pra você do que para o restante de nós, Ethan. Sei que pra você é... complicado. Mas deixe a investigação com a polícia. Agora, você deve se concentrar apenas no seu luto.

Depois que Ragesh vai embora, eu fico no sofá, parado no mesmo lugar não pelo nauseante balanço da sala de estar, embora essa sensação perdure, e sim pelos pensamentos sobre aquela última noite na barraca com Billy. Eu não menti para Ragesh. Não totalmente. Billy parecia de fato numa boa com o comportamento dos outros no instituto naquele dia. Russ, Ashley e Ragesh. Era apenas comigo que ele estava chateado.

Porque eu era seu melhor amigo.

E eu tinha fugido como os outros.

Deixei que Billy se defendesse por conta própria.

Ainda ouço o eco de sua voz enquanto eu fugia com os outros. Quão desesperado ele parecia. Quão solitário, triste e assustado.

Ethan, não me larga aqui! Por favor, não me larga aqui!

SETE

Assim que a escuridão se instala sobre Hemlock Circle como uma mortalha funerária, pego meu celular. Mesmo que não devesse, sinto a necessidade de contar a Claudia sobre Billy. Mais do que ninguém, ela entende como tudo que aconteceu com ele me afetou.

O telefone toca cinco vezes antes de cair na caixa postal. Em vez de me fazer sentir falta dela, o som de sua voz me dizendo para deixar uma mensagem após o sinal me consola. Como nos velhos tempos.

— Oi, sou eu — digo, sabendo que não há necessidade de esclarecer. — Hum, hoje tive notícias sobre o caso do Billy.

Conto a ela que seus restos mortais foram encontrados, que ele já estava morto esse tempo todo e por que a polícia acha que ele foi assassinado. Fico tão absorto na história que falo sem parar por um tempão e só me calo quando o telefone dela decide que já está de bom tamanho e me interrompe com um bipe abrupto.

Estou prestes a ligar de novo e continuar contando a história, mas acho melhor não. Em vez disso, faço uma chamada de vídeo para meus pais. Uma simples ligação seria suficiente, mas minha mãe tem preferido videochamada, embora ainda não tenha dominado as nuances dessa tecnologia. Quando ela atende, está segurando o aparelho muito perto do rosto, cortando o queixo e a maior parte a testa.

— Oi, querido. Aconteceu alguma coisa aí com a casa?

A pergunta, feita com urgência e resignação, me diz duas coisas: que herdei a ansiedade da minha mãe e que ela não confia muito nas minhas habilidades de pessoa adulta. Não tenho tempo nem cabeça para pensar nessas duas coisas agora.

— Não. Eu só...

A imagem na tela do meu celular treme quando meu pai entra na sala vestindo uma camisa polo azul-turquesa e uma viseira branca. Eu me pergunto se, por ser ex-professor de sociologia, ele se dá conta de que levou apenas uma semana para se transformar no clichê de aposentado da Flórida.

— Oi, amigão — diz ele. — Como você está?

— Você parece cansado — acrescenta minha mãe. — Não aconteceu nada mesmo?

Não sei o que responder, porque não sei direito o que me levou a ligar para eles. Não posso contar sobre Billy, como fiz com Claudia. Meus pais têm contatos aqui, e certamente espalharão a notícia se descobrirem. É melhor eu ficar quieto por enquanto.

— Só queria saber como foi a mudança — desconverso. — As pessoas por aqui têm perguntado.

— Foi ótima — responde meu pai. — Já desempacotamos e arrumamos tudo.

Minha mãe assente, orgulhosa.

— E conhecemos alguns vizinhos.

Ela sacode o aparelho, o que me dá um vislumbre da gigantesca gravura de Monet que antes ficava pendurada na sala de estar. Vê-la enfeitando as paredes de um local diferente é um lembrete surreal de quanta coisa mudou nos últimos tempos. Até demais. De repente, sinto o ímpeto de pegar o celular, puxar meus pais pela tela e fazê-los me abraçar do jeito que fizeram quando eu tinha dez anos e Billy desapareceu.

O sentimento me leva à beira de confessar o que não posso. *Eles encontraram Billy.*

Eu até consigo dizer a primeira palavra.

— Eles...

O som da campainha me impede de dizer o resto. Salvo pelo gongo.

— Tem alguém na porta — comento. — Mas está tudo bem por aqui. É por isso que liguei. Pra dizer que não precisam se preocupar comigo.

Encerro a ligação e vou abrir a porta. Encontro Russ na escada da frente segurando uma garrafa de uísque.

— Vamos encher a cara — anuncia ele.

Sem ter motivos para discordar, eu o convido a entrar. Sentamos à ilha da cozinha, onde eu costumava almoçar, devorando queijo-quente ou queimando o céu da boca com ravióli enlatado que eu começava a comer assim que tirava do micro-ondas. Agora, coloco gelo em dois copos e deixo Russ servir doses generosas da bebida. Como as notícias sobre Billy me tiraram o apetite, me sirvo também de um pouco de mix de cereais para não beber de estômago vazio.

— Aqui — oferece Russ enquanto desliza um copo em minha direção, o uísque dentro subindo até a borda. Ele ergue o copo em um brinde. — Ao Billy.

— Ao Billy — repito, encostando meu copo no dele.

Então, bebemos. Russ vira metade do copo de uma vez só. Eu dou apenas um gole, saboreando o calor reconfortante que o uísque traz ao meu peito.

— Você não cumpriu com o combinado e contou para alguém? — pergunta Russ.

— Não — minto, pensando que é melhor omitir minha ligação para Claudia.

— Eu também não. Queria pelo menos contar pra minha mãe, mas achei melhor ficar quieto por enquanto. Ela não é fofoqueira, mas acho que ainda conversa muito com Alice Van de Veer e Deepika Patel. — Russ faz uma pausa para dar outro gole no uísque.

— Você realmente acha que isso tem algo a ver com o que aconteceu naquele dia?

— Talvez. — Essa é a melhor resposta que consigo dar. — Se não tiver, então é uma coincidência muito grande.

Russ pega um punhado do mix de cereais, mas não faz nenhum movimento para comer.

— Você acha o quê? Que o Billy viu algo no Instituto Hawthorne que não deveria ter visto, e aí alguém o tirou de dentro da barraca, o matou e escondeu o corpo?

— Sei que parece paranoia minha.

— Totalmente — acrescenta Russ antes de enfim comer o punhado de cereais.

— Mas pelo menos é um motivo crível para terem levado Billy.

A falta de um suspeito é uma das diversas razões que mantiveram o caso vivo na memória das pessoas. Passei décadas tentando pensar em quem poderia ter feito isso e nunca cheguei a uma conclusão. Mas, agora, saber para *onde* Billy foi levado lança uma luz assustadora e nova sobre *quando* ele foi levado.

— Mesmo que a polícia não ache que seja? — Russ bebe mais um pouco do uísque. — Ragesh estava certo. Nós não vimos nada de estranho naquele dia.

— *Nós* não vimos nada — concordo. — Mas talvez Billy tenha visto, depois que fomos embora. Ninguém sabe o que acontecia dentro daquele instituto, Russ. Não acha isso estranho? Que moramos a três quilômetros daquele lugar, mas não temos ideia do que faziam lá?

Russ fica em silêncio por um bom tempo. Só volta a falar quando seu copo fica vazio.

— Tome cuidado com esse tipo de pensamento. Quero dizer, eu entendo por que você relaciona aquele lugar ao que aconteceu com Billy. Mas, se a polícia acha que não existe ligação, talvez essa seja a verdade — alerta ele, enquanto se serve de mais uma dose.

Mastigo um bocado de cereal e engulo com uísque.

— Então quem você acha que fez isso? E por quê?

— Ainda acho que foi o homem desconhecido na floresta. Alguém que pegou o Billy, o matou e depois deu no pé, foi para algum lugar muito, muito longe daqui.

— Não parece um pouco simples demais? — questiono.

— É melhor do que sua teoria da conspiração. — Russ faz uma pausa, o rubor em suas bochechas causado pelo álcool sugere que esta não é sua primeira garrafa de uísque da noite. — Se Billy não tivesse...

Ele não completa o raciocínio, me levando a dizer:

— Desaparecido.

Estremeço com o eufemismo. Billy foi assassinado. Chamar isso de mero desaparecimento não chega nem perto do horror da situação.

— É — continua Russ. — Se isso não tivesse acontecido, você acha que seríamos amigos agora?

— Claro — respondo, embora não acredite muito.

Antes de Billy sumir, as minhas interações com Russ eram, na melhor das hipóteses, forçadas. Eu não tinha aversão a ele, mas ele também não era uma pessoa exatamente divertida de se estar por perto. O jovem Russ se frustrava com muita facilidade e, de um minuto para o outro, se enfurecia. Na escola, seus chiliques e ataques de birra no recreio lhe renderam o apelido nada lisonjeiro de "Bunda-mole". Por outro lado, Russ se tornou uma pessoa muito mais calma. Bem mais do que eu. E gosto de pensar que, independentemente da tragédia que aconteceu com Billy Barringer, Russ e eu teríamos nos conectado de qualquer maneira.

— Eu concordo — diz ele. — E o Billy? Se as coisas fossem diferentes, vocês dois teriam continuado amigos?

Tomo um gole e suspiro.

— Duvido.

Mesmo que me doa dizer isso, sei que é a verdade. Billy e eu éramos muito diferentes para durar além de mais alguns anos. Teria sido uma dessas amizades fugazes nascidas da solidão e da proximidade, e não de um elo recíproco ou interesses em comum. Penso em nossos últimos momentos acordados naquela barraca, em como parecia que já tínhamos, por assim dizer, virado a página, dobrado uma esquina e cada um seguido numa direção diferente. Mais que isso, eu me lembro de como ambos tentamos fingir que isso não estava acontecendo.

Hakuna matata, cara.

— Isso não significa que eu não sinta falta dele — acrescento. — Você não sente?

— Sinceramente? Eu mal me lembro dele.

Dou uma olhada de relance no copo de Russ. Ele bebeu metade do uísque num intervalo de um minuto. Ainda assim, a brusquidão de sua resposta é mais do que apenas o álcool falando, o que Russ confirma ao acrescentar:

— Sinto muito se é cruel falar assim. Mas é verdade. Faz muito tempo. Décadas.

— Mas ele era seu amigo — argumento.

— Ele era *seu* amigo. Vocês só me deixavam brincar de vez em quando.

Eu assinto. Ele está certíssimo, e me sinto culpado.
— Sinto muito por isso. Devíamos ter te incluído mais.
— Não estou tentando fazer você se sentir mal, cara — diz Russ. — Só estou pontuando que você tem mais lembranças do Billy do que eu. Quando penso nele, o que me vem à mente é o que aconteceu com ele. Não que eu passe horas pensando nisso. Antes desse negócio de hoje, fazia muito tempo que Billy Barringer não passava pela minha cabeça. Ao longo dos anos, houve dias, até semanas, em que, assim como Russ, não pensei em Billy. Mas aí eu tinha o Sonho, era lembrado do que aconteceu e me sentia culpado de novo. Vejo isso como o mínimo que posso fazer. Não é meu dever lembrar? Não devo isso a Billy? Russ não deve isso a ele?

— Entendo você não ser tão impactado pelo que aconteceu quanto eu — reconheço. — Mas achei que pensasse nele pelo menos de vez em quando.

— Você pensa no Johnny?

Russ me espreita por cima da borda do copo, evidentemente bêbado, mas sua pergunta sai bem direta, como se estivesse sóbrio. Isso me faz perceber que não se trata de Billy. Tem a ver com Johnny Chen, o que aconteceu com ele e como as notícias de hoje estão trazendo à tona todas as lembranças ruins que Russ tem do irmão.

— Às vezes — digo, me esquivando, pois a verdade é que nunca penso em Johnny Chen.

Nas raras ocasiões em que me aconteceu, foi de uma forma abstrata, quando pensei em como sua morte afetou Russ.

— Me diga uma lembrança sua sobre ele. — Russ me desafia.

Eu nem tento, pois sei que não consigo, provando que o argumento de Russ se sustenta e fazendo com que eu me sinta uma pessoa horrível. E com razão. É pura hipocrisia eu esperar que Russ lamente a morte de Billy tanto quanto a de seu irmão.

— Merda, Russ, me desculpe.

— Está tudo bem — responde ele, dando um tapinha no ar como se houvesse uma mosca na minha cozinha. — Não espero que você sinta falta de Johnny tanto quanto eu sinto. Só não espere que eu também me sinta assim por Billy. Estou triste pelo que aconteceu com ele. Estou mesmo. Mas essa tristeza tem limites. E você precisa se lembrar disso, meu amigo.

Embora Russ esteja bêbado e falando meio arrastado, dá para entender perfeitamente o que ele quis dizer. Ele vai lamentar a morte de Billy até certo ponto. Tanto quanto qualquer vizinho faria. Mas não vai deixá-la consumir sua vida. E eu deveria fazer a mesma coisa.

— Vou tentar — digo.

— Ótimo. — Ele vira o restante da bebida e se levanta, cambaleando na cozinha. — Porque, vamos ser sinceros, amigo. Nós dois tivemos nossa cota de perdas, e nosso luto já durou tempo demais.

Sexta-feira, 15 de julho de 1994
10h08

Depois que seu irmão morreu, Russ pensou que a casa pareceria maior. Afinal, havia uma pessoa a menos lá dentro, o que rendia mais espaço aos outros. Em vez disso, o lugar deu a impressão de ter encolhido. Os tetos pareciam mais baixos, os cômodos, mais apertados. Russ se pegava abaixando a cabeça ao passar pelas portas, mesmo sem haver necessidade.

Demorou um pouco para ele entender o que tinha acontecido. A presença de Johnny era tão forte na vida da família que a casa havia se expandido para se ajustar a ela. Agora que ele se foi, o lugar voltou à sua forma original — uma casa de pessoas pequenas.

E Russ é a menor de todas.

A única parte da casa que ainda parece de tamanho normal é o quarto que era de Johnny, e Russ presume que é porque ele ainda consegue sentir a presença do irmão lá. Nada no quarto mudou desde que ele morreu. Os pôsteres continuam pendurados nas paredes, os troféus acadêmicos ainda lotam a cômoda. Primeiro lugar na feira de ciências por seis anos consecutivos. Campeão da maratona de matemática. Campeão do concurso de soletração. Campeão do torneio de perguntas e respostas.

Russ olha para todos aqueles troféus enquanto fecha a porta sem fazer barulho e, na ponta dos pés, atravessa o quarto até a janela com vista para o quintal. Ele não deveria estar aqui. Ordens da mãe. Desde a morte de Johnny, ela vê este lugar como um santuário, e, se Russ for pego no quarto do irmão, a punição certamente chegará bem rápido. Sempre chega. O dobro de tarefas domésticas no dia seguinte. Talvez nada de TV à noite. Com certeza nada de videogame.

No entanto, neste momento, a mãe de Russ está adubando o canteiro de flores que se tornou seu orgulho e alegria. Ele consegue vê-la da janela, com os cotovelos afundados na terra, usando um chapéu de sol de aba mole. Agora que ela voltou da reunião de fofocas com as outras esposas de Hemlock Circle, passará o restante da manhã cuidando das plantas, o que dá a ele bastante tempo para sentar-se no quarto do irmão e habitar o espaço da mesma forma que ele imagina que Johnny fazia quando estava vivo.

A primeira vez que Russ entrou furtivamente no cômodo foi alguns dias depois do funeral, quando seu pai havia retornado ao trabalho e sua mãe ainda estava aflita demais para lhe dar muita atenção. Sem ninguém para vigiá-lo, ele entrou, fechou a porta e se deitou na cama, pressionando o corpo no colchão e levando o travesseiro ao rosto, à procura do cheiro de Johnny. Quando Russ o detectou — um leve odor de suor e colônia Calvin Klein —, foi como se alguém tivesse aberto seu peito e exposto seu coração.

Um ano depois, a angústia atenuou-se. Agora a dor é ligeira, em vez de lancinante e absoluta. Enquanto vasculha os pertences do irmão, lhe bate uma tristeza. Roupas, livros e CDs que foram jogados dentro das gavetas da cômoda, descartados no armário, chutados para debaixo da cama. Ele não está à procura de lembretes de Johnny, mas de coisas que possam lhe mostrar como tomar o lugar do irmão.

Caso ele consiga — preencher todo o buraco em forma de Johnny na vida da família —, talvez a casa volte a seu tamanho normal e as pessoas dentro dela retornem ao que eram antes.

Russ lança outro olhar invejoso para os troféus escolares que Johnny acumulou ao longo dos anos, sabendo que nunca chegará perto de ganhar algo semelhante. Russ é um aluno mediano, e seu irmão era um gênio. Mas ele sabe que pode copiar outras características de Johnny. Sua altura. Sua confiança. Sua presença no bairro. Todos em Hemlock Circle conheciam Johnny e gostavam dele, saíam para cumprimentá-lo quando o viam perambulando pela rua sem saída com Ragesh Patel, seu vizinho e melhor amigo. Isso Russ consegue fazer. Não com Ragesh, que é mais velho e, para ser sincero, ficou mais cruel depois que Johnny morreu. Mas quem sabe com Ethan Marsh, seu vizinho de frente, embora Russ tenha tido pouca sorte no passado. Apesar de terem crescido em casas vizinhas, Ethan lhe parece, no melhor dos cenários, indiferente a ele; e, no pior, irritado.

— Por que Ethan não gosta de mim? — perguntou ele à mãe certa vez, o que foi um erro, já que a resposta dela foi de uma honestidade brutal.

— Ele gosta de você — afirmou ela. Após uma pausa, acrescentou: — Mas ele gostaria mais se você não ficasse tão furioso o tempo todo.

Odiando o bom argumento da mãe, Russ reagiu com um acesso de raiva, provando que ela estava certa.

— Eu não fico furioso! — berrou ele antes de subir a escada, entrar em seu quarto e bater a porta.

Pensar nisso agora o enche de vergonha e, sim, de raiva. Embora Johnny fosse o inteligente da família, Russ não é burro. Ele sabe que as outras crianças falam dele pelas costas. Que ele perde a cabeça. Como é fácil deixá-lo irritado. "Bunda-mole", é assim que o chamam. *Isso, sim,* é burrice. "Russ" rima com "pus", não com "bunda-mole".

O que essas crianças não entendem é que Russ não consegue evitar. Sua cabeça está sempre tão cheia de pensamentos que a sensação é de que ele vai explodir, e então surta. Russ imagina seus pensamentos como bolinhas de gude chocando-se umas nas outras, rachando e tombando do interior de seu crânio. Um fluxo quase constante de movimento, cor e distrações.

Ele sabe que isso é um problema porque seus pais o avisaram. "Pensamentos demais", dizia sua mãe, batendo na cabeça. "É ruim ter tantos."

Russ estremece e se encolhe ao se lembrar dessa fala, assim como estremeceu e se encolheu quando ela disse. Ele se pergunta, não pela primeira vez, se sua mãe consegue ouvir a si mesma. Se ela tem a noção de que fala de um jeito estúpido, com sua pronúncia truncada e sotaque tão forte que outras crianças na escola zombam dela quando acham que ele não está por perto. Uma vez, isso o deixou tão irritado que ele deu socos na parede do banheiro masculino até ferir os nós dos dedos. Quando a mãe foi buscá-lo na escola, viu sua mão enfaixada e exigiu saber o que aconteceu. Em vez de admitir que outras crianças estavam zombando dela, ele a atacou.

— Por que você não consegue simplesmente falar como uma pessoa normal? — gritou ele.

— Eu falo como uma pessoa normal — defendeu-se a mãe.

Mas Russ entende que é mais fácil culpar a mãe do que aceitar a verdade: ele tem mudanças de humor e crises de raiva. Ele não gosta de ficar irritado com tanta frequência. Ele tenta não deixar isso acontecer. Mas, com todos os pensamentos/bolinhas de gude girando em sua cabeça, as colisões violentas são inevitáveis.

A única solução em que ele consegue pensar é continuar tentando ser mais parecido com o irmão. Com o lado bom do irmão. O Johnny que nunca ficava zangado. O Johnny que era gentil, confiante e inteligente. Quanto aos outros aspectos da personalidade de seu irmão — viciado, afeito a segredos, mandão, totalmente maníaco por controle —, bem, Russ não quer pensar sobre eles. E sem dúvida não planeja adotá-los.

Depois de concluir a busca debaixo da cama de Johnny, Russ não encontra nada que o ensine a ser mais parecido com o irmão e resolve dar uma olhada entre o colchão de molas e a base da cama box. Ele não espera encontrar nada. Apenas arrisca, pois, certa vez, na escola, Petey Bradbury disse que é onde o irmão guardava revistas de mulher pelada.

Passando a mão sob o colchão, Russ fica surpreso ao descobrir que há algo ali. Revistas, sim, mas não as que ele imaginava. Elas têm nomes como *Muscle & Fitness* e *Men's Health*, e nas capas há homens musculosos com peitorais lustrosos e torsos esculpidos. A maioria deles é branca. Nenhum é chinês. Mas todos são enormes.

Depois de olhar de relance pela janela para conferir se a mãe ainda está no quintal, Russ contrabandeia as revistas do quarto de Johnny e as leva para o seu. Embora tenha certeza de que a existência delas diz algo sobre a vida do irmão, ele não consegue entender do que se trata. Talvez, cansado de ser admirado apenas por sua inteligência, Johnny quisesse se tornar mais atlético. E talvez isso seja algo que Russ também deva almejar.

Na segurança de seu quarto, ele folheia as revistas, encontrando não apenas fotos, mas matérias sobre dietas, ingestão de proteínas, a maneira correta de fazer um agachamento, o ganho de peso ideal para os bíceps crescerem. Aturdido, mas intrigado, Russ começa com a matéria que parece ser a mais básica — um tutorial sobre a melhor maneira de fazer flexões.

Com a revista aberta no chão à sua frente para que possa acompanhar as instruções, Russ se posiciona. Braços apoiados com firmeza. Pernas retas. Costas e tronco firmes. Ele se abaixa até o chão, faz uma pausa e então empurra o corpo para cima, esticando os braços.

Um.
Cinco.
Dez.

Quando termina, Russ se sente exausto, mas também estranhamente satisfeito. Ele se sente realizado com a queimação nos braços, algo que vivenciou raras vezes. Por isso, faz outra série, mesmo estando ofegante e com os braços parecendo macarrão cozido.

Um.
Cinco.
Dez.

Russ desaba no chão, e a revista gruda em sua bochecha suada. Sua respiração está ainda mais ofegante, e ele fica ligeiramente preocupado com a sensação de que seus braços parecem prestes a cair de seu corpo devido ao tremendo esforço. No entanto, Russ se sente bem. Não, ele se sente melhor do que isso. Ele se sente forte. Ele se sente confiante.

Talvez fosse esse o sentimento que Johnny estava procurando quando tomou os comprimidos que o acabaram matando. E talvez seja o que Russ vem procurando esse tempo todo. Não uma maneira de substituir Johnny, e sim uma forma de se tornar ele mesmo.

Russ descola a revista do rosto e começa outra série.

Um.

Ele sabe o que vai fazer quando terminar.

Cinco.

Ele vai sair, chamar Ethan para brincar e convencê-lo a se tornar seu amigo.

Dez.

Então, sua raiva vai desaparecer, seu corpo vai continuar crescendo, sua mãe vai passar a vê-lo como mais do que apenas uma versão inferior do filho que ela perdeu.

E tudo — sua casa, sua vida, sua família — voltará a parecer normal.

OITO

Criiiiiitch.
Eu sabia que o Sonho estava vindo. Levando em consideração os acontecimentos do dia, como ele não viria? Eu me preparei para isso e deixei a TV e o abajur ligados para saber imediatamente onde eu estava quando o Sonho me acordasse no susto. O que eu não esperava era que o Sonho duraria apenas um pouco mais do que o normal. Tempo suficiente para eu não só sentir a pessoa à espreita do outro lado da barraca, como também ouvi-la.

O suave farfalhar de roupas.

Pés se deslocando na grama.

Respiração lenta e pesada.

Então, eu acordo e, apesar da minha preparação, vivencio um momento de pânico desorientador quando meus olhos se abrem e o som sinistro do Sonho se dissipa.

Eu me sento e pego o caderno. Quando encontro uma página em branco, escrevo algo que meu primeiro terapeuta me disse. Em uma noite como esta, preciso do lembrete.

O Sonho é apenas uma manifestação de culpa e tristeza. Não é real. Não pode me machucar.

E talvez seja verdade, mas o Sonho perdura por muito tempo depois que desligo a TV e o abajur. Deitado na escuridão, tenho medo de fechar os olhos e ir parar no Sonho, que começará todo de novo. Então, eu os mantenho bem abertos conforme a noite avança.

Já passa das duas da manhã quando saio da cama e vou até a janela. Vejo uma luz acesa na garagem da casa da frente.

A casa dos Wallace.

Assim como na noite passada, tento ver o que acionou a luz. Também como na noite passada, parece não haver nada lá. A entrada da garagem dos Wallace está vazia. Observando com muita atenção aquele pedaço iluminado de asfalto, a única coisa que consigo pensar é em Vance Wallace e no que ele disse.

Eu o vi lá fora ontem à noite.

Mas algo acionou a luz da garagem antes de sair correndo. Sei disso, pois a luz logo se apaga, e Hemlock Circle volta a ser engolida pela escuridão.

Até que a luz em cima da garagem dos Patel começa a ganhar vida.

Agarro o parapeito da janela quando ela se acende de vez com um estalido, sabendo no fundo que aquilo está acontecendo de novo. Algo invisível está se esgueirando pela rua sem saída, dessa vez em sentido contrário. Diferentemente de ontem, não espero a luz se apagar na casa dos Patel e se acender na casa de Russ alguns segundos depois. Em vez disso, visto uma calça de moletom, desço a escada e pego o celular. Em segundos, saio pela porta da frente. Nesta hora, a luz sobre a garagem dos Chen se acende.

Eu me detenho no gramado na frente de casa, observando o clarão logo acima da cerca viva entre as nossas propriedades. Neste momento, a pessoa — ou a coisa — que fez a luz se acender provavelmente está do outro lado daqueles arbustos, esperando para atravessá-los e entrar no meu quintal.

Enfio a mão no bolso e pego o celular, me perguntando se devo chamar a polícia. Acho importante informar que há um possível *stalker* no mesmo bairro onde Billy Barringer foi sequestrado. Mas, por outro lado, quem quer que seja poderá já ter ido embora quando os policiais chegarem. Na verdade, o invasor pode estar indo embora agora. A luz acima da garagem de Russ se apaga, indicando que não há ninguém perto da entrada da casa. É possível que quem estava lá tenha percebido minha presença e fugido.

Ou pode simplesmente estar esperando que eu entre.

Ou, pior ainda, esperando que eu me aproxime da cerca viva.

Guardo o celular no bolso e fecho os punhos, fingindo que sei dar soco, sendo que nunca bati em ninguém na vida.

Dou um passo hesitante pelo gramado.

E depois outro.

Esperando alguém passar pela cerca viva.

Rezando para que isso não aconteça.

Temendo que aconteça.

Nesse ritmo, continuo atravessando o gramado.

Dou um passo, espero, dou um passo, rezo, dou um passo, sinto medo.

Embrenhado na cerca viva, algo se move. Ouço um farfalhar, e o som me atrai para mais perto, quando o bom senso me diz que eu deveria fazer o oposto. Sair daqui, voltar para dentro de casa e chamar a droga da polícia.

Mas é tarde demais. Já estou aqui. A centímetros da cerca viva, enquanto o farfalhar fica mais alto.

Quando um coelho sai em disparada, passando tão perto que consigo sentir sua pelagem arrepiada nas canelas, dou um grito muito alto e temo ter acordado a vizinhança inteira. O berro certamente assusta o coelho, que atravessa a garagem a toda. Corro na direção oposta, contornando a casa até os fundos, e só paro quando percebo onde estou.

No quintal.

Entre a casa e a floresta.

No exato local onde minha barraca estava montada naquela noite.

Respiro fundo, nervoso. Não consigo me lembrar da última vez que estive neste quintal. Com certeza, faz anos. Talvez até décadas. Durante todo esse tempo, eu o evitei de propósito, com medo de confrontar as lembranças que ele suscitaria.

Agora aqui estou, de volta à cena do crime, e meu primeiro pensamento é sobre como o quintal quase não mudou nos últimos trinta anos. Continua sendo uma faixa de grama aparada que se estende dos fundos da casa até a borda da floresta. A magnólia colada na parte traseira da casa está maior, e seus galhos roçam a parede e o telhado. Mas todo o restante continua a mesma coisa, sem tirar nem pôr. Até a grama onde a barraca ficava. Um choque. Considerando quanto este lugar é profano na minha mente, parece que não deveria ser nada além de terra arrasada.

Eu me ajoelho e passo a mão pela grama — as folhinhas recém-cortadas fazem cócegas em minha palma enquanto o cheiro verde e terroso pinica minhas narinas. A floresta é uma cacofonia de barulhos. O cricrilar dos grilos, o chilrear dos passarinhos, os ruídos das aves de rapina que caçam no escuro. Vaga-lumes dançam sem pressa nas árvores, tão reluzentes quanto as estrelas cintilando no céu sem nuvens.

É tudo tão pacífico.

E ameaçador.

Eu me levanto e começo a caminhar em direção à floresta, me sentindo inexplicavelmente atraído por ela. Fito o escuro aglomerado de árvores, horrorizado de saber que, quase trinta anos atrás, em uma noite muito parecida com esta, alguém surgiu das entranhas desse lugar. Alguém parou ao lado da barraca onde Billy e eu dormíamos. Cortou o tecido, agarrou meu amigo e...

Eu me forço a não pensar no restante. É horrível demais para imaginar.

Para me distrair, tiro meu celular do bolso e penso em ligar de novo para Claudia. Desisto da ideia na mesma hora. Duas vezes no mesmo dia, não.

Quando enfio o celular no bolso, percebo algo estranho.

Os sons que vêm da floresta cessaram. Nenhum cricrilar. Nenhum chilreio. Nenhum bater de asas de uma ave de rapina lançando-se no ar noite afora. Até os vaga-lumes, que brilhavam há poucos instantes, não estão mais lá.

No lugar deles, há silêncio e um arrepio na nuca que me diz que não estou sozinho.

Há mais alguém aqui.

No quintal.

Bem atrás de mim.

Eu me viro e vejo...

Nada.

Não há mais ninguém por perto. Somos apenas eu, a grama e a magnólia, cuja sombra projetada pelo luar se estende pelo gramado até meus pés. Eu a sigo com o olhar até a casa, que está silenciosa e escura, projetando a própria sombra retangular no quintal.

E, nessa escuridão, quase invisível num trecho de grama onde segundos antes não havia nada, avisto outra bola de beisebol.

NOVE

É uma piada. Depois de uma noite em claro refletindo sobre o que aconteceu, essa é a única explicação que consigo dar para a segunda bola de beisebol, que é idêntica à primeira.

Sei que é uma bola diferente porque a que o jardineiro encontrou ontem está na minha sala, onde a mostrei para Ragesh. Agora, sentado de pernas cruzadas no carpete, encaro as duas, obcecado por quem poderia ter deixado a segunda bola no quintal sem que eu tivesse notado.

Como foi que não vi? Eu estava tão distraído com a floresta e os pensamentos sobre Billy que alguém atravessou correndo o quintal, largando a bola de beisebol de propósito, e passou completamente despercebido por mim?

Além do mistério de quem a colocou lá, há outra pergunta: por quê? Parece não haver nenhum propósito por trás disso a não ser o de me lembrar da mensagem secreta de Billy. Não que eu precise ser lembrado. Eu me lembro bem.

Então alguém só pode estar me pregando uma peça. Fazendo uma brincadeira cruel. Alguém que — graças à internet, pode ser qualquer pessoa — sabe que Billy foi sequestrado neste quintal e decidiu que a descoberta do corpo dele seria o momento perfeito para sacanear a pessoa que mora aqui. Que, por acaso, sou eu.

No entanto, de acordo com Ragesh, pouquíssimas pessoas fora da polícia sabem que Billy foi encontrado. Somente eu, Russ, Ashley e qualquer um a quem eles tenham confidenciado. Se é que confidenciaram a alguém.

Quando tiramos da equação aqueles que não sabem o significado por trás da bola no quintal, restam apenas duas pessoas que poderiam ter feito isso: Billy e eu.

Enquanto subo a escada e tomo um banho, penso em qual deve ser meu próximo passo. Como o aparecimento das bolas de beisebol ocorreu durante as noites em que as luzes misteriosamente se acenderam acima das garagens de Hemlock Circle, presumo que os dois fatos estejam relacionados. Talvez quem está deixando as bolas de beisebol seja a mesma pessoa acionando as luzes no caminho até meu quintal. Ainda não sei como ela — quem quer que seja — consegue fazer tudo isso sem que eu a veja. E sem que eu entenda sua motivação.

A única maneira de descobrir qualquer resposta para esses mistérios é pegar a tal pessoa em flagrante. Felizmente, tenho uma ideia de como fazer isso — e um amigo que pode ajudar.

Eu me visto depressa, desço a escada e pego o celular e a chave do carro. Estou na metade do caminho até a garagem quando a campainha toca. Eu me viro e vou até a entrada, determinado a dizer a quem quer que seja que vá embora. Mas, quando abro a porta, dou de cara com Ashley na varanda da frente e Henry parado alguns metros atrás dela com um livro nas mãos.

— Oi! — diz ela daquele jeito efusivo, usado por pessoas que sabem que estão incomodando. — Você está fazendo alguma coisa agora?

— Eu estava prestes a sair para ir à loja.

Ela franze a testa.

— Ah, tudo bem. Deixa pra lá, então.

— Precisa de ajuda com alguma coisa?

— Preciso de um favor, na verdade. Um grande favor. — Ashley morde o lábio inferior, enrolando. — Tenho que levar meu pai ao médico. Ele... acordou meio mal. Normalmente, eu deixaria o Henry com a Alice Van de Veer, mas ela não está em casa. E, como ele não conhece bem os Chen ou os Patel, eu queria saber se você poderia tomar conta dele por algumas horas.

Atrás dela, Henry empurra os óculos mais para cima do nariz e me olha com um indisfarçável ceticismo. O que é bom, já que estou olhando da mesma forma para ele.

— Não sou muito bom com crianças — alego.
— Ele não dá nenhum trabalho, juro — diz Ashley. — Você não terá problemas.
— Já me disseram que sou discretíssimo — acrescenta Henry.
Ainda assim, não é uma boa ideia. Nunca mais fiquei sozinho com uma criança desde que, bem, eu mesmo era uma. E estou intimidado com a perspectiva de entreter Henry — de mantê-lo *em segurança* —, mesmo que seja pelo menor tempo possível.
— Tem certeza de que não pode pedir a mais ninguém? — insisto.
Ashley se aproxima e sussurra:
— Sei que está sendo do nada e que neste momento é pedir muito. Mas o que está acontecendo com o avô dele é assustador, e quero proteger Henry o máximo possível. Por favor. Você é minha única esperança.
Lanço outro olhar desconfiado em direção ao menino, me lembrando de quando eu tinha a idade dele e de como Ashley cuidava de mim todos os dias da semana, o que durou até Billy ser levado. Se ela conseguia fazer isso aos quinze anos, então eu consigo olhar o filho dela agora.
— Acho que posso cuidar dele por algumas horas — cedo, enfim.
— Serão duas horas, no máximo. Nem vai precisar dar almoço para ele.
É um alívio, já que não faço a menor ideia do que as crianças comem hoje em dia.
Ashley se ajoelha na frente do filho, ajeitando a gola de sua camisa polo e alisando as mangas.
— Ethan vai cuidar de você enquanto eu levo seu avô ao médico. Você vai com ele à...
— Loja de artigos esportivos do Russ — completo a frase.
— Que legal! — exclama Ashley, fingindo entusiasmo. — Não é legal, Henry?
O menino parece tão animado quanto um gato diante de uma banheira cheia de água.
— Não podemos ir à biblioteca em vez disso?
— Levo você à biblioteca quando eu voltar — promete Ashley. — Que tal?

— Acho que é aceitável. — Henry se vira para mim, seus ombros caídos em resignação. — Bem, sr. Marsh, pelo visto vou com o senhor.

Dez minutos mais tarde, estamos a caminho da loja de Russ. O clima no carro é de constrangimento, e isso para ser gentil. Estou sem saber o que dizer a uma criança de dez anos que vi apenas uma vez na vida, e Henry obviamente não tem ideia de como interagir comigo. Então, seguimos em silêncio, enquanto dirijo uns dez quilômetros por hora abaixo do limite de velocidade.

— Tudo bem aí atrás? — pergunto a Henry, que releguei ao banco de trás porque uma vez li que é mais seguro.

Pelo retrovisor, eu o vejo erguer os olhos do livro que está lendo. Um volume da série *Goosebumps*. *O lobisomem do pântano da febre*.

— Tudo, sr. Marsh — responde ele.

— Você pode me chamar de Ethan, sabia?

— Prefiro manter a formalidade no nosso relacionamento, se o senhor não se importar.

Eu seguro o riso. *Quem é esse menino?*

— Então, humm, quer que eu chame você de sr. Wallace?

Só depois de dizer isso é que percebo que Henry talvez não tenha o mesmo sobrenome da mãe. Estou supondo que exista um pai por perto de alguma forma, embora esteja claro que Ashley e ele não estão mais juntos. Henry não fornece pistas, apenas responde com a maior calma:

— O senhor pode continuar me chamando de Henry.

— Certo. Henry. — Fico em silêncio, tentando pensar em mais alguma coisa que eu possa dizer para esse menino que mal conheço. — Posso ligar o rádio, se você quiser. De que tipo de música você gosta?

— Minha mãe escolhe as músicas que ouvimos — explica Henry, o que me deixa feliz por saber que algumas características de Ashley não mudaram.

Ela sempre foi fanática por música. Quando era minha babá, passávamos algumas tardes na piscina da casa dela. Eu nadava enquanto ela tomava picolé e ouvia a rádio. Sempre que tocava uma música de que não gostava (qualquer coisa dançante, como Ace of Base), ela mudava de estação e dizia, irritada: "Já chega dessa merda."

Ligo o rádio e sintonizo numa estação de músicas dos anos 1990, que está tocando "Creep", do Radiohead. Ashley aprovaria. Depois vem "What's the Frequency, Kenneth?", do R.E.M., outro clássico. Quando a canção termina, chegamos à loja.

— Posso andar por aí e dar uma olhada? — pergunta Henry, segurando o livro enquanto entramos.

Excessivamente cauteloso, inspeciono o interior da loja.

— Acho que pode. Só não toque em nada.

Henry olha para mim, ofendido.

— Nossa — diz ele, indignado. — Eu não tenho nove anos.

Em seguida, ele se afasta e vai até uma mesa repleta de bolas de beisebol enquanto vou procurar Russ. Mas acabo esbarrando com uma vendedora, cuja ávida solicitude me diz que sou o primeiro cliente do dia.

— Precisa de ajuda para encontrar alguma coisa? — pergunta ela.

Assim como Russ, ela é bonita e está em excelente forma física, o que faz com que eu me pergunte se são requisitos para trabalhar na loja. Se a pessoa deve ser saudável e forte, como alguém que não só tem uma canoa, mas a usa regularmente.

— Russ está por aí?

Os ombros da vendedora desabam. Eu literalmente acabei de pedir para falar com o gerente.

— Vou chamá-lo — diz ela.

Enquanto aguardo, dou uma boa olhada na loja, envergonhado ao constatar que nunca vim aqui, apesar de fazer quase dez anos que Russ a inaugurou. Estou impressionado. É maior do que eu esperava, e está abarrotada de itens que eu não sabia que as pessoas realmente usavam ou precisavam. Caiaques e cantis. Coletes salva--vidas e remos. Mochilas do tamanho de uma criança. *Mountain bikes* penduradas na parede.

O outro lado da loja é uma profusão de roupas camufladas. Uma surpresa. Não é possível que haja tanta necessidade assim de camuflagem em uma cidade repleta de *yuppies* como Princeton. No entanto, lá está, cobrindo tudo, de botas a moletons e trajes de corpo inteiro que eu presumo que sejam úteis apenas para caça ou guerra na selva.

Ver todos esses borrões de verde-oliva e cáqui me faz pensar no desconhecido que supostamente foi visto perambulando pela vizinhança usando uma roupa camuflada um dia antes de Billy ser sequestrado. O forasteiro que ninguém encontrou. Por que ele sentiu a necessidade de se camuflar? Estava caçando na floresta? E, se sim, estava caçando *o quê*?

— Ethan?

Eu me viro e vejo Russ, com os olhos avermelhados e a rosácea indicando que ele está de ressaca. Não sei quanto uísque ele bebeu ontem à noite, mas dá para ver o estrago que as doses fizeram.

— O que você está fazendo aqui? — pergunta ele.

— Compras — respondo. — Estou pensando em comprar uma câmera para instalar no meu quintal. Uma dessas engenhocas com visão noturna.

— Uma câmera de trilha?

— É assim que se chama?

Russ assente.

— Elas têm monitoramento remoto. Você prende a alça dela numa árvore, e ela tira fotos da vida selvagem ao redor. Tem alguma coisa no seu quintal?

— Tem — confirmo, sem ousar admitir a verdade.

Que não é *alguma coisa* entrando no meu quintal.

É *alguém*.

Não posso contar isso a Russ. Ontem à noite, ele deixou claro que eu não deveria deixar o assassinato de Billy consumir minha vida — e, caso eu deixe, sei que ele não vai se juntar a mim.

— Tenho uma porção dessas câmeras no estoque — afirma Russ. — De todo tipo, desde as básicas e baratas até modelos de última geração. Vem comigo.

Ele me leva mais para dentro da loja, passando pelas bicicletas e caiaques e por um falso acampamento em um trecho de grama artificial. É um trabalho primoroso para uma exposição de loja. Há um círculo de pedras tremulando chamas de celofane vermelhas e amarelas, duas cadeiras de acampamento de lona, um cooler, uma churrasqueira, uma lanterna. No meio de tudo isso, uma barraca laranja idêntica à que eu tinha quando criança.

Aquela de onde Billy foi levado.

Eu nunca mais a vi depois daquele dia. A polícia levou a barraca e tudo o que estava dentro dela. Nossos sacos de dormir. Nossos travesseiros. Até os tênis Air Jordan que eu tinha tirado antes de dormir. Eram evidências que, após intermináveis inspeções e exames da perícia, nada revelaram sobre o que realmente aconteceu naquela noite.

A barraca em exibição na loja faz meu coração acelerar, o que suponho ser um ataque de transtorno de estresse pós-traumático. Como as bolas de beisebol no meu quintal, a barraca parece uma pegadinha. Eu me viro para Russ, querendo acusá-lo gentilmente de insensível, ou até mesmo de cruel. Mas sei que ele não montou o acampamento falso só para me irritar. Em primeiro lugar, Russ não faria uma coisa dessas, e, em segundo, ele nem sabia que eu viria à loja hoje. A barraca estar aqui é, sem dúvida, uma coincidência.

— Muito legal, né? — comenta Russ. — Jen me ajudou a montar.

Olho para o acampamento em exposição, seu charme eclipsado por uma sensação de *déjà-vu*. Quase não noto o ventilador escondido dentro da fogueira de mentira, que faz as chamas de celofane crepitarem suavemente. Ou o alto-falante em formato de rocha emitindo o chilrear baixinho dos pássaros. A única coisa que consigo focar é na barraca em si, e tenho medo de fechar os olhos e haver um corte na lateral quando eu os abrir.

Então, a barraca passa a se mexer, um leve tremor que me deixa confuso.

Há alguma coisa lá dentro.

A porta da barraca começa a se abrir, e eu me enrijeço e me preparo para a aparição de Billy. Ele não sumiu. Apenas se perdeu e passou os últimos trinta anos no lugar errado. E sua aparência não estava como nas fotos de progressão de idade no cadastro do NamUs, e sim exatamente como da última vez que o vi.

Porém, o menininho que sai de dentro da barraca não é Billy. É Henry, que olha para mim meio hesitante ao dizer:

— Oi, sr. Marsh.

— Ah, oi — cumprimenta Russ. — Você é o Henry, né?

— Oi, sr. Chen.

Henry dá um aceno rápido, que Russ não vê, pois está me encarando, confuso.

— Ele está com você?

— Está. — Dou uma sacudida no corpo, na esperança de que uma chacoalhada me traga de volta ao presente. — Ashley me pediu para cuidar dele por algumas horas. Deixei que ele andasse pela loja, mas pedi que não tocasse em nada.

— Eu precisava de um lugar tranquilo para ler — explicou Henry, mostrando o livro.

— Está tudo bem — diz Russ. — Você gosta de acampar?

— Nunca tive essa experiência. — Henry se levanta e esfrega os joelhos, como se tivesse acabado de se mover pelo chão da floresta, e não pela grama artificial no meio de uma loja de shopping. — Mas, como um espaço de leitura, a barraca é bastante satisfatória.

— Que bom ouvir isso — responde Russ antes de bater palmas uma vez. — Agora vamos lá dar uma olhada nas câmeras de trilha.

Henry e eu o seguimos para longe da exposição do acampamento até uma prateleira no fundo da loja abarrotada de caixas de câmeras.

— Quanto você pretende gastar?

Ótima pergunta. Só começo no emprego novo daqui a algumas semanas, e não é como se eu estivesse nadando em dinheiro. Mas, pensando bem, não quero comprar algo muito barato que funcione porcamente.

— Acho que quero a melhor.

— Música para meus ouvidos — diz Russ com um sorrisinho malicioso antes de pegar uma caixa da prateleira e mostrá-la para mim. — Nosso modelo top de linha. A maioria das câmeras de trilha precisa de um cartão de memória para salvar as fotos. Esta aqui vem com um aplicativo e envia imagens em 4K para o seu celular por Bluetooth. É ativada por movimento, claro. Um cervo ou algum animal assim se aproxima da câmera, e *clique*, uma foto dele vai direto para o seu celular.

Examino a parte de trás da caixa, lendo os recursos da câmera. Ela tem visão noturna, o que é essencial, e um alcance de trinta metros. Sem dúvida, é suficiente para captar a pessoa que está jogando as bolas de beisebol no meu quintal. O aparelho também tem diferentes con-

figurações, incluindo uma para luz solar direta e um modo esportivo com uma velocidade de obturador mais rápida.
— Quanto custa?
Russ diz o preço, o que me faz soltar um assobio baixinho. Meu primeiro carro custou menos.
— Tenho outras opções mais baratas — argumenta Russ. — Tudo depende do que você quer. Você só está um pouco curioso para saber se algo está entrando no seu quintal? Ou quer uma prova disso?
A última opção, com certeza. Sim, eu poderia simplesmente ficar acordado e vigiar o quintal a noite toda. Não é como se eu fosse perder muitas horas de sono. Mas corro o risco de piscar e deixar passar despercebida a pessoa que está fazendo isso. Ela tem sido surpreendentemente furtiva até agora. Mesmo que custe uma pequena fortuna, esta câmera de trilha é minha melhor esperança de pegar em flagrante a pessoa que está entrando no meu quintal.
— Preciso de provas. Vou levar esta.

DEZ

Russ acaba ficando com pena de mim e me oferece seu desconto de funcionário. Mesmo com o desconto adicional de 10%, a compra faz um bom estrago em minhas economias. E, agora que já a tirei da caixa e não posso devolvê-la nem para um amigo como Russ, o arrependimento da compra vem com tudo.

— Onde você vai instalar o dispositivo? — pergunta Henry enquanto estamos no quintal.

Eu estudo a câmera em minhas mãos. O formato e o tamanho lembram um pouco os de um livro, e parece pequena demais para fazer tudo aquilo de que afirma ser capaz. Por ser compacta, porém, ela traz uma vantagem: pode ser fixada em praticamente qualquer lugar e material.

— Não sei... — digo, examinando o quintal em busca de um lugar apropriado, e acabo escolhendo a magnólia, porque a árvore oferece a vista mais ampla.

Com a ajuda de Henry, prendo a alça da câmera de trilha na árvore, apontando-a para a floresta que faz fronteira com o quintal. Nós a instalamos na altura do peito, conforme a recomendação do manual. Mas faz sentido. Numa posição muito baixa, pegaria apenas a parte inferior do corpo de quem entrasse no quintal. Muito alta, daria margem para o invasor passar de fininho sob a lente da câmera, sem ser detectado.

Ligo o aparelho e baixo no meu celular o aplicativo dele. Então, peço a Henry que entre pulando na frente da câmera, fique parado por um instante e saia também pulando. Com esses movimentos, a câmera emite um clique tão sutil que ninguém perceberia a menos que esperasse ouvir algo. Um segundo depois, ouve-se outro som — o celular na minha mão emite um *ping* agudo.

Olho para o aplicativo, que me enviou uma foto de Henry na frente da câmera, ligeiramente desfocada enquanto ele se prepara para saltar para fora do quadro.

Bem, a câmera funciona, embora a falta de foco possa ser um problema. Se a pessoa que estiver entrando no meu quintal nunca parar de se mover, reconhecê-la pode ser uma questão. Após consultar o manual, mudo as configurações da câmera do modo regular para o esportivo, o que deve gerar uma imagem mais nítida. Então, peço a Henry que passe na frente dela novamente.

— Sr. Marsh, por que o senhor precisa de uma câmera no seu quintal? — pergunta Henry enquanto entra no quadro, se detém por um instante e se afasta.

Meu celular emite outro som.

Ping!

— Acho que alguém está vindo aqui à noite — explico e olho outra vez para o aplicativo. Desta vez, a imagem de Henry é superdefinida. — E quero descobrir se é verdade ou não.

— Por que o senhor acha que alguém está fazendo isso?

É uma ótima pergunta. E espero que a câmera de trilha me ajude a respondê-la.

— Não faço ideia — digo, com a maior sinceridade.

— E o senhor não sabe quem é?

— Não — respondo, e me sinto burro, pois, duas noites atrás, pensei que poderia ser Billy, retornando depois de trinta anos.

Mas então lembro que Vance Wallace também afirmou tê-lo visto lá fora mais ou menos no mesmo horário em que eu senti sua presença e paro de me sentir burro.

— Você já viu alguém no seu quintal? — pergunto a Henry.

O menino balança a cabeça.

— Pra ser bem sincero, não. Só alguns esquilos e pássaros. Ah, e um falcão. Não gosto do falcão porque ele tenta comer os pássaros e os esquilos.

— E gente, você nunca viu?

— Não. Mas o meu avô viu.
Abaixo o celular, intrigado.
— Quem ele viu? Ele contou para você?
Desta vez, Henry responde com um lento e receoso meneio de cabeça. Sabendo o que estou prestes a perguntar, ele diz:
— Mas ele me fez prometer que eu não ia contar para ninguém. Ainda mais para a minha mãe.
— O que você não pode me contar?
Henry e eu ficamos paralisados com a repentina aparição de Ashley, que contorna a lateral da casa e entra no quintal. Ela nos lança um olhar curioso, inclina a cabeça e apoia a mão na cintura.
— O que Henry está lendo — minto, tentando dar cobertura ao menino e me saindo péssimo.
É lógico que Ashley sabe de que tipo de livro Henry gosta. Ele estava com um quando ela o deixou comigo esta manhã. Mas, no momento, é a única coisa em que consigo pensar.
— Esse tipo de livro? — questiona Ashley, incrédula. — Eles são inofensivos. Além do mais, eu bem lembro que na idade dele você gostava desses livros também.
Ela está enganada. Billy é que era obcecado pelos livros da série *Goosebumps*. Ele vivia tentando me convencer a lê-los, mas eu me recusava, dizendo que não tinha interesse. Na verdade, eu tinha medo. As capas por si só me davam calafrios.
— Posso ir até a biblioteca agora e pegar outro? — pergunta Henry.
— Sim, *pode* — afirma Ashley e bagunça o cabelo do filho. — Você e Ethan se divertiram?
Henry me examina por um instante, como se estivesse listando os prós e os contras da nossa manhã. Aparentemente, dá empate, porque por fim ele diz:
— Foi razoável.
Ashley revira os olhos e balança a cabeça para mim, em parte para se desculpar e em parte como quem diz: "Dá pra acreditar nesse menino?"
— É melhor do que horrível — diz ela a Henry, e então se vira para mim: — Obrigada mais uma vez por cuidar dele, Ethan. Eu te devo uma.

Ela apoia a mão no ombro do filho e o guia para fora do quintal, saindo pela lateral da casa. Entro, curioso para ver o desempenho da câmera de trilha quando não há um menino de dez anos parado bem na frente dela. Eu me posiciono junto à porta de vidro deslizante que dá para o quintal, observo a área e aguardo. Cinco minutos depois, um esquilo emerge da floresta. Após alguns passos hesitantes na grama, ele começa a saltar pelo gramado, contraindo a cauda. Quando passa na frente da câmera, meu celular o entrega com o apito da notificação.
Ping!
Dou uma olhada na foto no aplicativo. Com Henry fora do quadro, tenho uma noção melhor da visão da câmera — um quadrado claro de grama que se estende da base da magnólia até a cúspide da floresta. No centro do quadro está o responsável por ativar a câmera — o esquilo, captado no meio do salto, como se estivesse voando.

Satisfeito com o desempenho da câmera, coloco meu celular na bancada e me sirvo de uma caneca de café. Enquanto mexo o leite na caneca fumegante, o aparelho apita de novo.
Ping!
Dou um gole no café e pego o celular. Agora a câmera me enviou uma foto de um cardeal bicando o chão, a plumagem vermelha vibrante em contraste com a grama verde. Pouso o aparelho de volta na bancada.
Ping!
Eu o pego de novo, olho o aplicativo, vejo uma foto do esquilo e do cardeal, entreolhando-se desconfiados em lados opostos do quadro.
Ping! Ping! Ping!
Meu Deus, o quintal virou um zoológico?

Pego mais uma vez o celular, esperando ver o esquilo, o cardeal ou alguma imagem dos dois. Em vez disso, no aplicativo há três fotos de uma mulher que não conheço parada no quintal. Ela parece ter uns quarenta anos e está vestida como uma advogada. Cabelo arrumado. Terninho sob medida. Camisa branca engomada. Uma bolsa a tiracolo do tamanho de uma bolsa de maternidade.

Na primeira imagem, a mulher está olhando para a floresta atrás da casa, de costas para a câmera, a bolsa grande em destaque junto ao quadril. A segunda imagem a pega de perfil enquanto, agora ciente da câmera, ela se vira para encará-la. A terceira foto é a mais impressionante: a mulher está olhando diretamente para a câmera, curiosa, e seus lábios com gloss formam um sorriso brilhoso.

Giro o corpo, numa guinada da cafeteira para a porta que dá para o quintal. A mulher agora está do outro lado, com as mãos em concha apoiadas no vidro e espiando dentro da casa.

— Oi! — diz ela, animada. — Não queria assustar você. Só estava dando uma olhada na sua câmera. Parece bem chique!

Com cautela, eu me aproximo da porta.

— Posso ajudá-la com alguma coisa?

— Ah, foi mal. Claro. — A mulher encosta o distintivo no vidro, mostrando que é da polícia. — Eu sou a detetive Cassandra Palmer. Posso conversar com você um minutinho?

Agora sua aparição surpresa faz mais sentido. Ragesh já havia comentado que a detetive Palmer viria falar conosco.

— Você é o Ethan, certo? — questiona ela quando a deixo entrar.

— Sim, eu mesmo.

— Maravilha. Sempre bom conferir, sabe? — A detetive aponta para a mesa da cozinha. — Posso me sentar?

— Pode — respondo. Ela puxa a cadeira e se acomoda com cuidado. — Café?

A detetive Palmer abre um sorriso radiante.

— Seria ótimo, na verdade. Obrigada.

Enquanto sirvo mais uma caneca, percebo que a detetive Palmer está bisbilhotando a outra parte da casa pelo vão da porta da cozinha.

— Você está se mudando pra cá ou se mudando daqui? — pergunta enquanto observa a decoração. Ou a falta dela.

— Um pouco dos dois. Meus pais se mudaram daqui. Eu estou me mudando pra cá. Temporariamente.

A detetive Palmer dá um sorriso cortês, como se não acreditasse em mim. Eu também não acredito.

Eu me junto a ela à mesa e deslizo a caneca em sua direção. Ela dá um gole com vontade.

— Então, Ethan, como você provavelmente já deve ter deduzido, estou aqui para falar sobre o caso Billy Barringer. — A detetive faz uma pausa para se deliciar com outro gole de café. — É por isso que eu estava dando uma volta lá fora, a propósito. Queria dar uma boa olhada na cena do crime.

Ouvir meu quintal sendo descrito assim é chocante, sobretudo quando as palavras são ditas em tom tão descontraído. E, mesmo sabendo que o sequestro é um crime em si, eu me pego perguntando:

— Você acha que Billy foi assassinado no quintal?

— Nossa, não! — Ela balança a cabeça, olhando para o gramado através da porta de vidro. — Se Billy tivesse sido assassinado lá, a equipe forense teria encontrado evidências. Respingos de sangue, talvez fragmentos de ossos. Não há dúvida de que o menino foi assassinado na floresta e que seu corpo foi jogado no rio. Mas não vamos nos ater aos detalhes sangrentos.

Tarde demais, penso enquanto dou um gole no café. A detetive Palmer faz o mesmo, esperando, tranquila, que eu fale em seguida.

— Então, hum... presumo que você queira que eu conte todos os pormenores de que eu me lembro daquela noite.

— Ah, não há necessidade disso — responde a detetive. — Eu conheço o caso de Billy de trás para a frente. Foi o que me levou a trabalhar com a lei, na verdade. Eu tinha doze anos quando aconteceu e me lembro como se fosse ontem. Cresci não muito longe daqui, acredita? Em Somerville. E, naquele verão, lembro que a maioria das pessoas só queria falar sobre O. J. Mas eu? Eu estava obcecada em descobrir o que aconteceu com o menino Billy.

Somos dois. A única diferença é que ela teve poder de escolha.

— Estou interessada nas coisas que você *não* conseguiu lembrar naquela época — continua. — Suponho que poucas coisas lhe vieram à mente desde então, certo?

Fito meu café para evitar o contato visual. Sei que devo contar a ela sobre o Sonho, embora não esteja claro se é uma lembrança ou apenas um misto de imaginação e culpa persistente. Além disso, não há nenhuma informação nova contida nele. Apenas a cativante possibilidade de que eu poderia estar acordado quando a barraca foi rasgada e Billy foi levado. O que penso ser razão suficiente para contar.

— Eu tenho um sonho recorrente — revelo, ainda olhando para minha caneca, alarmado pela forma como meu reflexo ondula e oscila na superfície marrom do café.

É assim que a detetive Palmer me vê? É assim que todo mundo me vê?

— Sobre o Billy?

— Sobre aquela noite.

Descrevo o Sonho com o máximo de detalhes possível, incluindo o profano e agudo guincho — *scriiiiiitch* — que ouço antes de acordar.

— Interessante — comenta ela quando termino. — E é a mesma coisa todas as vezes?

— Sempre.

— Eu perguntaria se você já tentou desvendar o significado por trás disso, mas imagino que sim.

Respondo com um solene meneio de cabeça.

— Você tem alguma ideia de quem pode ter sequestrado Billy? — indaga ela.

— Não. Eu não vi nada.

— Não estou perguntando se você viu quem fez isso. Quero saber quem você *acha* que fez.

Dou outro gole no café, refletindo. Por trinta anos, ponderei sobre essa mesma questão, geralmente durante as madrugadas acordado. Embora várias possibilidades tenham passado pela minha cabeça, nenhuma de fato me instigou.

— Ethan? — chama a detetive Palmer depois de vinte segundos sem uma resposta minha.

— Estou aqui — digo, embora parte de mim permaneça imersa em pensamentos.

Quem eu *acho* que sequestrou Billy? Sempre foi uma pergunta muito difícil de responder, pois eu nunca soube por que Billy foi sequestrado, nem o que aconteceu com ele depois. Agora que sei essa última resposta, posso inferir a primeira.

— Alguém do Instituto Hawthorne — afirmo.

A detetive Palmer cruza os braços e se recosta na cadeira.
— Intrigante a sua resposta. Fiquei curiosa para saber por que você acha isso.
E eu fiquei surpreso com a curiosidade dela. Os ossos de Billy foram encontrados lá. Não é o suficiente?
— Porque estávamos lá naquele dia — comento. — Na cachoeira. O detetive Patel chegou a contar para você?
— Chegou, sim.
— Ele também contou o que aconteceu?
— Sim, contou — confirma ela.
— E vocês não acham que isso esteja relacionado à morte do Billy?
— Estamos analisando todas as possibilidades.
É a mesma resposta que Ragesh nos deu. Obviamente, é a resposta oficial. Que parece ter sido criada para apaziguar pessoas desconfiadas como eu, embora eu tenha todos os motivos do mundo para desconfiar.
— Vocês estão analisando agora. Mas trinta anos atrás não estavam. Você sabe por que naquela época não fizeram buscas no terreno do instituto? Foi porque Ezra Hawthorne era podre de rico?
— Ele realmente era — diz a detetive Palmer. — E ele fez muitas doações generosas para uma porção de lugares em todo o estado, incluindo o fundo de campanha do governador.
Reviro os olhos.
— Óbvio que fez.
— Mas não acho que isso tenha algo a ver. Você precisa ter em mente que o rastro do Billy parecia terminar na via de acesso da floresta, que fica a quase dois quilômetros do instituto, o que levou todo mundo a crer que ele foi levado até um carro que esperava lá. E, considerando que o terreno do instituto é todo cercado por um muro, presumiram que dificilmente alguém conseguiria invadir a propriedade.
— Mas nós conseguimos — afirmo. — Billy, eu e mais três pessoas. Todos nós invadimos o lugar sem a menor dificuldade.
— E só ontem vocês mencionaram esse detalhe. — A expressão da detetive Palmer só pode ser descrita como "não zangada, mas decepcionada". Com a cabeça inclinada e os lábios *quase* franzidos, ela

parece uma professora de jardim de infância que acabou de pegar um aluno tentando roubar uma segunda caixinha de achocolatado. — Se meus colegas soubessem na época, teriam incluído o terreno do instituto nas buscas.

Eu me sinto envergonhado na mesma hora, e minha respiração fica entrecortada.

— O que eles faziam lá no instituto? — indago.

— Não sei ao certo. Pelo que entendi, pesquisas.

— Que tipo de pesquisas?

— Pesquisas *privadas* — responde a detetive Palmer. — Do tipo a que o público não tem acesso.

— Mas você tem uma ideia do que seja, certo?

Ela pega a caneca de café e a vira lentamente.

— Pelo que entendi, era apenas um bando de excêntricos. Pessoas excêntricas muito inteligentes e muito ricas. Certamente não o tipo de pessoa que sequestraria e assassinaria um menino.

— Bem, você me perguntou quem eu acho que matou Billy, e eu te disse. Se não é a resposta que você esperava, acho que essa conversa acabou.

— Estamos no mesmo time, Ethan — afirma a detetive, e dessa vez parece genuíno. — Nós dois queremos pegar quem fez isso e fazer justiça a Billy. Então, vamos tentar de novo: quem você acha que fez isso? Alguém que *não* tenha ligações com o Instituto Hawthorne.

Meu olhar passa por cima do ombro dela, chega ao quintal além da porta de vidro e para na floresta. Alguém saiu dali, fez um corte na barraca, tirou Billy de lá e o levou para dentro da mata. Quem quer que tenha sido, matou o meu amigo e jogou o corpo dele no lago, lá do topo da cachoeira. Só de pensar nisso, fico enjoado. E isso sem considerar a possibilidade muito real de que, se o assassino tivesse se aproximado da barraca de um ângulo diferente e cortado o tecido do outro lado, provavelmente teria sido eu a vítima de sequestro e homicídio.

— Houve... — Minha boca ficou seca, dificultando a fala. Dou um gole no café e começo de novo. — Houve rumores de um homem desconhecido perambulando pela vizinhança um dia antes de Billy desaparecer. Alguém que chegou aqui pela floresta.

— E você acha que ele pode ter feito isso?

— Talvez. Um serial killer que depois foi para muito, muito longe daqui.

— Infelizmente, é bastante improvável. Ao longo dos anos, todos os serial killers, sequestradores e assassinos de crianças conhecidos foram interrogados e questionados sobre Billy Barringer. Eu mesma falei dele para pelo menos uma dúzia.

Tento imaginar essa mulher, com suas bochechas de esquilo e seu sorriso de chefe escoteira, interrogando um serial killer em um presídio de segurança máxima. É impossível.

— Nenhum dos assassinos confessou o crime, o que eles adoram fazer, mesmo quando se trata de um crime que não cometeram — continua ela. — Ninguém nem deu a entender que estava em um raio de 150 quilômetros daqui na época. Então, o culpado foi um psicopata que matou apenas uma vez, uma situação doentia de matar pelo prazer de matar, ou um criminoso em série que não conhecemos ou que ainda não foi pego, ou foi...

— Alguém daqui — completo.

Consigo concluir que estou certo quando a detetive Palmer me encara fixamente. Agora entendo por que ela não acha que o Instituto Hawthorne teve algo a ver com a morte de Billy. Ela suspeita que foi alguém mais próximo da vítima.

— Não foi ninguém de Hemlock Circle — afirmo.

— Eu entendo você pensar assim. Sei que é difícil acreditar que um de seus amigos e vizinhos seja um assassino.

— É impossível.

— Mesmo levando em consideração os detalhes do que aconteceu naquela noite? — A detetive Palmer se levanta e vai até a porta de correr de vidro. Apontando para o quintal, ela diz: — Você e Billy estavam dormindo na barraca. Algo que vocês fizeram o verão inteiro, certo?

Minha boca fica seca outra vez, pois sei o que ela quer dizer.

— Toda sexta-feira à noite — confirmo.

— Então não era segredo — prossegue a detetive, não em tom de pergunta, e sim como quem afirma um fato inegável. — Agora, tenha em mente que você não percebeu a hora em que levaram Billy. Tudo bem que, com base no sonho que sempre tem, pode ser que você tenha acordado, mas parece ter acontecido mais por causa do som da barraca sendo rasgada do que por outros barulhos.

Ela faz uma pausa, dando-me uma chance de entender sozinho. Quando consigo, é como se eu tivesse levado um soco.

— Billy não gritou — constato.

A detetive Palmer assente, satisfeita com minhas habilidades de dedução.

— Ele também não gritou por socorro nem lutou. Você não ouviu nada. Seus pais alegaram não terem ouvido nada. Ninguém na rua ouviu nada. Agora, por que você acha que isso aconteceu?

Desta vez, não preciso de pausa para chegar a uma conclusão.

— Porque Billy conhecia a pessoa.

— E ele saiu da barraca de bom grado e seguiu quem quer que fosse floresta adentro. É *por isso* que desconfio fortemente de que era alguém que morava aqui, e não um desconhecido qualquer que simplesmente entrou no seu quintal e viu uma barraca com dois meninos de dez anos dormindo lá dentro.

Não tenho tanta certeza assim. Não é absurdo pensar que o responsável foi alguém que não morava em Hemlock Circle. Quanto à falta de um grito ou pedido de ajuda, talvez Billy estivesse em choque quando foi retirado da barraca. Ou pode ser que só tenha acordado dentro da floresta, e aí já era tarde demais.

— Mas este é um ótimo bairro — alego. — Cheio de pessoas boas.

— As pessoas podem parecer boas — filosofa a detetive Palmer. — Mas, na minha profissão, consigo ver o que elas realmente são. A maioria é boa, concordo com você. Cidadãos íntegros que só querem fazer a coisa certa. No meu trabalho, lido com a pequena porcentagem de pessoas que não fazem a coisa certa. Elas machucam. Elas matam. Às vezes, por razões incompreensíveis. Esse tipo de gente? Não são boas pessoas de forma alguma.

— Como você as chamaria?

Pela primeira vez desde que apareceu no meu quintal, a detetive Cassandra Palmer fica completamente séria.

— De monstros.

Sexta-feira, 15 de julho de 1994
10h32

Billy não acredita em monstros, mas acredita em fantasmas. Bem, ele quer acreditar.

Ele acredita *o suficiente*.

Billy sabe quase tudo que há para saber sobre eles, e a maior parte de seu conhecimento vem de seu livro favorito, gloriosamente intitulado *O livro gigante de fantasmas, espíritos e outras assombrações*. No entanto, uma pontinha persistente de dúvida continua existindo. Porque, embora o livro esteja repleto de ilustrações, e, sim, até fotografias reais de fantasmas, na mente de Billy a única coisa que seria capaz de provar a existência deles sem deixar qualquer sombra de dúvida é ver um com os próprios olhos.

Billy supõe que a maioria dos meninos de sua idade — e mesmo aqueles muito mais velhos — se assustaria com a ideia de ficar frente a frente com um fantasma. Já ele, não. Billy é o oposto. Seu medo é *nunca* ver um, pois significaria que ele sempre duvidará um pouco da existência deles.

E ele quer desesperadamente que eles sejam reais.

Porque, se forem, ele acha que se sentirá menos sozinho.

Além de Ethan, Billy não tem muitos outros amigos. Ele até considera Russ Chen um, embora na maior parte do tempo o vizinho seja irritante. Assim como o próprio irmão, Andy. Outro pé no saco. Mas é só isso. No passado, Billy tentou se enturmar para expandir seu círculo de amigos. Ele fingiu gostar de beisebol e videogame, e até implorou à mãe que comprasse o mesmo tipo de roupa que as crianças descoladas da escola usavam. Bermudas de tactel da Billabong, camisetas da GAP e relógios da G-Shock. A única coisa que ela concordou em comprar foi um par de tênis Air Jordan iguais aos de Ethan. Porém, Billy começou a usá-los para ir à escola, e nada mudou. Ele ainda era visto como esquisito. Isso quando ele era notado.

Mas, então, ele encontrou *O livro gigante de fantasmas, espíritos e outras assombrações*. Foi uma descoberta ao acaso na biblioteca da escola, enquanto procurava um livro sobre tubarões para fazer um trabalho de ciências. O livro era realmente gigante, do tamanho de uma lista telefônica. Na capa havia a ilustração de uma entidade azul e branca pairando sobre um cemitério.

Encarando o calhamaço, Billy sentiu um arrepio de... alguma coisa. Não era exatamente medo. Mas quase. Uma curiosidade inquietante. O suficiente para ele querer colocar o livro de volta na prateleira. Em vez disso, Billy o abriu, e nesse momento seu mundo se abriu também. Folheando o livro, lendo página após página de espíritos com nomes como *djinn* e *stafie*, ele percebeu que não era o único que tinha a sensação de não ser visto. Que o mundo estava repleto de entidades que viviam ali, mas eram invisíveis; presentes, mas ignoradas. Na verdade, existiam tantas delas que dava para preencher um livro inteiro. E um dos grandes.

Assim começou seu fascínio por fantasmas. Por fim, ele passou a amá-los. Até os assustadores, que gritam à noite ou, segundo os boatos, roubam almas. O entendimento de Billy é que eles só querem ser vistos, reconhecidos, notados.

Assim como ele.

Billy levou o livro da biblioteca para casa, tomando o maior cuidado para a mãe não ver, pois ela não aprovaria. Quando chegou o dia de devolvê-lo, ele renovou o empréstimo. E de novo. E várias outras vezes, até que, no último dia de aula, a sra. Charbrier, bibliotecária da escola, disse a Billy que o livro era dele.

— Você fez por merecer — justificou ela, sorrindo enquanto arrancava o adesivo da biblioteca da lombada e deslizava o exemplar pelo balcão de empréstimos. — Quando alguém demonstra tanto amor por um livro, merece ficar com ele.

Isso faz mais de um ano, e os pais de Billy ainda não sabem sobre seu exemplar de *O livro gigante de fantasmas, espíritos e outras assom-*

brações. Ele gostaria que continuasse assim. Seu pai não se importa com essa sua obsessão pelo sobrenatural. Na verdade, até a incentiva, e chegou a ajudá-lo a se fantasiar de fantasma no Dia das Bruxas do ano passado. Já sua mãe surtaria se encontrasse o livro, e é por isso que Billy o esconde muito bem dela. Passados uns dias, ele o muda de lugar, levando-o do fundo da gaveta de cuecas para a mesa e depois para debaixo da cama.

Billy sabe que a mãe está apenas preocupada com ele, mas a preocupação dela às vezes é autoritária. Ela não entenderia que ele vê os fantasmas como irmãos de alma, espíritos afins (sem querer fazer trocadilhos). Que, quando ele abre *O livro gigante* e vê ilustrações de tantos espíritos assustadores, fantásticos e incompreendidos, sente como se essas entidades pudessem ser os amigos que lhe faltam.

Algumas, pelo menos, poderiam. Billy está ciente de que nem todos os fantasmas, espíritos e assombrações mencionados no livro existem na vida real. Cerca de metade deles são mitos, personagens de filme ou de outros livros de autores que ele ainda é jovem demais para ler. Lovecraft, Poe e King.

Agora Billy folheia seu livro, com um lápis na mão, circulando os fantasmas que ele acredita serem reais.

Poltergeists? Circulado, pois houve cerca de mil incidentes envolvendo esses espíritos.

Banshees? Também circulado, pelas mesmas razões.

O Cavaleiro Sem Cabeça não recebe um círculo porque é de uma história de ficção, embora Billy suspeite que algo semelhante a ele exista por aí.

Se Ethan ou o irmão de Billy, ou até seu pai, lhe perguntassem por que ele acha que fantasmas existem, o menino provavelmente responderia que a lista do livro gigantesco é tão extensa que é impossível que *todos* tenham sido inventados. É como a lei da probabilidade que ele acabara de aprender na escola antes de entrar de férias.

Agora, ele só precisa, sem falta, ver um com os próprios olhos.

E Billy sabe muito bem qual é o melhor lugar para fazer isso.

ONZE

Às nove da noite, estou esparramado no sofá, quase cochilando durante um episódio de *Ted Lasso* a que já assisti pelo menos umas dez vezes. No chão, a garrafa de cerveja vazia está ao lado do prato de papel com a borda não comida da pizza que eu pedi para o jantar. Meus amigos me avisaram que haveria uma fase em que eu ficaria largado, ignorando todos os hábitos saudáveis e de higiene básica. Na época, não acreditei neles. Mas agora, depois de uma semana pedindo delivery e fazendo o mínimo esforço para me vestir e me limpar, sei que é a mais pura verdade. Cheguei a um ponto que já ultrapassou a desistência. É total abandono.

Mesmo precisando tomar um banho, fazer a barba e comer vegetais, permaneço onde estou, deixando minhas pálpebras piscarem e se fecharem. Quem sabe nesse estado eu durmo a noite inteira... Seria uma mudança de rotina muito bem-vinda.

Estou prestes a pegar no sono quando meu celular apita.

Ping!

Assustado, pego o aparelho que estava a alguns metros da garrafa de cerveja. A atividade da câmera da trilha diminui quando o crepúsculo cai, assim que os pássaros se recolhem nos galhos das árvores e os esquilos vão para seja lá onde costumam ir. Abro o aplicativo e sou recebido pela imagem de um gramado banhado pelo luar, e, no limite da floresta, há um gambá cujos olhos brilhantes estão assustadoramente voltados para a câmera.

A visão da câmera é diferente à noite. Mais agourenta. Grandes bolsões de sombra delimitam o quadro, tingidos de um verde incomum pela visão noturna. A grama em si é cinza, como neve suja.

Além do gramado, quase imperceptível na escuridão, está a floresta, as árvores altas e borradas.

Coloco o celular no chão, virado para baixo, e vejo se ainda resta alguma gota de cerveja na garrafa.

Ping!

Olho para o celular quando a tela dispara um brilho fino no carpete da sala com o alerta da câmera. Ignoro, dizendo a mim mesmo que é apenas o gambá de novo. Ou algo parecido. Um veado. Um guaxinim. Uma raposa.

E fantasmas.

Sou acometido por uma lembrança da sra. Barringer vindo à nossa porta em um dia de verão, logo antes da volta às aulas. Naquela época, eu sabia que eles estavam se mudando do bairro. Ouvi meus pais sussurrando certa noite. Era muito difícil para eles, disse minha mãe. Principalmente para a sra. Barringer. Hemlock Circle agora retinha muitas memórias ruins. Para onde — e quando — eles estavam indo eu não fazia ideia. A única coisa que eu sabia era que eu parecia ser parcialmente culpado. Que minha inação na barraca naquela noite fez com que os Barringer perdessem não apenas um filho, mas também a casa.

Por isso fiquei surpreso quando a sra. Barringer apareceu segurando algo retangular embrulhado em papel de seda.

— Achei que você deveria ficar com isto aqui — disse ela ao me entregar o embrulho. — Billy iria gostar que ficasse com você.

Rasguei o papel de seda, revelando um livro. A capa era a ilustração de uma figura translúcida flutuando sobre um cemitério. Acima, escrito em letras roxas e gordinhas, estava o título.

O livro gigante de fantasmas, espíritos e outras assombrações.

Virei o exemplar em minhas mãos, sem saber ao certo se o queria. Pegar algo que pertencia a Billy parecia errado por centenas de razões. Eu não queria ver o livro todos os dias e ser lembrado de que meu amigo desapareceu, de que a culpa era minha.

— É um gesto muito carinhoso da sua parte, Mary Ellen — comentou minha mãe, decidindo por mim que o presente indesejado era algo que eu tinha que aceitar. — Como se diz, Ethan?

— Obrigado — respondi, obediente.

Subi a escada e coloquei o livro na prateleira mais alta da minha estante, com a lombada virada para a parede para que eu não lesse o título. Nunca mais toquei nele depois disso. Nem uma única vez sequer. Talvez ainda esteja no meu quarto, enterrado sob décadas de poeira.

Pensar nisso agora me traz outra lembrança, inquietante de tão repentina. Tal qual um filme com a edição malfeita, com cortes abruptos de uma cena para outra.

É do meu último Dia das Bruxas com Billy, quando saímos pelo bairro para pegar doces usando nossas fantasias. Eu me vesti do personagem de Sam Neill no primeiro filme de *Jurassic Park*, desafiando a fria noite de outubro com meu short cáqui, a camisa jeans de botões e o lenço vermelho. Billy foi de fantasma — o rosto todo pintado de cinza, o cabelo empoado e as correntes de plástico penduradas nos braços e nas pernas.

Mais tarde, sentamos à mesa da minha cozinha para comer os doces. Embora Billy tivesse lavado o rosto, a maquiagem não saiu inteira. Ele estava com olheiras claras, e uma faixa cinza descia por sua bochecha.

— O que você faria se encontrasse um fantasma? — perguntou ele, enquanto mastigava uma barrinha de Snickers.

— Eu daria um grito e fugiria — respondi. — Você não?

Billy balançou a cabeça.

— Eu tentaria falar com ele. Os fantasmas só querem isso, na verdade. Serem notados.

— Mas e se o fantasma tentasse matar você?

— A maioria dos fantasmas não pode machucar a gente — explicou Billy, como se fosse a coisa mais lógica do mundo.

Essa afirmação, somada a sua nítida sinceridade, me levou a dizer:

— Você sabe que fantasmas não existem, né?

— Existem, sim.

— Então por que a gente não vê fantasmas em todos os lugares? — perguntei. — Por que não tem, tipo, fantasmas andando pela rua? Ou no supermercado?

— Em primeiro lugar, muitos fantasmas são invisíveis, então você não consegue ver a maioria deles — argumentou Billy, que, para reforçar seu ponto de vista, golpeou o ar com a barrinha de chocolate.

— Em segundo lugar, eles *estão* em todos os lugares. Aposto que tem fantasmas vagando pela floresta agora mesmo.

Só de pensar nisso, estremeci dos pés à cabeça. Ao contrário de Billy, nunca fui fã de fantasmas, nem naquela época nem agora. Passei aquela noite de Dia das Bruxas enfiado debaixo das cobertas, com pavor até de olhar para a janela do meu quarto, morrendo de medo de avistar um fantasma saindo da floresta.

— Tudo que os fantasmas querem é que você saiba que eles existem — continuou Billy. — A intenção deles não é assustar ninguém.

— Acho que todo mundo tem medo de fantasma.

— Eu não tenho — garantiu Billy, todo orgulhoso.

Ping!

O som da notificação me arranca das minhas lembranças, e pego novamente o celular, dessa vez irritado. Seja qual for o animal que estiver no quintal, eu adoraria que ele fosse embora. Porém, quando abro o aplicativo, não vejo nenhum animal.

Vejo Vance Wallace.

Ele está entre a magnólia e a floresta, parecendo não saber da existência da câmera. Está com uma cara de quem acordou assustado, usando calça de pijama e camiseta cinza, e seu cabelo está despenteado. Nos pés, chinelos. Restos da grama cortada ontem grudam nas solas.

Em trinta segundos, estou lá fora, cruzando o gramado a passos hesitantes. Quando Vance me vê, cambaleia em minha direção. De perto, ele está desnorteado. É a única maneira de descrevê-lo. Não há nenhum sinal em seus olhos de que me reconhece, embora tenha me visto ontem e esteja olhando diretamente para mim agora.

— Sr. Wallace? Está tudo bem com o senhor?

— Você o viu? — indaga ele com a voz fraca, baixa demais para ser um berro e rouca demais para ser um sussurro.

— Viu quem?

— Aquele menino Barringer.

Ao contrário de Vance Wallace, eu de fato sussurro:
— Sr. Wallace, Billy está morto.
Vance estende a mão e agarra meu antebraço com força. Sua mente pode não estar afiada, mas seus músculos estão funcionando muito bem.
— Eu o vi — insiste o sr. Wallace. — Eu o segui até aqui. Ele voltou.
O homem se vira para fitar a floresta, agora coberta pelas sombras. Não enxergo nada no breu. Apenas árvores que se estendem por quilômetros, embranquecidas pelo luar.
— O senhor tem certeza de que não era um veado, ou algo assim?
— Não era um veado coisa nenhuma! — rosna Vance. — O menino Barringer está aprontando alguma coisa.
Ao longe, ouço o barulho de passos na grama. Ao me virar, vejo Ashley vindo correndo pela lateral da casa, com Henry atrás dela. Sei por instinto por que ela está aqui e por que trouxe o menino consigo. Assim como quando Mary Ellen Barringer entrou furtivamente no meu quintal com Andy, Ashley não quer deixar o filho sozinho.
— Pai? — chama ela, ofegante devido ao esforço e à exasperação.
— O senhor não pode sair de casa sem me avisar.
— Mas eu vi o menino de novo.
— Nós já conversamos sobre isso. O senhor não viu ninguém.
— Eu vi, merda!
— Vamos voltar pra casa. — Ashley tenta segurar o braço dele, mas Vance a afasta.
— Pelo amor de Deus, eu consigo voltar andando sozinho pra casa! Pare de me tratar como se eu fosse um bebê, Trish.
Henry engole em seco. A reação de Ashley é ainda pior. Ela arregala os olhos, que transmitem dor. A mesma dor marca sua voz quando ela diz:
— Sou eu, pai. Ashley. Minha mãe não está mais com a gente.
O sr. Wallace a encara por um instante, a confusão estampada em seu rosto. A expressão logo desaparece, substituída por algo que se aproxima de terror. Ele abre a boca para falar, mas Ashley o silencia

e diz que está tudo bem. Ela tenta tocá-lo outra vez, e dessa vez o sr. Wallace permite.

Enquanto eles vão embora, Vance se vira para encarar a floresta.

— Eu não estou mentindo — afirma ele para mim. — Tem alguma coisa lá.

— Já chega, pai. Vamos pra casa. — Ashley se detém e olha para trás, para mim. — Venha também, Ethan. Uma ajuda cairia bem.

DOZE

Enquanto Ashley acomoda o pai no quarto, fico no corredor, certificando-me de que Henry volte para a cama. Não será um problema, ao que parece. O menino está muito longe de agir como eu agia quando tinha a idade dele e chegava a hora de dormir. Eu pedia, insistia, bajulava e implorava para ficar acordado só mais cinco minutos. Chega a ser irônico, vendo como hoje anseio por uma noite inteira de sono.

Henry, talvez prevendo uma situação semelhante no seu futuro, simplesmente rasteja para debaixo das cobertas e pega o livro na mesinha de cabeceira. Agora está lendo outro volume da série *Goosebumps*, intitulado *O fantasma da casa ao lado*.

— Não vai ficar com medo lendo esse livro antes de dormir? — pergunto.

— Não. É só ficção. Além disso, gosto de ler sobre fantasmas e monstros.

— Eu tinha um amigo que também gostava. Ele era obcecado por fantasmas.

— Billy Barringer — diz Henry, e o nome soa estranho saindo da boca de alguém tão jovem.

— Como você sabe?

Henry empurra os óculos mais para cima do nariz.

— Minha mãe me contou sobre ele. Ela disse que ele era um bom menino que desapareceu, e é por isso que sempre devo contar para ela aonde estou indo.

Eu não deveria estar surpreso que até Ashley tenha transformado a história de Billy em uma história de advertência, mas estou. É claro que Billy significava mais para ela do que isso. Ou talvez ela seja como Russ, limitada em termos de lembranças e de tristeza. No que diz respeito a Billy, talvez todos sejam.

Todos, menos eu.

— Não fique lendo até tarde — aconselho e apago a luz. — Dormir é importante.

Quando chego à porta, Henry me chama.

— Sr. Marsh, o senhor me acha estranho?

Eu me viro para ele, surpreso ao constatar que, debaixo das cobertas, ele parece ainda mais novo, banhado pela luz quente da luminária na cabeceira.

— O senhor acha? — insiste Henry, já que não dou uma resposta rápida.

Hesito por um instante. A verdade é que, sim, eu acho Henry estranho, mas dizer isso seria uma crueldade. Por outro lado, não quero mentir para o menino. Grande parte da infância é ser enganado por adultos, porque eles acham que suas mentiras pouparão os sentimentos das crianças.

— E importa se você for? — indago.

Henry assente.

— Um pouco.

— Pra quem?

— "Para" quem — corrige-me ele. — E eu acho que a resposta é: para as outras pessoas.

— Tipo as crianças da sua idade?

— Sim — admite Henry. — Creio que eu deveria ter me comunicado de maneira mais precisa.

Ouvir alguém tão pequeno usar palavras mais rebuscadas, e corretamente, me faz sorrir. Às vezes, ser estranho não é tão ruim.

— Vou te contar um segredo — digo enquanto atravesso o quarto e me sento na beirada da cama de Henry. — Algo que a maioria das pessoas não percebe até ficar mais velha. Mas todo mundo é um pouco estranho. Algumas pessoas disfarçam melhor do que outras, mas é verdade. Todo mundo é esquisito.

— Até o senhor?

— Até eu — afirmo, tentando não pensar muito em como essa afirmação é irrefutável.

— Então eu não devo me importar em ser um pouco estranho?

— A única coisa com a qual você deve se importar é em ser você mesmo. Não importa quem você seja. Algumas pessoas podem não gostar de você por ser quem você é, mas um monte de gente vai gostar. Eu garanto.

Dou um tapinha na perna dele coberta pelo edredom e me levanto para sair. Novamente, Henry me faz parar na porta, dessa vez para dizer "boa noite, sr. Marsh" com uma formalidade que me faz sentir compelido a entrar na brincadeira.

— Boa noite, sr. Wallace.

Henry meneia a cabeça, satisfeito, e eu saio do quarto. No corredor, encontro Ashley encostada na parede, do lado da porta de Henry, onde ela sem dúvida ouviu cada palavra.

— Você é muito bom com crianças — elogia ela.

— Sou? Nunca achei que eu fosse.

— Um profissional. É chocante que não tenha filhos.

Eu a sigo escada abaixo até a cozinha, onde ela abre o armário e tira dois copinhos de shot e uma garrafa de tequila. Ela inclina a cabeça, como quem pergunta: "Será que deveríamos?" Minha resposta é sim, ainda mais se vamos continuar falando sobre crianças.

Eu me sento enquanto Ashley anda pela cozinha, colocando a garrafa e os copinhos na mesa antes de pegar alguns limões na geladeira.

— Você e sua esposa queriam ter filhos? — pergunta ela, de costas para mim, cortando os limões.

— Ela queria. Eu, não.

— Dá pra entender.

Claudia não conseguia entender. Não que eu, assim como Henry disse, comunicasse o motivo pelo qual não queria filhos de maneira muito precisa. Quando esse assunto vinha à tona e brigávamos, o que acontecia com frequência mais para o fim do casamento, eu me recusava a explicar qualquer coisa para ela. Foi só em nossa derradeira discussão que revelei tudo.

— Então me diga por que você não quer ter um filho — insistiu ela.

— Não tem um motivo específico.

— Tem que ter, Ethan.

— Muitos casais optam por não ter filhos, por diversos motivos.

— Sou eu? — indagou Claudia, com um tom de mágoa.

— Claro que não. Acho que você seria uma mãe incrível. Tentei puxá-la para um abraço, mas ela escapou e foi para o outro lado do quarto.

— Então por quê? Você sabe que eu quero ter filhos. Acabou de dizer que eu seria uma mãe incrível. Acho que você seria um pai incrível. Temos bons empregos. Estamos financeiramente estáveis. Não existe motivo algum pra não tentarmos, exceto por alguma coisa que você não está me contando.

— Eu só não quero ser pai. Não é motivo suficiente?

— Sendo bem sincera? Não.

— Bem, deveria. Mas acho que, nessa situação, meus sentimentos não importam.

Foi uma coisa de merda de se dizer. Tenho noção disso agora, e devia ter naquela época também, mas o calor do momento me deixou com raiva. De Claudia, sim, mas principalmente de mim mesmo por me recusar a ser honesto com ela, mesmo que isso a deixasse mais chateada a cada minuto.

— Você não quer me dizer o que está sentindo! — exclamou ela, os olhos arregalados e marejados. — E você não tem ideia de como isso dói. Eu sou sua esposa, Ethan. Você não deveria ter medo de compartilhar nada comigo.

— Mesmo que seja algo que você não queira ouvir?

— Principalmente se for esse o caso. Porque como vamos resolver, juntos, se apenas um de nós sabe qual é o problema?

— Não tem como consertar — rebati. — *Esse* é o problema.

— Então me diga. *Por favor.* — Claudia olhou para mim do outro lado do quarto. Uma das lágrimas tinha escorrido e deslizava por sua bochecha. — Ethan, eu preciso saber por que você não quer ter filhos.

Exausto, eu me joguei na cama, sabendo que estava prestes a destroçar o coração da minha esposa.

— Porque filhos desaparecem — declarei.

Dizer a verdade não me deu a sensação de ter tirado um peso das costas. Na verdade, foi como se aquele peso tivesse sido subitamente duplicado.

Claudia tocou minha bochecha e beijou minha testa.

— Eu entendo — disse ela, com delicadeza, e eu acreditei em suas palavras.

Ela sabia o que havia acontecido com Billy. Sabia que isso tinha acabado com a minha vida. E sabia que, por causa disso, eu nunca, jamais mudaria de ideia.

— Eu sinto muito — sussurrei.

— Eu sei — respondeu Claudia.

E então ela saiu do nosso quarto pela última vez.

— Pronto — diz Ashley, puxando-me com um solavanco de volta ao presente ao depositar na mesa à minha frente um prato com limões-taiti cortados em quatro e um saleiro.

Ela serve um shot para cada. Umedecemos com a língua o dorso da própria mão e polvilhamos com uma pitada de sal. Então, o lambemos, viramos a tequila de um gole só e chupamos o gomo de limão. A tequila, de uma marca barata, mas forte, queima minha garganta. Dou uma tossida. Ashley dá um tapa na mesa.

— Meu Deus, como eu precisava disso! — comenta ela. — Aposto que você nunca pensou que tomaria shots de tequila com sua ex-babá.

— Posso dizer com toda a sinceridade que nunca pensei.

— A vida é uma caixinha de surpresas, né? Quer dizer, nunca imaginei que voltaria a morar nesta casa. Aposto que você também não. Você era quem mais tinha motivo para ficar bem, bem longe daqui.

— Não tinha muitas opções — respondo, não querendo entrar em detalhes. Seria necessário mais do que uma dose de tequila para me fazer falar sobre *aquilo*.

— É assustador ver quanto este lugar não mudou quase nada. — Ashley dá uma olhada na sala, e eu sei que na verdade está apontando para o que está além das paredes da cozinha. Para Hemlock Circle. — As casas são as mesmas. As pessoas são as mesmas. De certa forma, é como se eu nunca tivesse ido embora. Sendo que tudo que eu queria fazer era dar o fora daqui e nunca mais voltar.

— E por que você voltou?

— Meu pai precisava de mim — explica ela. — Desde que minha mãe morreu, sabe? Eu vinha e ficava algumas semanas, não mais que isso. Eu sabia que seria muito fácil ser sugada de volta para a vida aqui e me recusei a cair nessa. Mas então meu pai começou a ficar esquecido e confuso, e parecia piorar a cada visita minha. Quando Deepika Patel o encontrou parado na porta dela dizendo que não conseguia lembrar em qual casa morava, eu não tive escolha.

Ashley reabastece os copinhos de shot e fazemos tudo de novo. Lamber o sal, virar a tequila, chupar o limão. Desta vez, consigo me conter e não tossir, mas a bebida me relaxa o suficiente para dizer:

— Então, tudo aquilo que seu pai disse... sobre ter visto Billy no seu quintal e segui-lo até o meu... é só imaginação dele?

— Está mais para confusão mental.

— Tem certeza?

— Tenho. — Ashley me lança um olhar curioso. — Você já está bêbado?

— Não. Só pensei que... — Interrompo meu raciocínio, tentando encontrar uma maneira de continuar sem parecer um doido varrido. E delirante. E completamente patético. — Eu acho que senti a presença do Billy. Algumas noites atrás.

— Onde? Na sua casa?

— No quintal. E no bairro todo. Eu... vi coisas.

— Foi por isso que comprou aquela câmera?

— Foi. Para tentar descobrir o que está acontecendo. Porque, desde que seu pai disse que também viu coisas, eu venho me perguntando se...

— É sério? — Ashley me interrompe, seu tom de voz deixando bem claro que ela pulou a parte do louco e delirante e foi direto para a de me achar patético. — Ah, Ethan. É bonito pensar que quem a gente ama ainda está por perto depois de já ter ido embora. Mas, infelizmente, não é assim que funciona.

— Como você tem tanta certeza?

— Porque é a ciência. Quanto ao que meu pai anda falando, você não pode acreditar em nenhuma palavra. Odeio dizer algo assim sobre meu próprio pai, mas é verdade. Ele não está bem. É por isso que eu tive que voltar, mesmo sendo a última coisa no mundo que eu queria fazer.

— E o Henry? Ele gosta daqui?

— Acho que gosta, sabia? Vamos ver como vai ser quando ele começar na escola. Como você notou, ele é meio estranho.

— Não há nada de errado nisso. Ser diferente era uma desvantagem quando a gente tinha a idade dele. Agora, é motivo de orgulho, um distintivo de honra.

— Ainda assim, eu me preocupo. Ele é tão sensível. Inteligente pra caramba. Sem dúvida, mais inteligente do que eu. Mas crianças conseguem ser muito cruéis. Como cuido dele sozinha, vivo em um constante estado de medo de estragar tudo.

Tomamos a terceira dose. Preciso disso depois de ter me humilhado um momento atrás. Desta vez, nem me dou ao trabalho de incluir o sal e o limão. Apenas tequila pura, engolindo sem hesitação.

— Onde está o pai do Henry?

— Ele não faz parte da nossa vida — revela Ashley enquanto chupa o segundo gomo de limão. — Nunca fez. Ele nem sabe que Henry existe. E eu, bem, eu não sei exatamente quem ele é.

— Ah — respondo, desejando poder retirar a pergunta. — Eu não queria...

— Não, está tudo bem. — Ashley espreme bem o limão. — É a vida. Minha mãe tinha acabado de morrer, e eu estava em Los Angeles, onde morava desde a faculdade, ainda enganando a mim mesma, achando que faria sucesso no mundo da música. Mas lá trinta e cinco anos é considerada uma idade avançada. Eu estava competindo por estágios com jovens de vinte anos. Além disso, continuei sendo a mesma garota festeira e burra que fui no ensino médio e na faculdade. Nada melhor do que o álcool para anestesiar a decepção. E então... ops, engravidei, e não tinha ideia de qual dos vários babacas com quem fiquei, e que nem conhecia direito, era o pai. Resumindo, eu era um desastre total.

— Não parece mais ser o caso — digo.

— Agradeça ao Henry por isso. Assim que vi que aquele teste de gravidez de farmácia deu positivo, toda a minha maneira de pensar mudou. Eu deixei de ser o centro do mundo, sabe? Não consigo deixar de ouvir o que Claudia disse na noite em que ela me contou que queria ter um filho.

Somos apenas nós.

Como se isso não bastasse.

— Você já se arrependeu em algum momento? De se tornar mãe?

Ashley balança a cabeça.

— Nem por um segundo. Criar um menino como o Henry não é fácil. Nem um pouco. E eu sei que não precisava passar por isso. Eu tinha opções. Mas, toda vez que olho para ele, sei que eu trouxe algo bom para o mundo.

— E quais são os seus planos? — pergunto, meu cérebro zunindo de tanta tequila. — Planeja ficar aqui por um tempo?

— Não sei. — Ashley fecha a garrafa de tequila. — Meu pai não está melhorando. Mais cedo ou mais tarde, vou ter que fazer alguma coisa a respeito disso. Depois, quem sabe? Existem lugares piores do que Hemlock Circle para se morar. E você?

— Não tenho ideia. Ainda mais agora que Billy foi encontrado. São muitas lembranças vindo à tona para saber o que fazer com todas elas.

— Pensei que eu ia fugir de tudo isso — confessa Ashley, e é exatamente assim que eu me senti a semana toda, mas não fui capaz de articular. — É como se fosse o destino, ou algo assim. Mesmo que eu fuja para bem longe, este lugar insiste em me arrastar de volta pra cá.

Sexta-feira, 15 de julho de 1994
11h52

— Meu Deus, como eu odeio este lugar — diz Ashley, segurando o telefone entre a orelha e o ombro enquanto enrola um band-aid no polegar.

Ela estava tocando violão. Bem, *tentando* tocar, e bateu em uma corda no ângulo errado, cortando o dedo.

— Não é *tão* ruim assim — rebate Tara. — Eu mataria alguém para morar no seu bairro.

A resposta da amiga faz Ashley se sentir um pouco culpada, porque Tara mora no centro da cidade, em uma casa modesta ao lado de um consultório odontológico. Certa vez, Tara reclamou que nunca podia abrir a janela do quarto durante o dia por causa do zumbido da broca do dentista. Ashley acha que isso é pior do que acordar com as esposas de Hemlock Circle tagarelando sob sua janela, que foi o que aconteceu hoje de manhã.

Em vez das habituais fofocas e risadinhas, hoje as mulheres conversaram baixinho, o que, na interpretação de Ashley, significa que estavam fofocando sobre um de seus filhos.

Um dos tópicos favoritos.

Veja bem, ela entende. É como se Hemlock Circle estivesse numa bolha. Faz, sim, parte de um bairro maior, mas é também um local autônomo, rodeado por florestas, como uma pária em um daqueles livros chatos que ela é forçada a ler na aula de língua e literatura inglesa. Hester Prynne. É disso que a rua sem saída a faz lembrar. Hester Prynne, mas sem o escândalo. Nada picante acontece aqui. Claro, houve o episódio com Johnny Chen, mas isso foi mais triste do que qualquer outra coisa.

Ashley ainda fica deprimida quando pensa em Johnny. Ela tinha uma queda por ele quando era mais nova, quando eles esperavam juntos o ônibus escolar no fim da rua. Agora ele está morto, e às vezes ela ainda não consegue acreditar. Overdose? Na idade dele? Estrelas do rock é que morrem assim. Não meninos fofos, tímidos e estudiosos como Johnny.

O que explica o cochicho das mulheres da rua sempre que falam sobre seus filhos. Isso denota seriedade, sobretudo quando envolve algo que afeta a todos. Por ser filha única, Ashley não sabe como se sente ao ser colocada no mesmo balaio das outras crianças da vizinhança, como se fossem primos distantes sentados juntos numa festa de casamento. Ela não tem nada em comum com os outros, exceto pelo fato de que moram no mesmo lugar. Ela nem gosta muito deles.

Bem, não é totalmente verdade. Ashley gosta de Ethan Marsh, que é um bom menino, embora de vez em quando o pegue olhando para ela como se ela fosse a modelo Claudia Schiffer, ou algo assim. Ela releva, pois é de uma forma inocente e deslumbrada. Não é como o olhar lascivo de Ragesh Patel. Algumas semanas atrás, Ashley o flagrou escondido na floresta, observando a casa dela. Ficou tão assustada que contou ao pai, que marchou até a casa ao lado e gritou para os Patel as seguintes palavras: "Quero o *voyeur* do filho de vocês longe da minha casa!" Ragesh negou, é claro, mas Ashley sabe o que viu.

Quanto às outras crianças de Hemlock Circle, Ashley tem pouca paciência para o irritadiço Russell Chen, que fica ressentido com as coisas mais insignificantes quando vai brincar com Ethan enquanto ela cuida dele. E Ashley mal conhece Andy Barringer, o mais novo dos meninos, mas tem um carinho pelo irmão dele, Billy. O garoto é meio estranho, o que a deixa preocupada. Neste mundo, crianças estranhas são ímãs de *bullying*, e ela teme que a vida de Billy só piore se ele não maneirar com a esquisitice.

"A cada dia, este mundo fica mais maluco", Ashley ouviu sua mãe dizer hoje de manhã, o que despertou sua curiosidade a ponto de atraí-la para fora da cama e para mais perto da janela. Talvez elas não estivessem falando sobre criança alguma, afinal. Mas, quando chegou mais perto para ouvir melhor, o grupo já havia se dispersado, as mulheres indo cozinhar, limpar ou qualquer outra atividade suburbana enfadonha que fizessem todos os dias.

Ashley promete que não vai viver assim. Ela tem planos. De curto, médio e longo prazo.

O de curto prazo é juntar dinheiro para ir ao Woodstock em agosto. É factível, se ela economizar cada centavo do salário como babá e se conseguir convencer os pais de que vai para as montanhas Pocono com Tara e a família da amiga, quando na verdade pretende ir de carro até o norte do estado de Nova York com a amiga e o primo dela para entrarem de penetra no festival de música. A parte da mentira é fácil. Ela vive mentindo para os pais. O que mais a preocupa é o esquema envolver outras pessoas. Embora seus pais e as mães de Tara não sejam amigos, sempre há o risco de se encontrarem no supermercado ou no cinema no centro de Princeton.

Seu plano de médio prazo também é simples: terminar o ensino médio e dar o fora daqui. Ela não é uma das alunas mais inteligentes. A escola a deixa entediada, e, francamente, ela é preguiçosa demais para se dedicar a coisas com as quais não se importa. Mas a sra. Daniels lhe disse que dá para entrar na faculdade com suas notas, e isso é tudo que Ashley precisa saber.

Quanto ao seu plano de longo prazo... Bem, esse não é tão fácil. Seu pai deixou claro que quer que ela vá para a Rutgers, que se forme em educação física e vá trabalhar nas academias dele. Ashley ainda não teve coragem de dizer a ele que isso não vai acontecer. Mas ela vai dizer, assim que descobrir o que quer fazer da vida. Ela sabe que será algo a ver com música, só não tem certeza do quê. Ashley não tem talento para cantar — se dependesse da voz para sobreviver, já estaria morta —, e o único instrumento que sabe tocar (mal) é o violão. Mas marketing ou relações públicas são algumas de suas opções, e é por isso que ela fica animada quando Tara lhe diz:

— Ah, eu bem ouvi dizer que Steve Ebberts vai à festa hoje.

A festa em questão é a de Brent Miller, cujos pais e a irmã caçula viajaram para passar o fim de semana em Cape May. Ashley já avisou a Tara que não vai. A última vez que viu Brent Miller foi na festa de formatura de Sherri Benko, e ele estava tão grudento e com as mãos tão bobas que ela teve que dar uma joelhada nas bolas dele. Brent tem sorte de não ter sido pior. Ashley é mais forte do que parece. É o que acontece quando seu pai é dono de várias academias. Ela levanta uns pesinhos desde que tinha dez anos. Ashley não é enorme. Não é como aquelas mulheres supermusculosas do programa de competição *American Gladiator*, que têm o pescoço da grossura de um tronco de árvore e que conseguem levantar, tipo, um Fusca. Mas ela é definida.

— Tem certeza? — pergunta Ashley, segurando o fone com a mão agora, embora seu polegar ainda esteja latejando.

— Absoluta — confirma Tara.

Bem, isso muda as coisas. Não é que Ashley sinta tesão por Steve, ou algo assim. Na verdade, ele é meio esquisito e um pouco babaca. Mas o irmão mais velho dele trabalha na Warner Music, e Ashley está mais do que disposta a fingir que gosta de Steve se isso ajudá-la a arranjar um contato na indústria fonográfica, por menor que seja.

Ela não vai sair com ele. Ashley se recusa que sua vida gire em torno de homem. Mas, se precisar, ela pode se aventurar um pouco.

— Você pode me dar uma carona?

— Não dá — responde Tara. — Minha mãe vai usar o carro para visitar minha tia na Pensilvânia.

— Então como você vai à festa?

Tara suspira.

— Eu não vou. A menos que você tenha como me levar.

— Vou pensar em algo — afirma Ashley, com a determinação de quem fala sério.

E ela está falando sério mesmo. Ashley sabe que a festa, um possível sexo casual com Steve Ebberts, Woodstock, a faculdade e uma carreira na música são passos necessários em direção ao seu verdadeiro objetivo, que é não viver como sua mãe e as outras mulheres de Hemlock Circle. Ela ama sua mãe e não tem nenhum problema com as outras, mas, a seu ver, a vida que elas levam é uma decepção. Criar filhos. Cuidar da casa. Fofocar no gramado. Tudo parece tão organizado, tão banal. E Ashley quer se rebelar. Não muito. Não como Courtney Love. Só o suficiente para saber, quando estiver em seu leito de morte, que viveu de verdade.

Sem arrependimentos.

Essa é a vida que ela quer.

Mesmo que isso signifique ir embora de Hemlock Circle e nunca mais olhar para trás.

No corredor, ela ouve a mãe chamando lá de baixo.

— Ash? Você está aí em cima? Está na hora de ir trabalhar, querida.

Ashley olha para o relógio em seu pulso. Merda. Ela precisa estar na casa dos Marsh em dois minutos.

— Tara, tenho que ir — diz antes de desligar o telefone e jogar no lixo o lenço ensanguentado e a embalagem do band-aid.

Ela calça um par de Keds e desce a escada correndo, gritando um "tchau, mãe!" ao sair pela porta.

Embora pudesse ter conseguido com facilidade um emprego neste verão em uma das academias do pai, Ashley agarrou com unhas e dentes a oportunidade de ser babá de Ethan Marsh. O horário, do meio-dia às cinco da tarde, de segunda à sexta, é muito melhor do que na academia, o que exigiria que ela acordasse ao raiar do dia todas as manhãs. Além disso, se trabalhasse na academia, seu pai saberia exatamente quanto ela ganha, o que tornaria mais difícil guardar dinheiro em segredo como ela vem fazendo o verão inteiro. Em algumas semanas, a quantia que recebe de Joyce Marsh — em dinheiro vivo, nada menos — cobrirá todo o custo da viagem a Woodstock.

Ashley contorna o círculo no fim da rua até a casa dos Marsh e atravessa o gramado até a porta da frente. Quando a abrem, ela está esperando ser recebida por Ethan, feliz como sempre em vê-la. Em vez disso, é a sra. Marsh quem está na porta, com uma expressão de surpresa e confusão. Ashley fica igualmente confusa. A sra. Marsh não deveria estar no trabalho?

— Ai, meu Deus… — murmura a sra. Marsh de uma forma que deixa Ashley agoniada, e lhe bate uma tristeza. — Eu me esqueci completamente de falar com a sua mãe.

Ashley fica ainda mais triste.

— Falar o quê?

— Me desculpa, mas você não precisa mais cuidar do Ethan.

— Ah — diz Ashley. — Fiz algo errado?

— Não, você é maravilhosa — afirma a sra. Marsh. — Ethan adora você. É que, bem, eu não estou mais trabalhando. E, como vou ficar em casa o dia inteiro, não faz sentido ele continuar tendo uma babá. Me desculpa mesmo por não ter avisado antes.

Nesse momento, Ashley vê seu plano de curto prazo para o restante do verão se dissolver como poeira numa ventania. Nada de esconder dos pais o dinheiro que ela ganhava. Nada de Woodstock. Ainda assim, ela não quer que a sra. Marsh se sinta mal, então responde:

— Eu entendo. Está tudo bem.

— Não está tudo bem — replica a sra. Marsh. — Fizemos um acordo para o verão inteiro, e tenho certeza de que você estava contando com esse dinheiro. Posso te dar o que pagaríamos esta semana, e, se precisarmos de alguém à noite, você será a primeira pessoa para quem vamos ligar.

— Que legal! — comenta Ashley enquanto recalcula mentalmente quanto vai faltar para chegar a Woodstock. — Eu fico realmente agradecida.

— Obrigada por entender.

Nesse momento, a sra. Marsh a surpreende puxando-a para um abraço. Ashley se deixa abraçar, apenas esperando o constrangimento passar. Em vez disso, o momento fica ainda mais embaraçoso.

Porque Joyce Marsh começa a chorar.

A princípio, Ashley não se move, na esperança de que a mulher pare de chorar. Quando fica claro que o choro não vai acabar tão cedo e, na verdade, está piorando, ela assume as rédeas da situação.

— Vamos levar a senhora lá pra dentro — sugere ela, sabendo como as esposas de Hemlock Circle são fofoqueiras, incluindo sua mãe, e ver Joyce Marsh chorando na varanda seria assunto de muitas conversas.

Lá dentro, Ashley guia a sra. Marsh até a cozinha, sentando-a na banqueta da ilha onde ela normalmente serve o lanche da tarde de Ethan.

— Quer que eu pegue algo pra senhora beber? — pergunta Ashley, como se sua função tivesse mudado e ela agora fosse a babá da sra. Marsh.

— Não, obrigada. — A mulher respira fundo e enxuga os olhos.

— Que humilhante...

— Eu entendo — tranquiliza-a Ashley, embora não entenda. Sua principal fonte de renda, sem contar os planos de verão, acabou de ir por água abaixo. Se alguém deveria estar chorando, é ela.

A sra. Marsh pega um guardanapo de papel e o usa para assoar o nariz.

— É muita gentileza da sua parte dizer isso. Ainda assim, sinto muito que você tenha presenciado o que acabou de acontecer. É que estou chateada por ter sido demitida.

A sra. Marsh quase não consegue pronunciar a última palavra, pois desata a chorar de novo, desta vez arquejando em longos e espasmódicos soluços que começam a preocupar Ashley. Será que ela está tendo um colapso nervoso? Ashley deveria gritar pedindo ajuda? Além disso, onde é que está o marido dela? Ele costuma sair para a universidade só depois de meio-dia e meia.

— Calma, calma, vai passar — diz Ashley, impressionada com a inutilidade dessas palavras. Será que esse discurso alguma vez já ajudou alguém?

— Meu Deus, eu sou tão patética... — desabafa a sra. Marsh, chorando. — Eu sei que deveria ser grata por tudo que tenho. Um marido bom. Ethan. Esta casa. Mas eu só queria contribuir, sabe? E agora me sinto tão... inútil.

As lágrimas jorram com mais força agora, e Ashley percebe que não há mais nada a fazer além de ser uma amiga para a sra. Marsh. Então, ela sobe na banqueta ao lado dela, coloca o braço ao seu redor e a deixa chorar em seu ombro.

Enquanto Ashley observa a vizinha chorar na cozinha perfeitamente equipada, ela renova a promessa que fez a si mesma de que nunca vai ter um futuro como o da sra. Marsh ou de qualquer uma das esposas de Hemlock Circle. Ela não será dependente do marido. Ela não vai chorar por se sentir inadequada. Acima de tudo, não importa o que aconteça, ela vai dar o fora dali.

E nada vai impedi-la.

TREZE

Embora a distância entre a minha casa e a de Ashley seja apenas metade da rua sem saída, parece um caminho muito mais longo com três doses de tequila no organismo. Ando cambaleando um pouco pela calçada em frente à casa dos Wallace, quase tropeçando no canteiro de flores ao lado. Na entrada para veículos, a luz de segurança acima da garagem se acende, e o clarão repentino me assusta.

Fico parado ali por um instante, tentando avaliar o alcance do sensor de movimento da luz. Quão perto é necessário chegar para acionar a luz? Para testar, dou vinte passos para trás e espero a luz sobre a garagem dos Wallace se apagar.

Então, dou um passo adiante.

E o segundo.

No terceiro, a luz se acende outra vez.

Calculo que estou a uns seis metros de distância. Não tão perto quanto pensei que fosse necessário para ativá-la. Por duas noites seguidas, vi as luzes das garagens em Hemlock Circle se acenderem, aparentemente acionadas por nada. Mas só porque não consegui ver ninguém, não significa que não tinha alguém lá. É bem possível que as luzes tenham sido acesas por uma pessoa a seis metros de distância do lado oposto, em direção aos fundos das casas.

Mas quem era?

De acordo com Vance Wallace, era Billy. "Eu o vi correndo pelo quintal", disse ele, uma declaração que eu gostaria de ignorar, mas não consigo. Não depois de sentir a presença de Billy no meu quintal na mesma hora em que Vance afirmou tê-lo visto.

Há também as bolas de beisebol. Ninguém mais sabia sobre elas. Sim, agora Ragesh sabe, mas não sabia até eu contar a ele depois que a primeira delas apareceu no meu quintal. Antes disso, as únicas pessoas cientes de sua existência e de seu significado éramos Billy e eu.

E há o fato perturbador de que uma das bolas foi colocada no quintal *enquanto eu estava lá*. Como alguém entrou no meu quintal, deixou a bola no gramado e eu não vi? Como isso foi possível?

A aparência de Vance Wallace uma hora atrás, quando ele estava no meu quintal, me vem à mente. Não apenas confuso e desgrenhado, mas algo mais. Algo mais inquietante. Ele parecia atormentado, o que só se agravou com as palavras que ele murmurou para mim.

Eu o vi. Eu o segui até aqui. Ele voltou.

Apesar das garantias de Ashley de que a doença do pai está corroendo a mente dele aos poucos, não consigo deixar de pensar que há algo mais acontecendo aqui. Algo estranho e assustador demais para ser real.

Eu me detenho novamente, desta vez em frente à residência que era dos Barringer, porque sou lembrado da câmera de trilha. Esta noite meu celular apitou com três notificações dela. A primeira era a imagem um gambá. A terceira era o sr. Wallace, atraído até o meu quintal por causa de alguém que ele dizia ser Billy.

Entre essas duas imagens, havia outra foto. Que não me dei ao trabalho de olhar — uma decisão lamentável, pois poderia me mostrar quem Vance Wallace seguiu até o quintal.

Tiro o aparelho do bolso e abro o aplicativo da câmera, que ainda exibe a figura confusa do sr. Wallace parado no quintal, seu olhar voltado para as árvores. A imagem faz meu coração acelerar. O que quer que ele estivesse olhando talvez esteja na foto anterior.

Meu dedo começa a tremer enquanto eu o deslizo pela tela do celular. E, quando verifico a foto no aplicativo, é com os olhos semicerrados e um olhar ansioso.

Não que haja motivo para isso. Porque a imagem transmitida pela câmera de trilha mostra... nada. Apenas o gramado verde-acinzentado que se esparrama até a floresta e o denso aglomerado de árvores dentro dela.

Continuo analisando a imagem, procurando o que acionou a câmera. Mas não consigo encontrar nada que possa ter feito isso. Não há animais à vista. Nem um pássaro noturno, nem um inseto grande, nem mesmo uma folha caindo.

Estou prestes a fechar o aplicativo quando avisto algo no limite da floresta, vagamente visível entre as árvores.

Uma sombra.

Em forma humana.

O que não significa que seja realmente uma pessoa. Pelo que sei, essa sombra pode estar sempre lá, projetada pela inclinação do luar em meio às árvores. Deslizo o dedo entre as três fotos que a câmera de trilha tirou com alguns minutos de diferença uma da outra. A sombra só existe na foto que mostra o gramado vazio, pondo abaixo minha teoria de que se trata de algo consistente.

Seja o que for, *se moveu*.

Aproximo o celular do rosto, tentando ver se pode ser um animal parado na margem do quintal. Um cervo, provavelmente. Embora a sombra seja quase indistinguível do restante da floresta envolta pelo manto da noite, ainda consigo discernir seu formato geral. Cabeça, pescoço, ombros arredondados.

Não é um cervo.

É uma pessoa.

Uma pessoa baixa, a julgar pela aparência. Com base nas árvores próximas, calculo que a sombra tenha cerca de 1,20 metro de altura. Mais ou menos a altura de uma criança. Mas não qualquer criança. Sou atingido por uma lembrança de estar no quarto ano do ensino fundamental e aprender sobre pesos e medidas. Nosso professor, sr. Richardson, nos alinhou junto à parede para medir nossa altura. Eu media 1,20 metro.

Assim como Billy.

Corro o restante do caminho até minha casa, os tênis fazendo barulho na calçada. Lá dentro, subo a escada, só parando quando estou em frente à porta do meu antigo quarto. Não consigo me lembrar da última vez que pus os pés lá dentro. Assim como o quintal, evito aquele cômodo há anos, pelos mesmos motivos. Muitas lembranças.

Lembranças que eu adoraria esquecer. Preciso de todo o esforço que consigo reunir para girar a maçaneta e abrir a porta. Quando faço isso, olho cautelosamente para dentro, como se meu eu mais jovem estivesse me esperando lá.

Entrar ali me dá a sensação de ser transportado para o passado em uma máquina do tempo. Quase tudo no quarto continua do mesmo jeito de quando eu tinha dez anos. O mesmo papel de parede de caubóis, cavalos e pinheiros que escolhi durante uma fase estranha de fã de faroeste aos seis anos. A mesma cama de solteiro. A mesma escrivaninha junto à janela de onde eu ficava olhando para o quintal em vez de fazer o dever de casa.

E a mesma estante de livros.

Ela preenche a parede de frente para a cama, ainda tão alta quanto eu me lembrava. Quando eu era pequeno, precisava de um banquinho para alcançar a prateleira de cima. Agora, isso não é mais necessário, mas ainda é um pouco custoso.

O livro que estou procurando é fácil de encontrar. É aquele com a lombada virada ao contrário. Eu o puxo, limpo o que parece ser um centímetro e meio de poeira e examino a capa.

O livro gigante de fantasmas, espíritos e outras assombrações.

Eu me sento à escrivaninha, na cadeira projetada para alguém trinta anos mais jovem, e abro o livro. Dentro, há páginas e mais páginas de ilustrações vibrantes. Algumas delas foram circuladas a lápis, provavelmente por Billy.

Folheio o livro, organizado em ordem alfabética, começando com Amadlozi, figuras do folclore africano, e terminando com Zuijin, espíritos japoneses que supostamente guardam os portões dos santuários.

Continuo estudando as páginas, encontrando fantasmas, espectros e uma aparição padrão vestida com roupas antigas e circundada por um brilho verde-azulado como em *Scooby-Doo*.

Então, uma ilustração me faz parar.

Ela retrata uma figura humanoide da mesma cor de uma sombra, mas com dois alfinetes brancos no lugar dos olhos. O espírito na ilustração não é translúcido como um fantasma estereotipado de filme, mas também não é completamente sólido. Uma nuvem de tempestade em forma humana.

Comparo a ilustração com a imagem no meu celular. A sombra captada pela câmera de trilha não tem olhos brancos — não tem olhos, aliás —, mas em todo o restante é muito parecida com a imagem no livro.

Para aumentar o mistério, assim como fez com outros verbetes do livro, Billy circulou essa imagem a lápis.

Pessoa-Sombra.

Examino as margens da página, e sinto um calafrio na espinha, escorrendo como uma gota de água gelada. Ali, Billy escreveu algo que pode ter sido inofensivo na época, mas que agora é muito perturbador.

Isso é real.

CATORZE

É meia-noite, e estou diante do laptop no escritório do meu pai, onde passei a última hora navegando por uma série de sites sobre paranormalidade, um após o outro. Estou zonzo com tanta pesquisa. Acontece que as pessoas-sombras não são tão fáceis de classificar como o nome sugere. Elas podem ser fantasmas, ou podem ser imaginárias, invocadas por indivíduos que sofrem de terrores noturnos. Ou podem não ser nada. Apenas a visão periférica pregando peças em quem afirma vê-las.

Para deixar tudo ainda mais confuso, se der para confiar na internet, existem várias subcategorias de pessoas-sombras. A maioria, ao que parece, não faz mal a ninguém. Elas apenas gostam de se esconder nos cantos e observar, à espreita, como um *stalker*. Outras não causam danos físicos, mas uma sensação de medo e desconforto extremos apenas com sua presença. E há aquelas que atacam, às vezes espancando e sufocando vítimas adormecidas.

Admito que fiquei arrepiado quando li essa parte e me senti um pouco melhor por ter insônia.

Algumas pessoas-sombras andam a esmo, alheias aos humanos ao redor delas. Outras aparecem sempre no mesmo lugar. Existem até animais-sombras, embora a maneira como isso funciona seja estarrecedora e difícil de acreditar. Quanto ao que a câmera de trilha captou, parece ser o que é chamado de pessoa-sombra da floresta.

Se é que é alguma coisa.

Por um zilhão de motivos, não estou convencido de que a câmera de fato fotografou uma pessoa-sombra. Pode ter sido uma falha, ou a silhueta de um animal que por acaso parecia humano naquele momento, ou quaisquer outras centenas de possibilidades. Só porque Billy escreveu em um livro trinta anos atrás que pessoas-sombras são reais, não significa que elas sejam mesmo. Ou que ele se tornou uma. Mas, por outro lado, e se ele se tornou? Porque algo estranho está acontecendo lá fora. Isso é inegável. E esse é o motivo que me faz continuar navegando por sites sobre atividades paranormais, com a mesma curiosidade intensa de um adolescente que olha conteúdo pornográfico na internet. Em seguida, procuro por fantasmas antigos e comuns. Um erro. Existem literalmente milhares de sites sobre fantasmas. São tantos que me causam uma dor aguda atrás dos olhos.

Tento piscar para afugentar a dor enquanto examino os resultados da pesquisa, clicando em um link aleatoriamente. Vejo que a página traz uma longa lista de todos os tipos de espíritos conhecidos ao redor do mundo. Uma lista *muito* longa. Reconheço menos da metade. Espectros e sombras. *Djinn* e *mylingar*. *Poltergeists*, almas do outro mundo e aparições sem fim.

Depois de mais uma hora deslizando a tela, clicando e lendo, acho que passei a ter uma compreensão razoável da situação. Bem, *de uma* situação. Que deixaria qualquer um que soubesse o que eu estive fazendo preocupado com meu estado mental. Para ser sincero, eu mesmo estou um pouco preocupado. Como professor de língua e literatura inglesa, estou bem familiarizado com fantasmas. O espectro do pai de Hamlet pedindo vingança. Os espíritos alucinantes de *A assombração da casa da colina*, de Shirley Jackson. Os fantasmas e almas penadas que surgiram da imaginação de Poe. Mas todos eles foram inventados. Não passam de ficção. O que estou considerando é algo completamente diferente.

Algo completa e impossivelmente real.

A partir da minha pesquisa — que, devo admitir, foi desleixada —, concluí que a maioria dos fantasmas tem um propósito além de assustar as pessoas. Em muitos casos, esse propósito é concluir um assunto pendente aqui na Terra para que possam seguir em frente. Porém, isso geralmente requer ajuda dos vivos, que podem não estar cientes da presença ou das necessidades de um fantasma. Para chamar a atenção dos vivos, os fantasmas às vezes recorrem ao maior clichê de todos.

Eles assombram.

O que não é necessariamente o tipo de assombração que vemos em filmes ou romances góticos. Batendo portas, arrastando correntes e gritando como uma *banshee* pelos corredores do castelo. Fantasmas são mais sutis. Eles também são pacientes e, às vezes, esperam o momento certo para agir.

Para Billy, este seria o momento perfeito. Eventos além do meu controle me trouxeram de volta para esta casa, para o lugar onde Billy desapareceu. O mesmo vale para Ashley, que nunca achou que retornaria a Hemlock Circle. É um pouco diferente com Russ e Ragesh, que na verdade nunca foram embora, mas, mesmo no caso deles, a vida os manteve presos a este lugar.

Nós quatro estávamos com Billy horas antes de ele ser levado. Agora, estamos de volta a Hemlock Circle pela primeira vez em trinta anos.

No exato momento em que o corpo de Billy é encontrado.

E, em breve, fará mais um ano que ele morreu.

Olhando por esse lado, não parece ser exatamente destino, mas algo semelhante.

E se Billy estiver por trás disso?

É uma ideia maluca, com certeza motivada pelo livro de fantasmas idiota dele e por todos os sites idiotas que passei a noite fuxicando. Mas, de acordo com eles, também existe lógica nisso. Se o objetivo principal de uma entidade sobrenatural é resolver assuntos pendentes neste mundo para que possa se retirar de vez para o outro plano, então é lógico que Billy precisa que a gente descubra quem o matou e por quê.

É até possível que essa seja a razão pela qual seus restos mortais foram encontrados agora e não cinco, dez, vinte anos atrás. Que tenha sido *ele* quem permitiu que fossem encontrados, porque sabia que nós quatro tínhamos retornado a Hemlock Circle.

O mais provável, na verdade, é que ele estivesse esperando por mim. Seu melhor amigo, que foi embora sem olhar para trás. Isso explicaria as luzes se acendendo e se apagando pela rua — sem contar as bolas de beisebol no quintal. Também poderia ser Billy recorrendo a um de seus velhos truques para me dar um empurrãozinho nessa direção.

Não tenho ideia do que fazer. A sugestão consensual dos sites que consultei é tentar estabelecer comunicação. Com cuidado, é claro. Cometa um erro, e muitas coisas podem dar errado. E um dos erros mais comuns é abordar a comunicação sem total sinceridade.

Fecho o laptop, pego meu celular e ligo para a única pessoa com quem sei que posso falar sobre algo tão estranho. Conto os toques, sabendo que serão cinco antes que a ligação vá para a caixa postal de Claudia.

— Oi — digo depois do bipe. — Sou eu de novo. Sei que não deveria estar ligando pra você assim. Mas preciso contar a alguém, ou então vou enlouquecer. Talvez eu já esteja louco.

Só quando digo isso em voz alta é que percebo que pode ser verdade. Talvez tudo que aconteceu nos últimos dias, somado aos eventos dos anos anteriores, tenha me levado à insanidade. Isso explicaria muita coisa, inclusive por que estou ligando para Claudia à uma da manhã. No entanto, continuo falando, compelido a tentar dar um sentido a essa história.

— Acho que Billy pode estar me assombrando, Claude. — Faço uma pausa, imaginando sua reação meio assustada, meio apreensiva. — Eu sei, é ridículo. Mas estão acontecendo umas coisas estranhas que eu não consigo…

Ping!

A princípio, presumo que excedi o tempo limite da caixa postal de Claudia outra vez e a ligação caiu. Percebo que estou errado alguns segundos depois, quando ouço o conhecido bipe impaciente do correio de voz. Só então entendo o primeiro ruído.

Era a notificação do único aplicativo aberto no meu celular.

A câmera de trilha acabou de tirar outra foto.

Eu congelo, o celular ainda pressionado no meu ouvido, paralisado de… quê?

Incerteza?

Talvez.

Medo?

Sem dúvida.

Porque, e se isso for mesmo real? E se eu abrir o aplicativo e me deparar com o fantasma de Billy parado na frente da câmera?

Esse pensamento por si só já é bastante assustador, mas também devo considerar o panorama geral. Não sei como viver em um mundo no qual fantasmas existem. Isso significa que começarei a vê-los com mais frequência? Será que eles também tentarão entrar em contato comigo? Ainda mais assustador: eu vou conseguir me comunicar com eles?

Crio coragem e abro o aplicativo. Em vez de Billy, vejo um gramado vazio e a floresta imponente ao fundo, sem sinal de nenhuma pessoa-sombra.

Mas algo acionou o sensor de movimento da câmera, e preciso descobrir o que é.

Saio do escritório e vou até a cozinha, onde pego uma lanterna na gaveta bagunçada. Lá fora, saio com cautela para o quintal e ilumino a grama e a floresta com o facho da lanterna. A luz capta algo bem atrás das árvores.

Um borrão.

Algo em movimento.

Solto um grito, e a coisa se mexendo entre as árvores, seja lá o que for, movimenta-se ainda mais. Neste instante, só consigo pensar nas histórias sobre a cachoeira, o lago e os fantasmas das pessoas que morreram lá e seguem pairando sobre a água como uma neblina. Foi isso que aconteceu com Billy? Ele é esse borrão cinza?

Pelo visto, não. Pois, num piscar de olhos, a coisa na floresta toma forma, o borrão cinza transformando-se num cervo amedrontado. Iluminado pela claridade da lanterna, vejo com nitidez seu rabo branco balançando enquanto o animal se afasta, saltitando para dentro da floresta.

Mistério resolvido. Permaneço no quintal, esperando. Pelo quê, não tenho certeza. Talvez eu esteja esperando ver Billy surgindo no quintal em forma fantasmagórica. Ou flutuando. Ou fazendo sei lá o que fantasmas fazem. Talvez ele esteja aqui neste exato momento, em meio às sombras, aguardando em silêncio que eu o note.

Olho para trás e penso em tudo que aconteceu nos últimos dias: as luzes, as bolas de beisebol, a sombra na floresta. Eu me pergunto, não pela primeira vez, se pode haver uma explicação racional para tudo isso. Se sim, ainda não a encontrei. O que, suponho, é o que torna algo sobrenatural. Essa total ausência de racionalidade.

Existe a chance de que parte disso seja simplesmente coisa da minha cabeça, alimentada por culpa, tristeza e um pensamento meio mágico. A isso soma-se, é claro, o infeliz estado de saúde de Vance Wallace, que confunde seu cérebro, fazendo-o pensar que está vendo coisas que não estão lá. Até mesmo a bola de beisebol aparecendo no quintal enquanto eu estava lá poderia ter uma explicação lógica.

Dou uma olhada de relance para a casa que era dos Barringer, vendo um canto do segundo andar por cima da cerca viva. Lá, uma única janela dá para o meu quintal. Talvez alguém tenha jogado a bola de lá, embora eu não saiba quem poderia ter feito isso. Atualmente, ninguém mora na casa, e nenhum Barringer esteve lá desde meados dos anos 1990. Mas, pelo menos, é uma peça do quebra-cabeça. Tenho certeza de que consigo pensar em outras explicaçõezinhas para cada acontecimento estranho dos últimos tempos. Não importa que minha intuição me diga o contrário, que tudo foi obra do próprio Billy.

Estou voltando para dentro de casa quando ouço algo.

Um farfalhar na floresta.

Leve, mas estranhamente alto na escuridão silenciosa.

Assim que ouço o ruído, sinto a mesma presença que senti duas noites atrás. Desta vez, é inconfundível.

Billy.

E não é uma lembrança dele. É como se ele realmente estivesse aqui comigo agora, por inteiro.

Seguro a lanterna com firmeza e mais uma vez me viro para a floresta.

Devagar.

Muito devagar.

Devagar o suficiente para que eu sinta meus pensamentos mudarem de medo para curiosidade e quase esperança. E se for realmente ele? O que eu vou dizer depois de todos esses anos?

Me desculpe, para começar. *Eu não deveria ter dito o que disse e feito o que fiz. E, sem sombra de dúvida, eu deveria ter ajudado você, mesmo que eu não tivesse ideia de que você precisava de ajuda.*

Em vez disso, quando estou de frente para a floresta, com a lanterna apontada para as árvores, tudo que consigo pensar em dizer é:

— Billy? Você está aí?

A princípio, nada. Apenas o ruído habitual dos insetos, o leve bruxuleio dos vaga-lumes e uma quietude tão intensa que chega a ser sufocante.

Então, noto um ligeiro roçar nas árvores e ouço um sussurro de folhas. Algo emerge da floresta, no chão.

Uma bola de beisebol.

Abaixo a lanterna até a luz iluminar em cheio o objeto. Encaro, hipnotizado, a bola rolando pelo gramado em direção aos meus pés.

Quando ela bate no bico do meu tênis, eu corro.

Para dentro da floresta, atravessando a mata com muita dificuldade, à procura da pessoa que acabou de jogar a bola no meu quintal.

Mas não há ninguém por ali.

Somente eu.

Girando em círculos enquanto o facho da lanterna ilumina a mata com o foco trêmulo — o chão, as árvores, os galhos pendendo com o peso de tanta folha.

Volto para o quintal e pego a nova bola de beisebol, que na verdade parece ter décadas de uso. O couro está meio amarelado, e a costura vermelha, desfiada. Girando-a na mão, vejo algumas manchas de grama e marcas de dente, provavelmente feitas por um cachorro.

Percebo que é a mesma bola de beisebol que Billy jogava no meu quintal quando ainda estava vivo.

Com a bola na mão, entendo tudo.

Billy está de volta.

Ele está aqui há dias, fazendo de tudo para chamar a minha atenção. Perambulando para cima e para baixo na rua, acendendo luzes, jogando bolas de beisebol no meu quintal. E o significado é o mesmo de trinta anos atrás.

É hora de brincar.

Sexta-feira, 15 de julho de 1994
12h15

Depois de almoçar, mas antes de sair para brincar, Ethan toma uma ducha — outra novidade recente. Até maio, sua mãe o forçava a tomar banho de banheira toda noite, e ele gostava, pois os banhos inspiravam pensamentos divertidos. Ele imaginava que era um monstro marinho, ou um tubarão ou, às vezes, Ethan se afundava na água com o corpo esticado e fingia ser uma pessoa se afogando. Mas, desde que Russ Chen disse que só tomava banho de chuveiro, a ideia do banho de banheira fazia Ethan se sentir infantil, então ele implorou à mãe que o deixasse mudar para o chuveiro.

Agora que está limpo, Ethan se veste às pressas — uma camiseta verde-neon, short cargo, seus Air Jordan brancos desgastados. O motivo da rapidez é simples: ele não quer mais ficar perto da mãe. Ela agiu de forma estranha a manhã inteira. Parecia estar com raiva. Não dele, o que deveria ter sido uma revigorante novidade, mas na verdade serviu apenas para deixá-lo inquieto. Ethan sabe que é porque ela perdeu o emprego. Isso é óbvio. O que escapa ao seu entendimento é o que ele pode fazer a respeito.

Ethan percebe que seu pai também está se sentindo assim, pois saiu para trabalhar mais cedo que o normal — o que pareceu deixar sua mãe ainda mais furiosa. E a gota d'água foi quando Ethan perguntou, pela segunda vez naquele dia, quando Ashley viria tomar conta dele.

— Ela não vem! — vociferou sua mãe. — Você não vai mais conseguir se livrar de mim.

No entanto, Ethan consegue ouvir Ashley lá embaixo. Outro motivo para a pressa dele. Talvez sua mãe tenha mudado de ideia e decidido que Ashley ainda pode continuar sendo sua babá.

No andar de baixo, Ethan entende que não é isso que está acontecendo. Ele não sabe do que se trata. Sua mãe está sentada na banqueta da cozinha, com a cabeça no ombro de Ashley. À medida que ele se aproxima, sente um aperto no peito.

Então percebe que sua mãe está chorando.

— Ah! — exclama ela quando vê o menino, e tenta secar os olhos na hora, como se isso fosse fazê-lo esquecer a cena que acabou de presenciar.

Mas logo Ashley se dirige a Ethan e bloqueia a visão dele.

— Ei, amiguinho — diz ela. — Por que você não vai lá fora brincar? Eu te encontro daqui a pouco, tá?

Relutante, Ethan sai, mas não sem antes dar uma olhada para trás na direção da mãe. Ela se recompôs nos poucos segundos em que Ashley conversou com ele, e agora parece mais envergonhada do que triste.

No entanto, a imagem da mãe chorando acompanha Ethan enquanto ele está no quintal, sua mente se enchendo de cenários hipotéticos terríveis. O principal daquela manhã — o iminente divórcio dos pais — é rapidamente substituído por outros. Doença, morte e ter que se mudar dali.

Ele está tão distraído com todos esses pensamentos apavorantes que não percebe Russ Chen se espremendo por entre a cerca viva. Ethan só volta a si quando Russ o cumprimenta com um tom agudo e nervoso:

— Oi, Ethan.

— Oi — responde ele, sem prestar muita atenção.

— O que está acontecendo?

Ethan finalmente se vira para o vizinho, impressionado, como sempre, ao constatar quão magro e desengonçado ele é. Todo pernas, braços, joelhos e cotovelos. Como várias outras vezes, ele se pergunta como Russ consegue ficar de pé com membros tão finos.

— Nada — responde, o que não poderia estar mais longe da verdade. Pelo visto, tudo está acontecendo, e ele não está entendendo nada. — Eu ia brincar na casa do Billy.

— Legal — diz Russ. — Também vou.

Ethan sabe que Billy não vai gostar. Mas não tem forças para resistir.

— Tá bem — concorda ele, enquanto pega a bola de beisebol de Billy e anda com ela na mão pela cerca viva até o quintal dos Barringer.

Lá, ele não encontra Billy, e sim o irmão mais novo dele, Andy, empurrando de qualquer jeito um carrinho pela grama. O menino se anima quando vê os dois mais velhos.

— Oi, Ethan! Oi, Russ!

— Billy está aí? — pergunta Ethan, já sabendo que a resposta é "sim". Se Billy jogou uma bola no quintal, significa que está em casa, com certeza.

Uma janela no segundo andar se abre. O quarto de Billy, Ethan sabe. Pela tela da janela, Billy grita em direção ao quintal:

— Já vou descer!

Quando Billy sai da casa, vinte segundos depois, Ethan joga a bola de beisebol para ele.

— Trouxe sua bola.

Billy se adianta para agarrá-la, perde o alvo e observa, decepcionado, a bola se estatelar na grama. Então, ele avista Russ na ponta do quintal. Por um instante, Ethan e Billy têm toda uma conversa sem dizer uma palavra, trocando olhares que somente um melhor amigo consegue entender.

O que ele está fazendo aqui?

Não é minha culpa. Ele se convidou.

Por que você não conseguiu se livrar dele?

Por favor, só aceite.

— E aí, gente, querem brincar? — pergunta Russ, de uma forma que Ethan não consegue dizer se ele entendeu o diálogo silencioso que teve com Billy ou permanece completamente alheio.

— Não vamos brincar — responde Billy. — Vamos *explorar*.

Isso é novidade para Ethan, que presumiu que eles iriam brincar de esconde-esconde ou de Tartarugas Ninja.

— Onde? — pergunta ele.

Billy dá de ombros, como se não tivesse pensado nisso.

— Na floresta.

Ethan olha para as árvores que margeiam a acentuada curva do quintal do amigo. Seus pais não gostam que entre na floresta sem avisar, e ele não deveria fazer isso hoje, pois talvez veja sua mãe chorando de novo.

— Não podemos ficar no quintal? — tenta ele.

— Está vendo algum lugar para a gente explorar aqui?

Ethan olha para os dois lados, sem nem saber por quê. É óbvio que não há lugar. Por fim, admite:

— Não.

— Exatamente — confirma Billy.

Ao lado de Ethan, Russ exclama:

— Eu vou explorar!

— Eu também! — diz Andy, abandonando seu carrinho na grama.

Billy se ajoelha diante do irmão e coloca a mão em seu ombro. Embora Billy reclame da importunação de Andy o tempo todo, Ethan sempre o viu tratar o irmão com afeto. Por ser filho único, Ethan acha que também se sentiria assim. Simplesmente não consegue conceber a ideia de ter um irmão. Dividir espaço. Dividir brinquedos. Dividir o pai e a mãe. Ele tem o luxo de sempre ser o centro das atenções.

— Só crianças grandes podem ir — explica Billy, como se fossem adolescentes, e não apenas três anos mais velhos que Andy.

— Mas eu consigo agir como uma criança grande.

— Eu brinco com você quando a gente voltar. — Em seguida, Billy invoca a frase que tem usado com frequência desde que Ethan e ele foram assistir à animação *O Rei Leão* três semanas antes. — *Hakuna matata*, cara?

— Tá bem — concorda Andy, desanimado.

Então, os três meninos mais velhos começam a andar, decididos, pelo quintal. Primeiro Billy, depois Russ, e por último um relutante Ethan. Há algo estranho em Billy hoje que Ethan não consegue identificar. O amigo normalmente é menos determinado, menos confiante. Se Russ não estivesse com eles, Ethan perguntaria a Billy o que está acontecendo. Mas Russ *está*, e Billy não parece mais se importar com isso quando eles param de frente para as árvores.

— Estão prontos? — pergunta ele.

— Totalmente — responde Russ, com um entusiasmo que faz Ethan revirar os olhos.

— Ethan?

Billy olha para ele, e o brilho de curiosidade em seu olhar preocupa Ethan. Com certeza tem alguma coisa acontecendo.

— Acho que estou — diz Ethan, resignado a encarar o plano que o amigo elaborou. — Vamos explorar.

QUINZE

Depois de passar, ainda meio grogue, pela rotina da manhã — café, comida, banho —, estou de volta ao laptop às nove da manhã, desta vez examinando Hemlock Circle no Google Maps. De cima, parece uma série de círculos dentro de círculos, como um alvo. O centro do alvo é a pequena ilha circular de plantas bem no meio da rua sem saída. Há um bordo japonês, algumas sempre-vivas atarracadas e faixas de hera. Ao redor está a rua em si, que se projeta para o círculo entre a casa dos Wallace e a dos Patel. O círculo externo é composto pelos lotes das propriedades — uma espessa faixa de gramado verde na qual ficam seis casas.

No entorno de tudo está a floresta, que vai ficando menos densa a uns quatrocentos metros de distância da parte de trás da casa dos Wallace, onde começa uma rodovia estadual e uma segunda área residencial menos arborizada do outro lado. Desloco o mapa na direção oposta, arrastando de pouquinho em pouquinho para o norte até o verde da floresta atrás da minha casa preencher a tela.

Não paro até um retângulo marrom romper o verde.

O Instituto Hawthorne.

Pelo menos eu acho que é. A área ao redor é mais coberta de vegetação do que eu me lembrava, com faixas de verde pixelado obscurecendo o que há por lá. Mesmo quando dou zoom, é difícil distinguir edifícios ou outros detalhes. Quase como se fosse proibido vê-los de qualquer ângulo.

Ou talvez eu esteja tão exausto que não consigo enxergar direito.

Mal preguei os olhos à noite, pensando incansavelmente sobre Billy, fantasmas, *o fantasma de Billy*. Agora, estou quase esgotado, funcionando precariamente à base de cafeína enquanto fito as imagens de satélite da área, tentando em vão deixá-la nítida.

Uma das coisas que me manteve acordado a noite toda foi a ideia de que Billy precisa de mim para ajudá-lo a seguir em frente. Que ele passou os últimos trinta anos em um limbo fantasmagórico, esperando meu retorno. Já que seus restos mortais foram encontrados lá — e porque foi o lugar que estávamos brincando de explorar no dia em que ele desapareceu —, a cachoeira e o Instituto Hawthorne parecem o ponto de partida mais lógico.

Volto ao meu velho amigo Google, dando uma busca em Ezra Hawthorne. Para alguém que deixou um bilhão de dólares quando morreu, seus rastros digitais são espantosamente pequenos. A busca resulta em pouquíssimas fotos de arquivo que mostram um homem cuja aparência quase não mudou ao longo dos anos. Uma foto dele tirada nos anos 1960 tem uma semelhança impressionante com uma tirada na década de 1990. Em todas elas, sua característica predominante é a palidez. Cabelo branco, pele branca, dentes brancos. Combinado ao fato de que aparentemente ele só se deixava fotografar vestindo um terno preto, ninguém seria criticado se pensasse que Ezra era na verdade um cadáver ambulante.

No entanto, ele viveu quase cem anos, de acordo com sua modesta página na Wikipédia. Nasceu em 1900 e morreu em 1998. E essas são as únicas informações pertinentes contidas no perfil, que detalha sobretudo seu status como filho único de Elsa Hawthorne, a única filha do magnata do aço L. B. Hawthorne. O instituto é mencionado uma vez, em um trecho tão vago que poderia significar literalmente qualquer coisa.

Hawthorne fundou o Instituto Hawthorne em 1937 e atuou como diretor e principal benfeitor do local até sua morte. O instituto fechou as portas logo depois.

Não há link para uma página dedicada ao instituto, tampouco qualquer indício do que acontecia lá. O restante da página é apenas a biografia de Ezra Hawthorne, descrita em breves fragmentos.

Educação: Universidade de Princeton
Ocupação: filantropo e filósofo
Vida pessoal: nunca se casou

É somente na parte sobre religião que a história fica interessante. Lá, lê-se o seguinte: "Embora nunca tenha se filiado publicamente a nenhuma organização religiosa, Hawthorne era conhecido pelo envolvimento com o ocultismo."

Essa última palavra brilha como neon na tela do laptop.

Ocultismo.

Muito diferente de como a detetive Palmer descreveu Ezra Hawthorne. Ela o definiu apenas como "excêntrico" e disse que seu instituto era um lugar de pesquisas. Mas a referência a ocultismo faz parecer que era outra coisa.

Algo sinistro.

Por outro lado, pode não ser verdade. A Wikipédia adicionou à frase a *tag* "citação necessária", o que indica a falta de referências que corroborem a informação.

No entanto, a palavra "ocultismo" — e tudo o que ela implica — não sai da minha cabeça enquanto faço outra pesquisa no Google, desta vez sobre o Instituto Hawthorne. Minha busca gera centenas de resultados. Pouquíssimos são lugares nos Estados Unidos. Nenhum é em Nova Jersey.

Pesquiso novamente, desta vez incluindo o código postal. Um link aparece: Fazenda Hawthorne.

Clico nele e sou direcionado a uma seção do site do sistema de parques do condado. No topo da página há uma imagem do que poderia muito bem ser uma propriedade real no interior da Grã-Bretanha. Muros de pedra, janelas de chumbo, telhado de telhas de ardósia. E, embora o texto que acompanha a imagem não faça menção a um instituto, tenho certeza de que este é o lugar. Sei disso porque no site diz que a mansão e os terrenos estão disponíveis para festas de casamento e eventos privados, informação que Ragesh mencionou outro dia. Aparentemente, para atrair mais reservas, é melhor chamar o espaço de "fazenda" do que de "instituto".

Mais abaixo na página há uma série de fotos tiradas nesses eventos. Uma delas mostra uma sala cheia de homens de terno com uma aparência cadavérica semelhante à de Ezra Hawthorne. Outra mostra a mesma sala decorada para uma cerimônia de casamento. Abaixo dessa imagem, a foto da noiva e do noivo posando com a cachoeira ao fundo. Quando olho com atenção, sinto um embrulho no estômago. Billy está na foto. Não visível. Não é uma pessoa-sombra espreitando nas bordas da névoa fantasmagórica que paira sobre a água corrente. Mas está lá. Logo abaixo da superfície do rio. Ainda que não haja ninguém ciente disso.

Olho fixamente para o casal sorridente, e uma centena de dúvidas invade minha cabeça. Eles conseguiam sentir a presença de Billy enquanto posavam para a câmera? Será que o sentiram da mesma forma que eu sinto quando piso no quintal?

Incapaz de ver como o lugar está agora, retomo minha busca por indícios de como costumava ser. Em vez de desperdiçar meu tempo fazendo pesquisas inúteis no Google como na noite passada, lembro que Claudia, quando trabalhava em outro departamento de parques, usava acervos de jornais por assinatura sempre que precisava investigar a fundo a história dos lugares que ela supervisionava.

Cinco minutos e uma cobrança no cartão de crédito depois, estou passando o olho em mais de um século de edições de jornais locais, a maioria deles extinta há muito tempo. O Instituto Hawthorne produz vários resultados do tipo de jornal semanal hiperlocal que costumava prosperar em todos os lugares, mas que quase não se vê mais hoje em dia. Escolho um aleatoriamente e vejo que é do fim de outubro de 1963. Trata-se de um aviso no calendário social informando aos leitores sobre os próximos eventos, neste caso uma palestra sobre Harry Houdini a ser realizada na noite do Dia das Bruxas para convidados no Instituto Hawthorne. Não há nenhuma matéria posterior de cobertura do evento.

A maioria dos outros resultados da pesquisa consiste em listas de eventos semelhantes ou recapitulações concisas e inócuas. "O Instituto Hawthorne recebeu o mentalista Kreskin em um jantar privado no sábado", lê-se numa entrada de 1972. "O Instituto Hawthorne realiza sua reunião anual", diz outra de 1985.

Entre os itens mais recentes estão os obituários de Ezra Hawthorne, nos quais menciona-se o instituto, embora o local seja ofuscado por tópicos mais chamativos, como a família e a filantropia de Ezra. Logo abaixo, há artigos anunciando a doação do terreno do instituto para o condado. Quase todos descrevem Ezra como "excêntrico", ou "recluso", ou, em um artigo, "controverso", ainda que, assim como na menção da Wikipédia ao ocultismo, não haja nada que respalde a declaração. Também não há nada que sugira o que realmente acontecia no Instituto Hawthorne e se alguém de lá teria motivos para machucar um menino de dez anos.

É para onde minha mente insiste em ir, embora eu deva concordar com Russ: isso me faz parecer paranoico. Talvez eu não me sentisse assim se aquela área tivesse sido vasculhada pela polícia depois do desaparecimento de Billy. Mas não foi, provavelmente porque Ezra Hawthorne subornou alguém. Já que o corpo de Billy foi encontrado lá — e porque eu não acredito na teoria da detetive Palmer de que o assassino era alguém de Hemlock Circle —, a única conclusão a que posso chegar é que seu assassinato está, de alguma forma, relacionado ao tempo que passamos no Instituto Hawthorne.

A grande incógnita sobre aquele dia é o paradeiro de Billy entre o momento em que nós fomos embora do terreno do instituto sem ele e sua chegada ao meu quintal mais tarde, na mesma noite. Um intervalo de mais de cinco horas. Não tenho ideia de quanto tempo ele passou no Instituto Hawthorne, ou do que ele viu, ou com quem falou. Ele não compartilhou nenhum detalhe na barraca naquela noite, pois estava zangado comigo e eu estava zangado com ele — e desconfio que também estávamos zangados com nós mesmos.

No entanto, se a morte de Billy tem alguma relação com o tempo que ele passou no Instituto Hawthorne, é possível que ele tenha visto ou ouvido algo que não deveria? Não saberei até ver o lugar com meus próprios olhos.

O que significa que a próxima etapa é ir até lá. Provavelmente não descobrirei nada refazendo nossos passos até o instituto e voltando, mas a questão não é essa. Se esse é o desejo de Billy — e tenho certeza de que é —, eu vou respeitar. Devo pelo menos isso a ele.

Antes de fechar o site, restrinjo a busca a publicações ocorridas entre o sequestro de Billy e cinco anos depois. Uma última tentativa de descobrir algo útil sobre o lugar durante esse tempo. Não encontro muita coisa. O ritmo do calendário social do Instituto Hawthorne desacelerou consideravelmente na década de 1990. Vejo apenas pequenas menções sobre eventos e outras em listas de doações para a biblioteca e avaliações de impostos sobre a propriedade.

Um item específico desperta meu interesse, em um boletim de ocorrência de julho de 1992. Alguém que mora perto do instituto registrou uma queixa de barulho, alegando ter ouvido um grito vindo da propriedade no meio da noite.

Como Hemlock Circle é a área residencial mais próxima do instituto, meu palpite é que a queixa veio daqui. Duvido que tenham sido meus pais, embora naquela época já estivéssemos instalados na rua sem saída. Além disso, acho que, aos oito anos, eu lembraria se tivesse ouvido um grito vindo da floresta. Quem fez a queixa — e a origem do grito — permanecem desconhecidos. O jornal nunca se preocupou em acompanhar o caso.

Presumo que essa mesma falta de detalhes ficará evidente na notícia que vem logo antes, de junho do mesmo ano. Indiferente, dou uma olhada por cima, sem o menor interesse pela lista de lugares onde estudantes foram incumbidos de prestar serviço voluntário obrigatório. Mas, então, vejo que um dos lugares designados era o Instituto Hawthorne — revelação que suscita uma descarga de adrenalina.

Sou atingido por mais uma quando leio os nomes que conheço muito bem dos dois estudantes enviados para lá.

Johnny Chen e Ragesh Patel.

Embora eu não esteja surpreso que os dois tenham feito trabalho voluntário — afinal, era obrigatório —, estou chocado que um lugar tão secreto como o Instituto Hawthorne tenha participado do programa. Pelo visto, foi só essa vez, pois uma busca por menções a ele em listas semelhantes de outros anos não dá em nada.

Isso me parece estranho.

Muito estranho.

Um instituto privado que realizava pesquisas desconhecidas deixou dois adolescentes fazerem trabalho voluntário lá. Depois, ao que parece, isso nunca mais voltou a acontecer. O que torna tudo mais estranho é o fato de que Johnny morreu por overdose de drogas no verão seguinte. Embora não existam grandes chances de uma coisa ter a ver com a outra, especulo sobre que tipo de trabalho Johnny e Ragesh fizeram no Instituto Hawthorne — e o que Ragesh realmente sabe sobre o lugar.

Seja o que for, é mais do que ele deixa transparecer, tanto agora quanto trinta anos atrás.

Sexta-feira, 15 de julho de 1994
12h33

Ragesh está sentado em um tronco na floresta atrás da casa de Johnny Chen, se perguntando se hoje será o dia em que fumará maconha pela primeira vez. Ele está guardando aquele baseado há mais de um ano, numa lata de bala no fundo de sua gaveta de cuecas. Ragesh perdeu a conta de quantas vezes entrou nesta floresta, veio até a mesma árvore caída onde ele e Johnny costumavam se sentar e sacou o baseado, pronto para fumar e dar uma tragada. No entanto, nunca tem coragem de ir adiante. Johnny lhe deu o baseado depois que passou a usar substâncias mais fortes, alguns meses antes de morrer, e Ragesh tem medo de fumar e aquilo se tornar oficial.

Seu melhor amigo se foi.

E nunca mais vai voltar.

Ragesh sabe disso. Ele não é idiota. Mas também sabe que, se continuar escondendo o baseado naquela lata de bala, vai parecer que, de certa forma, Johnny nunca foi embora.

Ele encaixa o cigarro entre os lábios, a seda agora meio frágil por causa das dezenas de vezes que já a colocou ali, e pensa no que fazer a seguir. Ele sabe qual seria a resposta de Johnny. "Mano, se cair na tua mão, fuma logo", ele diria daquele jeito exausto que Ragesh sabia que vinha de ser o filho mais velho de pais rigorosos que exigiam perfeição. Só notas máximas na escola, melhor aluno da turma, uma tonelada de atividades extracurriculares, o pacote completo para conseguir entrar em Harvard ou Yale. (Mas não Princeton. Quando você mora a poucos passos de uma universidade de elite, estudar nela seria como ir para uma faculdade comunitária de bairro.)

Ragesh não sofre tanta pressão. Sua irmã mais velha, Rani, já supriu todas as expectativas por ele. A Senhorita Perfeita está atualmente em Oxford, desfrutando o primeiro ano da bolsa de estudos Rhodes. Como seus pais não têm nenhuma expectativa em relação ao futuro dele, Ragesh passa o verão sem fazer nada, como sempre. É por isso que ele nunca sentiu vontade de ficar chapado como Johnny. Algumas cervejas roubadas são tudo de que ele precisa para se divertir. Mas Johnny, não. O amigo sempre pareceu meio absorto, atormentado por algo. Para ele, não tinha a ver apenas com diversão. Tinha a ver com fuga.

— Sério, você não tem curiosidade de saber como é? — perguntou Johnny certa vez, sentado ao seu lado neste mesmo tronco. Ragesh tomava uma bebida alcoólica doce e gaseificada, e Johnny fumava maconha. — Quero te mostrar — continuou o amigo antes que Ragesh pudesse responder.

— Estou de boa.

— Por favor — insistiu Johnny. — Só um pouquinho.

Ragesh cedeu e esperou que o outro passasse o baseado.

— Abra a boca — instruiu Johnny e deu um trago.

Ragesh obedeceu, soltando um grunhido de surpresa quando o amigo se inclinou e colocou os lábios entreabertos contra os de Ragesh. A fumaça passou de uma boca para a outra, e Johnny continuou ali, beijando-o.

O pânico tomou o cérebro de Ragesh, cortando o barato do álcool e qualquer efeito que a maconha estivesse proporcionando. Ele não sabia o que fazer porque não tinha certeza do que estava acontecendo. Johnny o beijou de verdade? Era uma brincadeira?

Ragesh só surtou quando Johnny esticou o braço e começou a afagar seu cabelo, que na época era um corte raspado. Foi aí que ele se deu conta de que o amigo não estava brincando. Tinha sido um beijo pra valer.

— Que porra é essa, cara? — berrou Ragesh enquanto pulava do tronco e ficava a uns bons dez passos de distância.

O olhar de Johnny passou de atordoado para devastado em meio segundo.

— Não queria fazer isso — argumentou ele. — É a erva.

Ragesh respondeu que estava tudo bem. Que Johnny não precisava se preocupar com isso. Mas, após esse episódio, a relação dos dois não foi mais a mesma, embora ambos fingissem que era. Seis meses depois, Johnny estava morto, e a única coisa que Ragesh tinha do amigo era o baseado idiota, que a essa altura provavelmente não prestava mais para nada.

Se Johnny estivesse aqui agora, Ragesh lhe diria que ele não queria ter surtado daquele jeito, que estava tudo bem se o amigo gostasse de homens, ou algo assim, que ele até gostou do beijo, embora tivesse certeza absoluta de que *não* gostava de homem. E, principalmente, Ragesh perguntaria a Johnny se a overdose foi intencional e se teve algo a ver com sua reação naquele dia.

Mas Johnny não está aqui, e tudo o que Ragesh pode fazer é sussurrar "mano, se cair na tua mão, fuma logo" antes de pegar o isqueiro e acendê-lo.

Quando o leva até a ponta do baseado, Ragesh ouve vozes ecoando pelas árvores. A julgar pelo som, três pessoas se aproximam. Vozes que ele conhece bem. Como imaginava, o irmão de Johnny, Russ, aparece ao longe, à frente do garoto Marsh e atrás do mais velho dos nerds Barringer.

Ragesh enfia o baseado e o isqueiro no bolso. Não porque esteja preocupado que os meninos o denunciem. Eles não ousariam. Mas ele também não quer lembrar a Russ de que seu irmão mais velho era um maconheiro antes de passar a usar as substâncias mais pesadas que logo o matariam.

Quando os meninos o veem, Ragesh está de pé no tronco, sabendo que isso faz com que ele pareça muito alto. Assomando-se sobre os mais novos, Ragesh gosta do nervosismo estampado no olhar deles quando lhes dirige a palavra.

— O que vocês estão aprontando, seu bando de zé-manés?

— Nada — responde o menino Marsh, de cujo nome Ragesh nunca consegue se lembrar, embora morem em frente à casa deles.

— E nós não somos zé-manés — rebate Russ, que sabe que pode responder Ragesh por causa da amizade com Johnny.

Apenas o menino Barringer, Billy (desse nome Ragesh consegue lembrar), dá o equivalente a uma resposta real.

— Estamos explorando — afirma ele de forma inocente, e com tanto orgulho que deixa o menino Marsh com um pouco de vergonha alheia.

Ragesh pula do tronco e solta um risinho de escárnio. Na verdade, ele não sabe por que faz isso. São apenas crianças fazendo bobeiras de crianças. Johnny e ele andavam pela floresta fazendo a mesma coisa quando tinham a idade dos meninos. Mas, mesmo quando decide deixá-los passar, Ragesh não consegue se conter e diz:

— Não tem nada para explorar aqui, seu trouxa.

Uma voz corta a floresta. A voz de uma menina. Mais velha que os meninos.

— Deixe o garoto em paz, seu babaca.

Ragesh vê Ashley Wallace avançar a passos duros em sua direção, com cara de quem quer dar uma surra nele. Ele levanta as mãos em sinal de inocência.

— Eu só estava me divertindo um pouco.

— Você estava pegando no pé de uma criança, o que é, tipo, bem patético. — Ashley se vira para os meninos. — Eu disse para a sua mãe que tomaria conta de você, Ethan.

Ragesh dá um tapa na própria coxa. *Ethan*. Claro. Ele não consegue acreditar que esqueceu o nome do vizinho. No entanto, percebe o tom de voz magoado do garoto.

— Então você ainda é minha babá?

— Por hoje, sim. — Ashley dá de ombros. — Eu acho.

— Vamos explorar! — anuncia Billy.

— Foi o que ouvi. Vá na frente — responde Ashley, lançando um olhar maldoso para Ragesh.

Os quatro continuam avançando pela floresta, e Ragesh, não tendo nada melhor para fazer, vai junto. Ele observa Ashley se mover, seus olhos demorando-se nas pernas compridas dela, no short bem curto, na blusa que às vezes sobe, revelando a lombar bronzeada. Olhando para ela, ele quer sentir desejo. Ou ao menos uma atração básica do tipo "material proibido para menores". Mas, como sempre, Ragesh consegue pensar apenas na sensação dos lábios de Johnny nos seus, em como parte dele queria retribuir o beijo e em como agora isso nunca, nunca mais iria acontecer.

Ragesh se aproxima de Ashley, coçando a nuca, não porque esteja coçando de verdade, mas porque sabe que faz seu bíceps parecer maior e espera que ela perceba esse fato.

Ashley percebe e parece impressionada.

— Vai rolar uma festa hoje na casa do Brent Miller — comenta ele.

— Eu sei.

— Você tá a fim de ir?

— Tipo, com você? — pergunta Ashley, franzindo a testa, como se não conseguisse esconder sua aversão de jeito nenhum.

— Esquece. — Ragesh faz uma pausa antes de mudar o rumo da conversa. — Na verdade, não. Você não quer ir comigo por causa do que eu disse para o Billy lá atrás?

— Em parte, sim. Pegar no pé de crianças com metade da sua idade não faz de você um cara legal, Patel. Faz de você um cara patético.

Mesmo que as palavras de Ashley o façam estremecer, Ragesh não consegue deixar de perguntar:

— E qual é o outro motivo? É por causa da coisa na floresta?

Ele odeia trazer isso à tona, sobretudo porque é super-humilhante, mesmo semanas depois. Mas Ragesh odeia ainda mais a ideia de Ashley sentir repulsa por ele. Ele sabe que a situação é uma merda, mas precisa que ela goste dele, pois, se gostar, então talvez ele consiga gostar dela também e não se sentir tão... Bem, Ragesh não sabe como se sente. Tudo o que sabe é que odeia esse sentimento.

— Atrás da sua casa — acrescenta ele, já que Ashley não responde.

— Eu sei do que você está falando — retruca ela. — E, sim, é em parte por isso. E a culpa é minha? Você estava me espionando.

— Eu não estava. Juro.

— Devia estar batendo uma punheta.

— Não era isso que estava acontecendo! — protesta Ragesh.

— Então o que você estava fazendo?

Pensando. Era isso que Ragesh estava fazendo. Parado na floresta, pensando em Johnny, em como ele tinha estragado tudo entre os dois

e que agora suspeitava que o amigo decidiu se matar. Mas Ragesh não pode contar isso a Ashley. Ele não pode contar a ninguém.
— Nada — responde Ragesh. — Só tentando espairecer, pensar com clareza.
Ashley bufa, deixando claro que não acredita nele.
— Aham, tá bem.
Ragesh desvia o olhar, mais humilhado do que pensou que ficaria e arrependido de cada decisão que tomou nos últimos dez minutos. Ele deveria ter deixado bando de zé-manés para lá, acendido seu baseado e esperado todos os pensamentos ruins se dissiparem na fumaça. Em vez disso, está aqui, caminhando pela floresta com três moleques e uma garota que o odeia, indo sabe-se lá Deus para onde. Ele dá uma olhada ao redor e percebe que estão bem no meio da floresta. Embora tenha certeza de que já esteve longe assim, nada lhe parece familiar.
— Até onde a gente vai?
— Sei lá — diz Ashley com um suspiro. — Ei, Billy, já que você parece ser o guia, para onde estamos indo exatamente?
Um pouco à frente, Billy responde:
— Mais uns dois quilômetros.
— Humm, por quê?
O grupo chega a uma clareira na floresta, as árvores dando lugar a uma estreita faixa de terra e voltando a emergir do outro lado. Billy se vira para responder, caminhando de costas em direção à clareira enquanto fala.
— Porque aqui é...
Ragesh ouve o carro antes de vê-lo. Um barulhento berro de buzina, seguido pelo som de pneus freando no asfalto. É nesse momento que ele percebe que a clareira é na verdade uma estrada cortando a floresta.
E que Billy quase a atravessou de costas enquanto falava.
E que o carro — um Ford, ou algo assim, com um motorista assustado ao volante — quase o atingiu em cheio. O menino escapou por um triz.

DEZESSEIS

A floresta está silenciosa e escura.

De um jeito inquietante, amedrontador.

Eu esperava ouvir o som dos pássaros e ver bichinhos saltitantes e a luz do sol entremeando-se nas árvores. Um desenho animado, basicamente. Um cenário típico daquelas fitas VHS da Disney guardadas até hoje no porão em caixas de plástico branco. Em vez disso, caminho em meio ao silêncio praticamente absoluto, e o único som é o dos meus passos enquanto me guio por entre as árvores. Acima de mim, um dossel de folhas bloqueia grande parte do sol. A pouca luz que há banha o chão da floresta com pontinhos brilhantes.

Tenho apenas uma vaga lembrança da última vez que andei por esta floresta, no dia em que Billy desapareceu. Na minha memória, tudo é mais vibrante, mais amplo. Mas também éramos cinco caminhando a passos pesados e ruidosos pela floresta, sem fazer nenhuma questão de preservar o silêncio. Agora sou apenas eu, o barulho dos meus passos rompendo a quietude sobrenatural do lugar.

Nos intervalos entre os movimentos dos meus pés, há outro som, mais leve, que a princípio penso ser um eco dos meus passos. Mas há algo estranho. Não está em sincronia com meus movimentos; sem mencionar que parecem mais indistintos do que um eco.

Eu paro, levanto o pé direito e piso uma vez no chão coberto de folhas. O som reverbera pela floresta por um instante antes de cessar. Agora que sei como é o eco dos meus passos, continuo andando.

Um passo.

Cinco passos.

Dez passos.

No décimo primeiro, ouço o som de novo.

Eu paro. De um jeito tão repentino que todo o barulho feito por mim cessa na hora. No entanto, há outro som na floresta. Um único e quase imperceptível roçar de folhas vindo de algum lugar atrás de mim.

Sinto um calafrio no corpo inteiro ao ouvir o som. Sim, pode ser um animal. Mas os animais, que sentem muito mais medo de nós do que nós deles, não param só porque há um humano presente. Eles correm, precipitando-se pelo mato e fazendo barulho à vontade enquanto disparam por entre a vegetação rasteira.

Mas isso? Parecem passos. Silenciosos e discretos, sincronizados para combinarem com os meus.

Não estou sozinho na floresta.

Há mais alguém aqui.

Dou um giro completo bem devagar, analisando a área em busca de sinais da presença de outra pessoa — e de quem poderia ser. Mas não vejo nada. Somos apenas eu, as árvores e a vegetação rasteira.

O que significa que quem quer que esteja aqui não quer ser visto. Com toda a certeza, isso *não* é um bom sinal.

Permaneço completamente imóvel, mesmo com o turbilhão de pensamentos que me atinge, listando razões pelas quais alguém me seguiria até a floresta e tentaria não fazer sua presença ser notada. Como de costume, considero o pior cenário possível: alguém quer me machucar.

Um maníaco escondido na floresta. Preparando-se para fazer comigo o que outra pessoa fez com Billy.

O que me leva a um pensamento ainda pior.

Que é o próprio Billy, sua previsão de Dia das Bruxas de muito tempo atrás tornando-se realidade da maneira mais perversa.

Aposto que tem fantasmas vagando pela floresta agora mesmo.

Volto a caminhar. Não tenho escolha. Estou no meio do mato e preciso chegar a algum lugar. Então, sigo em frente devagar, e cada passo que dou é acompanhado por um semelhante, um pouco mais silencioso, meio segundo depois.

Um passo.

Cinco passos.
Dez passos.
Então, começo a correr.

Com medo de estar sendo perseguido — por um assassino, por Billy, por qualquer coisa —, avanço aos solavancos pela floresta, desviando de galhos baixos e pulando por cima de troncos, totalmente ciente de que é um comportamento que beira o ridículo.

Não sei do que estou fugindo. Ou se preciso correr. No entanto, o instinto me mantém em movimento. Sem diminuir o ritmo, arrisco uma olhada para trás, tentando ver *quem*, *o que* ou *se* alguma coisa está atrás de mim.

Não vejo nada.

Ainda olhando minha retaguarda, passo por uma fileira de árvores e saio da floresta. Uma transição surpreendente que me faz virar a cabeça de forma abrupta e olhar para a frente. Um segundo se passa, e acho que estou na cachoeira, sua água escura espalhando-se diante de mim. Eu derrapo até parar, girando os braços para me firmar, como se um movimento em falso fosse me fazer cair na água.

Mas não estou na cachoeira. Nem perto.

Ainda estou a uns dois quilômetros de distância, na via que fica entre meu quintal e o Instituto Hawthorne. A visão do asfalto cortando a floresta — o mais claro lembrete possível de civilização — faz com que eu me pergunte se a detetive Palmer está certa sobre Billy conhecer a pessoa que cortou a barraca.

Se for o caso, significa que Billy foi por vontade própria até a floresta e chegou a esta mesma via. O que ele sentiu naquele momento? Será que tinha alguma ideia do que aconteceria aqui?

E a pergunta mais importante: ele estava com medo?

Meu Deus, espero que não. Espero que tenha sido rápido, indolor e tão repentino que ele nem entendeu o que estava acontecendo.

Recobrando o fôlego agora na beira da estrada, penso nos cães farejadores que seguiram o cheiro dele até aqui. É de conhecimento geral que os cães não conseguiram rastrear Billy mais longe do que isso, induzindo todos a pensar que ele foi levado até um carro que o esperava e transportado para longe. O fato que não é de conhecimento geral é que Billy esteve aqui mais cedo naquele dia com outras quatro pessoas.

Ragesh, Ashley, Russ e eu.

Não consigo deixar de pensar que somos os culpados pelo mal-entendido. Que nossa presença na floresta confundiu os cães e fez com que voltassem pelo mesmo caminho de onde vieram. Todos aqueles rastros de cheiros entrecruzando a via, alguns com Billy, outros não. O que resultou em todos achando que a jornada dele terminou ali.

Sendo que, na verdade, era apenas a metade do caminho.

Sexta-feira, 15 de julho de 1994
13h07

Ethan observa tudo se desenrolar como um filme em câmera lenta. Billy aproximando-se da estrada. O carro buzinando e freando bruscamente. Ashley, aos berros, lançando-se em cima de Billy e puxando-o para longe da via, murmurando um pedido de desculpas para o motorista enquanto o carro segue em frente devagar.

— Você precisa olhar por onde anda! — grita ela para Billy.

— Foi mal. Estava distraído — justifica ele, visivelmente abalado, mas não tão mal assim.

— Só tome cuidado. — Ashley suspira e olha para os demais. — Os três. Tomem cuidado. Se algo acontecer com um de vocês, Ragesh e eu vamos nos ferrar.

— Eu não sou babá deles! — protesta Ragesh.

— Desculpe te lembrar, seu otário, de que você é tão responsável quanto eu pelo bem-estar desses meninos. É maturidade o nome disso. Dá uma pesquisada.

Enquanto os dois discutem, Ethan olha para a via que corta a floresta como uma faca. Seus pais não o deixam ir tão longe, e ele nunca teve vontade.

— Talvez seja melhor a gente voltar — sugere Ethan, ciente de que já se embrenharam por quase dois quilômetros nos recônditos da floresta e correm o risco de se perder caso avancem mais.

Os outros prosseguem, atravessando a estrada sem hesitar por nem um segundo. Até Billy, que parece já ter se esquecido do carro que quase o atropelou. Ele agora dá sinais de estar ainda mais ansioso para chegar ao outro lado e explorar as regiões mais afastadas e escuras da floresta.

— Você não vem? — questiona ele, parando no meio da estrada e se virando para o amigo.

Ethan não sabe o que responder. Hoje de tarde, nada saiu conforme o planejado. Ele só queria passar um tempo com Billy. Nem chegou a imaginar que Russ, Ashley ou Ragesh estariam envolvidos. Ele ainda não entende por que estão aqui e está nervoso por não saber quais são os planos do grupo.

— Acho que a gente devia voltar — diz ele de novo, orgulhoso de si mesmo por soar mais insistente dessa vez.

Mas agora Billy já atravessou a estrada e se juntou aos outros no acostamento. Ver seu amigo — seu *melhor* amigo — ao lado de Ragesh, o cara que faz *bullying* com eles, e Russ, de quem ele nem gosta, faz Ethan sentir a dor da traição. Billy deveria tê-lo apoiado. Deveria ter ficado com *ele*. No entanto, lá está seu amigo, transferindo sem paciência seu peso de uma perna para a outra e cruzando os braços, imitando sem se dar conta a postura de Ragesh.

— Não temos o dia todo — apressa Ragesh.

— É — acrescenta Russ, soando como um eco fraco do mais velho.

Billy o encara do outro lado da estrada, onde mal passam dois carros, mas que para Ethan parece tão larga quanto um rio.

— Vamos! — insiste Billy. — Quero continuar.

Ethan se vira, estudando a extensão da floresta que eles já percorreram, como se pudesse refazer mentalmente o caminho de volta para sua casa, onde sua mãe talvez ainda esteja chorando. Diante da lembrança perturbadora de vê-la aos prantos, ele sabe que ainda não está pronto para voltar.

— Tá bem — concorda. — Estou indo.

Parado com os pés na beirada do asfalto, Ethan olha para os dois lados, embora não haja mais carros por perto. Ele está prestes a quebrar uma das regras principais de seus pais: *nunca passe da estrada*.

Ethan sabe que eles ficarão zangados se descobrirem.

Não, zangados, não.

Furiosos.

Podem até colocá-lo de castigo, o que nunca aconteceu, precisamente porque Ethan sabe que será uma tortura se um dia acontecer.

Por isso, ele tem bons modos e cumpre suas tarefas, reclamando só um pouquinho de nada. Resumindo, ele se comporta. Mas isto? Isto é o total oposto. É ser malcriado de propósito.

E seus pais nunca, jamais poderão saber.

— Então vem logo! — reclama Ragesh.

Ethan assente, olha para os dois lados mais uma vez, e então atravessa correndo a estrada como um cervo assustado. Antes que ele chegue ao outro lado, o restante do grupo já está em movimento, o que o deixa ao mesmo tempo triste e irritado. Principalmente com Billy, que mais uma vez assumiu a liderança. Ethan achou que os dois caminhariam juntos, do jeito que melhores amigos fazem. Mas Billy segue em frente como se eles mal se conhecessem.

— É por aqui — indica Billy.

— O quê? — pergunta Ethan, na esperança de que o som de sua voz faça o amigo se lembrar de que ele está aqui, que era para ser uma jornada apenas dos dois.

Ele cogita a possibilidade de Billy também estar zangado com ele por ter deixado Russ vir junto. Se for o caso, Billy não parece muito chateado com isso agora, enquanto Russ caminha bem ao seu lado. O lugar onde ele próprio deveria estar, Ethan nota com amargura.

— O Instituto Hawthorne — responde Billy.

A resposta é uma surpresa para Ethan, que nunca pisou no terreno do instituto e acha que o amigo também não. Sinceramente, ele não tinha nem ideia de que as pessoas podiam chegar lá a pé. Os pais de Ethan não querem que ele vá até o local de forma alguma. A existência desse lugar é uma das razões pelas quais o proibiram de atravessar a estrada na floresta.

No entanto, é exatamente para lá que ele está indo. O fato o deixa tão apreensivo que nem a repentina presença de Ashley ao seu lado consegue acalmá-lo.

— Ei — diz ela. — Você está bem?

Ethan meneia de leve a cabeça.

— Aham.

— Você sabe que pode me dizer se não estiver, né — insiste Ashley.

— E, se quiser voltar, eu vou com você.

A ideia é tentadora e humilhante. Embora Ethan não tenha vontade de continuar, também não quer ser o medroso que precisa que sua babá o acompanhe até em casa. O que Billy pensaria dele? O que Ashley pensaria? A preocupação de Ethan é que, se der meia-volta agora, ele vai, de alguma forma, perder o respeito de todos. E, embora não dê a mínima para o que Ragesh ou Russ pensam dele, a maneira como Ashley e Billy o veem é importante.

— A gente pode continuar — afirma ele.

— Tem certeza?

— Tenho — garante Ethan, embora não seja verdade.

Mas ele só tem duas opções: continuar com o grupo ou arruinar sua reputação na frente das únicas duas pessoas que ele quer impressionar.

Ashley o cutuca com o cotovelo, aparentemente satisfeita, o que Ethan acha que significa que ele fez a escolha certa. Essa suposição só aumenta quando Ashley continua ao seu lado enquanto eles seguem os outros mais para dentro da floresta.

Ethan sabe que chegaram ao terreno do instituto quando avista um muro de pedra. Embora ele esteja bem longe, entrevisto em meio às árvores, Ethan sente um frio na barriga. O muro é alto, tem pelo menos uns 2,5 metros de altura, e coberto por concertinas de arame farpado. Conforme o grupo se aproxima, o menino vê placas a cada dois metros, com o aviso de "ENTRADA PROIBIDA". O que é meio inútil, na verdade. A existência do muro em si já é aviso suficiente.

Atrás dele, a floresta continua imperturbável, como se o próprio muro fosse apenas um erro e não houvesse nada do outro lado. Mas há. Ethan consegue ouvir. A água jorrando cada vez mais alto conforme chega mais perto.

Billy, Ragesh e Russ são os primeiros a alcançar o muro. Russ olha para cima e pergunta:

— É isso?

— É — confirma Billy.

Ragesh dá um chute de leve na base do muro.

— Como vamos passar para o outro lado? Você não trouxe a gente até aqui só pra ver um muro idiota, né?

— Tem mais coisas — diz Billy, parado a alguns passos do muro, um pouco mais afastado dos demais. — Por aqui, venham.

Os outros obedecem à instrução e o acompanham, pisando nas folhas mortas que o vento empilhou contra o muro. Apenas Ethan se detém e se pergunta como Billy sabe exatamente para onde eles têm que ir. Mais uma vez, cogita sugerir que deem meia-volta. Agora que chegaram ao muro, não há mais para onde ir. Ele passa a mão pela pedra e nota a espessura da parede, que parece impenetrável, como se fosse melhor deixar em paz o que está do outro lado, seja lá o que for. Ethan adoraria fazer exatamente isso. No entanto, todos os outros continuam andando, obedecendo às instruções de Billy e seguindo rente ao muro.

— Vamos agilizando aí atrás! — reclama Ragesh, o que instiga Ethan a se apressar para alcançar os outros.

Ele os encontra reunidos bem juntinhos em volta de uma abertura na parede — as pedras que outrora ficavam encaixadas ali agora estão espalhadas pelo chão. Ethan não consegue dizer se o buraco foi aberto por forças naturais ou se alguém arrancou as pedras. Tudo o que ele percebe é que há uma abertura de sessenta centímetros grande o bastante para alguém se enfiar furtivamente.

O que, para seu espanto, Billy faz.

— Isso não é uma boa ideia, Billy — adverte Ashley, o que deixa Ethan aliviado por não ser o único a demonstrar nervosismo com o que está acontecendo. — Talvez seja melhor você voltar.

— Ou talvez seja melhor a gente ir com ele — sugere Ragesh, passando pelo buraco e encontrando Billy do outro lado do muro.

Russ faz o mesmo, deslizando por entre o buraco e encontrando Billy do outro lado. Billy se vira para Ethan com um olhar cheio de expectativa.

— Você não vem?

Ethan permanece onde está, em dúvida. Mais uma vez, ele se pergunta o que o amigo pensará a seu respeito se ele se recusar a ir. Ele notou a maneira como Russ ficou ao lado de Billy o tempo todo, e sua preocupação é que isso continue depois que eles forem embora deste lugar. Até hoje, Billy mal tolerava Russ. A única razão pela qual Russ veio é porque Ethan permitiu. No entanto, os dois agora parecem melhores amigos, parados ombro a ombro do outro lado do muro.

— Vou — responde Ethan.

Ao lado dele, Ashley franze a testa em sinal de desaprovação.

— Então eu também vou. Se é pra invadir o lugar, vamos invadir juntos — decide ela.

Os dois se enfiam pela fresta e se juntam aos outros. Billy caminha à frente, liderando o grupo. Parece decidido a chegar a um destino específico, e Ethan acha que sabe qual é, considerando a elevação constante da terra sob seus pés e o som da água corrente que ficou assustadoramente alto agora que estão deste lado do muro.

A cachoeira.

Ethan ouviu falar dela, é claro. Os meninos da escola cochicham histórias sobre uma misteriosa cachoeira da qual todo mundo já ouviu falar, mas pouquíssimas pessoas viram. Dizem que o local é mal--assombrado, além de amaldiçoado. Duas afirmações que o fizeram duvidar da existência do lugar.

Mas ele existe.

E, a julgar pelo fato de que a floresta vai se rarefazendo ao longe, deve estar logo à frente. Entre as árvores, Ethan avista o céu azul e nada mais, o que o deixa ciente de que elas estão em um local elevado. Muito mais alto do que o chão à sua frente. Ele havia presumido que estavam indo até o lago. No entanto, se deu conta de que estão se aproximando do topo da cachoeira.

Rapidamente, o grupo chega ao destino, emergindo da floresta em um afloramento rochoso. À esquerda, a água jorra ao lado deles antes de cair em cascata no lago. Estar tão perto da água enche Ethan de um fascínio temeroso.

A cachoeira em si tem apenas uns três metros de largura. Mas o que falta em tamanho, a torrente compensa com força. Não é que a água simplesmente escorre pela queda d'água. Ela ruge. Um som que Ethan sente vibrar no peito, assim como sente os respingos de água na pele.

O menino avança devagar até ficar entre Russ e Billy na frente do afloramento. Um movimento do qual ele se arrepende na mesma hora. Agora que está a apenas um passo da borda, a altura parece ainda maior e mais ameaçadora.

Em vez de um deslizamento lago adentro meio inclinado, a cachoeira na verdade despenca em um ângulo reto por pelo menos nove metros. Talvez mais. Quando ousa olhar para baixo, Ethan vê que a água que se acumula é de um branco revolto, e que uma névoa fina paira sobre a superfície. Dali, o lago pode ter trinta centímetros ou quinze metros de profundidade. Não há como saber.

A altura, a inclinação e a violência da queda d'água perturbam Ethan. Parece perigoso aqui, principalmente sem nada para impedi-los de escorregar e despencar no abismo.

— Quantas pessoas você acha que já se afogaram aqui? — pergunta Ragesh. — Ouvi dizer que foram no mínimo umas doze.

— Mentira — rebate Ashley. — Se alguém tivesse morrido aqui, a gente ia saber.

Ragesh estufa o peito, claramente irritado por ser corrigido.

— Eu quis dizer, tipo, cem anos atrás.

— Isso não estava aqui cem anos atrás. É tudo obra de paisagismo. Não é natural como o Grand Canyon.

Para Ethan, é como se fosse. Ele está deslumbrado com o lugar. Tudo isso está a uma curta distância de seu quintal, e ele nem sabia. E, embora o local faça tecnicamente parte do subúrbio, parece o fim do mundo.

Somando-se à estranheza da cachoeira, há o que vem depois. Colado no afloramento, o terreno do Instituto Hawthorne se estende diante deles como um reino de conto de fadas. Logo abaixo vê-se o lago, que se alarga à medida que se afasta da cachoeira, a água assentando-se em um espelho plácido que reflete o céu. Por fim, divide-se em vários pequenos riachos que serpenteiam pela propriedade. Por toda parte, pontes de pedra se curvam sobre a água.

Bem perto do lago, há um prado que se inclina para cima em direção a uma vasta área cheia de árvores e várias estruturas que Ethan não saberia dizer a que distância estão. Ele consegue distinguir apenas as paredes de madeira e pedra.

Além deles, há uma mansão com paredes de pedra, que parece imensa, do tamanho de uma biblioteca. Ela faz com que ele se lembre do prédio em Princeton onde fica o escritório de seu pai. Tem o mesmo aspecto. Antigo. Imponente. Meio assustador. Ethan não gosta de visitar o pai no trabalho, pois o piso range e tudo tem eco. Ele tem a sensação de que gostaria ainda menos de estar dentro daquela mansão.

— Que lugar é esse? — pergunta ele em voz alta, para ninguém específico.

— O Instituto Hawthorne — responde Ragesh.

— O que eles fazem aí? — questiona Russ.

— Coisas científicas. É um centro de pesquisa — explica Ragesh.

— Sim, mas que tipo de pesquisa?

— *Eu* sei o que eles fazem.

Quem diz isso é Billy, que se afasta de Ethan e se aproxima da beira do afloramento. *Perto demais*, Ethan pensa. Quase caindo cachoeira abaixo. Mas Billy parece nem perceber enquanto olha o horizonte.

— Eles falam com fantasmas — afirma ele.

DEZESSETE

Estremeço assim que reconheço o muro ao longe. Parece tão imponente agora quanto há trinta anos. Talvez até mais, graças à sua óbvia falta de manutenção. Algumas pedras se quebraram, formando escuras e escorregadias fendas de musgo. No topo, a ferrugem gruda nos dentes do arame farpado. Tudo sugere algo não apenas proibido, mas também verdadeiramente perigoso.

Quando chego ao muro, sigo a trilha aberta trinta anos atrás, procurando a brecha pela qual passamos. Ela ainda está lá, o que me faz pensar que ambos os administradores do terreno — primeiro o Instituto Hawthorne, agora o condado — ou não sabem a respeito disso, ou não dão a mínima.

Ao passar pela fresta no muro, sinto o mesmo calafrio que senti quando criança. Eu não deveria estar fazendo isso. Nem agora, nem naquela época. A maior diferença entre essas duas jornadas é minha aptidão física — ou a falta dela. Quando eu tinha dez anos, mal tinha consciência do chão que se inclinava, ficando mais íngreme à medida que nos aproximávamos da cachoeira. Neste momento, com quarenta anos e a forma física meio capenga, minhas pernas doem enquanto sigo em frente. Quando chego ao afloramento, preciso de um minuto para recobrar o fôlego. Então, espio por cima da queda d'água e fico sem ar mais uma vez.

Billy estava aqui o tempo todo.

Enquanto eu crescia, envelhecia, ia para a faculdade, conhecia Claudia, me casava, Billy permaneceu aqui, sem poder fazer qualquer uma dessas coisas. A injustiça disso — a absoluta crueldade — faz uma lágrima escorrer dos meus olhos, e eu rapidamente a enxugo.

Embora hoje em dia não haja atividade policial no fim da cachoeira, é possível ver sinais da presença recente da polícia por toda parte. No lago, um pequeno bote inflável está atracado à rocha, e o movimento instável da queda da água o faz dar uma leve balançada. Uma fita amarela de isolamento foi esticada ao longo da margem do lago. Um pouco de exagero processual que, no entanto, me lembra de que estou olhando para uma cena de crime.

Veículos de resgate deixaram grandes marcas de pneus na grama, incluindo dois sulcos paralelos no chão que vão em direção à água. Só consigo pensar em um veículo que precisaria chegar tão perto: a van que levou embora o que restou de Billy.

Esse pensamento me devolve a sobriedade, e volto minha atenção para o restante do terreno. O matagal cresceu consideravelmente e ficou mais denso desde a última vez que estive aqui, e a floresta se intrometeu por toda parte. Trinta anos atrás, eu conseguia ver a maioria das construções anexas, embora estivesse num ponto alto demais para distinguir o que eram. Agora, porém, mal dá para enxergar o que há entre as árvores. Talvez as pessoas que pagam para celebrar as festas de casamento aqui prefiram assim.

A única estrutura que pode ser vista com facilidade é a mansão, que mesmo em meio à densa floresta é grande demais para não ser notada. Olhando para ela agora, eu me lembro do que Billy disse sobre o lugar.

Eles falam com fantasmas.

De onde estou, percorro com os olhos todo o terreno do instituto e não vejo mais ninguém por perto. Nenhum carro. Ninguém. Embora eu saiba que a área não está completamente abandonada, a sensação é de que está. Como se a polícia, ao recuperar o corpo de Billy, tivesse empacotado tudo o que precisava e deixado o restante para trás.

Eu me pergunto se o mesmo aconteceu com o próprio instituto. Embora a mansão seja utilizada de vez em quando para cerimônias de casamento e festas, presumo que haja áreas que os convidados não podem acessar. É um lugar grande, provavelmente contendo salas que estão intocadas desde que o instituto fechou as portas. Será que, assim como a polícia fez no lago, as pessoas que trabalhavam no Instituto Hawthorne deixaram coisas para trás?

Saio do afloramento e começo a descer até a outra parte do terreno do instituto, confiando na memória da minha visita de tanto tempo atrás. Não há trilha. Apenas uma encosta íngreme e densamente arborizada, cravejada de pedras e vegetação que bate na minha cintura. Ando com cuidado, segurando no tronco das árvores e me abaixando para passar sob os galhos. O tempo todo, tento ouvir qualquer ruído como os que ouvi vindo para cá. O eco de passos que não são meus. Se alguém me seguiu até a estrada, não vejo por que não teria continuado até aqui.

Mas não há ninguém me seguindo.

Pelo menos, ninguém que eu consiga ver.

Isso — e o fato de que não ouço nada enquanto volto a andar — me faz pensar que o que ouvi lá atrás foi realmente um eco dos meus passos. Ou minha imaginação levando a melhor.

Ou talvez eu tenha alucinado. Considerando tudo o que vivenciei nos últimos dias, é a explicação mais plausível. Que a culpa, a tristeza e a privação de sono finalmente detonaram meu cérebro.

Mas, então, meu celular apita no meu bolso, um lembrete de que pelo menos parte disto é real. Câmeras de trilha não captam alucinações. O que quer que a minha tenha me enviado é real e neste momento está no meu quintal.

E pelo visto é Henry.

Abro o aplicativo, e lá está ele, parado na frente da câmera com um grande sorriso no rosto e uma folha de papel nas mãos. Ele escreveu com canetinha.

Oi, sr. Marsh!

Eu vejo a imagem e sorrio. Ashley está certa. Ele é um bom menino, e a pontada de preocupação que sinto pelo garoto não é nada perto do que ela deve aturar a cada minuto de cada dia. A vida é difícil. Não adianta negar. O mundo é quase sempre brutal e cruel, e parece ficar ainda mais difícil com o passar do tempo. As pressões e os perigos que as crianças enfrentam hoje são muito piores do que quando eu tinha essa idade. Não consigo imaginar de que maneira pais como

Russ e Ashley lidam com a ansiedade. Não tenho psicológico para isso. Algo que Claudia nunca entendeu.

Agora, com o celular na mão, penso em ligar para ela, só para dizer que estou descendo uma encosta arborizada e devo estar passando por um punhado de hera venenosa. Na nossa relação, era Claudia quem gostava de atividades ao ar livre, e vivia me arrastando para vários parques a fim de, nas palavras dela, "estar em contato com a natureza".

— Eu gosto de estar em contato com o meu sofá. — Era o que eu dizia a ela. — E com a minha televisão.

Mas já liguei demais nos últimos dias. Estremeço ao pensar na mensagem de voz que deixei ontem à noite. *Acho que Billy pode estar me assombrando, Claude.* Então, envio uma mensagem curta, fofa e cem por cento verdadeira.

caminhando na floresta e pensando em você

Guardo o celular no bolso e continuo a descida até a outra parte do terreno do Instituto Hawthorne. Conforme a terra fica mais plana, a floresta se torna menos densa. Existe até uma trilha de cascalho da qual me lembro de ter visto trinta anos atrás. Agora eu me envereio por ela, seguindo na direção oposta da rota que fizemos no passado. Eu não me importaria de evitar o que encontramos naquele dia.

Caminho pela trilha sinuosa, passando por um campo de flores silvestres e por uma ponte de pedra que atravessa um afluente. Do outro lado, em uma área que já foi um prado, mas agora está sendo lentamente engolida por árvores, há um celeiro que parece tão antigo quanto o próprio solo. As paredes de madeira não têm pintura e estão desbotadas pelo sol, e a construção se inclina levemente sobre seu alicerce de pedra, dando a impressão de que seria derrubada por uma brisa mais forte.

A porta do celeiro está entreaberta, uma lasca de escuridão tentadora não por aquilo que revela, mas por aquilo que esconde. A curiosidade me atrai para mais perto, e eu me pego saindo da trilha para espiar pela fresta.

O interior do celeiro é uma teia de sombras quebradas apenas por um raio de sol que se infiltra pela brecha na parede. Eu mais sinto o cheiro do que vejo o que há lá dentro. Feno seco, que deve ter sido enfardado décadas atrás. Poeira. O cheiro quente e terroso de madeira velha. Há algo mais também. Algo bem desagradável.

Localizo a fonte do odor no chão do celeiro, pousada no feixe de luz que entra pela porta aberta atrás de mim.

Uma lata.

Muito estranho.

A lata foi aberta, a tampa tipo abre e fecha pendurada. Mesmo a alguns metros de distância, o fedor que sai dela denuncia o que tinha dentro.

Atum.

Ao redor da lata há pegadas que se espalham em todas as direções. Algumas seguem para a porta, outras mais para dentro do celeiro. As minhas pegadas fazem um pouco dos dois, meus pés apontados para o celeiro enquanto dou vários passos rápidos para trás, para longe dele.

Não me ocorreu que poderia haver invasores na propriedade. Mas, agora que está claro que há, faz todo o sentido. O Instituto Hawthorne é um lugar isolado, quase abandonado, se não fosse pelos esporádicos casamentos e eventos privados. Alguém poderia morar dias aqui sem ser incomodado, quiçá semanas. E, embora não dê para saber há quanto tempo essas pegadas foram feitas, não quero ficar por perto e descobrir.

De volta à trilha, aperto o passo, seguindo por outra ponte e por um semicírculo de estátuas, o chão ao redor delas escondido por ervas daninhas. Dobro uma esquina e paro de súbito.

Este é o lugar que encontramos por acaso trinta anos atrás.

O lugar que eu queria evitar.

Olhando para ele agora — as paredes de granito, o portão de ferro forjado —, sou tomado por um pensamento que me consome por inteiro.

Foi aqui que traí Billy.

Sexta-feira, 15 de julho de 1994
13h56

O som da risada de Ragesh é tão estrondoso que assusta o bando de pássaros próximo. Eles voam em uma profusão de chilreios assustados, agitando as asas, planando sobre a cachoeira. A risada de Ragesh se vai com eles.

— Odeio ser a pessoa a dizer isso para você, mas fantasmas não existem — diz ele a Billy.

— Existem, sim — rebate Billy, com tanta convicção que até Ethan se sente envergonhado por ele, o que lhe desperta um sentimento de culpa.

Billy é seu melhor amigo. Ethan deveria protegê-lo. Mas Ragesh tem razão: fantasmas não existem. Além disso, Billy não protegeu Ethan quando eles formaram grupos em lados opostos da estrada. Essa desfeita ainda lhe dói, mesmo agora que estão perto da cachoeira, colados uns nos outros no afloramento de tal maneira que deixa Ethan claustrofóbico.

— Podemos ir embora? — pergunta Ethan, com um fiapo de voz tão manso que se pergunta se alguém o ouviu.

Ele acha que não, pois Ragesh continua falando:

— Prove — desafia ele.

— Não tenho como fazer isso — responde Billy. — Ainda não vi nenhum.

— Mas você quer ver, né? — Um lampejo de crueldade cintila nos olhos de Ragesh. — Eu conheço um lugar onde dá para ver.

Ashley inclina a cabeça e dá uma olhada nele.

— Você acabou de dizer pro Billy que fantasmas não existem. Se decida.

— Pode ser que Billy me ajude a mudar de opinião — afirma Ragesh. — Talvez o lugar para onde estamos indo me faça acreditar que eles existem. Venham comigo... se tiverem coragem.

Ele se afasta e sai andando em direção às árvores sem dizer mais nada, como se soubesse que os outros o seguirão. E eles seguem de fato. Billy e Russ, ansiosos; Ashley, devagar, soltando um suspiro. Ethan fica mais uma vez na retaguarda, seguindo-os ladeira abaixo de má vontade. Ele não entende por que o grupo está se embrenhando ainda mais na propriedade em vez de dar meia-volta e ir embora para casa. Tampouco entende por que estão aqui. Por que Billy os trouxe para este lugar? Ele quer mesmo achar fantasmas?

Seu último pensamento, mas com certeza não o menos importante é: o que acontecerá se eles forem pegos? Ethan presume que não será legal. Mas não seria nada comparado à reação de seus pais quando descobrirem que ele lhes desobedeceu, o que com certeza vai acontecer se o grupo for pego em flagrante. E sua mãe já está bastante chateada por ter perdido o emprego.

Quando chegam a um terreno plano e a uma trilha de cascalho sinuosa, Ragesh vira à esquerda.

— É logo ali na frente — anuncia ele.

Conforme esperavam, logo após a curva há uma estrutura. Está encostada nas árvores e ladeada por um par de salgueiros gigantes, então é difícil para Ethan ver do que se trata enquanto o grupo se aproxima. É só quando estão bem na frente da estrutura que fica claro.

É um mausoléu.

Construído em mármore e granito, o monumento largo e atarracado fica nas sombras dos salgueiros. A frente é adornada por duas colunas, ao redor das quais sobem gavinhas de hera. Além disso, as folhas dos salgueiros roçam o telhado pontudo e dão a impressão de que o lugar está sendo engolido pela natureza.

Em vez de uma porta sólida, um portão simples de ferro forjado protegido por um trinco enferrujado cobre a entrada do mausoléu. O olhar de Ethan passa do portão e foca no mausoléu em si. Está escuro lá dentro. Uma escuridão inquietante que lembra uma caverna, dentro da qual algo terrível o aguarda. Neste caso, ele já sabe que algo pavoroso é esse.

Pessoas mortas.

— Que legal — solta Billy, embora essa seja a última palavra que Ethan usaria para descrever o lugar.

Misterioso? Sim. *Assustador?* Sem dúvida. Assustador o suficiente para fazê-lo querer dar meia-volta? Com certeza.

Billy, no entanto, dá um passo para mais perto do mausoléu.

— Quem está enterrado aí?

— Não sei — responde Ragesh. — Por que você não vai lá dar uma olhada?

Para a surpresa de Ethan, Billy vai mesmo, arrastando os pés até o portão de ferro e espiando entre as barras.

— Não dá pra ver. Está muito escuro.

— Pergunte aos seus amigos fantasmas — zomba Ragesh.

— Eles não são meus amigos — esclarece Billy. Então, acrescenta: — Ainda.

Ethan sente de novo uma pontada de constrangimento pelo amigo. Billy é tão sincero e acredita tanto no que está dizendo que não consegue ver que os outros acham isso ridículo. Sobretudo Ragesh, que se junta a Billy no portão. Ele ergue o trinco, que emite um rangido enferrujado ao ser levantado da base. Ouve-se outro rangido quando Ragesh abre o portão. Segurando-o entreaberto, ele olha para Billy e sugere:

— Talvez seja melhor você entrar.

— Não! — exclama Ashley. — Billy, não faça isso!

— É rapidinho — insiste Ragesh, provocando. — Vai levar só um segundo.

— Por que *você* não entra? — pergunta Ashley, cruzando os braços e olhando para ele.

— Porque não sou eu quem está morrendo de vontade de fazer amizade com um fantasma.

— Eu entro — diz Billy, e se vira para Ethan. — Se ele for comigo.

O estômago de Ethan vira do avesso. Com grades de ferro e grossas paredes de pedra, o mausoléu parece mais uma prisão do que um túmulo. Perscrutando a escuridão, um pensamento perturbador lhe vem à mente: o portão está lá para não deixar ninguém entrar, ou para não deixar quem está enterrado sair?

— Não — responde Ethan.

Ele percebe que os outros estão olhando para ele do mesmo jeito que olharam quando uma estrada os separava: Ethan de um lado, e os demais do outro. Assim como naquele momento, o menino é tomado por uma palpável sensação de vergonha. Como se ele de alguma forma os estivesse traindo, deixando-os na mão. Principalmente Billy.

— Venha comigo — insiste Billy. — Vai ser divertido.

— Mas eu não quero. — Ethan gostaria de ter falado de uma forma diferente. Que o fizesse parecer sensato, até corajoso. Em vez disso, ele soa infantil e chorão. Mais novo até que Andy Barringer. — Será que a gente não pode só ir pra casa?

— Claro — responde Ragesh. — Depois que alguém ficar pelo menos um minuto dentro do mausoléu.

Ele os desafia com o olhar. Um desafio que Billy está disposto a aceitar. A única coisa que o impede é seu melhor amigo.

— Por favor — diz ele a Ethan. — Até que é maneiro.

— Não é — retruca Ashley. — E só porque o Ragesh desafia você a fazer algo, não significa que você deva fazer.

— Mas eu quero.

— E eu não quero — afirma Ethan.

— Eu vou entrar — anuncia Russ, que havia ficado em silêncio esse tempo todo. Ele dá um grande passo à frente, as pernas franzinas esticando-se para ficar ao lado de Billy. Já que Ethan está morrendo de medo, eu vou.

— Eu já disse que não estou com medo!

Pelos olhares que lançam para Ethan, fica claro que Billy e Russ não acreditam nele. A expressão de Russ, tal qual a de Ragesh, é desafiadora, como quem diz: "Então prove." O olhar de Billy é mais complexo, revelando desânimo, um quê de decepção e, sim, pena. Ao reparar nele, Ethan sente uma pontada de identificação. Ele já teve essa expressão estampada no rosto várias vezes, inclusive hoje. Mas vê-la no rosto de outra pessoa é preocupante e o faz pensar seriamente.

Billy está constrangido por ele.

A vergonha queima as bochechas de Ethan, e o frio em sua barriga piora. Não é assim que deveria ser. É Billy quem está sendo constrangedor com toda essa conversa sobre fantasmas. Dos dois, Ethan é o mais legal. O normal. Ou pelo menos era assim que ele pensava. Porém, quanto mais Billy olha para ele daquele jeito, mais Ethan começa a duvidar.

— Eu também vou — diz ele, esperando que não tenha demonstrado o tamanho de seu pavor.

Antes que ele se junte aos demais, Ashley agarra seu braço.

— Você não precisa fazer isso — sussurra ela. — Não liga pra pressão que os meninos estão fazendo. É tudo bobagem, e só idiotas aceitam essa merda.

— Eu quero fazer isso — afirma Ethan, desvencilhando-se do aperto dela e reforçando sua óbvia mentira.

Ele se junta a Billy e Russ na entrada do mausoléu, cujo interior, de perto, continua tão escuro quanto de longe. Do breu emana um frio, roçando o rosto de Ethan. Quando ele fecha os olhos, sente cheiro de terra, água e putrefação.

— Por aqui, galera — instrui Ragesh enquanto tenta forçar mais a entrada.

O portão se abre cerca de sessenta centímetros antes que a idade e a ferrugem o emperrem e o impeçam de se mover nem um milímetro a mais, apesar dos violentos puxões de Ragesh. Ainda assim, tem espaço suficiente para eles passarem, o que Billy faz exibindo um destemor que Ethan nunca tinha visto. Ele nem hesita antes de passar pelo portão e desaparecer mausoléu adentro. Logo atrás dele está Russ, que prossegue com um pouco mais de hesitação. Antes de entrar, ele se vira para ter certeza de que Ethan ainda está ali, de que está observando, de que não vai se acovardar.

— Maneiro, né? — comenta Russ antes de entrar.

Ethan não consegue concordar. Tampouco consegue corresponder ao entusiasmo forçado de Russ. Ele só está indo para preservar sua amizade com Billy, que ficou instável de repente.

Ainda assim, ele se detém no portão, nervoso, embora diga a si mesmo que não deveria estar. Nada que houver lá dentro pode machucá-lo. No entanto, a *sensação* é de que pode. A sensação é de que os mortos desconhecidos que descansam naquele lugar talvez não estejam tão mortos assim. Talvez sejam capazes de estender o braço e agarrar quem ousar invadir seu local de derradeiro descanso.

Atrás do portão, Billy e Russ se movem pelo interior do mausoléu, esbarrando no ombro um do outro. Para algo que parecia tão grande visto por fora, é bem pequeno por dentro. Ethan sabe que todo aquele lugar foi ocupado pelos mortos, deixando pouco espaço para os vivos.

Antes de Ethan cogitar desistir e voltar, ele passa pelo portão e entra na escuridão do mausoléu.

A princípio, parece estar tudo bem. Estranho, mas tudo bem. Há um pouco de luz entrando pelo portão entreaberto. O ar, embora mofado e viciado, está dando para respirar. E o melhor de tudo: não há corpos de gente morta. Pelo menos nenhum à vista. Os mortos permanecem atrás de lajes de mármore nas paredes.

Quatro deles, conta Ethan. Dois de cada lado. Na luz fraca, ele consegue distinguir o nome do que está mais próximo da porta.

ELSA HAWTHORNE
MÃE AMADA

Ver essas palavras gravadas na laje e saber que um cadáver repousa logo atrás dela enche Ethan de uma forte sensação de pavor. Assim como o fato de que mais corpos jazem atrás das outras três lajes, que Billy e Russ estão tentando ler com muito custo. Eles esbarram em Ethan ao andar, um lembrete de como o espaço é apertado. Mais ou menos do mesmo tamanho do lavabo do primeiro andar de sua casa, que não é muito grande.

Ele repara em outras coisas também. Na água acumulada no canto, suja e estagnada. Na única pétala de rosa seca que flutua sobre a poça como um barco à deriva. No cheiro que piora quanto mais ele adentra o local, um misto nauseante de mofo e poeira. Na parede dos fundos, onde a luz que entra pelo portão não consegue alcançar. Não há nada além de trevas ali.

Para piorar a situação, um gemido angustiado surge atrás deles, atraindo a atenção de Ethan. Ele se vira, passando os olhos pelo chão de mármore, onde as sombras das barras do portão começam a se esticar.

Atrás delas, está Ragesh, banhado pelo sol enquanto bate o portão. Com a força, o portão chacoalha e produz uma chuva de pedaços de ferrugem e partículas de ferro. O portão ainda treme quando Ragesh empurra o trinco para baixo, que atinge a base com um barulho abafado.

Ele acabou de trancá-los lá dentro.

Ethan avança até a entrada. Agarra as barras e as empurra com força, alarmado ao constatar que não se movem nem um centímetro sequer. Em pânico, ele olha para fora e vê Ashley, apenas um pouco aliviado ao notar que ela já está cuidando da situação. Perseguindo Ragesh, a expressão no rosto dela é de pura fúria.

— Ei, seu idiota! — exclama ela. — Tente não ser um tremendo babaca pelo menos uma vez na vida!

— Estou só sacaneando eles um pouquinho — alega Ragesh.

— O que você acha de não fazer isso? Abra o portão.

— Tá bem — responde Ragesh, bufando, aborrecido.

Mas o portão não abre. Observando pelas barras, Ethan vê Ragesh mexer no trinco, e ele parece não conseguir levantá-lo.

— Pare de brincadeira, Ragesh — ordena Ashley.

— Não estou brincando.

— Como assim?

— Porra, o que você acha? — berra Ragesh. — O trinco está emperrado.

Billy e Russ amontoam-se em volta de Ethan, forçando o portão. O menino está longe de ser claustrofóbico. Ele adora ficar dentro de sua barraca e, quando Billy e ele brincam de esconde-esconde com Andy, sempre está disposto a se enfiar no esconderijo mais apertado. Mas o mausoléu, o portão emperrado e os dois amigos o empurrando de ambos os lados são demais para Ethan. Uma leve onda de pânico toma conta dele, e a coisa que ele mais quer no mundo é ir embora.

Agora.
Só que não há saída. Ashley se juntou a Ragesh na tentativa de desemperrar o trinco. Ambos o puxam para cima, empenhando tanta força nos braços que seus rostos ficam vermelhos.

— Merda! — prageja Ashley. — Nem se mexe. O que a gente faz?

— Eu não sei — diz Ragesh, em pânico.

— Bem, descubra.

— Por que eu?

— Porque você é o babaca que acabou de prender três meninos dentro da porra de um mausoléu! — rosna Ashley.

Uma palavra dessa frase — *prender* — normalmente faria Ethan sentir uma descarga de pânico. No entanto, Ashley mal acaba de proferir a palavra quando Russ diz:

— Eu não estou preso. Olha só.

Movendo-se de lado, ele desliza por entre as barras como água passando num ralo. Um dos benefícios de ser magricela. Livre do mausoléu, ele se posiciona atrás de Ashley e Ragesh enquanto eles avaliam o espaço entre uma barra e outra. Então, fazem o mesmo com Ethan e Billy.

— Vocês acham que conseguem passar? — pergunta Ashley.

— Talvez — responde Ethan, embora acredite que não. Ele é maior que Russ em todos os sentidos, e Billy é maior que ele. Não muito. Centímetros. Mas isso pode fazer toda a diferença. — A gente pode tentar.

Desta vez, Ethan vai primeiro, aproximando-se de lado das barras. Ele desliza o ombro entre duas delas, surpreso e aliviado ao descobrir que se encaixa sem dificuldade. O joelho também passa, com a perna torcida de modo que os pés estejam virados para fora.

As coisas ficam mais complicadas quando Ethan chega à metade. A combinação de peito, bunda e cabeça é volumosa demais, e ele se vê com meio corpo preso dentro do mausoléu e meio corpo fora dele.

— Não entre em pânico — orienta Ashley. — Apenas vire a cabeça.

Ethan obedece, empurra o rosto entre as barras e estremece de dor quando o ferro áspero arranha suas orelhas. Como se alguém as estivesse esfregando com as esponjas de aço que sua mãe usa na pia da cozinha. Mas, assim que elas passam pelas barras, o restante de sua cabeça fica livre. Agora ele precisa se preocupar apenas com os outros dois terços de seu corpo.

— Fique o mais reto que conseguir — aconselha Russ.

Ethan respira fundo, fica o mais reto e fino possível e desliza o restante do corpo para fora.

Os outros aplaudem. Todos, menos Billy, que espia entre as barras como um cachorro no canil.

— Acho que eu não vou conseguir — diz ele.

— Claro que vai — garante Ethan. — É só fazer o que eu fiz.

Ele guia o amigo, começando com o ombro e o joelho. Enquanto Billy empurra a cabeça entre as barras, há um momento em que Ethan teme que ele realmente não vá conseguir. As orelhas de Billy ficam presas, e as barras espremem sua cabeça. Billy continua avançando na marra, forçando a cabeça entre as barras, e agora suas orelhas esmagadas estão num tom muito vivo de vermelho.

— Você consegue! — incentiva Ethan quando Billy faz uma pausa.

— Agora é só puxar…

Ele é interrompido por uma voz que vem do outro lado do terreno, tão estrondosa quanto um estampido de tiro de espingarda.

— Ei! Vocês, crianças, não deveriam estar aqui!

Ethan vira bruscamente e avista alguém ao longe, correndo. O sujeito parece uma autoridade. Terno escuro. Gravata balançando enquanto ele corre, sapatos sociais pisando no cascalho.

— Merda! — exclama Ragesh. — Corram!

Ragesh sai em disparada, afastando-se às pressas do mausoléu e voltando pelo caminho por onde vieram. Russ vai atrás, as canelas magras se movimentando. Em pânico, Ethan não sabe o que fazer, e o homem de terno continua gritando para que eles parem onde estão, ao mesmo tempo que seu corpo insiste que ele fuja. Então, ele gira sem sair do lugar, como um brinquedo quebrado, e esbarra em Billy, que ainda está tentando se contorcer para sair do mausoléu. Seu corpo está inclinado agora, com as barras do portão no peito e nas costas.

Ashley segura o braço de Ethan.

— *Vamos!* — diz ela com um puxão. — Agarre o Billy.

Ethan obedece, agarrando a mão do amigo e puxando com a mesma força de Ashley. A cada puxão brusco, parece que Billy só fica mais preso entre as barras estreitas, seus olhos arregalando-se como se estivessem prestes a saltar das órbitas.

— Parem... — sibila ele. — Eu não consigo me mexer.

É quando Ethan se dá conta da terrível situação.

Eles estão em um lugar onde não deveriam estar de jeito nenhum.

Os outros estão indo embora, ou já foram.

E Billy está completamente preso.

DEZOITO

Por fora, pouca coisa mudou no mausoléu nos últimos trinta anos. A construção ainda repousa nas sombras das árvores, os galhos dos salgueiros gigantes caídos no telhado inclinado. A única diferença perceptível entre aquela época e agora é o grosso cadeado no portão, pendurado em correntes enroladas nas barras. Embora seja provavelmente por causa do que aconteceu trinta anos atrás, não consigo deixar de ter o mesmo pensamento que tive naquela ocasião: todo esse esforço é para impedir que alguém entre ou que os mortos que jazem lá dentro escapem?

A outra mudança óbvia nada tem a ver com o mausoléu, mas comigo. Agora eu já não conseguiria mais passar por essas barras. Eu teria sorte se conseguisse passar uma das pernas.

No entanto, há algo lá dentro que estou curioso para ver, então me arrisco a sair da trilha e me aproximo do portão. Espiando entre as barras, noto uma novidade: a estreita caixa de granito no chão do mausoléu.

Aponto a lanterna do celular para a escuridão e faço uma varredura pela pedra até localizar o nome entalhado nela.

EZRA HAWTHORNE

Embora eu não esteja surpreso que o sr. Hawthorne tenha escolhido descansar no terreno do instituto por toda a eternidade, a simplicidade do túmulo me chama a atenção. O homem era podre de rico, e sua família gastou uma fortuna transformando este pedaço de floresta de Nova Jersey em propriedade privada. No entanto, ele está enterrado dentro de uma urna de granito despojada que nem registra os anos de seu nascimento e morte. A única outra inscrição que consigo ver é um epitáfio, gravado alguns centímetros abaixo de seu nome.

A MORTE É UMA MERA ILUSÃO

Não tenho ideia do que isso significa. Que Ezra Hawthorne acreditava na vida após a morte? Ou que a morte não existe e aqueles que acreditam nela são tolos? Isso me faz pensar em Billy. Morto — mas também não. Eu me pergunto o que Ezra teria pensado a respeito *disso*.

Deixo o mausoléu e sigo em frente, meus passos rápidos no caminho de cascalho. Depois de fazer outra curva e passar por um labirinto de sebes que já viu dias melhores, a mansão surge.

A construção é grande e imponente em contraste com o gramado ondulante. Ampla e irregular, não tem nenhum estilo arquitetônico específico, o que lhe confere um aspecto de edifício de outra época. Como se tivesse saído de um filme. Além do tamanho, a característica mais marcante da mansão Hawthorne é a ausência de barulho. O lugar é *silencioso*. Os únicos sons que ouço são os meus passos, assustadoramente ruidosos em meio ao sossego geral. Por instinto, começo a andar na ponta dos pés, o que talvez nem seja necessário. Não vi nem ouvi sinais de que haja mais alguém por perto.

Ainda assim, tento me aproximar da mansão da maneira mais discreta possível. Esgueirando-me até uma janela nos fundos, coloco as mãos em concha no vidro e observo lá dentro. Parece uma sala de estar, com poltronas e um sofá de veludo em volta de uma mesa de centro baixa. Numa das paredes está pendurada uma tapeçaria, e em outra há uma pintura imensa de paisagem.

A sala parece estar vazia até que uma mulher surge do outro lado do vidro.

— Seja quem for, por favor, vá embora — pede ela com a voz trêmula.

Assustado, dou um pulo para longe da janela, erguendo as mãos como um ladrão pego no meio de um roubo. Não é a impressão que quero passar. Deixo os braços caírem.

— Oi! Desculpe! Eu só queria dar uma olhada no espaço para eventos.

Não tenho ideia de como a mentira me ocorreu tão rápido, mas graças a Deus me veio, pois a mulher se acalma um pouco. Ela aponta para a direita dela, minha esquerda. Olho para lá e vejo uma porta vermelha escondida na parte de trás do prédio. Eu assinto e vou até ela, alcançando a porta trinta segundos antes de a mulher abri-la.

Parada na soleira, com um terninho lilás e exibindo um sorriso desconfiado, ela diz:

— Sinto muito, mas estamos fechados.

— Eu só queria dar uma olhadinha.

— Você tem horário marcado?

— Não. Achei o lugar na internet e fiquei com vontade de vir aqui e ver pessoalmente.

A mulher observa minha aparência suada e desgrenhada.

— Como chegou aqui? Não há outros carros no estacionamento.

— Meu Uber me deixou no portão da entrada.

Como a propriedade é cercada por um muro de pedra, estou bastante confiante em minha suposição de que há um portão na entrada. Não tenho tanta certeza de que o portão esteja aberto no momento. Ainda assim, a mulher exibe outro sorriso e replica:

— Bem, normalmente só mostramos a propriedade a pessoas que agendam com antecedência. Mas, já que está aqui, acho que uma olhadinha não fará mal.

Ela me conduz para dentro, até um corredor simples e estreito. Caminhando às pressas na minha frente, ela me olha de soslaio por cima do ombro em vários momentos.

— Meu nome é Lonette Jones — apresenta-se ela, da mesma forma que os policiais usam o nome completo das vítimas de sequestro em coletivas de imprensa para tentar humanizá-las aos olhos de seus sequestradores.

— Eu sou o Ethan — respondo, percebendo um pouco tarde demais que provavelmente não deveria usar meu nome verdadeiro. — Ethan Smith.

— Seu evento é um casamento ou uma festa privada?

— Casamento — minto descaradamente.

— Talvez seja melhor você marcar um horário e voltar com sua noiva.

— Ela anda muito ocupada. — Estremeço. Por que continuo falando? — Mas, se eu gostar do que vir aqui, com certeza marcarei um horário para virmos juntos.

— Bem, aqui está — anuncia Lonette quando o corredor dá em um hall de entrada que lembra um pouco a mansão de *Downton Abbey*.

Há uma grandiosidade desgastada semelhante neste lugar, abarrotado até as vigas com mogno, veludo e brocados. Retratos espaçados com rigorosa uniformidade adornam as paredes, pendurados acima das mesas nos cantos, enfeitadas com vasos de flores. Vigas de madeira se entrecruzam no teto alto, e a luz do sol entra pelos janelões.

A área é dominada por uma escadaria que leva até o segundo andar. Abaixo dela, uma porta larga dá para o salão de baile. Tenho um vislumbre do piso de parquete, de acabamento dourado e um lustre apagado que pende como uma teia de aranha enorme.

Assim como o exterior da mansão, nada ali dentro tem um ar abertamente sinistro. É apenas uma avalanche de enfeites comprados com herança de família. A única estranheza está na forma da pintura gigante a óleo perto da porta da frente, o retrato de um jovem com terno escuro e olhar penetrante. Atrás dele, uma árvore retorcida de um lado e, do outro, um obelisco de pedra.

— Ezra Hawthorne — explica Lonette com um suspiro quando me pega olhando para o quadro. — Ele morava aqui.

Eu me aproximo do retrato, e noto que tanto a árvore quanto o obelisco têm uns sinais estranhos. Uma delas é claramente uma estrela. A outra se assemelha a um oito deitado, que conheço como o símbolo do infinito. O restante, no entanto, não reconheço.

— O que estes símbolos significam?

— Não faço ideia. Só sei que as noivas odeiam essa pintura. Mas não temos permissão para tirá-la daí. O sr. Hawthorne estipulou isso em seu testamento. — Voltando ao tour, Lonette vai até a porta do salão de baile. — Temos um espaço versátil aqui. Pode ser usado tanto para a cerimônia quanto para a festa, caso a cerimônia ocorra ao ar livre.

— O que tem lá em cima? — pergunto, me afastando da pintura e olhando para a escada.

— Os clientes e os convidados não têm acesso ao segundo andar, mas permitimos que os casais tirem fotos nos degraus.

Embora nada na mansão sugira que o Instituto Hawthorne funcionava aqui, que dirá as atividades que exerciam, suspeito que ainda existam resquícios daquela época em algum lugar da casa. Ou talvez eu esteja errado e não haja mais nada para ver. Ou talvez tudo tenha sido relegado ao proibido segundo andar. Decido interrogar Lonette um pouquinho mais.

— Aqui não era uma escola?

— Era, o Instituto Hawthorne.

— Qual era o foco da instituição?

Lonette se surpreende com a pergunta, como se nunca tivesse sido questionada sobre isso. E pode ser que não tenha mesmo. Presumo que, na maioria das visitas, as pessoas estejam mais focadas nas comodidades, em vez de se importarem com o que o lugar era no passado.

— Eu realmente não sei. Apenas administro o espaço para eventos há dois anos — responde Lonette, e então acrescenta sussurrando: — Mas os boatos são que acontecia algum tipo de culto aqui.

Tento não esboçar reação, mesmo que a palavra "ocultismo" esteja brilhando como um letreiro neon de bar na minha mente.

— A senhora acha que é verdade?

— Não. — Lonette dá de ombros. — Mas consigo entender por que as pessoas diriam isso. Ainda mais quem chegou a visitar o porão. Não foram apenas o terreno e a mansão que acabaram sendo doados ao condado. Os móveis também foram, e eles simplesmente enfiaram tudo no porão. É bem assustador, se você quer saber.

De fato, quero saber, e, por querer ou não, Lonette me disse exatamente onde procurar. Esqueça o segundo andar. Preciso dar um jeito de encontrar o acesso ao porão. Acho até que sei como chegar lá: pela porta fechada bem debaixo da escadaria principal.

214

Enquanto penso em maneiras de entrar lá, deixo Lonette me guiar pelo restante do tour. Além do salão de baile, ela me mostra onde a noiva, o noivo e outros participantes da festa de casamento se arrumam; as instalações da cozinha que os bufês e fornecedores utilizam; e a sala de jantar onde as festas podem ser realizadas caso usem o salão de baile para a cerimônia.

A sala que espiei pela janela é onde fica o bar. Ao lado dela fica o que Lonette chama de "sala de recuperação", uma pequena antecâmara onde os convidados que exageraram um pouco na bebida podem descansar até recobrarem a sobriedade. Logo depois, estamos de volta ao hall de entrada, onde Lonette me entrega seu cartão e recomenda que eu volte com a noiva, depois de marcar um horário.

— Posso usar o banheiro? — pergunto, que é o que eu deveria ter feito quando ela me pegou na janela e economizado nosso tempo.

Lonette aponta para um corredorzinho logo depois da porta que presumo levar ao porão.

— É no fim do corredor à esquerda.

Caminho em direção ao corredor, ciente de que ela está observando cada movimento meu. Fingindo estar confuso, eu me detenho na porta sob a escada.

— Mais adiante — orienta Lonette em voz alta antes que eu abra a porta. — E à sua *esquerda*.

Abro um sorriso tímido e vou até a porta do banheiro, andando tão devagar que Lonette desiste de assistir e se retira para seu escritório. Aproveito para entrar em ação. Corro até a porta abaixo da escada, abro-a, entro me esgueirando e fecho-a sem fazer barulho.

Passo um instante na escuridão completa, tateando em busca de um interruptor. Quando enfim o encontro, avisto degraus que levam ao que só pode ser um porão.

Bingo!

Ao pé da escada, eu me vejo em uma câmara enorme com paredes de pedra entulhadas até o teto de móveis, caixotes e décadas de detritos. Está tudo disposto ao acaso, cadeiras em cima de mesas, prateleiras abarrotadas de objetos, caixas empilhadas em montanhas oscilantes. Uma camada grossa de poeira cobre tudo. Há também teias de aranha, que ocupam os cantos. A sensação que tenho é a de que acabei de entrar na loja de antiguidades mais mal-assombrada do mundo.

Pisando no meio das tralhas, sou atingido por uma corrente de ar frio que arrepia os pelos da minha nuca. Lonette tem razão: este lugar é *bem* assustador.

O que não ajuda é que metade dos móveis está coberta por panos escurecidos pela poeira e cujo aspecto se assemelha de uma maneira assustadora a formas humanas. Não muito diferente das pessoas-sombras no livro de Billy. Tento ignorá-los enquanto pego o celular no bolso e tiro algumas fotos, começando pela prateleira mais próxima. Fotografo a sacola de itens deixados ali. Um busto de cerâmica de frenologia. Uma caixa incrustada com joias. Um tabuleiro Ouija de madeira.

Em seguida, abro uma das caixas ali perto, quase tossindo ao ser envolto por uma nuvem de poeira. Vasculho às pressas os livros dentro da caixa e vejo de tudo, desde enciclopédias com capas de couro até um suposto livro de feitiços. Abro a caixa seguinte e encontro mais livros, incluindo um exemplar antigo de *A anatomia de Gray*, uma edição de *Walden, ou A vida nos bosques*, de Thoreau, e uma surrada versão brochura de *A casa dos horrores*.

Como vasculhar caixa por caixa pode levar o dia todo, vou até um par de baús de madeira lado a lado. Dentro de ambos há pilhas e pilhas de fotos emolduradas. Eu as pego rapidamente e começo a retirar as imagens das molduras, sem parar para prestar atenção no que elas retratam. A maioria parece ser de eventos antigos que aconteceram nesta mansão. Grupos de homens velhos e brancos com ternos pretos olhando para a câmera. Plaquinhas folheadas a ouro na parte inferior das molduras me dizem o ano em que foram tiradas, começando em 1937 e terminando em 1998.

Enquanto aponto meu celular para uma foto de 1993, um rosto se destaca dos demais — um adolescente posando ao lado de um homem que parece ter quase oitenta anos a mais. O cavalheiro mais velho é claramente Ezra Hawthorne, e não apenas porque está vestido como o homem no retrato perto da porta da frente. Já vi muitas fotos de Ezra bem velhinho e consigo reconhecê-lo.

Também reconheço o adolescente ao lado dele. Johnny Chen. Embora eu saiba que ele trabalhou aqui como voluntário, vê-lo tão à vontade com Ezra Hawthorne me faz soltar um suspiro de perplexidade, um som alto o suficiente para conseguirem ouvir atrás da porta fechada no topo da escada.

— Ele está ali embaixo. — Ouço Lonette dizer lá de cima. Em seguida, dois pares de passos nas escadas.

Continuo clicando no botão da câmera do celular e rapidamente registro os retratos dos outros anos. Assim que tiro uma foto de uma imagem de 1998, Lonette entra no porão. Ragesh Patel está ao lado dela, e ele não parece nem um pouco feliz em me ver.

— Oi, Ethan — diz Ragesh, irritado. — Você vai precisar vir comigo.

Sexta-feira, 15 de julho de 1994
14h48

Ethan continua puxando Billy, assim como Ashley continua puxando Ethan. Billy se sente esticar pelas duas forças. Prestes a se partir ao meio.

Vamos! Ethan tenta gritar para Billy, mas não sai nenhuma palavra. O menino está muito assustado, muito apavorado, muito distraído pelos sons de pessoas correndo, algumas para longe do mausoléu, uma em direção a ele. Enquanto isso, Ashley continua puxando, com tanta força que a tração faz a mão de Ethan começar a escorregar da de Billy.

O elo entre eles se rompe.

Billy estica a mão para Ethan, seus dedos a centímetros do amigo. A distância aumenta quando Ashley começa a arrastar Ethan para longe do portão.

— Peraí! — grita Ethan, sem saber se ela consegue ouvi-lo. — *Peraí!*

Ethan se desvencilha de Ashley, e ela sai correndo, sem saber que Billy não pode se juntar a eles, que está preso, que está prestes a ser pego.

— Sumam daí! — berra o homem de terno, agora a apenas uns cem metros de distância. Tudo nele é grande. Ele é alto e muito robusto.

Voltando-se para o mausoléu, Ethan vê Billy ainda se debatendo entre as barras. Em seguida, olha para os outros, confirmando que estão fugindo ou, no caso de Ragesh, já se foram. Russ e Ashley estão bem adiante na trilha, saltando pela floresta como veados assustados.

Ethan segue na direção oposta, voltando para o portão, querendo ajudar Billy. Ele precisa fazer isso.

O homem de terno está mais perto agora. Tão perto que Ethan consegue ver a raiva em seu rosto quando ele rosna:

— Eu disse ontem pra você ficar longe daqui!

Ao ouvir isso, Ethan trava, atordoado.

Billy já esteve aqui antes.

Sem ele.

O sentimento de traição que sentiu mais cedo volta com tudo, rugindo, dez vezes mais intenso. Ele se pergunta por que Billy não lhe disse que já tinha visitado este lugar. Ele se pergunta o que mais Billy não lhe contou. Ele se pergunta se, agora, Billy e ele ainda são amigos de verdade.

Ethan repassa os acontecimentos do dia em sua mente. A necessidade de Billy de se aventurar e explorar. Os outros se juntando ao grupo, um por um. Ele na estrada enquanto o amigo estava com Ragesh e Russ, ficando literalmente do lado deles. Por fim, este momento, no qual ele constata que Billy os levou até a cachoeira e ao Instituto Hawthorne embora tivesse sido avisado no dia anterior que não podia entrar ali.

E agora eles estão em apuros.

Bem, Billy está.

Ethan também estará, se não correr.

Ele dá um passo hesitante para trás quando se dá conta de toda a situação. *Ele* pode acabar se metendo numa enrascada. Por algo que nem queria fazer. Por algo que, com toda a sinceridade, é culpa de Billy.

Ethan não queria vir.

Não queria atravessar a estrada, nem passar furtivamente pelo muro, nem ver a cachoeira.

E, sem dúvida, não queria entrar naquele mausoléu.

Tudo isso era culpa de Billy.

Ethan dá mais dois passos para trás, aumentando a distância entre ele e o amigo quando o homem de terno chega ao mausoléu.

— Caramba. O que você andou aprontando? — diz o sujeito, observando a situação de Billy.

Depois disso, Ethan não vê mais nada, pois dá as costas para o mausoléu e fita a extensão da trilha à frente e as silhuetas de Ashley e Russ ao longe. Em seguida, sem pensar mais em nada, corre e se junta a eles. Enquanto avança a toda pela trilha, Ethan ouve Billy implorar:

— Ethan, não me larga aqui! Por favor, não me larga aqui!

DEZENOVE

— Você vai me prender? — pergunto a Ragesh assim que sou levado como um criminoso para seu carro.
— Eu poderia — responde ele. — Eu provavelmente deveria.
— Tecnicamente, eu não estava invadindo a propriedade. Lonette me deixou entrar.
— Porque você mentiu — alega Ragesh. — E ela chamou a polícia na primeira oportunidade que teve. Ela achou que você estava tentando roubar o lugar.
A ideia em si é ridícula. Eu? Um ladrão? Eu não consigo me esgueirar em uma propriedade sem ser pego.
— Bem, eu não estava.
— Então por que você veio aqui?
— Eu só queria dar uma olhada.
Ragesh detecta a mentira. Não que seja necessário ter as habilidades de um detetive para isso. É óbvio que eu estava tramando alguma coisa.
— Em quê? — pergunta ele.
Não sei, porque Billy não me contou. Como duvido que Ragesh acredite nisso, escolho uma resposta mais lógica.
— Eu queria ver se achava algum indício de que o Instituto Hawthorne teve algo a ver com a morte do Billy.
— Já falamos sobre isso, Ethan. Provavelmente não existe...
— Nenhuma ligação? É o que todo mundo diz. Mas como vou acreditar se ninguém me conta o que acontecia aqui? Embora você saiba pelo menos um pouco.
Ragesh liga o carro.

— Não tenho ideia do que você está falando — afirma ele.

— Você trabalhou como voluntário no instituto em 1992 — entrego, gesticulando para além do para-brisa, na direção da mansão de pedra diante de nós.

— Você e Johnny.

— Como você sabe? — indaga Ragesh, irritado ou impressionado com a minha descoberta. Não sei dizer.

— Digamos apenas que eu tenho feito umas pesquisas. Então, o que eu acho é o seguinte: vamos parar com esse papo furado e contar um ao outro o que sabemos.

Ragesh pondera sobre a proposta enquanto dirige para longe da mansão Hawthorne e desce por uma saída estreita. Mais à frente está o muro de pedra e, para minha alegria, um portão aberto. Pelo menos acertei uma coisa hoje.

— Tá bem, combinado — concorda Ragesh assim que passamos pelo portão. — Vamos colocar todas as cartas na mesa. Trocar figurinhas. Toma lá, dá cá. Por que você tem tanta certeza de que o assassinato de Billy tem alguma ligação com o Instituto Hawthorne?

— Porque ele foi encontrado lá.

— E eu já disse que, se alguém está tentando se livrar de um corpo, o lugar é tão bom quanto qualquer outro.

— Mas nós estávamos lá naquele dia — argumento, embora Ragesh não precise ser lembrado. — E Billy passou mais tempo do que o restante de nós na propriedade.

— Ele mencionou o que aconteceu lá?

— Não — respondo, ainda envergonhado demais para contar a Ragesh sobre a discussão que tivemos na barraca naquela noite e como eu queria poder retirar cada palavra que disse.

Se Billy tivesse revelado algum detalhe sobre o que aconteceu horas antes naquele dia, eu o compartilharia. Mas ele não me contou nada. A única coisa que deixou claro foi como se sentiu traído.

— Certo — diz Ragesh. — Sua vez. Pode me perguntar qualquer coisa.

Eu nem sei por onde começar. Há tantas perguntas que quero que sejam respondidas. Por fim, opto por uma que me incomoda desde que Ragesh nos informou que os restos mortais de Billy foram encontrados.

— Na outra noite, você disse que sabia que a morte de Billy não foi um acidente porque havia evidências de crime. Que tipo de evidência?

— Havia fraturas nas costelas e no crânio. Com base nesses danos causados por força bruta, o antropólogo forense acha que é provável que ele tenha morrido de traumatismo contundente no peito e na cabeça.

Ragesh faz uma pausa para ver se estou bem. Estou longe disso. O carro inteiro parece tremer, como se tivesse acabado de ser atingido na traseira, embora não haja outros veículos por perto.

— Ainda que seja possível que os ferimentos dele tenham sido causados por uma queda, essa hipótese é improvável — continua Ragesh.

— Por quê?

— Mergulhadores encontraram um pedaço de tecido na lama com os restos mortais de Billy. Como se ele tivesse sido enrolado em um cobertor ou algo assim antes de ser jogado do topo da cachoeira.

Sinto outro tremor. Pior do que o primeiro. Porque agora duvido que a morte de Billy tenha sido rápida e indolor. Provavelmente foi o oposto, o que me deixa sem palavras por um instante.

Ragesh me lança um olhar compadecido.

— Você se arrepende de ter perguntado?

Sim.

E não.

Porque, a meu ver, a natureza provável do assassinato de Billy elimina muitos suspeitos, incluindo os moradores de Hemlock Circle. Não, eu não esqueci a teoria da detetive Cassandra Palmer sobre Billy não ter gritado ou pedido ajuda. Eu simplesmente continuo discordando dela, pois não consigo imaginar que alguém que conhecia Billy faria isso com ele. O que significa que seu assassino *não* morava na nossa rua.

— Me conte o que você sabe sobre o Instituto Hawthorne — peço.

— Não tenho muito o que contar. Fiquei lá por exatamente uma hora.

— Só isso? Mas você era voluntário.

— Eu estava mais para cobaia — explica Ragesh. — Foi Johnny quem nos inscreveu. Ele disse que queria ver como era o lugar.

— E como era?

— Praticamente a mesma coisa que é agora. Muito antigo. Muito abafado. Um monte de caras de terno escuro sentados lendo. Assim que chegamos lá, eles separaram Johnny e eu e levaram um para cada sala. A minha era toda branca. Depois Johnny me contou que a dele era idêntica. Nós dois nos sentamos a uma mesa com uma divisória no meio, então eu não conseguia ver quem estava do outro lado.

— Você nunca conseguiu ver quem era? — pergunto.

— Não. — Ragesh estremece um pouquinho, como se a lembrança ainda o assustasse. — Eu só ouvia. Um homem me disse que ia segurar cartas com diferentes formas e que eu precisava adivinhar os desenhos usando percepção extrassensorial ou algo assim. Eu poderia levar o tempo que precisasse, contanto que me concentrasse na carta que eu não conseguia ver.

— Quantas eram?

— Cinquenta.

— Você acertou alguma?

— Não sei. Nunca me disseram se eu estava certo ou errado. Apenas passavam para a carta seguinte. Quando terminamos, disseram que eu podia ir para casa e nunca mais voltei. Terminei meu trabalho voluntário na biblioteca, guardando livros nas estantes.

Olho para ele.

— E o Johnny?

— Ele voltou lá — conta Ragesh, calmo. Muitas vezes. Mesmo depois que terminamos o trabalho voluntário.

Pego meu celular e deslizo o dedo pela tela até a imagem daquela foto de 1993. A qualidade da imagem é péssima. Na pressa, não me dei ao trabalho de pensar em foco ou enquadramento, o que resultou em uma foto meio torta. Ainda assim, ao dar zoom, dá para ver o que importa: Johnny Chen e Ezra Hawthorne.

Olhando de novo para eles, percebo detalhes que não notei da primeira vez, por exemplo a maneira como a mão pálida e em formato de garra de Ezra repousa no ombro de Johnny. E que Johnny está usando um terno preto idêntico ao de Ezra.

— Johnny te contou alguma vez o que fazia lá?

— Não — responde Ragesh. — Presumi que fosse a mesma coisa que me mandaram fazer. Testes e experimentos estranhos. Mas Johnny gostou do lugar. No fim, era a única coisa que o deixava feliz.

No fim? A princípio, não entendo o que Ragesh quis dizer com isso. Mas então examino a foto de novo, dessa vez me concentrando na plaquinha folheada a ouro e na data. O mesmo ano em que Johnny morreu. Até onde eu sei, essa pode ser a última foto que tiraram dele.

Estudo a expressão estranha no rosto de Johnny. Ele parece meio nervoso. Como se não estivesse cem por cento à vontade lá.

— Você acha que o que aconteceu com Johnny pode ter algo a ver com o tempo que ele passou no Instituto Hawthorne? — pergunto, escolhendo as palavras com muito cuidado.

Ragesh pisa com força no freio, o que faz o carro derrapar até parar no meio da estrada. A força da manobra me joga para a frente, e o cinto de segurança se retesa logo depois, me jogando de volta ao encosto do banco com um solavanco. Eu o afasto do meu pescoço enquanto Ragesh se vira para mim, com uma expressão seríssima.

— *Não* meta Johnny nessa sua teoria da conspiração. Ninguém mais teve nada a ver com a morte dele. Johnny estava... — A voz de Ragesh vai murchando, como o ar saindo sibilante de um balão. — Ele estava bem mal, tá? Estava passando por algumas coisas, muitas coisas, e acabou recorrendo às drogas. E aí ele morreu. E ainda há dias em que penso nisso e fico furioso com ele por tudo que fez consigo mesmo. Mas esse é o xis da questão. Johnny fez isso com ele mesmo. O Instituto Hawthorne não teve nada a ver com essa história. Assim como não teve nada a ver com o que aconteceu com o Billy.

— Sinto muito — digo, e realmente sinto.

Sua reação faz com que eu me lembre que não sou a única pessoa em Hemlock Circle que perdeu um amigo.

Ragesh volta a dirigir.

— Está perdoado — responde ele.

Um silêncio tenso se instaura no carro, tornando o ambiente tão sufocante que me faz querer abrir a janela. Depois de alguns minutos, fica tão insuportável que me sinto compelido a quebrar o vidro.

— A detetive Palmer acha que alguém de Hemlock Circle matou o Billy — comento. — Você concorda?

— Não muito.

— Já que você não acha que foi um dos nossos vizinhos, e não acha que foi alguém do Instituto Hawthorne, então quem você acha que o matou? O desconhecido com roupa camuflada que as pessoas viram no dia anterior?

— Com certeza não foi ele — afirma Ragesh.

— Como pode ter tanta certeza?

— Primeiro porque sei que esse tipo de coincidência é raríssimo. Sim, pode acontecer, e acontece de maneiras muitas vezes trágicas. Mas as chances de acontecer no seu quintal são de uma em um milhão. — Ragesh olha para a frente, segurando o volante com firmeza. — Segundo: eu sei que não foi o cara desconhecido de roupa camuflada porque, na verdade, ele era eu.

Como ainda está focado na estrada, Ragesh não vê o olhar de total choque no meu rosto. Sou a única testemunha da minha perplexidade, vendo minha reação de queixo caído refletida no retrovisor. Além disso, sinto uma profunda e desconcertante decepção. Embora nunca tenha sido provado que um desconhecido estava vagando pela vizinhança um dia antes de Billy ser sequestrado, a ideia propiciava uma distorcida forma de conforto. Era mais fácil acreditar que um bicho-papão sem nome e sem rosto levou Billy do que cogitar a probabilidade de ter sido alguém de Hemlock Circle.

— Por que você não contou para ninguém?

— Por que eu contaria? — rebate Ragesh. — É constrangedor admitir que eu estava vagando pela floresta, me perdi e fui parar num quintal em Willow Court em vez de no meu. É ainda mais constrangedor saber que a vizinhança inteira surtou com isso.

— Mas você morava lá — insisto. — Por que alguém pensaria que você era suspeito?

— Está falando sério? — Ragesh aponta para o próprio rosto. — Olhe a cor da minha pele, Ethan.

Eu meneio a cabeça.

— Entendi.

— Acho que a roupa camuflada também teve algo a ver com isso — admite Ragesh. — Mas fiquei com um visual muito elegante usando ela. Até hoje eu fico.

Eu me lembro do dia em que fomos à cachoeira e ao Instituto Hawthorne. Ragesh se juntou ao grupo quando o encontramos por acaso, sentado na floresta.

— O que você estava fazendo na floresta?

— Pensando — diz ele. — Johnny não era a única pessoa que estava passando por problemas. Eu também estava. E ficar na floresta me ajudava a colocar a cabeça no lugar. Mas as pessoas achavam uma atitude suspeita. Por exemplo, a pessoa que me viu sair da floresta em Willow Court. Ou até mesmo Ashley, que tinha certeza de que eu a estava espionando. Meu Deus, a maneira como o pai dela reagiu. Ele disse aos meus pais que eu era um *voyeur* tarado. Que vergonha...

— Ashley está solteira agora — comento. — Caso esteja interessado.

— Acho que meu marido não aprovaria.

Sou pego desprevenido e dou um pulo no banco do carona. Ragesh percebe o movimento, sorri e pergunta:

— Surpreso?

Muito, penso.

— Um pouco — respondo.

— Eu disse que estava passando por umas coisas naquela época.

— Faz quanto tempo que você se casou?

— Oito anos.

— Parabéns — digo. — E seus pais? Lidam numa boa com isso?

— No começo foi difícil. Mas acabaram mudando de ideia. O fato de eu ter encontrado um bom rapaz indiano ajuda. Ultimamente, a maior reclamação da minha mãe é que ele cozinha melhor do que ela.

Apesar de não conhecer Ragesh tão bem quando eu era criança — e de não gostar muito do que conhecia —, fico feliz por ele.

— Falando nisso, me desculpe — diz Ragesh.

— Pelo quê?

— Muitas coisas. Eu era um merdinha naquela época. Principalmente porque eu estava assustado, confuso e triste. Não que isso seja desculpa. Algumas das coisas que eu fiz não têm justificativa.

— Tipo trancar a gente no mausoléu?
Ragesh se encolhe.
— É, tipo isso. Só pra deixar claro, não é minha culpa que o trinco tenha travado. Mas, principalmente, sinto muito por não ter tentado, sei lá, ajudar você naquela época.
— Não havia nada que você pudesse ter feito.
— Eu poderia ter sido mais legal — afirma Ragesh. — Eu deveria, no mínimo, ter falado com você ou tentado te proteger. Porque, de todas as pessoas de Hemlock Circle, eu era a que mais sabia como era perder um melhor amigo.

Olhando para Ragesh, eu o imagino passando pelos mesmos estágios que eu. A tristeza. A culpa. A dúvida, perguntando-se durante todos esses anos se tal amizade duraria até hoje. Tirando o status de nossos respectivos casamentos, a única diferença entre nós é a maneira como lidamos com a perda de nossos melhores amigos. Ele se tornou um *bully*, canalizando sua raiva em crueldade antes de se acalmar e mudar os hábitos. E eu segui outro caminho.

Eu fugi.

No entanto, cá estamos, dentro de um carro que no momento faz a curva de Hemlock Circle. Ragesh estaciona em frente à minha casa.

— Obrigado pela carona — agradeço. — E, você sabe, por não me prender.

— Sem problemas — diz Ragesh antes de me deixar sair. — Só me faça um favor: fique longe do Instituto Hawthorne.

Garanto a ele que farei isso, sobretudo porque sei que ele *vai me prender* se eu for encontrado lá outra vez. Terei que me contentar com o que vi, que não é muita coisa, e com as fotos que tirei com meu celular. Assim que Ragesh vai embora, começo a examiná-las. Sentado na sala, analiso as imagens com calma, uma a uma.

A maioria tem aquele ar sinistro de foto antiga. Grupos de pessoas, mortas faz tempo, encarando a câmera com poses rígidas e sorrisos forçados. Não que os indivíduos que frequentavam o Instituto Hawthorne sorrissem com frequência. Eram homens sisudos, e suas expressões tristes combinavam com sua personalidade. O saldo disso é que nenhum rosto se destaca, nem o de Ezra Hawthorne. Não passam de borrões pálidos. Os homens retratados em, digamos, 1942 parecem os mesmos que estampam as fotos tiradas quarenta anos depois.

Muitas das imagens mostram grupos em diferentes reuniões que ocorreram na mansão de Ezra Hawthorne. Sei disso pois reconheço alguns locais que Lonette me mostrou no tour. O salão amplo. O salão de baile. Uma das fotos foi tirada na cachoeira, e nela cai uma cascata branca atrás de dois homens usando uma túnica preta por cima do terno preto.

Esses ternos, a propósito, são onipresentes. Todo mundo, em todas as fotos, veste um. Isso não é tão esquisito nos registros dos anos 1940 e 1950. Naquela época, ternos eram um traje comum, usados em todos os lugares e ocasiões, da mesa de jantar ao cinema. É somente nas fotos das décadas de 1980 e 1990 que começa a ficar estranho. Nesse período, as regras da moda tinham mudado a ponto de os homens só usarem ternos pretos em funerais.

De todas as fotos, apenas duas são incomuns o suficiente para justificar uma atenção especial. Uma, é claro, é a tirada na cachoeira, sobretudo por causa das túnicas pretas. Com capuz e cordas em vez de cintos na cintura, são inegavelmente sinistras. Talvez o Instituto Hawthorne *fosse* uma seita ocultista.

A única coisa que me impede de comprar totalmente a ideia é que eu duvido que uma seita ocultista conseguisse passar despercebida aqui, por mais endinheirados que os membros fossem. Em outros estados, com certeza. Mas não em Nova Jersey. Ainda mais nesta parte do estado, com sua rica história colonial e todas as armadilhas episcopais que vêm com ela.

Outra razão pela qual não acredito totalmente nesse lance de seita ocultista é que nenhuma outra foto retrata algo próximo disso. A segunda imagem que chama minha atenção é por outro motivo. Tirada em 1969, ela mostra Ezra Hawthorne e três homens. Estão sentados a uma mesa, ao redor de uma bola de cristal, juro por Deus. Ezra está de boca aberta, dizendo alguma coisa, e olhando para o teto, como se estivesse se dirigindo a alguém pairando lá. Observando a imagem, só consigo pensar em Billy.

Eles falam com fantasmas.

Será que é isso que está acontecendo nessa foto? Se for, como é que Billy sabia? E esse é o motivo que o levou a insistir em ir até o instituto dois dias seguidos, uma vez sozinho e outra com um grupo?

Curioso, passo pelas fotos restantes, diminuindo o ritmo quando chego àquela em que Johnny Chen aparece. A fotografia seguinte foi tirada em 1994, o mesmo ano em que Billy foi morto. Não espero que ela me mostre nada sobre sua morte. Estou interessado apenas em ver o que podia estar acontecendo naquela época.

A foto acaba sendo meio parecida com as outras, uma imagem de grupo tirada no hall de entrada. A grande diferença é que, em vez de haver apenas homens de terno preto, duas mulheres juntaram-se ao grupo, trazendo consigo toques de cor muito necessários.

Dou zoom nas mulheres, começando pela da esquerda. Ela devia ter uns cinquenta anos e ostenta um ar atrevido, que é evidente até por foto.

Quando volto minha atenção para a mulher da direita, meu coração para de bater. Vê-la é tão desorientador que tenho a sensação de que caí, atravessei o chão e agora estou despencando porão adentro. Uma queda livre tão vertiginosa que acho que vou desmaiar.

Eu sei quem é essa mulher, assim como sei que ela ainda está viva. O que não consigo entender é o que ela estava fazendo no Instituto Hawthorne.

Principalmente porque a mulher é minha mãe.

Sexta-feira, 15 de julho de 1994
14h50

Joyce continua sentada à ilha da cozinha muito depois que Ashley se foi. No silêncio da tarde, ela não consegue deixar de se sentir tola. Que tipo de mulher adulta se confidencia com a vizinha adolescente? E ainda por cima chorando? Não é de se espantar que Ashley tenha se oferecido para cuidar de Ethan de graça. Ela deveria querer ficar o mais longe possível de Joyce. E Joyce não pode culpá-la. Se estivesse no lugar de Ashley, teria feito a mesma coisa.

Assim que se vê sozinha, Joyce examina a cozinha e solta o ar devagar. Parece que é aqui que ela está destinada a estar. Sua mãe certamente pensava assim. Ela era da geração que acreditava que o lugar de uma mulher é em casa, então era lá que ela ficava. Joyce se lembra de ser bem pequena e ver a mãe trabalhar o dia todo. Limpando e lavando, passando e cozinhando. A labuta parecia não ter fim. Como todas as mães do bairro faziam a mesma coisa, Joyce cresceu sem saber que havia outras opções, mesmo depois de ir para a faculdade, que na concepção dela era apenas um lugar onde as mulheres faziam amigos e conheciam seu futuro marido.

Joyce fez ambas as coisas: entrou para uma irmandade e, em sua primeira festa, conheceu um lindo veterano chamado Fred Marsh. Quando ficaram noivos no fim do primeiro ano, parecia não haver mais necessidade de continuar estudando, então Joyce abandonou a universidade e acabou fazendo a mesma coisa que sua mãe.

Por um tempo, ela ficava alegre em cuidar da família. Tinha orgulho de levar Ethan de carro para a escola, assistir às peças bobas de teatro em que o filho tinha uma única fala, passar uma noite inteira fazendo fornadas de cupcakes para o dia de venda de bolos da escola.

Não, ela não estava gerenciando uma empresa, ou curando doentes, ou exercendo um dos milhões de trabalhos que as mulheres fazem todos os dias. No entanto, ela aprendeu, observando sua mãe, que a domesticidade era importante. *Tinha relevância.* Sem as donas de casa, quem comandaria a Associação de Pais e Professores? Quem se voluntariaria para acompanhar as crianças nos passeios da escola? Ou quem levaria hordas de crianças de uma atividade extracurricular para outra? Resumindo, quem manteria tudo fluindo daquele jeito que parece fácil, mas na verdade é exaustivo?

Certamente não os homens, pensou Joyce.

Mas ela não estava preparada para a sensação de solidão entre uma tarefa e outra. Joyce gostaria que a mãe a tivesse alertado quanto a isso. As longas e silenciosas horas em que ela não era necessária. Eram nessas ocasiões em que Joyce começava a pensar que talvez quisesse mais da vida. Não uma casa maior, uma cozinha mais equipada ou um carro melhor. Ela estava feliz com o que tinha e era grata por tudo.

O que Joyce queria era uma sensação de realização fora da esfera de sua casa e de sua família. Queria um propósito além das necessidades do marido e do filho. Então, depois de conversar sobre isso com Fred, ela aceitou o primeiro emprego que conseguiu encontrar.

No Instituto Hawthorne.

Antes de começar lá, ela conhecia vagamente o lugar. A esposa de um dos colegas de trabalho de Fred lhe disse que era cheio de malucos que faziam coisas como encarar animais e tentar ler a mente deles. Ela garantiu a Joyce que era tudo totalmente inofensivo. Apenas esquisito.

Mesmo assim, Joyce aceitou o emprego. Um trabalho de secretária sem muita importância. Assistente de uma assistente. Mas ela gostava. Ela gostava de como o escritório cheirava a café fresco pela manhã e de como ela e Margie, a assistente sênior, às vezes almoçavam ao ar livre, perto da cachoeira, contemplando a água que caía no lago. Joyce gostava do silêncio estudioso do lugar. Era como trabalhar em uma biblioteca.

Sim, havia uma estranheza, começando pelo fato de que todos, exceto ela e Margie, usavam ternos pretos. Joyce presumiu que era para imitar Ezra Hawthorne, que, apesar de ser o fundador e financiador do instituto, se escondia. Ela o viu apenas três vezes. A primeira foi no primeiro dia dela lá, quando ele a recebeu. A segunda foi uma semana depois, quando tiraram uma foto em grupo no amplo hall de entrada. A terceira vez foi quando deu tudo errado.

Tecnicamente, Joyce prestava contas a Margie, que se reportava ao chefe, que tinha contato direto com o sr. Hawthorne. Quando Joyce notava algo estranho, sabia que não deveria perguntar. Foi a primeira instrução que Margie lhe deu: "Não faça perguntas. Só abaixe a cabeça, faça o que precisa ser feito e ignore todo o resto."

Ainda assim, Joyce não conseguiu evitar a curiosidade pelos estranhos símbolos tatuados em um visitante para o qual pediram que ela buscasse café. Ou pela música bizarra que ela ouvia de vez em quando, vinda do segundo andar. Ou em relação à tarde que ela passou transcrevendo testes de Rorschach realizados em pessoas com deficiência visual.

— Por que fazer isso? — perguntou ela a Margie. — É um desperdício de tempo e de recursos.

— O sr. Hawthorne tem todo o dinheiro do mundo — respondeu Margie. — Se ele quiser desperdiçá-lo com essa bobagem, que fique à vontade, contanto que me pague.

E ele pagava. O salário de Joyce era quase o dobro do que era oferecido aos outros cargos de assistente nas empresas farmacêuticas da região. Só isso já compensava a estranheza. Joyce gostava de ter o próprio dinheiro. O dinheiro que vinha por mérito *dela*. Fred e ela tinham uma conta conjunta, que ela podia usar quando quisesse, para o que quisesse. No entanto, ela sempre achou estranho comprar presentes de Natal ou de aniversário para o marido com o dinheiro dele. Então, a primeira coisa que Joyce comprou com *seu* dinheiro foi um relógio para o marido como presente de aniversário, que seria no dia 18.

A ironia da história é que isso acabou resultando na demissão dela.

Para não correr o risco de Fred encontrar o relógio em casa, ela o guardou na primeira gaveta de sua mesa no trabalho. Seu plano era trazê-lo para casa ontem e, hoje de manhã, deixá-lo no ourives para gravar quando fosse para o trabalho, de modo que estivesse pronto na segunda-feira. Só que ela se esqueceu de levar o relógio para casa, e só foi se dar conta do erro quando estava lavando a louça do jantar.

Então, ela pegou suas chaves e disse a Fred:

— Preciso dar um pulinho no escritório. Esqueci uma coisa lá.

— Mas agora? Não pode esperar até amanhã de manhã?

Realmente não podia.

— É rapidinho — respondeu ela antes de sair às pressas para a garagem, e antes que Fred fizesse mais perguntas.

A caminho do Instituto Hawthorne, Joyce pensou, aflita, que o portão da frente pudesse estar fechado e que toda essa furtividade teria sido em vão. O portão estava aberto, mas o instituto em si estava completamente às escuras e a porta da frente, trancada. Sem chave, ela deu a volta pelos fundos, na esperança de que talvez uma das entradas estivesse aberta.

No meio do caminho, ela ouviu os cânticos.

A princípio, pensou que era alguém ouvindo um CD daqueles cantos gregorianos que estão na moda agora, sabe-se lá por quê. Mas a qualidade do som era nítida demais para vir de uma gravação.

Era ao vivo.

Joyce quase se virou e foi embora. Pensando melhor agora, era exatamente o que deveria ter feito. Mas a curiosidade venceu, e ela caminhou na ponta dos pés até a esquina do prédio para ver o que estava acontecendo.

Sentada em sua cozinha em plena luz do dia, ela se arrepia ao pensar no que viu, embora ainda não entenda do que se tratava.

O cântico.

As túnicas.

O sangue.

Foi tudo tão inesperado, surreal — e, sim, assustador —, que Joyce quase gritou. Em vez disso, ela sufocou o som com muito custo e recuou, literalmente esbarrando em seu chefe. Desta vez, ela tentou soltar um grito, que foi abafado quando o chefe colocou a mão sobre sua boca.

— Você não deveria estar aqui — sibilou ele entredentes enquanto a puxava para a frente do prédio.

Lá, ele destrancou a porta principal e a levou para seu escritório, que dava para o quintal dos fundos. Embora as persianas estivessem fechadas, graças a Deus poupando Joyce de outro vislumbre do que estava acontecendo lá fora, ela ainda conseguia ouvir o cântico enquanto seu chefe a sentava numa cadeira.

— O que você viu? — perguntou ele.

— Não muito — respondeu Joyce.

Mas foi o suficiente para deixá-la tonta. Muito tonta. Ela percebeu que poderia estar em choque.

— O que eles estavam fazendo? — questionou ela. — *Que lugar é este?*

Em vez de uma resposta, ela foi informada de sua demissão.

Agora, dezoito horas depois, Joyce está sentada em sua cozinha, com a qual está tão familiarizada, ainda sem conseguir compreender o que testemunhou. Não ter respostas já é muito ruim, mas o pior é ela não ter permissão para contar a ninguém sobre o episódio. Nem ao marido. Seu chefe tomou providências quanto a isso quando a forçou a assinar aquele papel antes de escoltá-la para fora do prédio.

Joyce se lembra de ter olhado para a folha de papel, tentando ler rapidamente todas aquelas letras miúdas, confusa com tudo.

— O que é isso? — perguntou ela, franzindo a testa para o documento.

— Um termo de confidencialidade e sigilo. Resumindo, significa que você não pode contar a ninguém nem uma palavra sequer do que viu hoje à noite.

— Nem para o Fred?

— Não — disse o chefe. — Nem para o seu marido.

Aquilo lhe pareceu meio exagerado. Como ela iria contar a alguém qualquer coisa se nem entendeu o que viu?

— E... — Joyce hesitou, com medo de fazer a pergunta que a estava atormentando. — O que vai acontecer comigo se eu contar a alguém?

— O sr. Hawthorne vai processar você.

— Ele pode fazer isso?

O chefe abriu um sorriso nada amigável.

— O sr. Hawthorne tem dinheiro suficiente para fazer o que bem entender. Se quiser processar você, ele fará isso. E vai fazer de tudo para ganhar. Ele tem advogados que sabem proteger os segredos dele muito bem.

Depois disso, Joyce não tinha mais perguntas. Com a mão trêmula, ela assinou o papel que garantia uma vida inteira de silêncio, foi até seu escritório e juntou suas coisas em dois tempos, incluindo o relógio idiota que havia comprado para Fred.

Pensar nisso agora lhe deu vontade de começar a chorar de novo, sobretudo porque ela sabe que nunca dará o presente ao marido. Na segunda-feira, ela o devolverá à loja, pegará o dinheiro de volta e o depositará na conta conjunta sem dizer nada.

O relógio agora é um luxo pelo qual ela não tem mais condições de pagar sozinha.

VINTE

Continuo olhando para a tela do meu celular, estudando a imagem. Dou zoom na minha mãe. Uma versão de muito tempo atrás da mulher que ela é agora. Seu cabelo está com aquele tom castanho-escuro do qual me lembro da minha juventude, e seu rosto é mais fino, a pele, mais firme.

Olhando para a imagem, sou atingido por um pensamento desconcertante: estou mais velho agora do que minha mãe era quando a foto foi tirada.

Ainda mais desconcertante é o fato de que ela nunca me disse que havia trabalhado no Instituto Hawthorne no verão em que Billy desapareceu. Saber disso muda tudo que eu pensava sobre aquele lugar, sobre aquela época, sobre *ela*. Minha mãe sabia o que acontecia lá? Ela sabia que Billy já tinha ido ao instituto? Que *eu* já tinha ido? Acima de tudo, eu me pergunto se há outras coisas a respeito daquele verão que ela não me contou.

No entanto, também estou furioso comigo mesmo. Sou filho dela. Eu deveria saber onde ela trabalhava. O fato de o Ethan de dez anos ser tão egocêntrico a ponto de não se dar ao trabalho de perguntar isso me deixa com tanta vergonha que sinto as bochechas ficarem vermelhas. O rubor permanece enquanto eu respiro fundo para me recompor e ligo para minha mãe pelo FaceTime.

— Oi, querido! — diz ela ao atender, balançando o celular o suficiente para que eu veja que ela está montando um quebra-cabeça.

— Meu pai está aí também? Preciso falar com vocês dois.

Minha mãe chama meu pai para a frente da câmera do celular, e os dois se sentam ombro a ombro, como fizeram durante toda a minha vida. A visão familiar traz consigo anos de lembranças, a ponto de eu vê-los não apenas com a aparência que têm agora, mas também com a de dez, vinte, trinta anos atrás. Eles são simultaneamente jovens e velhos, uma sensação que se estende a mim. Eu me sinto ao mesmo tempo uma criança e um ancião.

— A polícia encontrou os restos mortais de Billy — anuncio, ainda sem ter certeza se posso contar a eles, mas a essa altura também já passei do ponto de me importar com isso. — A três quilômetros da nossa casa. Ele foi assassinado.

Meus pais não se movem por uns instantes, como se estivessem enfeitiçados pelas lembranças daquela época. É o que acho, pois senti a mesma coisa. O passado quebrando como uma onda no presente.

— Aquele pobre menino, coitado — diz minha mãe, enfim.

Meu pai assente.

— A família do Billy já sabe? — pergunta ele.

Dou a eles a mesma resposta que me foi dada. Que os médicos de Mary Ellen Barringer foram informados, o que não é exatamente o mesmo que contar a ela, e que até o momento o irmão de Billy não foi localizado. Então, pronuncio as palavras que estava temendo dizer:

— Precisamos conversar sobre aquela noite.

Até agora, nunca considerei meus pais suspeitos. Eles não tinham motivos para machucar Billy. Eles o *amavam*. E eles me amam mais que tudo. Sei que nunca fariam nada de propósito para me causar dor. Mas a desconfiança consegue destruir até as barreiras mais fortes. Ela penetra pelas frestas, infiltrando-se aos poucos. Descobrir que minha mãe trabalhava no Instituto Hawthorne me trouxe tantas dúvidas que não consigo mais ignorá-las.

— Claro, amigão — responde meu pai, com a voz séria, não só como se soubesse o que está por vir, mas também já esperasse por isso havia décadas.

O que não torna mais fácil o que estou prestes a fazer. Sinto uma pressão nas têmporas. A dor de cabeça chegando. Tento rechaçá-la inclinando a cabeça para trás e apertando a ponte do nariz.

— Vou perguntar apenas uma vez. Então, por favor, sejam honestos comigo.

Faço uma pausa, trêmulo, reprimindo a vontade de desligar o celular. A última coisa que quero fazer agora é perguntar isso aos meus pais. Uma parte intencionalmente ignorante de mim acha que é melhor eu não saber. Fiquei trinta anos sem respostas. O que são mais trinta? Por outro lado, também acho que tenho o direito de perguntar. Eu estava lá quando aconteceu. Naquela barraca, a centímetros de Billy. Eu mereço, se não respostas, pelo menos a oportunidade de procurá-las.

— Algum de vocês fez alguma coisa com Billy naquela noite?

Depois de fazer a pergunta, solto o ar devagar. Uma pequena exalação cheia de culpa percorrendo as palavras como um sinal de pontuação. Ela fica ainda mais perceptível pelo silêncio dos meus pais, que dura segundos, mas parece levar horas.

— Ethan — começa minha mãe, e a decepção reverberando por cada letra do meu nome faz com que eu me sinta o pior filho do mundo. — Como você pode perguntar uma coisa dessas?

— Está tudo bem, Joyce. — Meu pai a tranquiliza.

— *Não* está tudo bem.

— Ethan sempre foi curioso. Ele não está nos acusando de nada.

Minha mãe funga.

— Mas é como se estivesse.

— Não quer dizer que eu ache que vocês mataram o Billy — explico. — Quer dizer apenas que preciso ouvir vocês dizerem que não o mataram.

— Eu entendo, amigão — responde meu pai, com a voz paciente e a expressão calma. — Nós dois entendemos. E eu juro a você que nem sua mãe nem eu tivemos nada a ver com o que aconteceu com Billy.

Solto o ar, sem antes me dar conta de que estava prendendo a respiração.

Eu acredito nele.

De verdade mesmo.

— Obrigado — digo, prestes a cair no choro por razões que não consigo entender.

Talvez seja alívio. Ou culpa. Ou um misto dos dois. Ou talvez seja só porque ver meus pais em outra casa, outro estado, me faz sentir saudade deles. Abaixo o celular para que não me vejam enxugando as lágrimas que ameaçam cair. Quando levanto o aparelho novamente, já me recompus e me concentrei mais uma vez, e estou pronto para lidar com o motivo principal pelo qual liguei para eles.

— Eu tive que fazer essa pergunta por um motivo. Os restos mortais de Billy foram encontrados no terreno do Instituto Hawthorne.

— Faço uma pausa para registrar o olhar de surpresa da minha mãe.

— Sei que você trabalhou lá durante parte daquele verão. O que acontecia naquele lugar?

— Eu era só uma secretária. — Minha mãe olha para meu pai, que assente, incentivando-a a continuar. — Mas, uma noite, eu vi uma coisa. Algo que eu não deveria ver. E aí eles me demitiram.

Eu me lembro de quando ela perdeu o emprego, pois ficou muito mal. Ainda me lembro, com nitidez, do momento em que entrei na cozinha e a encontrei chorando no ombro de Ashley.

Claro, há outro motivo para isso ter me marcado.

Foi no dia em que Billy desapareceu.

— Mãe, o que foi que você viu?

Ela balança a cabeça.

— Não posso contar. Ele me fez prometer. Ele me fez assinar um documento me comprometendo a não contar para ninguém, nunca. Nem para o seu pai. Ele disse que, se eu contasse, iriam me processar.

Outra lembrança se insinua, sorrateira, em meus pensamentos. Algo que o homem de terno disse enquanto íamos embora correndo do mausoléu. Algo destinado não a todos nós, e sim a Billy.

Eu disse ontem pra você ficar longe daqui!

Meu coração acelera, e sinto o medo dentro de mim se transformar em um incômodo misto de pavor e agitação. Billy estava no terreno do instituto no mesmo dia em que minha mãe viu algo tão sinistro que a demitiram. É possível que ele tenha visto algo semelhante? Alguém no Instituto Hawthorne fez um esforço ainda maior para silenciá-lo?

— Isso é importante, mãe — insisto. — Preciso que me conte o que aconteceu.

Um longo silêncio se instaura enquanto minha mãe reflete. Ela franze a testa e contorce a boca, como se estivesse fazendo força para impedir as palavras de saírem. Ela olha para meu pai em busca de encorajamento, que ele oferece sem hesitação. Me bate uma tristeza ver esse gesto, pois eu já tive um relacionamento tão amoroso quanto o deles, mas que agora acabou.

— Um ritual — revela ela, enfim.

Eu me inclino para a frente, olhando fixamente para a tela do celular.

— Que tipo de ritual?

— Eu não sei, Ethan. Mas foi assustador.

O restante da história sai com mais facilidade. Minha mãe fala por vinte minutos ininterruptos, contando sobre suas funções, sua colega de trabalho Margie, o lugar estranho que era o Instituto Hawthorne.

— Eu estava tão feliz por ter um trabalho que nem parei para pensar em como tudo lá era esquisito — comenta minha mãe a certa altura. — Mas, pensando melhor agora, parecia que eu estava naquela série *Além da Imaginação*.

Depois de mencionar que comprou um relógio para meu pai como presente de aniversário e o deixou na gaveta de sua mesa, o que a fez ter que ir ao escritório à noite, minha mãe chega ao clímax da história. "O incidente", é assim que ela o chama, fazendo aspas com os dedos para expressar a importância do ocorrido.

Como não tinha uma chave para entrar pela porta da frente do instituto, ela foi até os fundos da mansão, na esperança de encontrar uma porta de serviço destrancada. Em vez disso, deu de cara com a parte de trás da mansão iluminada pela luz do fogo.

— Tochas — revela minha mãe. — Formaram um grande círculo com elas no gramado atrás da mansão.

Ela conta que, dentro do círculo, estavam Ezra Hawthorne e vários outros homens, todos vestidos com túnicas pretas. Eles também estavam dispostos em círculo, em volta de uma pequena fogueira, cantando em uma língua que ela não conseguiu identificar.

— Latim? — indago.

Minha mãe balança a cabeça.

— Não. Era diferente. Parecia, não sei, quase primitivo. Mas essa não foi a pior parte. Ezra Hawthorne segurava um prato de cobre. E tinha uma coisa em cima dele.

— O quê?
— Eu não deveria contar. Vou arranjar problema.
— Não vou contar para ninguém. Juro. Por favor, o que tinha no prato?

Minha mãe faz uma pausa um pouco maior antes de se obrigar a pronunciar as seguintes palavras:

— Um coração.

Encaro meus pais, ficando subitamente tonto, o rosto deles na tela entrando e saindo de foco. Embora eu não saiba o que estava esperando, sem dúvida não era *isso*.

— Eu não soube identificar que tipo de coração — prossegue ela. — Não sei se era humano ou de um animal. Estava liso e brilhoso de sangue, como se tivesse acabado de ser arrancado. O sr. Hawthorne o pegou com as próprias mãos e o ergueu em cima do fogo.

— E o que ele fez depois?

Minha mãe conta que não sabe, porque a essa altura estava tentando fugir, mas deu de cara com seu chefe. Embora ele não estivesse participando do ritual, ficou claro que sabia o que estava acontecendo, ainda mais depois que levou minha mãe para dentro de seu escritório e a demitiu.

— Ele me fez assinar um documento que me proibia de falar sobre isso com qualquer pessoa — revela ela. — Um termo de confidencialidade e sigilo. Que estabelece um vínculo jurídico entre as partes. Ou seja, era uma imposição legal. Eles me disseram que, se vazasse que dei com a língua nos dentes, o sr. Hawthorne me processaria. Eu sei, eu sei. Dizer que você vai processar alguém geralmente é uma ameaça vazia. Mas eu sabia que era sério, principalmente depois do que vi. Um homem como Ezra Hawthorne estaria disposto a tomar medidas drásticas para guardar aquele segredo.

— Drásticas — repito, e a palavra atinge minha mente como uma bomba, obliterando meus pensamentos até que um novo surja.

Durante todo esse tempo, eu tinha uma vaga teoria de que alguém associado ao Instituto Hawthorne havia sequestrado e matado Billy por causa de algo que ele testemunhou depois que o grupo o abandonara no mausoléu.

Mas e se não fosse esse o caso?

E se não tivesse nada a ver com o que Billy potencialmente viu e tudo a ver com o que minha mãe viu de fato? Sim, o Instituto Hawthorne a fez assinar um termo de confidencialidade e ameaçou processá-la se ela contasse a alguém. Mas e se achassem que um documento não era suficiente? Até onde iriam para ter certeza do silêncio dela?

Isso traz à tona outra teoria muito mais assustadora.

Talvez Billy não fosse o alvo.

Talvez fosse eu.

Eu me jogo no sofá, confuso e em choque. Penso em Billy e eu enfiados cada um em seu saco de dormir e em como, na escuridão, não devia dar para saber quem era quem. Imagino uma pessoa de terno preto — talvez o próprio Ezra Hawthorne, talvez um de seus seguidores — ainda segurando a faca usada para cortar a barraca, agarrando Billy às cegas achando que era eu. Imagino-o carregando Billy pela floresta sem perceber seu erro até chegarem a um carro estacionado na via que corta a mata, no meio do caminho entre minha casa e o instituto.

Com muito custo, tento não pensar no que provavelmente aconteceu depois disso.

— Mãe, além do termo de confidencialidade e da menção a um processo judicial, você foi ameaçada de alguma forma?

— Não. Para ser bem sincera, isso foi o suficiente. Deu pra ver que meu chefe estava falando muito sério.

Franzo a testa.

— Você não para de mencionar esse cara. O que ele fazia lá?

— Ele era o braço direito de Ezra Hawthorne. O instituto recebia o nome do sr. Hawthorne, mas todos sabiam que quem comandava o lugar de verdade era meu chefe.

O que faz do chefe dela a pessoa mais empenhada em garantir que tudo o que acontecia lá permanecesse em segredo. Se o instituto teve algo a ver com o assassinato de Billy, esse homem sabe. Na verdade, é provável que ele tenha orquestrado o sequestro e a morte do meu amigo.

— Mãe, preciso que você me diga: quem era seu chefe?

Sexta-feira, 15 de julho de 1994
14h52

Billy desata a chorar quando vê a silhueta de Ethan e a dos outros desaparecer por entre as árvores. Algo na maneira como ele ainda consegue ouvir o barulho dos passos rápidos deles muito depois de já terem ido eclipsa seu medo, substituindo-o por decepção e tristeza.

Eles o abandonaram.

Todos eles.

Até Ethan.

Esse pensamento — de ser deixado para trás por seu melhor amigo — lhe traz lágrimas, o que por sua vez lhe deixa com vergonha. Ele deveria estar lutando. Deveria estar tentando se espremer entre as barras. Deveria estar fazendo qualquer coisa, menos ficar ali fungando, ainda mais agora, com o homem de terno o segurando pelo braço.

— Ei, não precisa ficar assim — diz o homem. — Eu não vou machucar você.

Billy enxuga os olhos e olha para o sujeito. É o mesmo homem que ele viu ontem, aquele que o botou para correr quando o flagrou na cachoeira.

— Mas eu ainda estou encrencado, né? — pergunta o menino.

O homem olha para Billy, preso entre as barras do portão como se fosse o pior fugitivo de prisão do mundo.

— Neste exato momento, eu diria que você precisa resolver outro problema primeiro.

Com a ajuda do homem, Billy finalmente se liberta das barras. Ele precisa apenas ter paciência, respirar fundo, prender o ar o máximo que conseguir e realizar uma manobrinha que não pôde fazer antes de Ethan e os outros se escafederem.

— Bem, agora que resolvemos esse problema, você se importaria em me dizer por que está aqui de novo? — indaga o homem. — Eu disse para não voltar. Você deveria ter tido o bom senso de ficar longe daqui.

O que o homem não entende é que, para Billy, era impossível ficar longe dali depois do que Johnny Chen lhe disse no verão anterior, quando ambos se esbarraram na floresta.

Billy tinha acabado de começar a explorar a mata sozinho, curioso com o que poderia encontrar lá. E o que ele encontrou foi Johnny sentado no toco de uma árvore com um olhar atordoado.

— Oi, menino Billy — disse Johnny, soltando depois uma risada estranha, embora não houvesse graça. — O que está fazendo aqui?

— Só olhando — respondeu Billy.

— Está procurando o quê?

— Fantasmas.

Um ano depois, Billy ainda não sabe direito por que disse a verdade. Ele acha que é porque pensou que Johnny entenderia. Afinal, Johnny também estava na floresta, o que fez Billy ter a esperança de que talvez houvesse outra pessoa em Hemlock Circle tão curiosa quanto ele.

— Que intrigante... — comentou Johnny. — Com certeza tem fantasma aqui, mas não onde você pensa.

Então, ele contou a Billy sobre o Instituto Hawthorne, um lugar cuja existência o menino desconhecia até aquele instante. Mas, agora que ele sabia, queria aprender tudo a respeito.

— É mal-assombrado? — indagou Billy.

— Não do jeito como a maioria das pessoas pensa — afirmou Johnny. — É mais um lugar onde os fantasmas vêm fazer uma visita. As pessoas de lá falam com eles. Foi o que me disseram. Eu nunca vi nenhum.

Billy arregalou os olhos de tão surpreso que ficou.

— Você já foi lá?

— Várias vezes. Ir lá me distraía de coisas em que eu não queria pensar. Agora não vou mais, mas me ajudou por um tempo.

— Como eu faço para chegar lá? — perguntou Billy, que também tinha coisas nas quais às vezes não queria pensar.

O menino ouviu, extasiado, enquanto Johnny lhe dava instruções sobre como chegar ao Instituto Hawthorne. Atravesse a estrada que corta a floresta. Ande um pouco mais até chegar ao muro de pedra. Entre rastejando pelo buraco no muro e continue até chegar à cachoeira.

— De lá, você vai ver o instituto — disse Johnny.

Então, a conversa terminou, e Billy nunca mais teve a chance de falar com Johnny sobre isso. Pois logo depois ele morreu. Drogas, comentou a mãe de Billy daquele jeito preocupado dela, como se a mera menção ao fato pudesse fazer a mesma coisa acontecer com outra pessoa.

Billy passou o restante do verão do ano interior sem vontade de ir atrás do Instituto Hawthorne sozinho. Pensar no lugar o deixava triste porque fazia com que ele se lembrasse de Johnny, a única pessoa que o levou a sério quando ele falou sobre fantasmas. Ethan obviamente não levou. Tudo bem que ele finge estar interessado, mas Billy vê que o amigo não acredita na existência deles. Não da mesma forma que Billy.

Mas, assim que o verão deste ano começou, sua tristeza em relação a Johnny havia desaparecido, e Billy se sentiu pronto para explorar. Ele começou devagarinho, fazendo caminhadas rápidas pela floresta, indo, pouco a pouco, cada vez mais longe, até chegar à estrada. Em seguida, percorreu a área depois da via, e por fim avistou o muro de pedra que Johnny havia mencionado.

E então, ontem, ele encontrou o buraco no muro e, sem hesitar, enfiou-se nele. Depois, a curiosidade lhe invadiu, atraindo-o até o topo da cachoeira, onde ele finalmente pôs os olhos no Instituto Hawthorne.

Ele ficou decepcionado com o que viu.

O lugar, de fato, era enorme e interessante, não dava para negar. No entanto, ele esperava algo diferente. Mais assustador. Ainda assim, o menino se viu diante de um dilema, debatendo consigo mesmo se deveria explorar mais, quando o homem de terno o avistou.

— Ei! — gritou o sujeito. — Você não pode entrar aqui! Vá embora e não volte mais!

Billy saiu correndo.

E, ainda correndo, refez todo o caminho de volta para casa.

Com medo de estar sendo seguido, mas com muito mais medo de olhar para trás a fim de ter certeza.

Agora, Billy sabe que o homem tinha razão. Ele deveria ter tido o bom senso de ficar longe do instituto. Em vez disso, ele voltou. E ainda trouxe outras pessoas consigo.

— Vamos — ordena o homem, impelindo Billy com um empurrão até delicado para alguém tão grandalhão. — Preciso descobrir o que fazer com você.

Ele conduz Billy ao longo da trilha de cascalho em direção à mansão que o menino tinha visto lá do topo da cachoeira. Ao se aproximarem, Billy espera sentir nervosismo ou medo. Em vez disso, quando chegam ao casarão, um misto de curiosidade e expectativa toma conta dele.

É aqui que falam com fantasmas.

E Billy está prestes a entrar.

O homem de terno o conduz por uma porta vermelha nos fundos da mansão e por um extenso corredor, que leva a um amplo hall de entrada com uma enorme escadaria e uma assustadora pintura a óleo de um homem rodeado por símbolos estranhos.

Só há mais uma pessoa ali, que é a mulher que coloca a cabeça para fora da porta de um escritório.

— O que temos aqui? — pergunta ela, olhando para Billy.

— Invasor de propriedade — afirma o homem de terno. — Cadê o chefe?

A mulher gesticula para as escadas.

— No escritório. Isso vai ou fazer o dia dele, ou arruinar.

E é para lá que eles seguem, atravessando o hall de entrada e subindo os degraus até o escritório no segundo andar.

— Espero que esteja pronto, garoto — diz o homem antes de entrarem. — Porque você tem muito a explicar.

O medo que Billy sentiu antes volta com tudo. Ele não deveria estar ali. Não sozinho. Ele deseja mais do que qualquer coisa que Ethan estivesse lá com ele. Raiva, tristeza e decepção se misturam ao seu medo, ameaçando sufocá-lo. O menino sente os olhos se encherem de lágrimas outra vez, embora não saiba qual emoção as invocou.

Ou talvez seja uma emoção nova, aproximando-se furtivamente como um fantasma.

Solidão.

É assim que Billy se sente neste momento. Assustadora e completamente sozinho.

O homem de terno o empurra para dentro do escritório, onde Billy vê outro homem com um terno preto semelhante. Ele está de pé atrás da mesa, de costas, olhando pela janela que dá para o jardim nos fundos da mansão.

— Oi, Billy — cumprimenta o homem. — Ouvi dizer que você anda muito curioso com este lugar.

Billy é atingido em cheio por uma onda de confusão. Como esse homem sabe o nome dele?

A dúvida é respondida quando o homem se vira, revelando ser seu vizinho.

— Sr. Van de Veer? — pergunta ele, atordoado. — O que o senhor está fazendo aqui?

— Por favor, filho — diz o sr. Van de Veer. — Pode me chamar de Fritz.

VINTE E UM

À noite, quando Alice Van de Veer abre a porta da frente e me encontra lá, eu me pergunto até que ponto ela sabe sobre o trabalho do marido no Instituto Hawthorne. Será que ela está ciente de tudo que acontecia lá? Ou ficaria tão surpresa quanto eu quando minha mãe, depois de muita persuasão, finalmente revelou o nome Fritz Van de Veer?

Meu choque foi maior, pois, pela aparência, presumia que Fritz fosse um banqueiro ou um vendedor de carros usados. Sempre senti uma natureza levemente esquiva, espreitando por trás de seu exterior afável. Agora pretendo descobrir quão esquivo ele realmente é.

— Oi, Ethan — diz Alice, sorrindo. — Que surpresa agradável!

Surpresa? Talvez. Mas minha presença aqui é tudo menos agradável. Na verdade, a casa dos Van de Veer é o último lugar onde quero estar.

— Fritz está em casa? — pergunto. — Preciso falar com ele.

— Está. — Alice desaparece casa adentro, e ouço sua voz ecoando pelos cômodos. — Fritz? Ethan Marsh está aqui. Venha falar com ele!

O sr. Van de Veer logo aparece, vestido como se fosse para um piquenique corporativo. Camisa Tommy Bahama, calça chino e mocassins, que eu nem sabia que ainda eram fabricados. As roupas e a opacidade de seu cabelo e sua pele o tornam sinistramente discreto. Desconfio que seja por essa razão que não o vi naquelas fotos penduradas nas paredes no interior do Instituto Hawthorne. Depois de encerrar a ligação com meus pais, olhei novamente e encontrei Fritz em fotos que datavam do início dos anos 1980, apenas mais um rosto camuflando-se aos outros.

Ao vê-lo agora, preciso reunir toda a minha força de vontade para não começar a esmurrá-lo com socos no queixo e desferir pontapés no momento em que ele cair no chão. Meus punhos se cerram por vontade própria. Eu enfio as mãos nos bolsos para impedir que entrem em ação.

Se meu palpite estiver correto, então ele levou Billy, pois deve ter pensado que era eu. E, embora eu não ache que Fritz tenha feito o sequestro em si, suspeito que ele o tenha orquestrado.

— Ethan, oi. Eu estava prestes a me agraciar com uma dose de uísque. Aceita uma também?

— O que eu quero é que você me diga se Billy Barringer era seu alvo mesmo ou se era eu.

Fritz congela. O único movimento perceptível vem de seus olhos, que ele move de um lado para o outro, demonstrando medo, e de seus lábios, que ele franze.

— Eu não sei do que você está falando, filho.

— Sabe, sim. Assim como sabia o tempo todo que o corpo do Billy estava no terreno do Instituto Hawthorne.

O rosto de Fritz perde toda a cor.

— Estava?

Se sua surpresa é fingimento, é muito convincente. Quase acredito que ele realmente não sabia de nada.

— Talvez seja melhor você me contar tudo, e eu quero dizer literalmente tudo, que você sabe sobre a noite em que Billy Barringer desapareceu.

— Aqui, não — diz Fritz, dando uma olhada furtiva para dentro da casa. — Na sua casa. Vou dizer a Alice que vou dar uma volta.

Dez minutos se passam, e o sr. Van de Veer atravessa a rua. Da janela do quarto, eu o observo se aproximar, seu rosto borrado pelo crepúsculo que se aproxima, mas o restante de seu corpo está perfeitamente nítido. Depois que saí da casa dele, Fritz trocou de roupa: agora está com um corta-vento cinza por cima de sua camisa espalhafatosamente estampada e trocou os mocassins por um tênis branco, que reluz na escuridão cada vez mais intensa enquanto ele entra com passos resolutos no quintal.

— Encontraram Billy no instituto? — pergunta ele assim que o recebo na porta da frente.

— Sim. No lago.

Abro mais a porta, sinalizando para que ele entre. Fritz balança a cabeça e diz:

— Podemos ficar do lado de fora? Acho que preciso tomar mais um pouco de ar.

— Vamos para o quintal nos fundos, então — respondo, sabendo que ele também não quer que nenhum morador de Hemlock Circle veja essa conversa.

Fritz me acompanha enquanto ando a passos largos e rígidos pelo vestíbulo, pela sala de jantar, e entro na cozinha. Lá, abro a porta que dá para o quintal, e saímos. Está escuro, a única luz é um retângulo de brilho que se derrama através do vidro da porta de correr. Fritz se afasta e se detém debaixo de uma sombra na grama, as mãos enfiadas nos bolsos do corta-vento. Conscientemente ou não, ele escolheu justo o local onde minha barraca estava na noite em que Billy foi levado.

Eu me junto a ele, meus sentidos aguçados pelo nervosismo. Sinto a grama afundando sob meus tênis, sinto o cheiro da loção pós-barba que Fritz passou de manhã.

— Pelo visto, sua mãe te contou que já trabalhou no instituto — comenta ele.

— Sim. Ela também me contou o que viu, e que você a demitiu por causa disso.

— Ela não deveria ter feito isso. Não existe data de validade naquele documento que ela assinou, então o cumprimento do acordo de confidencialidade ainda é obrigatório. Mas, como já faz mais de vinte e cinco anos que o velho Ezra morreu, acho que não importa mais.

— Parece que o sr. Hawthorne tinha muitos segredos. Dos grandes. Grandes o bastante para, quem sabe, até matar a fim de que continuassem guardados.

Fritz estremece, possivelmente por estar confuso, provavelmente por estar surpreso.

— Essa é uma acusação muito pesada, Ethan. E irresponsável.

— Mas é equivocada?

A princípio, Fritz se cala, sua súbita imersão no silêncio contrastando fortemente com o barulho que vem da floresta. O cri-cri sinfônico dos grilos e o coro monótono das cigarras. Eu me pergunto se Billy está com eles agora. Camuflando-se às sombras. Observando, quieto. Esperando por justiça.

— Qual é seu objetivo aqui, filho? — indaga Fritz, enfim.

— A verdade.

— Na minha experiência, homens que dizem que querem a verdade acabam desejando ter se contentado com a mentira.

Eu não sou um deles. Trinta anos sem saber nada sobre o que aconteceu com Billy me prepararam para os fatos, por mais brutais que sejam.

— Vamos começar com o Instituto Hawthorne — digo. — O que acontecia lá?

Fritz endireita a postura e pigarreia.

— O instituto era dedicado à parapsicologia. Você conhece esse campo de estudo?

Conheço, de certa forma. Uma semana atrás, eu teria julgado como pseudociência. Agora, depois de ter tido algumas experiências, estou menos cético.

— Me dê a sua definição — peço.

Fritz saca um maço de cigarros do bolso do corta-vento. Depois de acender um, ele começa:

— A parapsicologia é a ciência de que há forças em ação além daquelas que são facilmente comprovadas e que encontramos todos os dias. Percepção extrassensorial, telepatia, clarividência. Tenho certeza de que você já foi atingido algumas vezes por uma repentina sensação de *déjà-vu*. Já se perguntou por quê?

— Eu estaria mentindo se dissesse que já.

— Bem, Ezra Hawthorne se perguntava — afirma Fritz, exalando uma nuvem de fumaça que paira no ar úmido. — Desde muito jovem, ele tinha curiosidade sobre várias dessas coisas. Ele não pensava igual à maioria das pessoas. Estava mais sintonizado com o que está além daquilo que vemos e entendemos como fatos. Uma vez, ele me contou que era assim porque saiu natimorto do útero. Por um minuto inteiro, não havia vida em seu corpinho, até que, de repente, havia. O sr. Hawthorne explicou que, por causa disso, parte dele sempre permaneceu amarrada à vida após a morte.

Eu o encaro.

— Me parece balela.

— Pode ter sido — admite Fritz. — Mas ele acreditava nessas coisas. Como foi abençoado com dinheiro e um terreno com muita privacidade, resolveu criar um lugar onde pudessem estudar fenômenos inexplicáveis sem ter que enfrentar zombaria ou ceticismo. Esse era o propósito do instituto. Fornecer acomodação, alimentação e espaço de pesquisa para aqueles que tentavam explicar o inexplicável. Por que algumas pessoas conseguem sentir as coisas mais do que outras? Como alguém aparentemente é capaz de ler mentes, prever o futuro, mover objetos sem encostar um dedo neles?

A foto dos homens de túnica e o que minha mãe disse ter visto me vêm à mente.

— E os rituais de ocultismo? Onde é que eles entram na história?

— Ocultismo. — Fritz solta um muxoxo. — O sr. Hawthorne desprezava essa palavra. Ele dizia que era apenas um rótulo que as pessoas colocavam nas práticas das quais sentiam medo ou não conseguiam entender. Afinal, algo que uma pessoa considera "oculto" pode ter um profundo significado religioso para alguém. Vai do entendimento de cada um.

— E qual foi o entendimento da minha mãe na noite em que você a demitiu?

Fritz olha para além de mim, para a floresta no fim do quintal, quase como se pudesse ver os três quilômetros até o Instituto Hawthorne, onde Ezra Hawthorne e seus companheiros de túnica ainda estão em volta de uma fogueira.

— Aquilo foi lamentável — responde ele. — Sua mãe estava enganada em relação ao que viu. Mas acho que foi uma reação previsível. Parecia muito mais sinistro do que realmente era. O instituto tinha uma política em vigor para situações como aquela, que era rescisão imediata e um acordo de confidencialidade. Isso evitava a necessidade de muitas explicações de nossa parte e muito escrutínio indesejado do mundo exterior. E o resultado disso foi o rancor que sua mãe guardou de mim nos últimos trinta anos.

— Não acho que seja rancor — explico. — Acho que ela estava com medo de você e daquele lugar.

— Ela não tinha motivo para estar.

— Ela testemunhou um ritual satânico.

— Satânico? — Fritz balança a cabeça, incrédulo, como se não conseguisse acreditar no meu nível de burrice. — Aquilo era um ritual praticado por uma pequena seita de druidas no século IV a.C. Era uma oferenda à terra, um ato de gratidão por tudo que ela nos fornece.

— Com "oferenda", você quer dizer "sacrifício".

— Não — diz Fritz, a ponta do cigarro chamejando em alaranjado quando ele dá uma tragada. — Quero dizer um coração de porco que consegui com um açougueiro pouco antes de a cerimônia começar. Ezra Hawthorne tinha muitas excentricidades, como exigir que todos os homens do instituto usassem um terno preto igual ao dele, mas abominava violência. Ele nunca teria me dado ordens para matar uma criança, que é o que você está insinuando. Nem eu teria recorrido a isso.

— Então ele era um pacifista.

— Sim. Em matéria de religião, Ezra era pau para toda obra, conhecia de tudo um pouco. Se ele tinha alguma crença espiritual ferrenha, nunca a compartilhou comigo. Mas sei que ele sempre teve a mente aberta quanto a todas elas. Frequentava a missa católica, estudava o *Alcorão* e a *Torá*, passou um mês morando com monges budistas no Tibete e, sim, conduzia antigos rituais druidas. Tudo em uma tentativa de expandir sua compreensão do universo.

— E qual era o *seu* papel em tudo isso? — questiono. — Como você foi parar no instituto?

— Eu? Como quase todo mundo que foi parar lá, eu estava em busca de respostas.

— Você as encontrou?

Fritz balança a cabeça.

— Mas aprendi a viver com a incerteza. Trabalhar para Ezra Hawthorne me ajudou com isso, por mais que, tirando alguns testes ou estudos em grupo aqui e ali, eu não tomasse parte, nem quisesse.

253

Eu era apenas um administrador. Mantinha o lugar funcionando para que o sr. Hawthorne e os outros se concentrassem nas pesquisas.

— Quem mais fazia pesquisas lá?

— Muitos cientistas renomados e psicólogos estabelecidos que queriam explorar um nicho de interesse sem temer serem ridicularizados pelos colegas. Não me pergunte nomes. Embora o lugar tenha fechado há muito tempo, não posso dar essas informações a você.

— Eu sei um nome. Johnny Chen.

Fritz me olha através da nuvem de fumaça, surpreso.

— Sim, houve um ano em que ele passou muito tempo no instituto.

— Mas ele não era cientista nem psicólogo. Era apenas um adolescente. Por que estava lá?

— Johnny participou de um estudo em grupo de percepção extrassensorial. Os resultados dele não foram nem um pouco promissores nessa área, mas ele demonstrou curiosidade sobre o lugar e o trabalho que fazíamos lá. Por causa disso, o sr. Hawthorne o convidou para voltar. Ele via potencial em Johnny.

— Potencial para fazer o quê?

— Dar continuidade ao trabalho do instituto. Ezra sempre incentivava os jovens, as pessoas da geração seguinte, que comungavam ideias semelhantes às dele. Em Johnny, ele notou uma sensibilidade que a maioria dos adolescentes não tem. Infelizmente, os mais sensíveis às vezes também são os mais problemáticos. E esse era o caso de Johnny. Quando ele teve uma overdose, foi um choque para todos nós.

Eu me viro para a casa dos Chen ao lado, cujas janelas acima da cerca viva estão todas iluminadas.

— Ninguém no instituto sabia que ele estava usando drogas?

— Claro que não.

— E ninguém lá teve nada a ver com a morte dele?

Fritz dá uma última tragada antes de deixar o cigarro cair e apagá-lo na grama.

— Só para eu ver se estou entendendo bem: agora você está me acusando de dois assassinatos?

— Tenho culpa de ser desconfiado? Dois garotos dessa rua estiveram no Instituto Hawthorne pouco antes de perderem a vida. Um morreu de overdose e o outro foi sequestrado e assassinado.

— E ambas as mortes foram tristes coincidências — afirma Fritz.

— Então por que a polícia não fez buscas nos arredores do instituto depois que Billy desapareceu?

— Porque eles nunca solicitaram. — Fritz ergue as mãos, num gesto de impotência. — Se tivessem feito isso, certamente teríamos deixado que vasculhassem a propriedade. Ainda mais se tivéssemos alguma pista de que o corpo de Billy estava lá. Você disse que ele foi encontrado no lago, não foi?

— Isso. Na base da cachoeira.

— Ele não poderia ter caído?

Eu me lembro do que Ragesh me contou sobre os ferimentos de Billy e o cobertor em que ele estava enrolado. Isso me faz questionar se a curiosidade de Fritz é genuína ou se ele está apenas fingindo não saber os detalhes.

— Não. Mas o desaparecimento dele estava em todos os jornais. Por que vocês não chamaram a polícia para dar uma olhada?

— Eu cheguei a sugerir, mas Ezra rejeitou a ideia — alega Fritz. — Eu discordei, pois sabia que não tínhamos nada a esconder, mas ele prezava muito pela privacidade.

— E essa era a única razão? Privacidade?

— Ezra também estava ciente de que as autoridades tirariam as mesmas conclusões precipitadas que você se soubessem que Billy esteve no instituto na tarde anterior ao próprio desaparecimento.

— Você sabia disso?

Fritz assente.

— Eu mesmo falei com ele.

No entanto, Fritz tem a coragem de dar uma de ofendido por eu suspeitar dele, de Ezra Hawthorne, de todo o instituto. Eu me remexo, furioso e impaciente. Fritz percebe.

— Eu gostava de Billy. Ele e a família dele foram bons vizinhos por vários anos. E pense comigo, filho: se eu matei mesmo o Billy, o que certamente não fiz, faria sentido desovar o corpo no local onde eu trabalhava? O lugar que eu mesmo gerenciava? — indaga Van de Veer.

Reconheço que não faz sentido algum.

— A mesma coisa se aplica a Ezra Hawthorne. Que, a propósito, tinha noventa e quatro anos na época. Teria sido impossível para ele abrir uma barraca, sequestrar um garoto, matá-lo e esconder o corpo no lago.

— Ele pode ter tido ajuda — argumento.

— Será que suas suspeitas diminuiriam se eu dissesse que o sr. Hawthorne também ficou profundamente triste com o desaparecimento do menino?

— Não, pois eles não se conheciam.

— Ah, eles se conheciam, sim. Tiveram uma longa conversa.

— Sobre o quê? — pergunto, embora, levando em conta os interesses de Billy, eu já tenha uma boa ideia.

— Comunicação com os mortos.

A fumaça do cigarro de Fritz ainda paira no ar, persistente. Agora ela já se espalhou até a floresta, uma nuvem cinza entremeando-se com as árvores.

— Esse era o outro interesse principal do sr. Hawthorne, a propósito — prossegue Fritz. — E outro tema de muitas pesquisas no instituto. Nunca vivenciei nada disso na prática. Mas o sr. Hawthorne e alguns dos outros pesquisadores alegaram ter feito contato com espíritos muitas vezes, por diversos meios.

Sou tomado pelo choque.

Então Billy estava certo.

No Instituto Hawthorne, eles realmente falavam com fantasmas.

Sexta-feira, 15 de julho de 1994
15h05

Fritz Van de Veer não acredita no que se estuda no Instituto Hawthorne. Mas também não é um cético. Em geral, Fritz adere à teoria do caos, que, em seu nível mais básico, pode ser resumida com a expressão "merdas acontecem".

Ele acredita que isso o torna a melhor pessoa para gerenciar um lugar como o instituto. Quando algo acontece sem nenhuma razão específica, ele não tenta descobrir o porquê. Apenas arregaça as mangas, resolve e é bem pago pela trabalheira que tem.

Por exemplo, quando Joyce Marsh foi surpreendida por um bando de caras testando um antigo ritual com o coração de porco, ele seguiu o protocolo do instituto, tomou as devidas providências para que ela assinasse o termo de confidencialidade e a demitiu.

E, quando seu vizinho de dez anos é encontrado preso no portão do mausoléu da família Hawthorne, Fritz ordena que levem o menino até a mansão para que possam ver se ele está bem e se incumbe de fazer um pequeno controle de danos, e, com sorte, evitar um possível processo.

— Então, Billy — começa ele. — Soube que você estava aqui com outras crianças. É verdade?

— Não, senhor — nega Billy, uma mentira que Fritz respeita, mesmo que não queira.

A capacidade de guardar segredos é uma característica que ele admira. Ainda assim, preferiria que o garoto desse pelo menos alguma indicação de quantas pessoas havia com ele e o que estavam tramando.

— E o que você estava fazendo lá fora... sozinho?

— Estava só explorando o lugar.

— Explorando? Só isso?
— Sim, senhor.
— E ontem?
Billy levanta os olhos, surpreso que Fritz saiba disso. Ele não deveria estar ali. É lógico que Fritz foi informado.
— Não há mal algum em explorar — diz Fritz. — É o que fazemos aqui: exploramos o desconhecido. Mas, da próxima vez, em vez de entrar às escondidas na propriedade, é só me pedir, que eu mesmo mostro o lugar a você.
Os olhos do menino brilham, e o medo é substituído pela ansiedade.
— O senhor pode me mostrar agora?
— Eu poderia — responde Fritz. — Mas primeiro vou precisar que você me prometa que não vai contar nada para ninguém sobre o que vir ou ouvir aqui. Não conte para os seus pais, seu irmão ou seus amigos. Eles não precisam saber o que fazemos no instituto.
— Mas *o que* vocês fazem aqui, Fritz?
Fritz Van de Veer sorri, contente que o menino tenha se lembrado de usar seu primeiro nome.
— Nós fazemos muitas coisas, Billy.
— Vocês falam com fantasmas?
Fritz examina o garoto. Uma pergunta muito ampla e complexa para alguém tão jovem. Uma pergunta que ele não consegue responder.
Mas ele conhece alguém que consegue.
Ele leva o menino até o cômodo que é conhecido como biblioteca, embora contenha muito mais do que livros. É o coração do instituto, onde pessoas se reúnem para discutir, debater, desmistificar. No momento, apenas um homem ocupa a vasta sala.
Ezra Hawthorne.
O sr. Hawthorne está olhando para as fotos penduradas nas paredes quando os dois entram. No instante em que se vira para Billy e sorri, Fritz vê o homem pelos olhos do menino. Alto, pálido e ancião, com um ar elegante e ameaçador em seu terno preto.
— Olá, rapaz — cumprimenta Ezra, deixando Billy consternado.
Fritz se lembra de ter ficado igualmente impressionado quando viu Ezra Hawthorne pela primeira vez, há tantos anos. Fritz ainda

era estudante em Princeton e cursava seu mestrado em psicologia, quando foi convidado para uma reunião informal organizada por um de seus professores. Também estava presente um homem alto com terno preto que dava às suas feições pálidas um aspecto absolutamente fantasmagórico. Depois de alguns minutos jogando conversa fora, o sr. Hawthorne se apresentou e convidou Fritz a visitar o instituto.

— Vamos ver se você tem algum dom — comentou ele.

Fritz participou de um teste bobo no qual lhe pediram que virasse de costas para um homem que segurava uma pilha de cartões com fotos de animais. Tudo que ele tinha que fazer era adivinhar qual animal estava em cada cartão que o homem ia selecionando. Embora Fritz tenha fracassado de forma espetacular no teste, o sr. Hawthorne, no fim do dia, o puxou no canto e disse:

— Você é bem-vindo para voltar quando quiser.

Ele não tinha intenção de voltar. Mas, então, Alice sofreu um aborto espontâneo — o terceiro —, e Fritz se viu à procura de algo em que acreditar. Ele sabia que não encontraria isso na religião, ainda mais nos severos sermões para os quais seus pais o arrastavam quando ele era menino.

Uma noite, sem se dar conta de nenhum motivo específico, Fritz se viu dirigindo rumo ao Instituto Hawthorne. Ezra o recebeu como um amigo que não via há muito tempo. Eles conversaram por horas sobre por que coisas inexplicáveis acontecem e como dar sentido a um mundo que muitas vezes não faz sentido algum. Para a surpresa de Fritz, a conversa terminou com uma oferta de emprego.

Agora ele praticamente comanda o lugar, e foi assim que soube que deveria trazer Billy aqui. E uma regra tácita no instituto: se envolver fantasmas, consulte o sr. Hawthorne.

— O senhor fala com fantasmas? — pergunta Billy.

— Não o tempo todo — responde Ezra. — Mas, de tempos em tempos, eu me comunico com espíritos.

Fritz percebe os olhos do menino se iluminarem.

— Então fantasmas são reais?

— Ah, eles são muito reais.

— Onde eles estão? — questiona Billy, olhando ao redor da sala, como se um espírito pudesse estar ali nos cantos, à espreita.

— Em todos os lugares, se você souber onde procurar — declara Ezra Hawthorne.

Trinta minutos se passam enquanto Fritz observa o sr. Hawthorne deleitar Billy com relatos de suas façanhas, mostrando-lhe livros sobre fantasmas, fotos de sessões espíritas, as ferramentas do ofício. O menino demonstra bastante conhecimento do assunto. Muito mais do que Fritz, que não sabe a diferença entre um espectro e uma sombra. Mas Billy sabe, e Fritz percebe que o sr. Hawthorne fica impressionado.

— Vejo que você também é um admirador de fantasmas — diz ele a Billy. — Nunca conversei com um tão jovem.

Quando a visita termina, Fritz começa a escoltar Billy para fora da sala, já tendo decidido que ele mesmo vai levar o menino de volta para casa de carro. É mais fácil assim. Menos chamativo também. Mas, antes que eles saiam completamente pela porta, Ezra Hawthorne tem mais uma coisa a dizer.

— Foi um prazer conhecê-lo, Billy. Você é bem-vindo para voltar quando quiser.

VINTE E DOIS

Olho para o céu, subitamente tonto. É uma daquelas noites de perfeita limpidez em que todas as estrelas estão visíveis e parecem pulsar com energia extra. As informações que Fritz está me contando deixam minha mente a mil. Acho que não deveria ficar surpreso com o fato de que Billy, em seu ávido desespero para acreditar em fantasmas, enfim encontrou seu caminho até Ezra Hawthorne, um homem que supostamente se comunicava com eles. No entanto, é um choque ouvir essa história, sobretudo porque meu amigo não falou sobre ela na barraca naquela noite.

Por outro lado, não dei muita chance a ele.

— Você acha que Ezra Hawthorne estava mentindo para Billy? — pergunto. — Sobre fazer contato com espíritos?

— O sr. Hawthorne não mentia sobre essas coisas — garante Fritz. — Se ele disse que aconteceu, é porque acreditava que era verdade.

— O que não significa que era verdade. *Você* já viu acontecer?

— Não. Não se esqueça de que eu raramente participava das atividades do instituto.

— Mas você acredita nessas coisas?

— Eu não diria exatamente que sim. — Fritz enfia a mão no bolso outra vez e saca outro cigarro. Acendendo-o, ele continua: — Conhece aquele ditado, "só acredito vendo"? Bem, eu ainda não vi nada que me fizesse acreditar. Mas também não descartei a possibilidade. Não depois de ter ouvido certas coisas. Ezra me contou tantas histórias de comunicação com os mortos que suponho que eu seja um pouco especialista no assunto.

Ouço um barulho vindo da floresta ali perto, fraco, mas distinto. Um farfalhar no mato. Pode ser apenas um animal.

No entanto, pensando bem, pode não ser.

— E se eu quisesse tentar? — indago.

— Conversar com os mortos? — Fritz inclina a cabeça, intrigado.

— Por que você desejaria fazer isso?

Tenho meus motivos, nenhum dos quais estou preparado para compartilhar com ele.

— Assim, hipoteticamente... — digo. — Eu posso falar com qualquer espírito?

— Só com aqueles que tenham algo a dizer.

— E se eu tiver algo a dizer a eles?

— Não é tão simples assim. Não é como pegar um telefone e ligar para alguém. Não dá para entrar em contato com a maioria dos espíritos.

— Por que não?

— Porque eles estão em paz.

Fritz se ajoelha e passa o dedo indicador sobre a grama, desenhando um círculo invisível.

— Esta é a terra dos vivos — explica ele antes de desenhar outro círculo que se sobrepõe ligeiramente ao primeiro. — E este é o reino espiritual. Ezra acreditava que era para lá que as almas dos mortos iam. A maioria delas, pelo menos. As outras, que são poucas, nunca conseguem, porque algo as mantém presas à terra dos vivos.

— E para onde elas vão?

Fritz dá uma batidinha no ponto em que os dois círculos se encontram.

— É como se houvesse um limbo entre os dois reinos. Se um espírito estiver lá, você tem pelo menos uma pequena chance de fazer contato com ele.

— Mas não se eles estiverem no reino espiritual — concluo.

— Correto — diz Fritz, apontando para mim com o cigarro. — O reino espiritual é o lugar onde você quer que seus entes queridos estejam. Isso significa que não há nada os impedindo de seguir em frente. Nenhum assunto para resolver.

— Tipo assassinato?

Fritz me encara.

— Isso não é hipotético, é?

— Outro dia, você perguntou se eu tinha visto algo incomum na rua — comento. — Eu vi.

— Billy?

— Sim. — Não adianta negar. Fritz já sabe mesmo. — Ele tem assombrado a floresta.

— Fascinante. — Fritz vai até o fim do quintal e fita a mata. — Ele está aqui agora?

— Não tenho certeza — digo, pensando no leve farfalhar que ouvi. — Talvez.

Fritz dá uma última e demorada olhada para a floresta antes de se virar para mim, tragando o cigarro.

— Você sabe o que ele quer?

— Não sei. Mas tenho quase certeza de que ele está tentando me dizer alguma coisa. No começo, pensei que ele estava me levando até o Instituto Hawthorne, porque foi lá que seu corpo foi encontrado.

— E porque você pensou que o tínhamos assassinado — afirma Fritz, com franqueza e um toque de compreensão.

Se ele guarda algum ressentimento contra mim por isso, não demonstra.

— Sim. Mas agora acho que não o entendia, e eu gostaria...

— De perguntar diretamente o que ele quer.

Começo a enrubescer, pois a ideia continua soando ridícula.

— É possível? — questiono.

— Se Ezra Hawthorne estivesse aqui agora, tenho certeza de que sugeriria mais de dez maneiras de tentar entrar em contato com Billy. Infelizmente, ele não está. E não há como falar com ele.

— Ele está no reino espiritual? — pergunto. — Como você sabe?

Fritz abre um sorriso malicioso.

— Só porque ainda não acredito, não significa que não tentei.

— Então eu dei azar? Minha única opção é deixar Billy continuar me assombrando e tentar descobrir o que ele quer?

— Talvez *assombrar você* seja o que ele quer — teoriza Fritz. — Ao longo dos anos, Ezra se convenceu de que algumas almas permanecem presas entre os reinos terrestre e espiritual por escolha própria. O conselho dele sempre foi deixá-las em paz.

Mas eu não consigo. Só Deus sabe quanto tentei. Fugindo o mais rápido que pude, na esperança de que a culpa e as lembranças ruins não me alcançassem. Mas alcançaram. Elas sempre alcançam. Agora estão sempre presentes, assumindo a forma da insônia, do Sonho, da figura sombria de Billy jogando bolas de beisebol no quintal.

— Por quê?

— Porque há outra coisa que mantém um espírito preso ao reino terrestre. Algo mais forte do que assuntos não resolvidos.

— E o que é? — pergunto.

Fritz deixa cair seu segundo cigarro ao lado do primeiro. Apagando-o com um pisão forte, ele responde:

— Rancor.

Sexta-feira, 15 de julho de 1994
15h37

Ethan só para de correr quando seus pés estão firmemente plantados na grama de seu quintal. Ele nunca correu tanto na vida, e agora se preocupa com o preço que seu corpo vai pagar por isso. Suas pernas parecem dois elásticos, e seu coração bate tão rápido que ele teme que vá explodir. O menino desaba no gramado, sem dar a mínima que sua mãe possa vê-lo assim e perguntar o que andou aprontando. Ele contaria a ela com a maior boa vontade. Porque alguém precisa saber o que aconteceu com Billy.

Em vez de sua mãe, a visão de Ethan esparramado na grama atrai a atenção de Ashley, Russ e Ragesh, que atravessam a cerca viva que delimita o gramado de Russ.

— Cadê o Billy? — pergunta Ashley, olhando para a floresta como se Billy tivesse simplesmente ficado para trás e fosse surgir a qualquer momento.

— Ele... — Ainda ofegante, Ethan mal consegue dizer as palavras. — Ele foi pego.

— Pego? — repete Ragesh. — Por aquele cara de terno?

Ethan faz que sim com a cabeça, meio fora do ar. Ele repassa mentalmente a imagem do homem grande e intimidador de terno preto alcançando Billy e se pergunta o que aconteceu depois disso. Será que o amigo ainda está preso entre as barras do portão? Ou agora está nas garras do homem de terno? A ideia de que Billy pode estar sendo espancado neste exato momento o faz ter ânsia de vômito.

Ashley se ajoelha ao lado de Ethan e o ajuda a se sentar.

— Tá bem, conta pra gente o que aconteceu — pede ela, esfregando as costas do menino.

Isso é algo que Ethan não pode fazer, porque significaria admitir aos outros não apenas que ele deixou Billy para trás, mas também por que ele fez isso. Em vez de confessar, ele lhes dá uma versão vazia da verdade:

— O cara chegou até o Billy antes que ele conseguisse escapar.

Ragesh começa a andar de um lado para o outro na grama.

— Você acha que ele vai dedurar a gente?

— É com *isso* que você está preocupado? — questiona Ashley. — Billy pode estar em apuros.

— E nós também — alega Ragesh. — Vocês viram aquele lugar. Não deveríamos ter invadido o instituto.

— É por isso que eu não queria que vocês passassem por aquela droga de muro!

— Precisamos contar pra alguém. Minha mãe. Ou a mãe do Billy — anuncia Ethan, temendo que os dois comecem a trocar socos.

— De jeito nenhum! — refuta Ashley. O que é uma surpresa para Ethan. Até então, o menino presumia que ela estava do lado dele. — Eu era a responsável. Se descobrirem, nunca mais vão me querer como babá. E eu preciso desse dinheiro.

De repente, Ethan compreende. Ashley contou a ele tudo sobre seu plano de ir ao Woodstock e como o dinheiro que ela está ganhando por cuidar dele vai tornar isso realidade. Ethan, por sua vez, não quer outra babá. Mesmo que Ashley não esteja com ele todos os dias, agora que sua mãe perdeu o emprego, pelo menos o menino gosta de saber que ela ainda será sua babá sempre que precisarem.

— Então podemos voltar até lá e buscar o Billy — sugere Ethan.

Ragesh zomba da ideia.

— E aí vamos ser pegos também? Não, obrigado.

— Mas precisamos fazer alguma coisa. Não podemos deixar o Billy lá.

— Por que não? — questiona Russ.

Ele está um pouco afastado dos demais, virado para a floresta. Enquanto Ashley está preocupada e Ragesh, irritado, aos olhos de Ethan, Russ parece contemplativo.

— Porque ele pode estar numa enrascada — responde Ethan.

— Vai ver ele merece. Bem feito, porque foi ele quem nos levou até aquele lugar.

Ethan se chateia. É como se houvesse um elástico em volta de seu coração, mantendo suas emoções sob controle, e agora esse elástico se rompeu, fazendo suas emoções desmoronarem num montinho desengonçado.

— Foi você que seguiu Billy até lá! — diz ele, aos berros, lágrimas ardendo em seus olhos. — Você e Ragesh. Eu nem queria ir.

— Mas você foi — retruca Ragesh, de uma forma que faz Ethan desejar ter seis anos, trinta centímetros e quarenta e cinco quilos a mais, para conseguir derrubar o outro no chão.

Em vez disso, tudo que ele pode fazer é chorar mais e dizer:

— Eu não tive escolha! Agora Billy está em apuros!

— Mas nós não estamos — afirma Ragesh. — E vai continuar assim se todo mundo aqui ficar de boca fechada.

— Por que você está tão preocupado com ele, afinal?

A pergunta vem de Russ. Um questionamento que Ethan não consegue compreender. Não porque seja difícil, mas porque a resposta é muito óbvia. Por que ele não estaria preocupado com Billy?

— Porque ele é meu melhor amigo.

— Mas por quê? — insiste Russ.

Ethan fica em silêncio, surpreso por não conseguir dar uma resposta imediata. Antes desse momento, ele nunca havia pensado nisso. Billy e ele são vizinhos. Eles têm a mesma idade. Eles se dão bem. Por que não seriam melhores amigos?

— Porque ele mora na casa do lado da minha.

— Eu também — alega Russ. — Quer dizer que eu também sou seu melhor amigo?

Ethan não responde "sim" de imediato, o que faz Russ reagir como se tivesse acabado de ser empurrado. Um átimo de hesitação. A testa franzida. Um escurecimento dos olhos até que fiquem quase pretos.

— Nós somos amigos — acrescenta Ethan, às pressas.

— Não, eu entendo — diz Russ.

Ashley abre os braços, chamando a atenção dos dois.

— O importante agora é o que fazer quanto ao Billy. Vamos votar. Quem é a favor de não fazermos nada levante a mão.

Ethan observa Ragesh erguer imediatamente a mão. Nenhuma surpresa aí. Mesma coisa com Russ, que franze a testa para Ethan enquanto ergue a mão. O maior choque é quando Ashley também levanta a mão, ainda que devagar e com perceptível incerteza.

— Foi mal, Ethan. Parece ser a melhor coisa a fazer por todos nós.

— Mas e se machucarem o Billy?

— Isso não vai acontecer — garante Ashley.

— Além de invasão de propriedade, não fizemos nada de errado — acrescenta Ragesh. — Era só uma brincadeira.

— Eles provavelmente vão dar um sermão no Billy, ligar para a mãe dele e pedir que ela o busque — explica Ashley. — Pode ser que ele nem esteja tão encrencado quanto você imagina. E tenho certeza de que ele não corre perigo. Eles não machucariam uma criança.

Ethan não tem mais o que dizer. Embora não acabe com toda a sua preocupação, a convicção de Ashley é o suficiente para que ele vote com os outros. Até levanta a mão para que todos vejam que é unânime.

Eles escolheram o silêncio.

E Billy está por conta própria.

VINTE E TRÊS

criiiiiitch. Acordo ofegante, o som do meu sobressalto é um silvo de pânico cortando o que restou do Sonho. Abro os olhos de súbito e vejo a luz suave do amanhecer que se esgueira pelo teto. Em circunstâncias normais, a visão da luz do dia traria no mínimo um pouco de consolo. Mas não é o caso.

Não enquanto o barulho do Sonho ecoa pelo meu cérebro.

Que, de maneira alarmante, foi um pouco diferente de todas as outras vezes.

O Sonho 2.0.

Em vez de ser atingido por um vislumbre do teto pontiagudo da barraca acima de mim, do saco de dormir ainda cheio ao meu lado e do longo e escuro talho entre nós, esta nova versão não melhorada me deu uma visão mais ampla de tudo. Principalmente do tecido cortado da barraca e da lasca de escuridão além dela, de onde geralmente sinto algo, mas nunca vejo.

Desta vez, porém, eu vi *algo*.

O que era, eu não sei. Foi muito rápido, muito nebuloso. Um borrão no escuro, impossível de decifrar. Mas esse mero vislumbre é o suficiente para me perturbar de uma maneira com a qual não estou acostumado. Eu me sento na cama com o coração ainda acelerado, me espreguiço e pisco, bloqueando a claridade do sol que ainda se esgueira pelo teto.

Vejo que horas são. Sete e quinze da manhã. Muito cedo para levantar, muito tarde para voltar a dormir, mas o momento perfeito para escrever no meu caderno sobre a nova versão do Sonho. Se — Deus me livre — eu tiver esse sonho de novo, terei um registro de quando começou. Fato ainda desconhecido: *por que* começou.

Ainda grogue, estendo o braço sobre a mesinha de cabeceira, procurando o caderno e a caneta.

Não estão lá, embora eu tenha certeza de que estavam quando fui dormir. Eu me lembro nitidamente de ter anotado algo antes de apagar a luz, resumindo os eventos da noite em três palavras.

Billy guarda rancor.

Mas agora tanto a caneta quanto o caderno sumiram, e sem eles a mesinha de cabeceira parece enorme e vazia.

Sinto um aperto de pânico no peito, fazendo meu coração ainda pulsante acelerar um pouco mais. Digo a mim mesmo que se acalme. Que existe um motivo perfeitamente lógico para eles não estarem onde os deixei, mesmo que o motivo seja ridículo, como sonambulismo. Com certeza não se trata de roubo. Por que alguém arrombaria a casa e roubaria apenas um caderno e uma caneta?

A resposta, imediata e óbvia, é que esse ladrão possivelmente hipotético tenha levado mais do que minha caneta e meu caderno. Ele também pode ter levado minha carteira, meu celular, qualquer outra coisa de valor que conseguisse carregar. Imagino o restante da casa, que já estava com pouquíssima mobília, agora completamente vazia, um cômodo despido levando a outro.

A imagem é suficiente para me impelir para fora da cama, e eu imediatamente piso em algo no chão ao lado dela. Olhando para baixo, vejo meu pé descalço em cima de um canto do caderno. O dedão do meu outro pé roça a caneta.

Pego os dois, e o pânico se esvai. Outra emoção o substitui: constrangimento pela minha burrice. É óbvio que, em algum momento, derrubei o caderno e a caneta da mesinha de cabeceira, provavelmente em um ataque de insônia que não lembro agora.

Não havia nenhum intruso.

Eu exagerei. De novo.

Abro o caderno e folheio as páginas, vendo reações, também exageradas, escritas nos meses anteriores. Coisas sobre ter medo de dormir, de não dormir, de me sentir solitário, triste ou culpado. *É minha culpa*, diz uma anotação, embora eu não consiga lembrar sobre qual transgressão estava escrevendo. Talvez sobre todas elas.

Chego à última anotação do caderno, e meu medo volta a todo vapor. Penso no botão de volume de um rádio, aumentando. Se antes meu pânico estava no volume 7, agora foi renovado para 9, perigosamente perto de 10.

Porque na página à minha frente, escritas com uma letra que não é a minha, estão três palavras assustadoras e familiares em igual medida.

HAKUNA MATATA CARA

VINTE E QUATRO

Cinco minutos depois, estou batendo na porta da casa de Russ, sem me importar que seja muito cedo ou que eu esteja apenas de camiseta, samba-canção e tênis enfiados de qualquer jeito nos pés, com os cadarços ainda desamarrados.

Jennifer atende a porta ajeitando o roupão, o tecido se abrindo em volta de sua barriga de grávida. Seu olhar sonolento deixa evidente que a acordei.

— Ethan? O que houve?
— Russ está em casa?
— Não. Ele já foi pra loja. Tinha entregas para receber hoje cedo.
— Vocês ainda têm a chave reserva que meus pais deram a vocês, né? Ou a perderam?

Quando eu tinha dez anos, só os vizinhos das casas ao lado tinham chaves da nossa — os Chen, à direita, e os Barringer, à esquerda. A chave extra servia para que a sra. Chen pudesse regar as plantas quando viajávamos e para que a sra. Barringer pudesse entrar caso houvesse uma emergência enquanto estivéssemos ausentes. Como verifiquei a casa inteira, não encontrei janelas quebradas e vi que todas as portas estavam trancadas, só podem ter entrado com a única chave reserva restante, que agora está em posse de Russ.

— Eu... não sei — diz Jennifer, passando a mão pelo cabelo emaranhado. — Acho que temos. Por quê?
— Porque alguém entrou na minha casa — respondo, apenas começando a falar o que eu *acho* que está acontecendo, embora eu deseje desesperadamente estar errado.
— Sério? — solta Jennifer, arregalando os olhos.

Totalmente desperta agora, ela me puxa para dentro e me leva até a cozinha. No caminho, passamos pela sala de estar, onde Benji está sentado no chão comendo cereal e assistindo a um episódio do desenho da cachorrinha *Bluey*.

— Acho que está aqui em algum lugar — comenta Jennifer enquanto vasculha a gaveta de tralhas na cozinha. — Levaram alguma coisa?

— Não.

E é por isso que não acho que essa tenha sido uma invasão comum. Embora metade dos móveis esteja com meus pais na Flórida, um ladrão sem dúvida teria levado alguma coisa. Meu laptop no escritório. A TV na sala. Minha carteira que estava bem ao lado do caderno e da caneta, as únicas coisas que aparentemente foram tocadas.

— Não estou achando — comenta Jennifer, fechando a gaveta com o quadril. Ela grita na direção do corredor: — Misty? Você sabe onde está a chave reserva da casa do Ethan?

A mãe de Russ aparece na porta, parecendo que se levantou há horas. Suas roupas estão impecáveis, e seu cabelo, perfeito.

— A chave reserva? Está aqui — responde ela.

Misty me guia de volta ao vestíbulo e à mesa lateral perto da porta da frente. Em cima dela há um abajur, uma caixa com correspondências e uma bandeja com várias chaves. A sra. Chen pega uma e me entrega. Olho para a etiqueta branca presa ao chaveiro. Ali, com a letra da minha mãe, está meu sobrenome.

— E, vocês trancaram a casa de noite? — pergunto, desesperado.

— Nenhum sinal de arrombamento?

Temos um sistema de segurança — afirma Jennifer. — Ficou ativado a noite toda.

— Talvez você devesse ligar para a polícia — sugere a senhora Chen assim que devolvo a chave para ela.

— Obrigado. Acho que vou fazer isso.

No fim das contas, não preciso me dar a esse trabalho, pois, enquanto volto andando para casa, com os cadarços ainda desamarrados balançando em volta dos meus tornozelos, encontro a detetive Cassandra Palmer na minha porta. Sua presença, inesperada e sem aviso, faz minha ansiedade disparar novamente.

— Bom dia, Ethan — cumprimenta ela enquanto observa meu visual: samba-canção, camiseta e cabelo desgrenhado. — Está tudo bem?

Paro na calçada, tentando pensar na melhor maneira de responder a essa pergunta. Tenho vontade de dizer que não, que não está tudo bem. Que, na verdade, alguém entrou minha casa. Mas não posso. Porque não foi qualquer um que a invadiu ontem à noite. A chave reserva que ainda está com os Chen prova isso. Um ladrão comum — humano — precisaria de meios para entrar.

Mas não Billy.

Ele é uma sombra.

Ele não precisava de chave reserva nem de porta destrancada para entrar na minha casa, subir a escada, ficar a centímetros do meu corpo adormecido enquanto escrevia no caderno.

Hakuna matata, cara.

— Tive que dar um pulinho na casa ao lado — respondo, enfim.

Pela sua expressão nada impressionada, fica evidente que a detetive Palmer não acredita em mim. Ainda assim, ela não diz mais nada enquanto abro a porta e a guio para dentro.

— Pode ficar à vontade — digo. — Vou subir rapidinho e vestir uma calça.

— Por favor, vista — comenta a detetive Palmer.

No topo da escada, paro para tentar sentir a presença de Billy da mesma forma que senti na noite em que notei as luzes se acendendo e se apagando por Hemlock Circle. Se ele ainda estiver aqui, há uma chance de eu não precisar contar nada à detetive Palmer. Talvez ela note a presença dele por conta própria. Mas Billy parece ter ido embora. Agora, tudo o que sinto é o pesado silêncio de uma casa com um morador só.

No meu quarto, o caderno está com a capa virada para baixo no carpete, onde eu o joguei depois de ver o que estava escrito lá. Evito olhar para ele enquanto visto a mesma calça jeans que usei na noite passada. Depois de jogar uma água fria no rosto e nas axilas, desço até a cozinha e começo a passar um café.

— Quer um pouco? — pergunto à detetive Palmer.

— Não, obrigada. Não vou demorar. Só queria bater um papo rápido.

Isso parece ameaçador. Olho para a cafeteira, onde um filete de café começou a escorrer para dentro da jarra.

— Ouvi dizer que você teve uma boa conversa com o detetive Patel ontem — comenta ela. — Depois que ele te pegou em flagrante invadindo a propriedade do Instituto Hawthorne. Acho que você ainda está convencido de que eles tiveram algo a ver com o assassinato de Billy.

Mas eu não estou. Não mais. O que Fritz me contou ontem à noite faz sentido. Ele é um homem inteligente. Inteligente o bastante para saber que não deveria desovar o corpo de uma criança na propriedade que ele gerenciava. Como também acredito em sua afirmação de que Ezra Hawthorne era velho e instável demais para fazer isso, o instituto e todos os associados a ele foram rebaixados à condição de possíveis, mas improváveis, suspeitos.

— Eu mudei de ideia — rebato.

— Você se importa em me dizer o que estava fazendo lá?

— Dando uma olhada.

— Minha equipe e eu já fizemos isso — retruca ela. — Tecnicamente, ainda estamos fazendo. Se eu quisesse, poderia acusar você de interferir numa cena de crime.

Eu me afasto da cafeteira, nervoso. Só porque Ragesh se recusou a me prender, não significa que ela não vai fazer isso.

— Eu não interferi em nada. Só quero saber quem matou o Billy.

— Você já sabe. Você estava lá quando o levaram.

— Mas eu estava dormindo.

A detetive Palmer cruza os braços.

— O que eu acho bastante conveniente.

— Eu não sou mentiroso! — protesto. — Eu não vi nada.

— Não tenho dúvidas de que você realmente acredita nisso. Mas às vezes as pessoas esquecem as coisas por um motivo. Principalmente crianças pequenas que testemunham algo muito confuso ou traumático, difícil de processar.

— Você acha que eu vi quem fez isso e deletei da minha mente?

— Você não acha? — devolve ela.

É claro que cogitei essa possibilidade, assim como todos os profissionais de saúde mental com quem já conversei. Mas nada jamais corroborou a ideia. Nem décadas de terapia, hipnose e análise de sonhos, incluindo um psicólogo infantil que me mostrou infinitos desenhos de barracas para caso um deles despertasse uma memória.

— Não é tão simples assim — digo, e o café finalmente fica pronto. Pego uma caneca e me preparo para me servir.

— Talvez você esteja certo. Talvez esse sonho recorrente que você continua tendo seja apenas isso. Um sonho. Ou talvez seja uma memória reprimida que você tem por ter visto quem levou Billy. Uma memória que bagunçou tanto a sua vida que seu cérebro a deletou.

Eu paro, segurando a cafeteira no ar.

— O que poderia ser tão traumático?

— Você ficaria surpreso. Pense em quem poderia ter sequestrado e matado Billy. Lembra que eu disse outro dia que o culpado pode ser alguém de Hemlock Circle?

Lembro. Muito bem.

— Você me disse que Billy pode não ter feito barulho quando foi levado porque conhecia a pessoa que o levou — afirmo enquanto minhas mãos instáveis continuam despejando café na caneca.

A detetive Palmer faz que sim com a cabeça.

— Se eu tiver razão, e acho que tenho, quem sequestrou e matou Billy não só sabia sobre a cachoeira, que era o lugar mais conveniente para se livrar do corpo dele, mas também quem ele era, *onde* ele estava. Essa pessoa o conhecia bem o suficiente para que Billy não entrasse em pânico quando a visse, mesmo depois de rasgar a lateral da barraca. Não há muitas pessoas que se encaixam nesse perfil. E você conhecia cada uma delas.

— Não foram meus pais, se é isso que você está insinuando.

— Não, eles não. Para mim, há apenas uma pessoa que pode ser a responsável.

Jogo a cabeça para trás e esfrego as têmporas, já sabendo qual é o rumo da conversa. Com base em todos os fatos estabelecidos — o assassino sabia que Billy estava acampando no meu quintal;

Billy não gritou nem entrou em pânico porque conhecia seu sequestrador; quem quer que fosse sabia da existência da cachoeira a três quilômetros da minha casa —, na verdade resta apenas um suspeito plausível.

— A mãe do Billy — digo.

Sexta-feira, 15 de julho de 1994
19h45

O destino de uma mãe é se preocupar.

Ninguém contou isso a Mary Ellen quando ela ficou grávida de Billy, então foi uma surpresa quando pela primeira vez ela segurou em seus braços aquele serzinho choroso que não parava de se contorcer e, em vez de ser preenchida de amor ou ternura, sentiu apenas preocupação. Uma preocupação tão profunda que se entranhou em sua alma.

Mary Ellen se perguntou o que faria se algo de ruim acontecesse com o menino.

Agora ela sabe — assim como soube naquele dia, depois que o primeiro pensamento tenso se dissipou — que a preocupação é uma consequência do amor. O que ela ainda não sabe é o que fazer com isso. Achou que com o tempo esse sentimento passaria, mas nunca passou. Nem depois que Andy nasceu, embora lhe tivessem garantido que com o segundo filho tudo fica mais fácil. Não na experiência dela. Ter mais um filho serviu apenas para aumentar sua ansiedade. Agora ela tem dois meninos com que se preocupar. E hoje em dia há tantos motivos que tiram a nossa tranquilidade...

"A cada dia, este mundo fica mais maluco", disse Trish Wallace naquela mesma manhã, e Mary Ellen tem que concordar. Tudo fora de Hemlock Circle parece estar saindo do controle, como o ônibus repleto de explosivos naquele filme que Blake e ela foram ver no mês passado. Massacre em massa em Ruanda. Aquela linda patinadora artística Nancy Kerrigan sendo atingida nos joelhos. O. J. Simpson matando a esposa, o que cada célula do corpo de Mary Ellen sabe que é a mais pura verdade. Um homem inocente não tenta fugir do jeito que ele fez algumas semanas atrás. Como todo mundo, ela o assistiu pela TV dirigindo aquele Ford Bronco branco na rodovia por horas. Ela sentiu um frio na barriga de preocupação o tempo todo, temendo que a perseguição nunca acabasse. Que ele continuasse dirigindo. Por todo o país. Até chegar a Hemlock Circle, onde nenhuma esposa e mãe estaria a salvo.

É isso que a mantém acordada à noite. A ideia de que nenhum lugar é seguro. Coisas ruins podem acontecer e acontecem em todos os lugares. Até aqui. Toda vez que ela vê Misty Chen, sente uma vontade de agarrar seus braços e sacudi-la até arrancar a verdade dela. Ela sabia que seu filho era um viciado? Fez algo a respeito? Sente culpa? Mary Ellen precisa saber, pois, assim, pode evitar que isso aconteça com os próprios filhos.

Agora Billy está no andar de cima, arrumando-se para ir até a casa dos Marsh, ao lado. Mary Ellen autorizou que ele fosse, embora continue preocupada com o homem desconhecido que foi visto vagando pela floresta ontem. Ela só deixou porque Billy está meio... estranho. Não exatamente revoltado, mas não exatamente feliz. Calado. Essa é a melhor palavra em que ela consegue pensar para descrevê-lo. Como se algo tivesse acontecido hoje mais cedo e Billy não tivesse certeza de como se sentir.

Ele está escondido no quarto desde que entrou de fininho em casa no fim da tarde, provavelmente folheando aquele livro horrível de fantasmas, de cuja existência ele acha que Mary Ellen não sabe. Ela quase o jogou fora quando o encontrou, mas Blake a impediu.

— Deixe o menino ficar com o livro — disse ele. — É inofensivo.

Mary Ellen zombou de seu argumento.

— Inofensivo? Você já viu? É mórbido. Todas aquelas fotos de fantasmas e espíritos malignos.

— O que é absolutamente viciante para alguém da idade dele. Todo menino passa por uma fase de interesse por coisas sinistras. Daqui a pouco passa.

No entanto, na opinião de Mary Ellen, não parece uma fase. Billy se comporta como alguém obcecado, falando o tempo inteiro sobre fantasmas. Ela ficou chocada quando Blake o ajudou a se fantasiar de fantasma para o Dia das Bruxas. Ela não consegue entender como um menino tão doce quanto Billy consegue admirar algo tão assustador.

Mary Ellen se aflige com a maneira como seu filho está mudando. Ela sempre pensou que Andy puxou ao marido — inteligente, astuto, até um pouco indiferente e solitário. Até recentemente, ela presumia que Billy havia puxado a ela. Sensível. Tão diferente dos outros meninos da vizinhança. Tão parecido com o que ela costumava ser. Bem, como ela ainda é. Ao longo dos anos, ela aprendeu a reprimir suas excentricidades, a agir como todas as outras mães, a fingir ser normal.

Na infância, Mary Ellen era a excêntrica da escola. Não que fosse totalmente excluída. Seus colegas pareciam gostar bastante dela. Mas sempre havia algo de estranho em seu comportamento. Algo que a impedia de ser de todo acolhida.

A mãe de Mary Ellen lhe dizia, ainda que de um jeito carinhoso, que ela sentia demais as coisas. Que isso vinha de família.

— Nossas emoções são intensas — disse ela quando Mary Ellen tinha mais ou menos a idade de Andy.

Um exemplo perfeito era Stacy, a boneca de porcelana que Mary Ellen ganhou de Natal quando tinha oito anos.

— Seja muito cuidadosa com ela — instruiu sua mãe quando a menina segurou Stacy pela primeira vez. — Ela é frágil.

Mary Ellen não sabia o que aquela palavra significava, e, quando perguntou, a resposta a perturbou.

— Isso quer dizer que ela pode quebrar muito facilmente — explicou a mãe. — Um movimento errado, e a boneca inteira se despedaçará e não existirá mais.

Apesar desse terrível aviso, Mary Ellen amava Stacy. Ela deixava a boneca em uma prateleira de frente para a cama, então Stacy era a primeira coisa que ela via de manhã e a última coisa que via à noite. Quando Mary Ellen tirava Stacy da prateleira, era apenas para embalá-la com muita delicadeza por alguns minutos. A menina sabia que era muito arriscado fazer mais do que isso, assim como sabia que, por mais cuidadosa que fosse, chegaria o dia em que Stacy se quebraria e deixaria de existir. Na mente de Mary Ellen, não era uma questão de *se*, mas de *quando*.

No ensino médio, Mary Ellen aprendeu a esconder seu medo constante, pelo menos o suficiente para se virar e tocar a vida. Ela não era popular, mas tinha algumas amigas, namorava alguns garotos e, o mais importante, passava despercebida. Mas só porque conseguia esconder a preocupação, não significava que a preocupação tinha ido embora. O desassossego ainda estava lá. Um monstro à espreita no escuro, esperando para aparecer nos momentos mais imprevisíveis.

Hoje à noite, por exemplo.

Enquanto Billy arruma suas coisas, Mary Ellen liga para o marido, que está em uma conferência em Boston. Outra fonte de preocupação. Boston é tão grande, a viagem de carro é difícil, e as pessoas... Bem, Mary Ellen se sente mal por estereotipar a população de uma cidade inteira, mas ela ouviu dizer que os bostonianos são grosseiros.

— Você acha mesmo que eu deveria deixar Billy acampar na casa do Ethan? — pergunta ela.

— Não vejo por que não — retruca ele.

A resposta de Blake não a surpreende nem um pouco. Ele sempre foi mais tranquilo do que ela, uma característica que Mary Ellen considera ao mesmo tempo necessária e misteriosa. Não dava para os dois serem mais tensos do que as cordas de uma raquete de tênis. No entanto, ela tampouco é capaz de entender como Blake consegue viver sem se preocupar com quase nada.

— É porque tinha um homem desconhecido zanzando pela vizinhança ontem — insiste ela. — Talvez ele ainda esteja por aqui, vigiando escondido.

— Billy não vai acampar sozinho no meio da floresta — argumenta Blake. — Ele estará com Ethan no quintal de Fred e Joyce. Tenho certeza de que eles ficarão de olho.

Quando a ligação termina, Mary Ellen ainda não decidiu o que fazer. Mas então Billy desce a escada, com um saco de dormir enrolado debaixo do braço e o humor ainda indecifrável.

— Tem certeza de que está a fim de ir hoje à noite? — pergunta ela. — Você pode muito bem ir na sexta que vem.

— Acho que sim.

Mary Ellen suspira, desejando que o filho lhe contasse o que há de errado e que seu marido estivesse aqui, e não em Boston, e que ela fosse como as outras esposas de Hemlock Circle e conseguisse simplesmente relaxar por uma noite. Acima de tudo, ela gostaria de conseguir controlar coisas que estão fora de seu controle. Porque sua preocupação profunda, exaustiva e infinita é demais para ela.

— Tudo bem, então — concorda ela, escolhendo abrir mão dessa batalha.

Haverá mais batalhas no futuro. Mais mudanças de humor. Mais ansiedade. Mais ânsia de crescer, o que é um problema no caso de Andy. Isso irradia dele como o calor em seu corpo. Tudo isso faz Mary Ellen desejar ser capaz de preservar os meninos como eles são agora. Dessa forma, permaneceriam os mesmos para sempre, e ela poderia se preocupar menos em vez de ficar parada, impotente, vendo seus filhos envelhecerem, saírem de casa, seguirem em frente.

— Divirta-se — diz ela. E então acrescenta as últimas palavras que diria ao filho: — Toma cuidado.

Enquanto Mary Ellen observa Billy sair para o crepúsculo, seus pensamentos retornam a Stacy, a boneca de porcelana que ela tanto adorava quando criança. Quando tinha dez anos, a espera pela inevitável destruição de Stacy tornou-se um fardo maior do que ela era capaz de suportar. Em vez de adiar — preocupar-se, afligir-se e, finalmente, perder a boneca antes de estar preparada para dizer adeus —, Mary Ellen decidiu que era melhor resolver o problema por conta própria.

Uma tarde, ela foi até seu quarto, pegou Stacy da prateleira e a embalou no colo pelo tempo que quis. Quando acabou, Mary Ellen deu um beijo na bochecha delicada de Stacy e estraçalhou sua cabeça de porcelana.

Depois disso, ela nunca mais se preocupou.

VINTE E CINCO

Tomo outro gole de café enquanto reflito mais uma vez sobre a possibilidade de a mãe de Billy ser a assassina. A detetive Palmer está certa ao afirmar que a sra. Barringer se encaixa em todas as características da pessoa que matou Billy. São as chances de ser verdade que continuam me impedindo de chegar a essa conclusão.

Não, os Barringer não eram os melhores pais do mundo. Blake Barringer estava presente, mas era ausente. Um daqueles homens muito inteligentes que nunca conseguem se abstrair dos próprios pensamentos e engajar em conversas com o resto do mundo. Para ser sincero, não consigo pensar em uma única vez em que batemos um papo só nós dois, apesar de termos tido muitas oportunidades.

Já com a mãe de Billy, conversei muitas vezes. Ela era diferente à sua maneira. Mesmo quando criança, eu tinha a impressão de que Mary Ellen Barringer era uma pessoa frágil. Certa vez, ouvi minha mãe se referir a ela como "Pilha de Nervos". Um apelido um pouco cruel, mas preciso. Ela sempre parecia estar meio assustada, como se esperasse ver um fantasma a qualquer momento.

A detetive Palmer não estava lá quando Mary Ellen Barringer arrastou Andy até o meu quintal e implorou a mim que eu me lembrasse de mais alguma coisa sobre aquela fatídica noite. Ela não viu a sra. Barringer parecendo um fantasma com sua camisola e as meias de pares diferentes. Não sentiu seu aperto espantosamente forte em meus ombros enquanto ela me sacudia até arrancar alguma lembrança de mim.

Aquela mulher enlouqueceu de tristeza, não de culpa. A situação acabou ficando tão ruim que a sra. Barringer teve que ser internada em um hospital pouco depois que os Barringer foram embora de Hemlock Circle. Alguns anos depois, o sr. Barringer morreu, e Andy, ainda adolescente, foi enviado para um orfanato.

Por outro lado, talvez tenha sido o oposto. Talvez a culpa tenha deixado a sra. Barringer louca, e, em vez de tentar me fazer lembrar, o que ela realmente queria era que eu revelasse quanto eu sabia.

Antes de a detetive Palmer ir embora, pergunto a ela quais são os próximos passos no caso de Billy. Não é nada promissor. Levando em conta a atual condição de Mary Ellen Barringer, não há muito o que possam fazer. A detetive comenta que planeja visitar a sra. Barringer no hospital estadual, embora os médicos a tenham avisado de que ela não esboçará reação.

— Então pode ser que nunca saibamos quem matou o Billy? — indago.

— Nunca diga nunca — responde ela. — Mas, a essa altura, é pouco provável. A menos que outra pessoa surja como um suspeito viável, talvez tenhamos que nos resignar a nunca saber o que realmente aconteceu.

Depois que a detetive Palmer vai embora, volto para o andar de cima e pego o caderno do chão. Ainda está aberto na página em que Billy escreveu.

HAKUNA MATATA CARA

Sei que foi Billy, pois nunca compartilhei com ninguém as últimas palavras que ele me disse. Nunca contei nem para Russ, nem para meus pais, nem para a polícia. Nem para Claudia. Guardei esse segredo porque queria ter algo de Billy que mais ninguém tivesse conhecimento.

Só por via das dúvidas, abro o aplicativo da câmera de trilha no meu celular, na esperança de que tenha tirado uma foto do invasor no momento em que saiu da floresta e cruzou o quintal até a casa. Mas a maioria das fotos tiradas durante a noite é de mim e Fritz Van de Veer conversando no quintal. Aquelas em que estamos ausentes não mostram sombra, ou espectro, que dirá um ser humano. Apenas um cervo solitário mordiscando a grama às cinco da manhã.

Como a câmera não forneceu nenhuma resposta, atravesso o corredor até meu antigo quarto e abro o exemplar de Billy de *O livro gigante de fantasmas, espíritos e outras assombrações.* Encontro a página com a letra dele na margem e comparo com a frase que está no meu caderno. Não são idênticas, mas semelhantes o suficiente para que eu consiga presumir razoavelmente que as palavras no livro e no meu caderno foram escritas pela mesma pessoa.

Agora que sei que Billy não está confinado na floresta, eu o procuro em todos os lugares enquanto ando até o meu quarto atual. Na sombra atrás da porta. Na escuridão debaixo da cama. Depois de uma busca completa que não dá em nada, eu me deito na beirada da cama e olho para o caderno. Isso me faz pensar sobre o Sonho e como essa última vez foi igual a todas as outras, exceto por aquele milissegundo em que vi um borrão de algo se movendo bem atrás do corte na barraca.

Um borrão que presumo ser o assassino de Billy. Essa é a conclusão para a qual essa nova versão do Sonho e a mensagem de Billy no meu caderno, muito mais invasiva do que uma bola de beisebol no quintal, parecem apontar.

Que eu realmente vi o assassino de Billy.

Apenas um vislumbre.

Foi a sra. Barringer? Possivelmente. A detetive Palmer acredita que sim, embora seja uma suposição que ela tem poucas chances de conseguir provar. Isso pode ser bom para uma detetive sem nenhuma conexão pessoal com o crime, mas para mim é inaceitável. Passei trinta anos ansiando pela verdade, sem dormir, acordando assustado com o Sonho. Eu me recuso a continuar existindo dessa forma por mais trinta anos.

Além disso, preciso pensar em Billy. É possível que seu espírito encontre a paz se a identidade de seu assassino nunca for revelada? Meu palpite é de que não, e que isso está causando o aumento da intensidade de suas mensagens.

Billy não precisa mais que eu brinque de detetive.

Ele precisa que eu me lembre.

Enquanto continuo encarando a mensagem de Billy, com sua série de *ás* triangulares, consigo pensar em apenas uma maneira de fazer isso acontecer.

Meia hora depois, estou de banho tomado, vestido e com o carro estacionado em frente à loja de Russ, que abriu há apenas um minuto. Assim que entro, ele, que está no caixa, me vê e vem correndo.

— Oi. Jen me ligou. Você deixou ela meio assustada hoje de manhã. Está tudo bem?

— Está, sim — respondo enquanto continuo andando pela loja. Russ me segue.

— Então não houve nenhum arrombamento?

— Foi tudo um grande mal-entendido.

— Então o que você está fazendo aqui?

Paro em frente ao acampamento exposto no centro da loja. Ainda é tão cedo que Russ nem teve tempo de ligar os detalhes adicionais que davam um charme ao espaço. Nenhum som de grilos cricrilando na pedra falsa. Nenhum ventilador soprando chamas de celofane na fogueira.

— Quero comprar esta barraca — digo.

VINTE E SEIS

De acordo com as instruções, a barraca pode ser montada em quinze minutos. Acabou levando duas horas. Mesmo assim, sei que fiz algo errado pela maneira como a barraca se inclina um pouco para a frente, como se estivesse em um aclive, e não no mesmo pedaço plano de grama onde uma barraca semelhante estava há trinta anos. E, com apenas um toque, ela desmoronará em um amontoado de tecido alaranjado.

Começo de novo, do zero. Penso em esperar Russ chegar em casa e pedir sua ajuda. Mas seu comportamento na loja mais cedo me diz que ele traria mais perguntas do que assistência.

— Por que você precisa disso? — perguntou ele por telefone horas depois.

— É para o Henry Wallace — respondo, inventando a desculpa na hora ao me lembrar de Henry dentro da barraca quando visitamos a loja dias antes. — Achei que ele poderia gostar.

Embora isso aparentemente tenha apaziguado a curiosidade de Russ, sei que ele vai achar estranho que eu esteja montando a barraca no meu quintal, sem Henry. Sozinho, levo apenas uma hora na segunda tentativa de montar a barraca. Ao contrário de antes, ela permanece em pé, o que me dá um orgulho sem fim.

Quando termino, vou até a cozinha, onde deixei meu celular, e vejo literalmente centenas de notificações, todas do aplicativo da câmera. Claro. Como eu tinha me esquecido de desligar o aparelho, todos os meus movimentos naquela manhã foram capturados e enviados para o meu celular. Deslizo o dedo na tela e passo por algumas das imagens, estremecendo de constrangimento ao me ver suado, xingando em voz alta e pelejando com a barraca, antes de apagar a leva de fotos.

O celular apita de novo, desta vez acionado por um gaio-azul que passa rapidamente, e sou presenteado com a nova vista oferecida pela câmera de trilha. Grama em primeiro plano, espalhando-se para um cenário de floresta no fim do quintal, além da adição da barraca. Bem, parte dela, pelo menos. Apenas um pequeno trecho da frente da barraca está enquadrado, um triângulo alaranjado erguendo-se até o teto, que não aparece.

Só volto a pôr os pés lá fora quando a noite cai e retorno à barraca munido do saco de dormir fedorento que encontrei no porão e de um travesseiro velho que estava no armário do corredor. Também levo comigo: uma lanterna de LED que meu pai usava sempre que faltava luz; minha caneta e meu caderno, caso Billy queira escrever de novo; um saco de peças com letras do jogo *Scrabble*, pois certa vez vi um filme em que um fantasma se comunicava por meio delas; e uma garrafa de uísque barato, porque tenho certeza de que estou sendo um idiota.

Não, mais que isso.

Estou louco.

Um doido varrido.

No entanto, minha compreensão da situação — a noção de que perdi totalmente o juízo — não me força a sair da barraca. Permaneço encolhido lá dentro, meus ombros roçando nas laterais inclinadas enquanto destampo o uísque e dou um gole no gargalo da garrafa. Está realmente longe de ser a melhor ideia do mundo. Ainda mais porque, se o objetivo é entrar em um clima de recordação tornando a situação a mais parecida possível com aquela noite, eu deveria estar bebendo um suco de caixinha.

Depois de dar outro gole no uísque, eu me contorço para me enfiar no saco de dormir, deito de costas no chão e espero. O quê, eu não sei.

Provavelmente nada. Cinco minutos, e já parece uma colossal perda de tempo. Decido esperar uma hora. Duas, no máximo. Não é como se eu fosse dormir se estivesse dentro de casa.

— Vamos lá, Billy — murmuro. — Você quer que eu me lembre? Então me ajude. Porque só você sabe o que aconteceu. Só você estava lá. Eu não vi nada.

Paro de falar, principalmente porque não há ninguém aqui para ouvir. Somente eu. Falando comigo mesmo que nem um psicopata. Mas paro também porque não tenho certeza se o que estou dizendo é verdade. Há uma grande chance de eu ter visto algo na barraca naquela noite.

É por isso que ele está me assombrando.

Billy precisa que eu me lembre do que ele já sabe, que eu conte às pessoas que precisam ser informadas, que eu seja sua voz agora que ele não tem mais uma.

— Tudo bem — digo, aparentemente falando comigo mesmo, mas na verdade me dirigindo a Billy. — Vou fazer o meu melhor.

Eu me remexo, desconfortável. Apesar do acolchoamento do saco de dormir, o chão é mais duro do que eu esperava, sem contar que é um pouco irregular. Eu me viro para a esquerda, tentando me equilibrar, e olho para o teto abobadado da barraca.

Percebo que esta é a exata visão que eu tinha aos dez anos. Eu me lembro de ter observado as sombras reunidas ali, como estão agora. Uma escuridão vagamente ameaçadora pairando sobre o interior da barraca. E, embora isso evoque uma dúzia de lembranças — minha mãe trazendo os *s'mores* feitos no forno, a maneira como a porta da barraca retinha o calor de julho —, nenhuma delas me parece crucial. Elas certamente não lançam luz sobre as nebulosas memórias retratadas no Sonho.

O *scriiiiiiitch*.

O momento em que Billy foi puxado para fora da barraca.

Sem dúvida, nenhuma pista da pessoa responsável por ambos.

Eu me remexo de novo, tento recomeçar. De repente, me ocorre que fitar o teto da barraca pode ser uma distração e que eu deveria me concentrar em como o espaço afeta meus outros sentidos. Como é o som dentro da barraca? Qual é o cheiro? Qual é a *sensação* do ambiente? Pensando que a chave para desbloquear minhas lembranças está na aura da barraca, e não em pistas visuais, fecho os olhos e respiro fundo algumas vezes para relaxar.

Em seguida, eu me concentro.

A princípio, não noto nada além do cheiro de barraca nova que me circunda. Um misto de saco plástico e luva de látex, o odor é forte o suficiente para me fazer franzir o nariz. Depois que me acostumo, porém, outras coisas surgem.

O cricrilar de um único grilo, mais alto que os outros, sugerindo que está bem ali perto.

O toque de grama que ainda pode ser sentido sob o saco de dormir e o chão da barraca.

O próprio ar preso, estagnado e quente, que me cobre como um segundo saco de dormir. Gotas de suor se formam nas minhas têmporas, e tenho meu primeiro flashback da noite da qual estou tentando me lembrar com todas as forças.

Eu dentro da barraca fechada por zíper, esperando Billy chegar, perguntando-me se ele viria mesmo depois de tudo que aconteceu horas antes. Um frio na barriga de culpa — sensação com a qual eu me tornaria intimamente familiarizado ao longo dos trinta anos seguintes. Porém, naquele momento, ainda era algo estranho, perturbador. Eu me lembro da minha preocupação de que algo ruim tinha acontecido com meu amigo. Que ele ainda estava preso naquele portão e que eu nunca mais o veria.

Mal sabia eu que, em breve, isso se tornaria uma realidade.

Ouço um barulho vindo do lado de fora da barraca. Um suave sussurro de movimento, tão tênue que não consigo dizer se é real ou uma lembrança. Em seguida, ouço de novo, mais perto desta vez, e fico tenso dentro do saco de dormir.

Algo entrou no quintal.

Ouço o ruído novamente. Mais parecido com um sussurro do que com uma corrida pela grama.

No fundo do meu bolso, um barulho irrompe do meu celular.

Ping!

Contraio meu corpo inteiro, pois sei o que significa.

Billy chegou.

Sexta-feira, 15 de julho de 1994
20h05

Sozinho, Ethan se encolhe na barraca, tremendo de nervosismo após passar pelas horas mais agonizantes de sua jovem existência.

Tudo começou quando ele voltou para casa após concordar com os outros em não contar a ninguém sobre Billy ter sido pego no Instituto Hawthorne. Sua chegada assustou a mãe, que ainda estava na cozinha, fitando a parede. Ethan esperava que ela lhe perguntasse na mesma hora sobre a discussão com Russ, Ashley e Ragesh que ela, sem dúvida, testemunhara da janela da cozinha, mas nada aconteceu. Ela tampouco tocou no assunto de mais cedo, quando ele a viu chorando na cozinha, algo que o menino tinha certeza de que ela faria.

Em vez disso, sua mãe simplesmente se levantou e continuou seu dia, limpando a cozinha e preparando o jantar. Ela fez tudo isso com uma tristeza silenciosa, mas palpável, seu mau humor evidente em cada passo pesado, cada batida de gaveta. Até Barkley sentiu isso, recuando para o canto da sala e choramingando baixinho.

Ethan tentou escapar subindo para seu quarto enquanto o pai pegava a barraca laranja no porão e a montava no quintal. O menino observou da janela do quarto, surpreso com o lembrete de que Billy e ele tinham combinado de acampar à noite. Tinha esquecido completamente e se perguntou se Billy também. Quer dizer, se Billy sequer estava de volta. Ethan não teve notícias do amigo desde que se separaram no Instituto Hawthorne, o que lhe garantiu um turbilhão de pensamentos ruins. Que Billy estava em apuros. Ou ainda preso no portão daquele horrível mausoléu. Talvez estivesse morto. Se assim fosse, seria tudo culpa de Ethan. Afinal, ele abandonou Billy lá em vez de se juntar ao amigo e encarar a punição.

No jantar, Ethan quase não comeu; beliscou apenas uma fatia de pizza de muçarela enquanto afastava a náusea.

— Você não está com fome? — perguntou sua mãe, e não de uma forma preocupada.

Era aborrecimento que Ethan ouviu na voz dela, o que fez o frio em sua barriga aumentar.

— Na verdade, não — respondeu o menino, mal conseguindo pronunciar essas três palavras muito simples.

Dividido entre a vontade de confessar tudo e o medo de se meter em confusão, ele estava com dificuldade para falar.

— Você não está doente, está? — indagou seu pai, com um tom de voz que soava como uma acusação.

— Não.

— Porque, se estiver, deveria ter me contado e me poupado de montar aquela barraca idiota.

Agora, sentado sozinho na tal "barraca idiota", Ethan percebe que aquele era o momento perfeito para admitir o que aconteceu. Porque seus pais vão entender perfeitamente que algo está errado quando Billy não aparecer. E então Ethan, apesar de ter prometido aos outros que ficaria de boca fechada, terá que dar com a língua nos dentes.

Talvez ele devesse fazer isso agora e acabar logo com a angústia.

Ele quer confessar em parte para aliviar um pouco da culpa que está sentindo, e em parte porque sabe que Billy ficará encrencado também. Se é que já não está. *E Billy merece*, Ethan pensa em um surpreendente lampejo de raiva. Russ estava certo quando disse que era tudo culpa de Billy. Nada disso teria acontecido se ele não os tivesse levado ao Instituto Hawthorne.

Aonde ele tinha ido ontem.

E não contou a Ethan.

Porque ele estava muito ocupado sendo amigo de Russ.

Ethan começa a tremer de novo, resultado de todas essas emoções conflitantes. Ele se sente arrependido, culpado, assustado e furioso, tudo ao mesmo tempo. Orbitando tudo isso, há um sentimento de desejo.

Ele deseja continuar sendo o melhor amigo de Billy, assim como deseja que Billy seja... Bem, diferente. Quando os Barringer se mudaram para a casa ao lado, Ethan ficou intrigado com as excentricidades de Billy. Foi revigorante conhecer alguém da sua idade que era tão singular. Agora, Ethan se preocupa com o que acontecerá se o amigo continuar sendo essencialmente do jeito que é. Não que ele vá saber. Depois de hoje, ficará chocado se Billy voltar a falar com ele. Mais um motivo para aceitar a situação e contar aos pais o que aconteceu.

Decidido, Ethan começa a sair rastejando da barraca e se detém quando percebe algo completamente inesperado.

Lá, imóvel no quintal, está Billy.

VINTE E SETE

Seguro o celular com a mão trêmula, nervoso demais para verificar o aplicativo da câmera, mas curioso demais para ignorá-lo. Uma sensação de pavor, densa e sufocante, se espalha no meu peito enquanto deixo o dedo indicador pairando sobre o ícone do aplicativo.

Billy pode estar do lado de fora da barraca.

A única maneira de descobrir é olhando.

O que ainda não tenho certeza se quero fazer. Não que eu tenha medo de Billy. Apesar do que Fritz disse sobre fantasmas guardarem rancor, desconfio de que, se a intenção de Billy fosse me machucar, ele já teria feito isso dias atrás. Mas também não estou livre do medo. Compreensível, considerando que estou lidando com um fantasma.

Billy, ou seja lá o que está no quintal, ainda está lá. Continuo ouvindo em meio ao cricrilar dos grilos. E não vou saber como lidar com o que está lá fora enquanto não ver com meus próprios olhos e confirmar do que se trata.

Com um toque na tela, o aplicativo da câmera ganha vida. Desvio os olhos, concentrando-me em tudo, menos na imagem no meu celular. Nos meus dedos na borda do aparelho. No nível da bateria no canto superior direito. Finalmente, sem ter mais nada para observar, semicerro os olhos e dou uma espiada na tela. Vejo a imagem agora tão conhecida do quintal à noite e…

Um cervo.

A uns sessenta centímetros da barraca.

Pastando no gramado.

Meu corpo inteiro, extremamente tenso, relaxa de súbito. Um suspiro de alívio escapa de mim. Até solto uma risada, pois a situação toda é absurda.

De repente, o cervo do lado de fora da barraca dispara para longe. Ouço o barulho assustado de seus cascos pouco antes do celular, que ainda estou segurando, explodir mais uma vez em som.

Ping!

Dessa vez, não há hesitação. Meu olhar se aproxima diretamente da tela e da última foto tirada pela câmera de trilha.

O cervo se foi, contudo nada mais tomou seu lugar. A imagem no meu celular mostra um gramado vazio, árvores atrás dele, metade da barraca em que estou sentado atualmente preenchendo o lado esquerdo do quadro.

Então, o que acionou a câmera de trilha?

Ping!

Uma nova foto chega enquanto ainda estou olhando a anterior. Uma troca de imagem que seria perturbadora se as duas fotos não fossem exatamente idênticas. Eu até alterno entre elas, certificando-me de que não são a mesma.

Não são.

Porque na mais recente há algo que não se vê na anterior.

Uma sombra na floresta.

Mais escura do que outras sombras próximas.

E com formato diferente também.

Eu me inclino para a frente, apertando os olhos para a tela, tentando ver melhor.

Ping!

A imagem muda novamente, e desta vez é perturbador. Porque, em vez de um gramado vazio, a câmera capturou outra coisa.

Um rosto.

A centímetros da câmera.

Olhando diretamente para ela.

Ao ver isso, dou um pulo que sacode a barraca inteira e solto uma série de obscenidades.

— Puta que pariu, porra!

— Nossa, sr. Marsh, quantos palavrões — diz uma voz conhecida do lado de fora da barraca.

Olho novamente para a tela do celular e desabo de alívio. Não é Billy, mas outro menino de dez anos: Henry. A calmaria dura pouco, porque a porta da barraca de repente se abre, provocando outro "porra!" assustado.

— Outro palavrão — comenta Henry enquanto enfia a cabeça dentro da barraca, as lentes dos óculos refletindo o alaranjado. — Vejo que o senhor comprou a barraca.

— Comprei — respondo, levando a mão ao peito numa tentativa de acalmar meu coração acelerado. — Eu vi na loja e não resisti.

Henry examina o interior da barraca.

— Posso entrar? — pergunta o menino, daquele seu jeito adorável.

— Claro. — Eu chego para o lado para que Henry possa se juntar a mim, certificando-me de esconder a garrafa de uísque sob o saco de dormir. — Pode ficar à vontade.

O menino entra rastejando e se deita com as mãos atrás da cabeça.

— Isto significa que estou acampando agora?

— Acho que sim — respondo. — Você nunca acampou?

— Não. Minha mãe diz que coisas ruins acontecem com quem acampa.

Embora isso seja verdade em Hemlock Circle, sei que não é o caso em outros lugares. Ainda assim, admiro a tentativa de Ashley de fazer Henry querer evitar acampar a todo custo. É mais seguro assim.

— Eu acampava muito aqui quando era criança — comento, esticando-me ao lado de Henry, impressionado ao constatar quão mais alto que ele eu sou, e ainda mais impressionado ao me dar conta de que já fui pequeno como ele.

— Sr. Marsh, não é estranho acampar no próprio quintal?

— Não sei, sr. Wallace — replico enquanto cutuco a lateral do seu corpo com o cotovelo. — Você acha estranho?

— Eu acho formidável.

Olho fixamente para as sombras reunidas no espaço pontiagudo onde os lados da barraca se encontram, questionando a inteligência da compra que fiz. Eu tinha a grande esperança de que estar na barraca de alguma forma evocaria lembranças da noite em que Billy foi sequestrado. Porém, quanto mais tempo passo aqui, mais duvido que isso aconteça. Não é tão fácil se lembrar de algo que sua mente insiste em esquecer. Décadas de sessões de terapia fracassadas me ensinaram isso.

— Você pode vir aqui quando quiser — ofereço a Henry, imaginando que seja possível transformar em realidade a desculpa que dei a Russ para comprar a barraca. Assim, a compra não terá sido um total desperdício depois que meu estranho experimento inevitavelmente fracassar. — Pense que esta barraca é um lugar tranquilo onde você pode ler. Ou se esconder da sua mãe.

Como se convocada pela menção de seu nome, ouço passos na grama, seguidos pela voz de Ashley.

— Henry? Cadê você?

— Estamos aqui — anuncia Henry em voz alta.

Dez segundos e um farfalhar de porta de barraca depois, Ashley está ajoelhada no chão, olhando para nós dois com uma expressão confusa.

— O que vocês estão fazendo?

— Estamos acampando — diz Henry.

Ashley olha para mim.

— Estou vendo.

— Henry, fique relaxando aqui por um minuto enquanto eu falo com a sua mãe.

Começo a sair da barraca me rastejando, lembrando-me de pegar o uísque. Ashley arregala os olhos quando vê a bebida.

— Não vamos demorar — acrescenta ela.

Atravessamos o quintal e seguimos para a cozinha.

— O que é que está acontecendo, Ethan? Mandei Henry vir aqui perguntar se você queria jantar com a gente. Em vez disso, encontro vocês dois em uma barraca. Desde quando você tem uma barraca? — questiona Ashley assim que fecho a porta que dá para o quintal.

— Desde hoje de manhã — respondo. — Achei que me ajudaria a lembrar.

— Lembrar o quê?

— Quem matou Billy.

Ashley puxa uma cadeira da mesa da cozinha e se joga nela.
— Você realmente acha que isso vai acontecer?
— Não sei. Provavelmente não.
— Então por que está fazendo isso?
— Porque Billy me disse para fazer.
Ela me encara boquiaberta, os olhos reluzindo de preocupação.
— Quando você diz "Billy", você quer dizer...
— O espírito dele — esclareço.
— Entendi... — murmura Ashley com um aceno de cabeça. — Era isso que eu temia que você quisesse dizer. E por que o espírito...
— Ou fantasma — interrompo-a. — Eu acho.
— Tá bem. Por que o fantasma do Billy, que não existe, a propósito... Por que ele pediria para você fazer isso? Peraí, aqui vai uma pergunta melhor: *como* ele pediu isso para você?

Conto a ela tudo que omiti na outra noite quando mencionei pela primeira vez a ideia da presença de Billy na rua sem saída. As luzes da garagem piscando pela vizinhança e as bolas de beisebol no quintal. Conto inclusive o que Billy escreveu no meu caderno, sabendo que, no mínimo, pode parecer um absurdo e, no máximo, uma completa insanidade. Mas sou compelido a seguir em frente mesmo assim, com um pingo de esperança de que eu esteja soando menos desvairado em voz alta.

— *E se* Billy quisesse ser encontrado? *E se* ele fez isso acontecer? — concluo.

— Mas por que agora? — indaga Ashley. — Por que, depois de todos estes anos, ele se deixaria ser encontrado? Por que agora, e não décadas atrás?

Estou perdendo Ashley. Obviamente. Começo a falar mais rápido:
— Porque ele sabe que estou aqui. Que voltei a morar em Hemlock Circle pela primeira vez desde que ele desapareceu. E agora quer que eu descubra o que realmente aconteceu.

Ashley fica em silêncio por um instante, tentando assimilar todas as informações. Seu olhar preocupado mudou um pouco, aproximando-se do medo. O que não está claro é se ela tem medo *por* mim ou *de* mim.

— Você realmente acha que o fantasma de Billy está pedindo para você solucionar o assassinato dele?

— Acho.

— Você sabe que isso só acontece em filme, não sabe? — diz ela.

— Que, na vida real, crianças fantasmas não instigam as pessoas a resolver o assassinato delas. Mas digamos que você esteja certo. Não é o caso, isso é loucura. Mas, por ora, digamos que o fantasma do Billy esteja de fato assombrando seu quintal e jogando bolas de beisebol aqui. Onde um fantasma conseguiria uma bola de beisebol?

Uma excelente pergunta. Sobre a qual eu não ponderei e para a qual não tenho uma resposta lógica.

— Não sei — respondo. — Mas isso aconteceu. E eu não sou a única pessoa que percebeu. Você ouviu seu pai na outra noite. Ele disse que viu Billy.

— Eu já falei para você não dar ouvidos a ele. Meu pai não costuma saber nem em que ano estamos — afirma Ashley, quase não conseguindo proferir as palavras. — Hoje ele me perguntou o que minha mãe estava fazendo para o jantar. Ela morreu faz anos, Ethan. E foi como se ele nem soubesse.

— Sinto muito.

— Você não sabe da missa a metade — comenta Ashley, sem nenhum tom de raiva, acusação, e sem esperar nem compaixão. É simplesmente uma afirmação que sugere incalculáveis camadas de sofrimento. — E tudo que eu queria fazer, o motivo de eu ter vindo até aqui, era convidar um amigo de longa data para jantar na esperança de poder esquecer essa situação por alguns minutos.

— E em vez disso você encontrou um maluco falando sobre fantasmas.

— Você não é maluco. — Ashley solta um longo e exasperado suspiro. — Sendo bem sincera, seria mais fácil de lidar se você fosse. Mas dá pra ver que você acredita de verdade nessa história.

— Acredito mesmo — confirmo, com uma rapidez surpreendente. Pelo amor de Deus, estamos falando sobre o fantasma de Billy. A ideia em si deveria pelo menos me fazer parar e refletir. Mas não é isso que acontece. Não mais. — Mesmo que seja loucura, eu acredito. Afinal, quem mais poderia ter feito isso? Quem mais poderia ter entrado nesta casa com todas as portas e janelas trancadas e escrito no meu caderno algo que só Billy e eu sabíamos que ele disse?

Ashley responde com um triste balançar de cabeça.

— Eu não sei.

— E quem está jogando bolas de beisebol no meu quintal? Algo que Billy, e somente Billy, costumava fazer?

— Alguém que está pregando uma peça cruel — responde Ashley.

— Ou talvez seja você, Ethan. Já pensou nessa possibilidade? Talvez você mesmo esteja fazendo isso e não se lembre. Talvez sempre tenha sido você.

Eu a fuzilo com o olhar, perplexo com o que suas palavras estão insinuando.

— Sempre? Você acha que eu tive algo a ver com o que aconteceu com Billy? Você acha que eu o matei?

— Claro que não. — Ela estende o braço sobre a mesa, buscando a minha mão. Apertando-a entre as suas, ela acrescenta: — Sei que você não machucou Billy. Todo mundo sabe. Mas sei também que o que aconteceu teve um maior impacto em você do que em qualquer outra pessoa, tirando a família dele. E acho que, talvez, todas as coisas que têm acontecido não estejam realmente acontecendo.

Afasto minha mão da dela.

— Você acha que eu estou inventando essa história?

— Não — responde Ashley. — Acho que é possível que você esteja fazendo isso de forma inconsciente. Tipo sonambulismo. *Você mesmo* pode ter escrito naquele caderno. E *você mesmo* pode ter colocado aquelas bolas de beisebol no seu quintal. E depois esquecido tudo.

— Por que eu faria isso?

— Porque você quer acreditar que é real. Quer acreditar que as pessoas podem voltar do mundo dos mortos e se comunicar com você. Assim como você quer acreditar que isso tem a ver só com o Billy, sendo que eu tenho a sensação de que há mais coisas envolvidas.

— Como assim? Do que está falando? É claro que tem a ver com o Billy.

— E nada a ver com sua esposa?

Sinto meu corpo ficar dormente. Quando Ashley pega minha mão novamente, mal consigo senti-la.

— Eu sei o que aconteceu com a Claudia, Ethan. Eu sei que ela morreu.

VINTE E OITO

A princípio, não digo nada. Nenhuma palavra consegue resumir de forma adequada como é perder seu cônjuge. Sobretudo quando acontece de um jeito tão inesperado, quando você se enganou e pensou que ainda teriam décadas juntos. Sim, Claudia e eu estávamos passando por um momento difícil quando ela morreu, discutindo sobre não querer ter filhos, nos perguntando se, depois de quinze anos de casamento, não éramos quem pensávamos ser.

Mas eu sabia.

Embora Claudia tivesse mudado de muitas maneiras, ainda era a pessoa que conheci naquela festa na faculdade, e eu não tinha dúvidas de que daríamos certo. Quando ela foi embora depois da nossa última briga sobre a questão de ter filhos, imaginei que voltaria. Porque nossas últimas palavras um para o outro não foram de raiva. Foram de resignação.

"Eu sinto muito."

"Eu sei."

Mas Claudia não voltou.

E, ao contrário do desaparecimento de Billy, eu me lembro de tudo.

O telefonema, já perto da meia-noite. A voz sombria do policial me dizendo que encontrou uma mulher inconsciente dentro de um veículo registrado em meu nome. A frenética e corrosiva ansiedade durante o trajeto de carro até o hospital, o corpo sobre a mesa, o lençol branco sendo levantado, o rosto da minha esposa morta.

O carro estava estacionado à margem de um belo laguinho onde Claudia gostava de ir para pensar. Não houve grandes emoções em sua morte. Nenhum crime. Ela morreu de um aneurisma da aorta que nunca foi detectado em nenhum exame.

E eu fiquei sozinho.

Isso foi há um ano.

Continuei por Chicago o máximo de tempo que consegui, relutante em deixar a casa onde morávamos juntos e o lugar onde ela estava enterrada. Mas a situação se tornou pesada demais. A dor. A tristeza. O estresse de tentar ser forte, sendo que cada célula do meu ser queria desmoronar. Então, quando meus pais me disseram que iriam se mudar e sugeriram que eu voltasse para a cidade e ficasse com a casa, eu aceitei, mesmo sabendo que lembranças ruins sobre Billy me aguardavam.

Essa é a ironia da situação em que me encontro. Billy não foi a perda mais devastadora da minha vida. Foi Claudia. E, quando me vi forçado a decidir quais lembranças seriam mais fáceis de enfrentar, escolhi as de Billy.

Se eu soubesse que o próprio Billy ainda estava me esperando aqui, eu teria mudado de ideia.

Infelizmente, não consigo fazer Ashley mudar de ideia.

— Você acha que isso tem a ver com a Claudia — digo, usando o pulso para enxugar as lágrimas que ameaçam escorrer dos meus olhos.

Meu Deus, eu me sinto tão burro. Tão fraco. E isso porque Ashley não sabe que eu nunca cancelei o plano de celular de Claudia. Que eu ainda ligo para o número dela só para ouvir o som de sua voz e fingir que ela não se foi. Que eu continuo enviando mensagens para Claudia como se ela ainda pudesse lê-las.

— E com o Billy também — corrige Ashley. — A tristeza do luto é estranha assim mesmo. Faz com que as pessoas pensem em coisas que não deveriam pensar. Ou que acreditem em coisas que, no fundo, sabem que são impossíveis. E a minha suspeita é que você quer achar de qualquer jeito que o Billy está de volta porque isso significa...

— Que a Claudia também pode voltar.

Eu estaria mentindo se dissesse que isso não passou pela minha cabeça. Que essa experiência com Billy é um sinal de que eu sou, sei lá, *tocado* de alguma forma. Que, se ele pode me deixar mensagens do além, Claudia também pode.

Agora, porém, essa hipótese ficou um pouco desconexa por causa de tudo que Fritz Van de Veer me disse ontem à noite. E se Ezra Hawthorne estiver certo sobre os reinos terrestre, espiritual e intermediário? Se, de alguma forma, eu conseguisse me comunicar com Claudia, isso significaria que ela, assim como Billy, não está em paz? De muitas maneiras, saber disso é pior do que eu nunca mais poder falar com ela.

— Sei que é muito difícil lidar com a morte de quem a gente ama — continua Ashley. — Fiquei arrasada quando minha mãe morreu. E sinto saudade dela todos os dias. Mas também aprendi a deixá-la ir embora.

— E se eu não conseguir? — indago.

— Você pode pelo menos tentar. — Ashley se levanta e me dá um abraço tão caloroso e terno que me corta um pouco o coração quando termina. — Talvez seja esse o objetivo de tudo. Em vez de ser Billy tentando fazer você solucionar o assassinato dele, talvez seja seu subconsciente dizendo a você que é hora de dizer adeus aos dois.

Em seguida, ela volta para o quintal e busca Henry na barraca. Ele me dá um aceno pela janela. Retribuo o gesto, pensando no que Ashley acabou de dizer. Talvez ela esteja certa, e tudo isso seja culpa minha. Não sei como eu teria esquecido que joguei algumas bolas de beisebol no quintal, mas não seria a primeira vez que minha memória teria falhado.

Quanto a dizer adeus, estou disposto a tentar. Não por mim, mas por Claudia. Sei que ela odiaria me ver assim. Sei que ela gostaria que eu fosse feliz. No meu novo quarto, vou até o armário e encontro uma caixa de papelão escondida no canto, lá no fundo. Dentro dela, está a bolsa que Claudia levava consigo quando morreu. Uma enfermeira gentil do pronto-socorro me entregou a bolsa, pressionando-a em minhas mãos dormentes enquanto dizia: "Pode ser que você queira dar uma olhada em algum momento. Não agora. Mas outro dia."

E esse dia chegou.

Abro a bolsa e encontro os óculos escuros de Claudia, um pacote de chicletes, seu batom favorito. Pego sua carteira e a vasculho, meu coração doendo ao ver sua carteira de motorista e a foto que ela odiava, mas eu adorava, pois exibia seu sorriso.

No dia em que morreu, minha esposa carregava consigo vinte e sete dólares, mais dois cartões de crédito, um que ela nunca tocou e um que usava com frequência para comprar livros, flores e aquele queijo caro que ela adorava comer com um vinho igualmente caro.

Guardo a carteira de volta na bolsa e pego o que realmente estou procurando.

O celular dela.

Embora a bateria tenha acabado há muito tempo, uso o carregador do meu celular para trazê-lo de volta à vida. Então, deslizo o dedo na tela e leio as mensagens de texto, primeiro as mais recentes.

caminhando na floresta e pensando em você
não consigo dormir. claro
sinto sua falta, Claude

Continuo deslizando a tela, passando os olhos por um ano de mensagens que enviei, mesmo sabendo que minha esposa não iria ver nenhuma. Algumas (por exemplo, "assisti tubarão de novo. ainda é bom") são insípidas. Já outras parecem feridas abertas.

estou sentindo tanta saudade de você que não consigo
respirar

Eu esmiúço as datas e os horários, procurando um padrão para os momentos em que eu não conseguia resistir ao impulso de enviar uma mensagem. Feriados, por exemplo. Ou o aniversário de Claudia. Ou noites em que era impossível dormir. Mas esse padrão não existe. Eu sentia saudade dela o tempo todo. Ainda sinto.

Paro de ler as mensagens quando chego à primeira que enviei depois de saber que ela estava morta. Duas semanas depois do funeral, 15h46.

não sei como dar conta

Depois das mensagens de texto vêm as mensagens de voz, menos frequentes, mas enviadas com a mesma aleatoriedade. O áudio mais recente é de algumas noites atrás. Ouço desde o começo, decepcionado: "Oi. Sou eu de novo." Até o final desesperadamente sincero: "Acho que Billy pode estar me assombrando, Claude. Eu sei, é ridículo. Mas estão acontecendo umas coisas estranhas que eu não consigo…"

A última mensagem de voz é a mais antiga, enviada minutos depois de Claudia morrer, quando eu ainda não sabia o que tinha acontecido. Quando dou play, o som da minha voz — tão ingênua, tão esperançosa — traz ao meu peito uma dor tão intensa que tenho medo de que minha caixa torácica esteja prestes a se romper.

"Oi. Escute, eu não sei onde você está ou pra onde pretende ir, mas acho que, seja lá onde for, você deveria dar meia-volta e vir pra casa. Porque eu te amo, Claude. Eu te amo desde o momento em que te conheci. E a coisa mais importante pra mim é a sua felicidade. Ela é muito mais do que qualquer problema idiota que eu tenha por causa de algo horrível que aconteceu quando eu era criança. Acho que eu arranjo várias desculpas para não lidar com tudo que me assusta por causa do que aconteceu com o Billy. E ser pai me assusta pra cacete. Mas você é mais corajosa do que eu. Sempre foi. Então, se ter um filho vai te fazer feliz, acho que a gente deve fazer isso. Vamos ter um filho."

Por incrível que pareça, consigo passar a maior parte do tempo sem chorar. Só quando ouço essas últimas quatro palavras — *vamos ter um filho* — é que perco o totalmente o controle. Enquanto as lágrimas escorrem, imagino uma realidade em que tudo contido nessa mensagem acontece. Claudia chega em casa. Fazemos amor. Uma criança é concebida. Cuidamos dos preparativos, planejamos e tornamos a casa um ambiente seguro para um recém-nascido, compramos móveis demais e finalmente trazemos para casa um menino que se virá a ser alguém não muito diferente de Henry Wallace. Inteligente, doce e um pouco estranho. Alguém exatamente como Claudia e eu.

Então, a fantasia acaba, e sou puxado de volta para uma realidade em que estou sozinho e segurando o celular da minha falecida esposa. Faz sentido, pois esse basicamente foi meu modo de vida padrão nesse último ano. Imagino um futuro congelado nessa posição, os anos passando rápido e eu permanecendo exatamente igual.

É quando me dou conta de que chegou a hora de dizer adeus.

Pego meu celular e ligo para o número de Claudia. Na minha outra mão, o celular dela toca, e meu nome aparece na tela. Quando a chamada vai para a caixa postal, me forço a falar:

— Oi, Claude. — Sinto um aperto no peito de tristeza quando percebo que nunca mais vou me dirigir a ela dessa forma. — Eu, humm, preciso te contar algumas coisas.

E eu conto: digo a Claudia quanto eu a amo, quanto ela significava para mim, quanto ela me fez feliz, mesmo que às vezes eu não demonstrasse. Quando meu tempo acaba e a mensagem é cortada, continuo falando.

Os minutos se passam.

Depois, uma hora.

Por fim, termino.

Esse foi meu último adeus.

O celular de Claudia volta para sua bolsa, que volta para a caixa de papelão, que eu devolvo ao armário. Em seguida, pego meu celular e apago as informações de contato de Claudia, um ato que suga todo o ar do meu peito.

É uma sensação de traição.

Mas também de libertação.

Embora já passe da meia-noite, decido não dormir no quarto. É muito solitário aqui, muito repleto da dor ainda recente do desapego. Então, volto para a barraca, com aquele travesseiro tosco e o saco de dormir mofado. Apesar de não ser páreo para minha cama, estou mais confortável aqui sabendo que Billy pode estar por perto, apenas uma sombra silenciosa na floresta, e que Claudia também pode estar aqui, em algum lugar. Um fiapo de nuvem no céu noturno. Uma estrela pulsante que eu até poderia enxergar se soubesse para onde olhar.

Fecho os olhos e imagino os dois, tão perto e ainda assim tão longe, cuidando de mim enquanto adormeço.

VINTE E NOVE

Scriiiiiitch.
O fim do Sonho é tão estridente que acordo convencido de que está acontecendo de fato. Afinal, estou em uma barraca, com suas laterais inclinadas até o chão ao meu lado. Eu me sento direito e viro a cabeça para todos os lados, verificando cada parte da barraca, convicto de que verei um rasgo indo do teto até a grama.
Mas o tecido continua intacto. Apenas dois retângulos alaranjados iluminados pela luz do amanhecer.
Ao meu lado, meu celular ganha vida com um som familiar.
Ping!
Abrindo o aplicativo da câmera de trilha, sou saudado pela visão de uma folha de papel que a brisa fez deslizar pelo gramado. A câmera a captou em pleno voo, a página pairando a um centímetro acima da grama.
Estranho.
Procuro minha caneta e meu caderno, ambos estavam na barraca comigo quando fui dormir. Não consigo encontrá-los, mesmo depois de olhar na barraca inteira. Debaixo do travesseiro. Dentro do saco de dormir. Sinto um aperto no peito de ansiedade quando, em vez da caneta ou do caderno, acho outra folha de papel.
Está caída junto ao pé do saco de dormir, logo antes da porta da barraca. Quando a pego, noto que o lado da página está rasgado, como se ela tivesse sido arrancada do caderno. Quando a viro, vejo três palavras rabiscadas que me fazem sentir medo.

HAKUNA MATATA CARA

Encontro outra folha rasgada do lado de fora da barraca.

E mais páginas espalhadas pelo quintal. Dezenas delas. Por todo o chão. Cobrindo a grama. Todas elas com a mesma frase que parece estar zombando de mim e clamando por ajuda.

HAKUNA MATATA CARA

Saio aos tropeços pelo quintal, juntando as páginas, segurando-as contra o peito. Uma das folhas, de alguma forma, ficou presa nos galhos baixos de uma árvore no começo da floresta. No momento em que a pego e a empilho com as demais, vejo o caderno em si, caído não muito longe, no chão da floresta. Quase todas as páginas foram arrancadas. Pego o caderno e sinto meu estômago revirar.

Ele continha alguns dos meus pensamentos mais íntimos e sombrios, escritos no meio da noite. Agora eles foram desfigurados, rabiscados, jogados no gramado. Se isso é obra de Billy, é mais cruel do que eu esperava da parte dele.

E, se é obra minha, como Ashley suspeita, então minha cabeça está seriamente ferrada. Porque não tenho lembrança alguma de ter feito isso. Não consigo nem pensar em um motivo pelo qual eu faria algo assim.

Mas, se não fui eu, nem Billy, então quem foi? A única maneira de descobrir é, como diziam os comentaristas esportivos quando eu era criança e assistia aos jogos de futebol americano do New York Jets com meu pai, recorrer ao replay da jogada. Ou, no meu caso, à câmera de trilha.

Volto para a barraca e pego meu celular, que agora mostra várias fotos novas tiradas pela câmera. Em todas elas, eu apareço juntando as páginas arrancadas do meu caderno. Vou deslizando o dedo na tela e passando por todas as imagens até chegar à foto que vi hoje de manhã: a solitária folha deslizando sobre a grama. A imagem anterior, tirada várias horas antes, mostra um guaxinim cruzando o gramado perto da floresta. Depois disso, vem outra foto minha, nada lisonjeira, com a bunda para cima enquanto eu entrava rastejando na barraca bem tarde na noite passada.

Entre essas três imagens há... nada.

Ou a câmera deu defeito, convenientemente travando por algumas horas, ou alguém — Billy? Eu? — se escondeu atrás da câmera e a desligou enquanto o caderno era roubado e destruído.

Quanto mais penso nisso, mais desconfio de que tenha sido Billy, pois o carimbo de data/hora na foto mais recente exibe uma data muito importante.

Quinze de julho.

Exatos trinta anos do dia em que Billy foi levado.

Não é de espantar que ele tenha recorrido a táticas tão extremas. Billy não estava sendo cruel. Estava com urgência. Tudo isso me parece uma tentativa de enfatizar a importância deste dia. E aquelas três palavras em cada página? Suas *derradeiras* palavras? Suspeito de que sejam para me lembrar do que aconteceu naquela noite, há trinta anos.

Não que eu precise ser lembrado.

Eu me lembro de tudo.

De tudo, exceto de um detalhe vital.

Ainda estou olhando para o carimbo de data/hora no celular quando me ocorre a solução, uma ideia que tem me ocorrido desde que a primeira bola de beisebol caiu no meu quintal. Na verdade, ela está lá há décadas, visitando-me à noite com certa regularidade.

Não basta simplesmente continuar tendo O Sonho.

Se eu quiser me lembrar — *saber* mesmo, irrefutavelmente — do que aconteceu naquela noite, precisarei de mais do que isso.

Em vez de ter o Sonho, preciso revivê-lo.

Sexta-feira, 15 de julho de 1994
22h58

— Uno — anuncia Ethan pela terceira rodada consecutiva. Uma raridade. Geralmente, ele perde todas enquanto Billy, um estrategista muito melhor, acumula pontos. Esta noite, porém, Billy está preguiçoso e distraído. Pela segunda vez agora, Ethan o acusou de ter se esquecido de dizer "Uno" quando tinha apenas uma carta sobrando, o que nunca aconteceu. Enquanto conta seus pontos e vê que pela primeira vez na vida ganhou sua primeira partida contra Billy, Ethan não tem o sentimento de vitória, mas sim de decepção. Ele sabe que teria perdido de lavada se Billy estivesse jogando como sempre.

— Revanche? — propõe ele.

— Não — responde Billy, decepcionando Ethan ainda mais. Ele esperava que a resposta fosse "sim", porque disputar uma partida de Uno significava que os dois não falariam sobre o que aconteceu naquela tarde, tópico que até agora tinham evitado habilmente.

Ethan supôs que seria a primeira coisa que Billy mencionaria assim que entrasse no quintal com seu saco de dormir e travesseiro. Ele até se preparou para isso, o pedido de desculpas já formulado em sua mente. No entanto, Billy não trouxe o assunto à tona quando se arrastou para dentro da barraca e desenrolou seu saco de dormir. Então, Ethan também não comentou nada, embora fosse estranhíssimo adotar essa atitude.

Eles seguiram evitando o assunto pelo resto da noite. Enquanto comiam os *s'mores* que a mãe de Ethan tinha feito. Enquanto zanzaram perto da floresta tentando pegar vaga-lumes. Durante as partidas de Uno, nas quais Ethan constantemente lançava olhares furtivos para

Billy, procurando sinais de que ele estava zangado. E, embora o amigo não parecesse diferente, Ethan sabia que algo havia mudado. Billy estava mais quieto, mais vagaroso, menos animado. Era como se o Billy Barringer de antes tivesse ficado preso naquele mausoléu e sido substituído por um modelo mais novo. Sem todas as peculiaridades que tornavam Billy especial.

Ethan lembra a si mesmo que foi isso que ele desejou quando estava encolhido sozinho na barraca antes de Billy chegar: uma versão diferente do amigo. Mas, agora que está diante de um Billy mais contido, o menino mudou de ideia. Ele anseia pelo Billy de antes, e, se discutir os acontecimentos daquele dia fará com que isso aconteça, ele está disposto a levantar esse tema.

Ainda assim, Ethan espera.

Até depois de seu pai dar uma batidinha na lateral da barraca e dizer:

— Hora de se preparar para dormir, meninos.

Até depois de Billy e ele entrarem para escovar os dentes e lavar o rosto.

Até sua mãe sair da casa, enfiar a cabeça na barraca e, com hálito de vinho, perguntar se eles precisam de algo antes de dormir.

Ethan o espera apagar a lanterna e ficarem apenas Billy e ele enfiados em seus sacos de dormir, o silêncio tão denso e sufocante quanto a noite de julho. Finalmente, quando o silêncio é tão perturbador que Ethan acha que vai começar a berrar se permanecer assim por mais um segundo, ele pergunta, com o tom de voz um pouco mais alto que um sussurro:

— Brigaram com você hoje?

— Como assim? — pergunta Billy, embora saiba exatamente do que Ethan está falando.

Ethan se senta.

— Por ter sido pego lá. O que aconteceu? O que eles fizeram?

— Nada — responde Billy, com um tom entediado, como se não pudesse acreditar que o amigo está tocando nesse assunto agora.

— Aquele cara de terno não estava zangado? — insiste Ethan. — Ele parecia zangado.

— Não estava — afirma Billy, e sua resposta lacônica novamente deixa Ethan querendo saber mais.

— Mas o que ele disse? O que aconteceu?

— Nada — repete Billy, esticando a palavra para dar ênfase. *Naaada*. — Eles me disseram que eu não deveria estar lá e me deixaram vir embora pra casa.

Ainda que a resposta não satisfaça Ethan, ele sabe que deveria pelo menos se sentir aliviado. Se nada aconteceu, não há necessidade de ele se sentir culpado. Se não há danos, não há problemas. Sem grandes consequências. No entanto, o comportamento do amigo sugere que houve dano. Ou pelo menos algo que o mudou drasticamente.

— Então sua mãe não sabe o que aconteceu?

— Não.

— E eles não chamaram a polícia?

— Não.

Agora Ethan só tem mais uma pergunta a fazer, uma pergunta que se refere não à tarde passada, mas ao dia anterior.

— Por que você não me contou que foi lá ontem?

— Por que você se importa com isso? — questiona Billy, finalmente se sentando para que Ethan e ele fiquem cara a cara.

Ethan acende a lanterna, sem se importar que seus pais possam ver da casa a barraca iluminada. Pelo jeito estranho como ambos têm agido, provavelmente não vão se importar.

— Porque nós temos que contar um pro outro essas coisas.

E eu fiquei magoado por você não me contar, é o que ele quer dizer, mas seu orgulho, sua imaturidade e uma recusa em ser vulnerável mesmo na frente do seu melhor amigo o impedem de fazer isso.

— Então, por que você foi? — pergunta ele em vez disso.

— Você não vai acreditar em mim — responde Billy.

De repente, bate uma tristeza profunda em Ethan. Porque ele sabe do que Billy está falando. A coisa que todos, menos Billy, sabem que não existe.

— Você acha que tem fantasmas lá.

— Eu sei que tem — afirma Billy.

— Fantasmas não... — Ethan interrompe o próprio raciocínio, frustrado.

Ele se pergunta se realmente estava falando sério quando desejou que o amigo mudasse. O dia todo ele sentiu o vínculo dos dois se desfazendo aos poucos. Como uma corda que de tão desgastada está quase arrebentando.

— Por que você me deixou lá? — questiona Billy, sussurrando a pergunta que Ethan já esperava.

— Eu não queria.

— Você *fugiu* — dispara Billy, arfando.

E dá um soluço de dor que até Ethan consegue ouvir. Ele acha que ouve outra coisa também. Não dentro da barraca, mas do lado de fora. Um vago farfalhar no quintal que pode ser de um animal, embora ele presuma que a barraca, o brilho da lanterna e as vozes assustariam os bichos.

— Todo mundo fugiu — justifica Ethan baixinho, num fraco argumento de defesa.

— Sem mim!

Aborrecido, Ethan sente um calafrio.

— Porque você já tinha ido lá! — responde ele, gritando. — Você foi lá sem me avisar, foi pego e agora está me culpando por isso. A gente nem deveria ter ido até lá, pra começo de conversa. E você sabia disso!

— Eu te disse, eles falam com...

— Fantasmas? Eles não existem! Não são reais, Billy. Isso é tudo mentira, uma besteirada do cacete!

Ethan fecha a boca, atordoado por ter falado um palavrão em voz alta pela primeira vez.

— Não é... — diz Billy, com a voz sumindo aos poucos, o que faz Ethan se sentir cruelmente triunfante, pois, ao contrário dele, Billy não consegue nem xingar.

— Por que você não pode ser normal? — indaga Ethan. — Por que tem que ser tão esquisito? Por que você tem que ser sempre uma aberração? Se você gosta tanto de fantasmas, por que não morre e se torna um?

A expressão de Billy é a de quem acabou de levar um tapa em cheio na cara. Ele fica desnorteado, sua boca, escancarada e seus olhos, de repente vazios. Ethan acha que vê lágrimas neles. Um pequeno brilho na luz da lanterna que o faz se sentir muito cruel, mesquinho e pequeno.

— Desculpa — diz Ethan. — Eu não quis dizer isso, Billy. Sério, não tive a intenção.

Mas é tarde demais. As palavras já foram ditas, e Ethan sabe que elas estarão sempre lá, um tênue fantasma assombrando a amizade dos dois. Se é que haverá alguma relação depois desta noite. Ethan não culparia Billy por nunca mais falar com ele.

Mas Billy fala, murmurando:

— Está tudo bem.

— Não está. Eu não deveria ter falado isso.

— Eu sei.

— Então você me perdoa?

Do outro lado da barraca, Billy abre um sorriso forçado.

— *Hakuna matata, cara.*

TRINTA

— Você tem certeza de que quer que eu rasgue a barraca com esta faca? — pergunta Cassandra Palmer de pé no meu quintal, segurando a faca mais afiada que eu consegui encontrar na cozinha.

— Tenho — respondo.

A detetive fita o triângulo alaranjado na frente dela.

— Mas é uma barraca bonita. Deve ter sido cara. Não vou negar, me sinto pouco à vontade fazendo isso.

— Não vou te culpar. Eu juro.

— Estou apenas dando a você a opção de encontrar outra pessoa.

— Você é a melhor pessoa pra esse trabalho.

Na verdade, a detetive Palmer é a única pessoa em quem eu consigo pensar. Depois da minha conversa com Ashley ontem à noite, constatei que ela estava fora de cogitação. Cheguei a pensar em Russ por um instante, mas tive medo de que ele se recusasse a lidar com a estranheza da coisa toda. Assim como Ragesh. Então, me resta a detetive Palmer. Quando liguei, ela estava saindo do hospital estadual, onde tentou conversar com Mary Ellen Barringer. Não deu em nada. A sra. Barringer estava, nas palavras da detetive, "tão quieta quanto um molusco com sua concha fechada com fita adesiva".

Agora que ela está aqui, vejo o valor de ter uma pessoa imparcial para me ajudar. A presença da detetive elimina o risco de a familiaridade anuviar as lembranças que eu espero que cheguem.

E essa não é a única precaução que tomei para atingir o resultado desejado. Em vez de fazer isso no instante em que tive a ideia, insisti em esperar até a noite cair. Eu não queria que a luz do dia arruinasse o experimento. Também organizei o interior da barraca para ficar o mais próximo possível daquela noite longínqua. Dois sacos de dormir, dispostos lado a lado. A lanterna entre os travesseiros. Até procurei me vestir da mesma maneira: short, camiseta e tênis da Nike.

Se não funcionar, pelo menos eu tentei.

Enquanto a detetive Palmer se posiciona ao lado da barraca, passo a ela uma foto que imprimi da internet mais cedo. É a foto famosa. Aquela que saiu em todos os jornais do país e que mostra a barraca com um talho escuro marcando a lateral. A detetive dá uma olhada e ergue as sobrancelhas como quem quer fazer uma pergunta.

— É para ficar mais verossímil — explico. — Tente fazer o corte o mais parecido possível com o da foto.

— E se eu errar?

Então tudo será em vão. No entanto, não dou essa resposta. Ela já está bastante insegura.

— Vamos repassar mais uma vez — digo. — Você precisa esperar...

— Até você estar dentro da barraca — completa a detetive Palmer com um meneio de cabeça. — E não posso avisar a você quando eu for cortar. Eu vou apenas...

— Cortar — completo, ficando de joelhos na frente da barraca, preparando-me para entrar, quando uma ideia me ocorre. — Talvez seja melhor esperar até eu dormir.

A detetive balança a faca, confusa.

— Você quer dormir durante o negócio?

A ironia não passou despercebida por esse insone, mas me parece a melhor estratégia. Para evocar lembranças da noite em que levaram Billy, preciso replicar aquele contexto o máximo possível. E, como eu estava dormindo quando o evento que mais tarde se tornaria o Sonho ocorreu, é lógico que eu deveria dormir agora.

— Como é que eu vou saber que você está dormindo?

Não faço a menor ideia.

— Você vai precisar dar um jeito — respondo. — Ouça minha respiração. Ela deve ser um bom indicador.

— Eu provavelmente não deveria te contar isso, mas tenho um pouco de zolpidem que confisquei na minha bolsa — revela a detetive, absolutamente séria. — Tome um comprimido do sedativo, um pouco de uísque, e você vai dormir como uma pedra. Comigo costuma funcionar.

Embora eu esteja tentado em aceitar, e cada vez mais intrigado com a vida pessoal da detetive, recuso a oferta. O objetivo aqui é despertar enquanto a barraca está sendo aberta, e não entrar em coma.

— Tudo pronto? — pergunto.

A detetive me encara.

— Alguém consegue *realmente* estar pronto pra algo assim, Ethan?

A resposta é "não", ainda mais em meio a tanta incerteza. Não tenho ideia se vou me lembrar de alguma coisa quando ela cortar a barraca. Não sei nem se vou conseguir dormir. Mas preciso ao menos tentar. Esta noite, o trigésimo aniversário da noite em que Billy foi sequestrado, parece o momento mais provável para minha memória produzir algo tangível.

— Bem, vou entrar — anuncio antes de rastejar para dentro da barraca e fechá-la.

Em seguida, vou até o saco de dormir à esquerda, o mesmo lado em que eu estava quando tudo aconteceu. Eu me enfio nele e bato na lateral da barraca. Um sinal para a detetive Palmer recitar as palavras que eu a instruí a dizer quando eu estivesse pronto.

— Hakuna matata, cara — diz ela, relutante.

Deslizo mais para dentro do saco de dormir e desligo a lanterna, mergulhando a barraca na escuridão. Fico parado por um instante, aproveitando o breu total. Sinto um peso, espesso e ligeiramente opressivo. O que também serve para descrever o ar dentro da barraca, cujo calor aumentou rapidamente graças à porta fechada. Devido à escuridão, ao calor e aos sons do verão de julho no lado de fora, a familiaridade começa a se infiltrar. Pode não ser uma reconstituição exata, mas a *sensação* se assemelha à daquela noite.

Agora é hora de dormir.

Fecho os olhos e tento não pensar em nada. Concentro-me em tudo que me lembro de ter sentido naquela noite. As cócegas de um fio de suor na minha nuca. O grilo mais perto da barraca, um cri-cri bem alto. O cheiro — uma combinação doce e enjoativa de terra, ar viciado e dois meninos após um longo dia de verão.

Por incrível que pareça, acho que está funcionando. Eu me vejo chegando mais perto do sono enquanto os elementos em meu entorno parecem desaparecer, um por um. Primeiro, as paredes da barraca, logo seguidas pelo saco de dormir ao meu redor e o chão abaixo de mim. Meu travesseiro é a última coisa a escorregar para o nada, e, quando isso acontece, eu me sinto como um homem pairando no espaço.

E então eu ouço.

Scriiiiiitch.

Abro os olhos de repente, ajustando-os a uma escuridão diferente da que estava lá quando os fechei. Agora está mais claro. Uma névoa cinza. Como se eu estivesse preso dentro de um filme em preto e branco.

Só que não é um filme.

É o Sonho.

E eu não o estou reencenando.

Estou *dentro* dele.

Meu entorno fica mais claro conforme meus olhos se ajustam ao breu. Ainda estou dentro da barraca, só que não é a mesma que está no meu quintal agora. Esta é minha barraca antiga. A que a polícia levou como evidência quando eu tinha dez anos.

Eu até me sinto como se tivesse dez anos. Mais leve, mais jovem, sem preocupações na cabeça. O peso de trinta anos adicionais e todo o estresse, culpa e sofrimento que os acompanhavam se foram. Eu literalmente me sinto como meu antigo eu, o que me encheria de alegria se eu não soubesse o que viria a seguir.

Mas eu sei.

O *scriiiiiitch* fez questão de me lembrar.

Olho para a minha esquerda e para o saco de dormir que é um amontoado em forma de Billy. Ao lado dele, um longo corte percorre a lateral da barraca. É tão parecido com um ferimento que eu meio que espero ver sangue jorrando a qualquer momento.

A parede recém-rasgada da barraca ondula levemente, e o talho escuro se alarga. Só um pouquinho. Espio por entre o corte, mesmo sabendo que não vou ver quem está ali atrás. Nunca consegui ver.

Dessa vez, porém, algo está diferente.

Tem alguém ali.
Eu vejo o rosto.
Eu o reconheço.
Por uma fração de segundo, nossos olhares se encontram.
Não.
Se a palavra é falada ou meramente pensada, não sei dizer. Da minha perspectiva, parece a mesma coisa. Um ruído alto e enfático ecoando dentro de mim.
Não.
Não pode ser ele.
Em choque, eu abro e fecho os olhos com rapidez, e tudo se dissipa. O passado é substituído pelo presente. E, pelo novo corte nesta nova barraca, vislumbro parte da detetive Palmer me observando do outro lado como uma *voyeuse*.
— Funcionou? — indaga ela.
Em vez de responder, saio do saco de dormir, abro o zíper da porta da barraca e vou até o quintal. A detetive me segue enquanto continuo marchando até a entrada da garagem ao lado da minha casa.

Quando passo pela garagem, a luz de segurança acima dela se acende de supetão, banhando-me com a claridade, minha sombra se estendendo até o meio-fio. Ela encolhe quando chego à calçada, depois se estica novamente quando corro até outra casa na rua sem saída.

Percorro o gramado.
Subo os degraus da varanda.
Bato com força na porta até que uma fresta se abre e Russ Chen espia, nervoso. Ele parece, na verdade, uma versão mais velha da pessoa que vislumbrei atrás do rasgo da barraca trinta anos atrás. Essas visões duplas — uma em forma de lembrança, e a outra acontecendo bem agora — me dizem que estou certo.
— Foi você — digo. — Você fez isso.

Sábado, 16 de julho de 1994
00h32

Um.
Cinco.
Dez.
Russ Chen desaba no chão, o peito apertado, os antebraços pulsando. Uma sensação da qual ele aprendeu a gostar depois de sua enésima série de flexões de braço do dia. Ele gosta especialmente da maneira como isso desopila sua mente. Não há raiva quando ele faz exercícios físicos. Nenhuma sensação de inferioridade. Apenas o esforço de obrigar seu corpo a passar de um ponto de resistência. Só depois que ele termina as séries de exercício é que os pensamentos ruins voltam. Sobre Johnny. Sobre o plano provavelmente fútil de Russ de ser igual ao irmão. Sobre a maneira como Ethan, contrariando-o, sempre escolhe Billy, todas as vezes, mesmo que Billy não valha a pena.

Agora, ele se arrepende de ter seguido Billy mais cedo naquele dia, fingindo gostar dele, pois achava que isso faria Ethan vê-lo de uma forma diferente e decidir que os três poderiam se tornar melhores amigos.

Porque ainda são apenas Ethan e Billy acampando no quintal de Ethan. Russ sabe, pois eles têm feito isso toda sexta-feira naquele verão. No entanto, os dois nunca comentaram com ele. Ethan nunca perguntou a Russ se ele também gostaria de acampar no quintal.

Ainda deitado no chão do quarto, Russ percebe que os pensamentos raivosos estão de volta em sua cabeça. Já não se trata apenas de uma gotinha. É uma onda imensa. Ele faz outra série de flexões (*um... cinco... dez*), mas não adianta. Em vez de acalmá-lo, as batidas de seu coração o deixam impaciente e irritado. Ele se pergunta se Ethan e Billy ainda estão acordados. Se estão falando sobre ele agora. Tirando sarro dele.

Sem pensar muito, Russ sai do quarto. Esgueira-se pelo corredor, tomando cuidado para não acordar os pais, que dormem em quartos separados em lados opostos do corredor. Uma anormalidade que o faria se sentir humilhado se alguém descobrisse. Ele desce a escada e sai no quintal, onde consegue ver o topo da barraca de Ethan despontando acima da cerca viva.

É tudo tão injusto que ele deseja ir batendo o pé até aquele quintal e desmontar a barraca para que Ethan e Billy nunca mais possam acampar sem ele.

O que, ele conclui, não é uma ideia tão ruim.

Russ bola um plano, que se desenrola em seu cérebro como um filme de rolo. Se ele destruísse a barraca de Ethan e convencesse seus pais a comprar uma para ele, então poderia convidar seu vizinho para acampar pelo restante do verão.

Russ sabe que, quanto mais ele pensar sobre isso, mais cedo seu plano cairá por terra. As dúvidas já se insinuam, sorrateiras: será que ele conseguiria mesmo convencer os pais a comprarem uma barraca? Será que sua mãe o deixaria dormir fora de casa?

Então, ele para de pensar.

Em vez disso, entra em ação: volta para dentro de casa e pega uma faca na gaveta da cozinha repleta delas. Russ escolhe a que julga ser a mais afiada. Uma faca com cabo preto e uma lâmina bem fina. Agora que está segurando o objeto cortante, não há como voltar atrás. As dúvidas de antes não passam de uma lembrança distante, substituídas pela sensação muito real de seus dedos em volta do cabo da faca.

Ele retorna ao quintal e atravessa a cerca viva até a propriedade dos Marsh, que está banhada pelo luar prateado, quase como se fosse Natal, e não meados de julho. Naquele brilho invernal, está a barraca, escura e silenciosa.

Russ se aproxima, circunda com cautela a barraca, verifica se há sinais de que Ethan e Billy ainda estão acordados. Como não ouve nada, ele chega mais perto, agora do outro lado.

A dúvida retorna quando Russ pressiona a ponta da faca na lateral da barraca. Uma voz em sua cabeça — a da mãe, claro — sussurra coisas que ele já sabe.

Isso não está certo.

Você é um bom menino, Russell. Não é como seu irmão, que é mau, que fracassou, que decepcionou a família em todos os sentidos.

Russ tenta afastar essa voz enquanto a ponta da faca arranha a barraca. Ele fica surpreso com a fragilidade do tecido. Esperava algo mais grosso, mais resistente. Lona. Mas é tão fino quanto aquela pipa que sua tia lhe deu de aniversário alguns anos atrás. A mesma pipa que depois sua mãe jogou no lixo, alegando ser barata demais para conseguir voar.

Ele pensa naquela pipa, em como nunca foi usada porque sua mãe decidiu por puro capricho que ela não valia nada, e se pergunta se ela também acha isso dele. Vai saber se, quando Russ nasceu, a mãe olhou para ele, comparou-o ao irmão e considerou Russ inadequado. E talvez Russ soubesse disso a vida inteira e surtasse sempre que era lembrado.

Ele é inadequado.

De todas as maneiras possíveis.

E será pelo resto da vida.

Russ fecha os olhos e faz força para expulsar a voz da mãe de sua cabeça. Ele rechaça tudo isso. Cada pensamento, cada emoção, cada lembrança. Expulsa tudo de sua mente até restarem somente ele, a faca em sua mão e o tecido da barraca se esticando na ponta da lâmina. Então, dá um empurrão na faca, e a lâmina perfura o tecido.

TRINTA E UM

Sem dizer uma palavra, Russ confirma que estou certo. Sua expressão diz tudo: a tranquilidade de suas feições é uma confissão de culpa. Quando ele tenta falar, a raiva perpassa por meu corpo e me vejo esmurrando a porta. O movimento faz Russ se desequilibrar um pouco, e eu entro correndo, lançando-me em sua direção.

— Ethan, que porra é essa?

Eu me jogo com toda a força para cima dele no meio do vestíbulo, sem me importar que ele seja quase dez quilos mais pesado do que eu e que toda essa diferença seja puro músculo. Eu o agarro, resmungo e xingo, e consigo empurrá-lo pelo vestíbulo só porque ele está atordoado demais para revidar.

Ele reage quando o encosto no aparador ao lado da escada, as fotos de família emolduradas tombando como peças de dominó. O estrépito desperta algo em Russ, e ele começa a me empurrar.

Primeiro com um forte encontrão.

Depois outro.

Tento lutar contra ele dando um soco em seu rosto. Com o braço esquerdo, Russ bloqueia facilmente meu golpe ao mesmo tempo que usa o antebraço direito para acertar meu nariz. Solto um suspiro esganiçado enquanto minha visão fica turva como estática de TV.

Em meio àquela confusão mental, percebo Russ me atacando novamente.

A detetive Palmer se enfiando entre nós.

Eu colidindo contra a parede e deslizando por ela até cair no chão. Toco no meu nariz e percebo que está sangrando. Embora

Russ tenha me acertado no rosto, dói em todos os lugares. No entanto, nada disso dói tanto quanto a traição que sinto.

Por trinta anos, Russ não fingiu apenas ser inocente, ele fingiu ser meu amigo. Ele poderia me espancar várias vezes, e ainda assim não me causaria tanta dor quanto eu saber que era tudo mentira.

Ping!

O som irrompe do celular enfiado no fundo do meu bolso. Eu o ignoro, aturdido, furioso e magoado demais.

Estou enxergando nítido o suficiente para entrever a detetive Palmer no centro do vestíbulo, com os braços estendidos como um árbitro no ringue.

— Todo mundo precisa se acalmar! — exclama ela, o estrondo de sua voz fazendo a esposa de Russ sair do quarto do casal e ir até o topo da escada. Sem titubear, a detetive mostra seu distintivo e diz: — Polícia. Por favor, fique onde está.

— Russ? — chama Jennifer, debruçando-se no corrimão para espiar o vestíbulo. — O que está acontecendo?

Cassandra Palmer olha para mim e para Russ.

— Também estou tentando descobrir.

— Eu estou bem, Jen — responde Russ, olhando fixamente para mim. — Ethan está apenas confuso.

No fim do corredor, o filho de Russ, Benji, começa a chamar pela mãe. A detetive Palmer também ouve o menino e se dirige a Jennifer.

— Vá ficar com seu filho e não saia até eu dizer que está tudo bem.

Jennifer obedece, às pressas, enquanto a detetive se vira para mim e Russ.

— Alguém pode me dizer o que está acontecendo aqui?

— Foi ele! — Falar dói. Sinto dor em todos os dentes. Passo a língua por eles e sinto o gosto de cobre. Mais sangue. — Foi ele que fez isso!

— O negócio da barraca funcionou? — pergunta ela.

Desta vez, eu apenas faço que sim com a cabeça. Assim, dói menos.

— Você se lembrou?

Assinto de novo.

325

— E foi ele que você viu?

— Foi o Russ — afirmo, meu corpo estremecendo devido à dor no maxilar. — Eu tenho certeza. Ele cortou a barraca.

Do outro lado do vestíbulo, Russ tenta se equilibrar encostando-se no aparador em que o encurralei. Espero que, pelo menos em parte, eu tenha causado essa instabilidade.

— Você tem que entender — argumenta ele. — Eu não estava em pleno domínio das minhas faculdades mentais naquela época.

— Então você admite? — pergunta a detetive Palmer.

— Sim.

Ping!

Meu celular apita de novo, mas mal noto enquanto pergunto com um urro de frente para Russ:

— Por quê?!

— Porque você sempre estava com o Billy! Você nunca quis ser meu amigo.

— Ele era meu melhor amigo.

— Sim, você fazia questão de deixar isso bem claro.

O celular apita mais uma vez. *Ping!* O som é abafado pela voz de Russ.

— Você não faz ideia de quanto tenho sofrido desde aquela noite — dispara ele.

— Você? E como acha que *eu* me sinto?

A raiva me faz levantar na marra enquanto penso em tudo pelo que passei nos últimos trinta anos. A culpa. A insônia. O Sonho.

— Sei que isso também magoou você — afirma Russ. — E sei que tem passado por momentos difíceis desde que a Claudia morreu.

Dou alguns passos no vestíbulo para atacá-lo, mas sou interceptado pela detetive Palmer. Preso no aperto surpreendentemente forte da policial, encaro Russ.

— Não coloque a Claudia nessa história. Não ouse. Você ainda tem uma esposa. Você tem um filho. Eu, não. Além disso, eu não matei o Billy. *Você* o matou!

Ao ouvir a acusação, Russ cambaleia.

— Peraí. É isso que você acha? Eu nunca toquei no Billy!

— Mentira! — retruco, soando como se tivesse dez anos de novo e tentasse convencer Billy de que fantasmas não existem. — Você o matou!

A detetive Palmer levanta a mão para me silenciar.

— Então você está me dizendo que cortou a barraca e depois simplesmente... foi embora? — pergunta ela, virando-se para Russ.

— Sim. Foi exatamente isso que eu fiz.

— É difícil acreditar nisso — diz a detetive Palmer.

Também acho.

— Se você não matou Billy, então por que não contou a ninguém que cortou a barraca? Você teve trinta anos para fazer isso, mas não disse nada.

— Porque você tem razão — assume Russ. — O que aconteceu com Billy é minha culpa. Se eu não tivesse cortado aquela barraca idiota, quem quer que tenha entrado no seu quintal poderia ter passado direto. Mas não. Em vez disso, viu aquele rasgo na lateral e percebeu que era um acesso fácil a quem estava lá dentro.

— Isso vai ser difícil de provar — comenta a detetive Palmer.

— Bem, é a verdade.

— Você tem alguma prova? O que aconteceu com a faca que você usou pra cortar a barraca?

Russ dá de ombros.

— Não sei.

— Bem, isso é *realmente* difícil de provar.

— Eu juro! — insiste ele. — Eu voltei com a faca para dentro de casa depois que saí do quintal de Ethan. Eu a coloquei em cima da bancada da cozinha e voltei pra cama. De manhã, não estava mais lá.

— E você nunca mais viu a faca? — indaga a detetive.

— Não. Eu a procurei depois que divulgaram a notícia de que alguém havia sequestrado Billy. Eu queria...

— Esconder a faca? — interrompo-o, incapaz de me conter.

— Sim — responde Russ. — Eu ia esconder a faca. Porque fiquei com medo de ter problemas se alguém descobrisse o que eu tinha feito. Mas não a encontrei. Sumiu.

— Facas não se escondem sozinhas, Russ — rebate a detetive Palmer. — Se não foi você, então quem foi?

— Fui eu.

A voz vem lá de cima, o que faz nós três esticarmos o pescoço para conseguir ver o topo da escada, onde Misty Chen está de pé com um robe de seda bem apertado por cima de um pijama branco. Ela parece muito velha e frágil quando começa a descer os degraus. Como se tivesse envelhecido vinte anos desde que a vi de manhã.

— Eu escondi a faca — confessa ela. — Porque, no fundo do meu coração, sei que Russ é um menino bom.

Sábado, 16 de julho de 1994
00h46

Misty Chen ouve seu filho retornar, assim como o ouviu sair. Nada passa despercebido por ela nesta casa. Não mais. Os dias em que Johnny escapava furtivamente, esgueirando-se noite adentro para se drogar, ficaram no passado. Quando ela percebeu o que o filho mais velho estava fazendo, já era tarde demais, e Johnny se foi para sempre.

Agora ela se tornou os olhos e ouvidos daquela casa, vê e escuta tudo. É por isso que, pouco depois da morte de Johnny, ela se transferiu para o outro lado do corredor, deixando a cama que dividia com o marido. Em sua tristeza, não podia mais se distrair com a barulheira noturna dele, que se revirava sem parar e roncava como um trator.

Ela precisa de silêncio.

Para prestar atenção.

Para ouvir as pequenas mudanças que acontecem quando alguém na casa está fazendo algo que não deveria. O que Russ está fazendo agora. Andando de fininho pela cozinha e subindo a escada na ponta dos pés.

Misty acompanha o avanço do filho com base no som de seus passos. O rangido significa que ele chegou ao terceiro degrau. O chiado indica que agora está no sexto. Ela ouve um ligeiro silvo — Russ virando o corpo no patamar — antes de mais dois rangidos, o segundo é uma oitava mais alto que o primeiro. Os dois últimos degraus.

Ela não sai da cama até ouvir o barulho do assoalho bem na frente do quarto de Russ. Assim que ele fecha a porta, Misty abre a dela, com a intenção de descobrir o que o filho anda aprontando. Quando ele saiu do quarto, o som a acordou de um sono pesado, ecoando tão alto em sua mente que parecia tiros de canhão, e não um menino pisando em uma tábua de assoalho defeituosa. Ela se sentou na cama, com os ouvidos atentos a qualquer barulho revelador, enquanto Russ descia a escada, saía de casa, depois entrava e saía novamente.

Misty sabe que a maioria das mães teria ido atrás do filho na hora. Russ tem apenas dez anos. Ele não tem motivo para sair de casa no meio da noite. Mas aprendeu a lição com Johnny. Quanto mais ela bisbilhotava abertamente, mais furtivo ele ficava, até que as ações dele tornaram-se quase invisíveis para ela. Misty não repetirá o mesmo erro com Russ. É melhor deixá-lo pensar que ela não está prestando atenção, quando na verdade está vendo tudo.

Ela sabe, por exemplo, que ele esteve na floresta hoje com os amigos e voltou chateado com alguma coisa. Que ele estava mal-humorado a noite toda. Ela tem certeza de que tem a ver com o menino Marsh.

Enquanto desce de mansinho a escada, Misty sabe que deve evitar todas as coisas que a alertaram para os movimentos de Russ. Ela desvia das tábuas do assoalho rangentes, pula os degraus barulhentos. Na cozinha, tudo parece normal, exceto por uma faca deixada fora do lugar na bancada.

Essa visão desencadeia pensamentos de alerta na mente de Misty. Mas que merda Russ estava fazendo?

Ela examina a faca, aliviada ao ver que não está suja de comida nem de — sua principal preocupação — sangue. Fica envergonhada por ter cogitado que seu Russell poderia esfaquear alguém. Ele é um bom menino, mas Misty já compareceu a reuniões com professores e pais de alunos suficientes para saber que os acessos de raiva de Russ são um problema. O marido e ela até colocaram o menino na terapia, uma vez por semana, não que isso pareça estar dando algum resultado. A faca na mão de Misty é prova disso. A razão pela qual seu filho se sentiu compelido a pegá-la — e o que ele pretendia fazer com ela — é menos compreensível. Em vez de perguntar a Russ, ela decide monitorar a situação durante os próximos dias. Talvez o que quer que estivesse passando pela cabeça dele tenha se dissipado. Talvez não tenha sido nada, para começo de conversa.

Satisfeita com seu plano, Misty lava a faca, seca-a com o papel-toalha e a esconde debaixo da cama. Ela vai dormir feliz da vida, sem saber o que está por vir.

Que, em apenas algumas horas, ouvirá a notícia sobre a barraca cortada na casa ao lado e o desaparecimento do menino Barringer.

Que instantaneamente saberá que Russ teve algo a ver com isso, que ele usou sua melhor faca para cortar a barraca, que talvez a tenha usado para fazer algo ainda pior.

Que ela jamais mencionará suas suspeitas a ninguém, nem ao marido e ao filho, pela primeira vez na vida preferindo a ignorância ao conhecimento.

Que ela jurará fazer o que for necessário para ajudar Russ a melhorar, sejam mais sessões de terapia ou atenção adicional, ou apenas pegar mais leve com ele do que pegava com Johnny.

Que, quando se espalha a notícia de que a polícia vai revistar todas as casas de Hemlock Circle em busca de uma arma em potencial, ela tirará a faca de seu esconderijo e a enterrará bem fundo no jardim. Fundo o suficiente para que ninguém nunca a encontre. Tão fundo que ela acabará esquecendo que está lá.

Mas, na noite em que cobrir a faca com terra, Misty pensará em Johnny e em como, tendo já perdido um de seus filhos, ela se recusa a perder outro.

TRINTA E DOIS

As luzes da viatura que transporta Russ lançam um brilho multicolorido sobre Hemlock Circle. Fico no quintal da frente, observando o exterior da casa dos Chen mudar entre vermelho, azul e um branco ofuscante. A luz começa a desaparecer à medida que o policial fardado ao volante afasta o carro lentamente do meio-fio. No banco do carona, está Ragesh. Russ ocupa o banco traseiro, com uma expressão atordoada e o olhar fixo na nuca de Ragesh.

Imagino que minha expressão esteja igualmente aturdida aqui no gramado. Em estado de choque e exausto, com sangue ainda secando em minhas mãos e camisa. Sempre achei que, quando eu descobrisse o que realmente aconteceu com Billy, ficaria aliviado. Que o peso do fardo da ignorância seria tirado dos meus ombros. Que, com o encerramento, viria enfim a cura. Mas o que sinto é apenas tristeza. Em vez de ter perdido um amigo, agora perdi dois.

Pois não consigo acreditar que Russ tenha simplesmente cortado a barraca e ido embora, como ele disse. É muito conveniente, muito dependente da ideia de que outra pessoa entrou no gramado e viu uma oportunidade perfeita para levar Billy. As chances de isso ser verdade são de uma em um bilhão.

À frente da viatura da polícia está o carro da detetive Palmer, que assume as rédeas do que certamente será mais uma noite longa. Seguindo esses dois veículos está um Honda CR-V, transportando as duas sras. Chen — Jennifer e Misty. Nenhuma das mulheres olha para mim quando o carro sai da garagem. A única pessoa no veículo que reconhece minha presença é Benji, relegado ao banco de trás, tal qual seu pai. Ao contrário de Russ, Benji está virado e olha pelo para-brisa traseiro, oferecendo um único aceno antes de o carro sair de Hemlock Circle.

Ao vê-los partir, não consigo deixar de pensar que acabei de arruinar a vida de Benji. Irônico, levando em consideração que seu pai arruinou a minha — duas vezes. Primeiro, ao entrar na barraca e levar Billy. Depois, por fingir durante trinta anos que não fez isso.

Assim que os dois carros desaparecem, volto minha atenção para o restante de Hemlock Circle. Outros moradores saíram para assistir ao drama que se desenrolava. Os pais de Ragesh, Mitesh e Deepika, estão parados na frente da garagem. Duas portas adiante, Fritz e Alice Van de Veer observam da varanda. Todos me avaliam com olhares acusatórios.

A culpa é minha.

Não consegui parar de remexer no passado, e agora a vida em Hemlock Circle está tumultuada outra vez.

Não sou mais bem-vindo aqui.

Assim que os Patel e os Van de Veer retornam para dentro de suas respectivas casas, alguém sai da residência que fica entre as duas.

Ashley.

Ela deixa a porta da frente aberta enquanto sai em disparada pela rua sem saída. Há um tom agitado em sua voz quando ela chama meu nome.

— Ethan, você viu o Henry?

— Não — digo, pego de surpresa pela pergunta. Um: Ashley não percebeu o que estava acontecendo na casa de Russ? Dois: por que ela pensaria que Henry estava comigo? — Ele não está em casa?

— Eu achei que estivesse — responde Ashley. — Achei que ele estivesse no quarto, lendo ou algo assim. Mas, quando fui ver, não o encontrei lá.

— E você não tem ideia de onde ele poderia estar?

Ashley balança a cabeça.

— Eu procurei na casa inteira. Meu pai também não o viu. Pensei que talvez ele tivesse vindo aqui pra ver de perto o que estava acontecendo. Tem certeza de que não o viu?

Tenho, o que não significa que ele não esteja por aqui em algum lugar. Eu estava muito focado assistindo a Russ ser levado pela polícia e não prestei atenção em mais nada. Há uma boa chance de eu ter deixado a presença de Henry passar despercebida enquanto o menino vagava pela rua sem saída.

— Ele deve estar por aqui em algum lugar — afirmo, subitamente lembrando-me dos *pings* que meu celular emitiu quando eu confrontava Russ.

Foram três notificações sonoras sobre atividades registradas no quintal. Provavelmente todas eram obra de Henry.

— Acho que sei onde ele está — comento, enquanto pego o celular e abro o aplicativo da câmera.

Como era de esperar, há três fotos novas. Toco na primeira e vejo uma imagem de Henry indo até a barraca. Flagrado no meio do caminho, com um livro da série *Goosebumps* na mão, ele fita a câmera com um olhar de culpa e preocupação. Uma criança que sabe que foi pega fazendo algo que não deveria, mesmo que seja algo tão inocente quanto fugir para ler à luz de uma lanterna em uma barraca no quintal. A única coisa pela qual ele deveria se sentir culpado é deixar a mãe preocupada.

Mostro a imagem para Ashley, que solta um suspiro de alívio.

— Graças a Deus. Me desculpa por surtar daquele jeito.

— É totalmente compreensível.

Seguimos para o quintal, contornando a lateral da casa pela frente da garagem. Perto do portão, nosso movimento aciona a luz de segurança, que se acende com um clarão assustador. Não me passou despercebido essa longa e estranha semana ter começado com essas mesmas luzes se acendendo em Hemlock Circle. Agora que chegou ao fim, tudo parece confuso. Um sonho, se não *o* Sonho.

— A polícia na casa do Russ — começa Ashley, com calma. — Tem algo a ver com o Billy?

— Tem — confirmo, sabendo que essa única palavra não chega nem perto de contar a história completa.

O quintal está um breu, exceto pela luz acesa dentro da barraca. A lanterna de LED, que faz a barraca laranja brilhar como uma fogueira. Visualizo Henry lá dentro, esticado no saco de dormir, segurando o livro perto da lanterna para conseguir ler melhor. É só quando Ashley se aproxima da barraca que percebo que há algo de errado na cena.

— Ashley, peraí.

Mas é tarde demais. Ela já está a poucos metros da barraca, passando na frente da câmera. O celular na minha mão apita quando recebo uma imagem estática da ação que se desenrola bem na minha frente. Ashley diante da barraca. Abrindo a porta. Espiando lá dentro enquanto diz:

— Venha, Henry. Vamos...

Ela para de falar, processando o que eu já sei. Se Henry estivesse dentro da barraca, teríamos visto sua silhueta. Mas não há nenhuma silhueta, nenhuma sombra. Apenas a luminosidade desobstruída de um interior completamente vazio, exceto por um fino livro aberto, com as páginas viradas para baixo.

— Ele não está aqui... — declara Ashley, o terror de volta em sua voz.

Ela perscruta o quintal, sacudindo a cabeça como um pássaro assustado. Até seus movimentos lembram os de um pássaro. Um bater de braços desesperado e desamparado.

— Henry! — chama ela noite adentro.

— Não vamos nos desesperar — digo, embora consiga sentir o terror avolumando-se dentro de mim também.

Sou atingido por uma estranha sensação de *déjà-vu*, como se tivesse me teletransportado para trinta anos atrás. Sinto o mesmo aperto de medo no peito que me ocorreu na manhã em que acordei e descobri que Billy havia desaparecido. Com esse sentimento, vêm a confusão, a incerteza e um desespero borbulhante que sei que logo atingirá o ponto máximo se eu não tomar uma atitude.

Corro até Ashley, acionando a câmera de trilha. Ouço o clique praticamente imperceptível quando o aparelho tira uma foto minha, seguido pela notificação quase instantânea no meu celular.

Ping!

O som faz com que eu me lembre das duas notificações a mais que recebi enquanto confrontava Russ. Como uma das imagens mostrava Henry entrando na barraca, pode ser que as outras o mostrem saindo e indiquem para onde ele foi.

Levanto o celular e verifico o aplicativo, passando pelas fotos mais recentes. Quando chego àquela que estou procurando, minhas pernas quase cedem.

— O que foi? — pergunta Ashley. — O que está vendo?

Estico o braço para que ela veja na tela do aparelho o que a câmera captou: uma figura escura vestindo um moletom com capuz, provavelmente um homem, abrindo a abertura na lateral da barraca para poder entrar.

Ashley emite um grito sufocado, o que me deixa com medo de olhar a imagem seguinte. Meu dedo indicador treme incontrolavelmente quando o deslizo sobre a tela. Na foto, Henry e a figura sombria estão do lado de fora da barraca. O homem segura com firmeza a mão de Henry, e o menino parece tentar se desvencilhar. É possível ver no rosto de Henry uma expressão de relutância no instante em que ele olha para a câmera, sabendo que ela enviará imediatamente a imagem para meu celular.

Um plano brilhante da parte dele. E teria funcionado, se não fosse por duas coisas que deram errado. A primeira é que só mexi no celular quando já era tarde demais. A segunda foi que o olhar fixo de Henry para a câmera fez o homem a seu lado se dar conta dela também.

O homem se vira para a câmera de trilha também, seu rosto ligeiramente borrado pelo rápido giro de sua cabeça.

— Ai, meu Deus! — grita Ashley quando mostro a ela. — Quem é esse homem?

Examino o rosto dele, chocado ao perceber que é semelhante ao de uma foto que já vi centenas de vezes. E, embora a imagem envelhecida por meio de softwares de progressão de idade no site NamUs não tenha acertado em cheio, a semelhança familiar é próxima o suficiente para que eu consiga reconhecer com clareza a pessoa que minutos atrás estava neste mesmo quintal.

Mas não é uma imagem de Billy que estou olhando.

É do irmão dele.

TRINTA E TRÊS

Continuo encarando a tela, preso em um estado de euforia enquanto tudo se encaixa. É lógico que não era o fantasma de Billy assombrando a floresta. Não era seu espírito jogando bolas de beisebol no quintal e escrevendo no meu caderno. Não era Billy que Vance Wallace via correndo pelo seu quintal. Algo que eu deveria ter percebido desde o início, pois Vance nunca pronunciou o nome de Billy. Ele sempre se referia ao "menino Barringer".

Andy Barringer.

Em carne e osso.

Fingindo ser seu irmão morto, por razões que não consigo nem começar a entender.

O fato de eu ter sido tão enganado consumiria minha mente, se não fosse por vários outros pensamentos mais urgentes.

Primeiro, Andy está *aqui*.

Não sumido nem nada, e sim aqui, em Hemlock Circle.

E está aqui há dias. Pelo menos desde o dia em que os restos mortais de Billy foram encontrados na cachoeira. Sei disso, pois foi na manhã seguinte que a primeira bola de beisebol apareceu no meu gramado, desencadeando essa série de acontecimentos.

Ele sequestrou Henry, fato que me traz de volta à ação. Começo a atravessar o quintal, em direção à floresta.

— Acho que sei onde ele está.

Eu poderia até dar mais detalhes a Ashley, mas é complexo demais para explicar. Neste momento, preciso que ela confie em mim e acredite que eu sei o que estou fazendo. E aparentemente ela acredita, pois está bem atrás de mim enquanto avançamos aos trancos e barrancos por entre as árvores. A escuridão se fecha ao nosso redor assim que pisamos na floresta. Ilumino o chão à nossa frente com a lanterna do celular. Ashley faz o mesmo, e o solo da floresta é um borrão na luz forte.

— Ele está na cachoeira, não está? — deduz Ashley.

— Sim — confirmo, pois na minha cabeça é o único lugar para onde Andy iria.

É onde desconfio de que ele esteja se hospedando esse tempo todo. Penso na caminhada que fiz até lá. A porta aberta do celeiro, as pegadas na terra, até a lata de atum. Todos os sinais de que alguém estava instalado sem permissão no terreno do Instituto Hawthorne.

Além disso, Billy foi encontrado lá. Aquele foi seu local de descanso por trinta longos e solitários anos. Parece óbvio que tudo isso leve àquele lugar amaldiçoado. Uma certeza tão absoluta que parece quase inevitável.

Ashley e eu não conversamos enquanto avançamos pela floresta. O barulho está muito alto, os insetos aqui não cantam, mas gritam. O som estridente e frenético soa como mil sirenes enquanto apontamos as lanternas para o chão à frente, observando nossos passos, focados apenas em chegar à cachoeira o mais rápido possível. Quando alcançamos a estrada na metade do caminho, nem eu nem ela nos detemos para conferir se há algum carro passando. São segundos preciosos que não podemos nos dar ao luxo de desperdiçar. Simplesmente irrompemos da floresta como nadadores emergindo da água para recobrar o fôlego antes de mergulhar de volta no outro lado.

Pouco depois disso, as luzes se fixam em algo à nossa frente.

O muro, com um ar ainda mais sinistro à noite.

Damos uma guinada à direita para chegarmos ao buraco. Eu me enfio primeiro, e Ashley vem atrás, com a respiração tão pesada quanto a minha, as baforadas quentes na minha nuca.

Do outro lado do muro, o barulho noturno da floresta junta-se ao som distante da água, que fica mais alta a cada passo que damos. Assim que o ruído abafa todos os outros sons, sei que estamos chegando.

Abrindo caminho por entre as árvores mais dispersas, aponto a lanterna do celular para o afloramento rochoso, e o clarão ilumina duas pessoas.

A primeira é Andy Barringer.

Ele é maior do que as fotos da câmera de trilha sugerem. Não apenas mais alto, como também mais largo, robusto. Uma compleição construída pelo trabalho braçal, e não por uma academia. Seus olhos são grandes, redondos e atentos, iguais aos de uma coruja, e dão a ele um aspecto sobrenatural. Quase assustador.

Andy dá um passo para o lado, revelando Henry na beira do precipício. Ali, o menino parece muito pequeno, muito indefeso. Suas mãos estão amarradas uma na outra com uma corda, dando a horrível impressão de alguém sendo obrigado por piratas a andar na prancha.

— Henry! — grita Ashley assim que vê o filho.

Como se tivesse tomado uma descarga elétrica, o menino volta bruscamente à vida.

— Mãe?

— Estou aqui, meu bem — diz ela enquanto começa a correr na direção dele.

Eu a puxo e sussurro em seu ouvido:

— Espere. Não sabemos o que Andy planeja fazer.

Na beira do abismo, ele envolve os ombros de Henry com o braço, o que pode ser para impedi-lo de cair ou para impedi-lo de escapar. No escuro, é difícil dizer. Minha única certeza é de que Andy não está interessado em Henry.

Seu verdadeiro alvo sou eu.

Henry foi apenas uma maneira de me trazer aqui.

— Solte o menino, Andy — peço, tentando manter a voz calma. Ainda assim, o pânico sublinha cada palavra. Um ligeiro agudo do qual não consigo me livrar. — Estou aqui agora. Era isso que você queria, não era? Você e eu no lugar onde Billy foi encontrado?

— No aniversário de trinta anos da morte dele — responde Andy.

— Não era o plano, mas serve.

Arrisco um passo em direção ao afloramento. Como Andy não reage, dou outro.

— Qual é o plano? Sei que não é machucar o Henry. Ele não tem nada a ver com isso.

— Eu tinha que trazer você aqui de alguma forma, não é?

Sinto um frio na barriga mesmo estando inundado de compaixão por Andy Barringer. Ele passou por uma dor inimaginável. O irmão desaparecendo do nada, a morte do pai, a mãe se afundando aos poucos na loucura. É muita coisa para uma pessoa só aguentar. No entanto, nada disso justifica o que ele está fazendo agora.

— Eu sei pelo que você está passando — digo. — O que aconteceu com Billy mexeu comigo de tantas formas que não consigo nem explicar.

— Agora imagine quão pior foi pra mim. — Uma brisa percorre o ar, erguendo um tufo de seu cabelo até formar um topete. Por fim, ele volta a se parecer com o menino de sete anos que sempre implorava a mim e a Billy que o deixassem andar com a gente. — Billy era seu amigo, mas não era seu irmão. Você não sabe como é ter alguém que você ama, alguém que você admira, alguém que era uma presença constante em sua vida, e de repente essa pessoa desaparecer.

Nesse ponto ele está errado. Eu sei, sim. O nome dela era Claudia.

— Mas eu sei como é sentir a falta de alguém — afirmo. — Sentir tanto a falta dessa pessoa que às vezes parece impossível seguir em frente, mas de alguma forma seguimos. E eu sei como essa dor nos leva a fazer coisas que sabemos que não deveríamos fazer.

Dou mais um passo à frente, com as mãos levantadas para que Andy possa vê-las. Como ele não tenta me impedir, continuo avançando.

Devagar.

Muito devagar.

Como se a vida de Henry dependesse disso.

E talvez dependa mesmo.

Assim que chego ao afloramento, eu me detenho, ficando longe o suficiente de Andy para que ele não tome nenhuma atitude precipitada. Agora que estou mais perto de Henry, consigo ver quanto o menino está sendo corajoso. Com os óculos tortos sobre o nariz e engolindo as lágrimas, ele parece assustado, mas calmo. E felizmente ileso, além do pouco de vermelhidão causada pela corda que amarra seus pulsos.

— Vai ficar tudo bem, Henry — asseguro. — Não vou deixar nada acontecer com você.

Henry assente, e espero que ele realmente acredite em mim, porque eu mesmo não tenho certeza se acredito. O fato de Andy estar mantendo o menino muito perto da borda do afloramento me preocupa. Dou uma olhada rápida lá para baixo, a água no fim da cachoeira espumando ao luar.

— Vamos lá, Andy. Solte o menino.

— Por favor — implora Ashley atrás de mim. — Ele é um bom menino, Andy.

— Eu não vou fazer nada com ele — garante Andy. — Já está bom de gente fazendo mal a meninos da idade dele aqui neste lugar.

— Imagino que esteja fazendo isso pois quer falar sobre a noite em que Billy morreu — replico. — Então, deixe o Henry com a mãe dele, e aí podemos conversar.

Andy aperta o braço em volta dos ombros de Henry.

— Ou também podemos conversar com ele aqui.

— Tudo bem — digo, sem escolha. — Quando você soube que encontraram o corpo de Billy aqui?

— Não muito depois que aconteceu. Uma ex me contou. Uma das enfermeiras da minha mãe.

Eu me lembro de Ragesh mencionar que a polícia, supondo que os restos mortais encontrados na cachoeira eram de Billy, tentou dar a notícia à família dele na hora. Ragesh contou que a enfermeira tentou entrar em contato com Andy, mas não sabia se ela havia conseguido encontrá-lo. Agora sabemos que sim.

— Assim que ela ficou sabendo, me mandou uma mensagem — continua Andy. — Ela não sabia onde eu morava, ou o que eu estava fazendo. Acontece que eu estava morando bem na divisa do estado, na Pensilvânia, trabalhando numa fazenda. Eu pedi demissão e vim pra cá. E, pra minha surpresa, você também estava aqui. Desde então, eu estou... à espreita.

Esta é uma descrição adequada de suas ações, pois Andy passou a maior parte da semana se escondendo na floresta, observando. Agora sei que ele era a pessoa-sombra captada pela câmera de trilha, provavelmente agachado perto da floresta. O que não consigo entender é por quê. Se ele quisesse conversar, poderia ter se revelado. Em vez disso, continuou esgueirando-se entre o Instituto Hawthorne e meu quintal, com uma bola de beisebol na mão na maioria das vezes.

— Por que as bolas de beisebol? — indago.

Andy sorri.

— A terceira era do Billy. Eu a guardei comigo todos esses anos. As outras foram compradas na loja do seu amigo Russell. Ele mesmo as passou no caixa e nem me reconheceu.

— Se você as jogou no quintal pra atrair minha atenção, o plano funcionou.

— Eu queria mais que isso — revela Andy. — Que nem agora, você precisa fazer mais do que só falar. Você precisa *se lembrar*.

Pelo menos quanto a isso eu tinha razão. Posso ter me enganado sobre quem estava por trás de tudo, mas o objetivo era me fazer lembrar daquela noite. Eu sei inclusive o porquê. Eu me lembro da manhã em que a sra. Barringer entrou no meu quintal, arrastando Andy atrás dela, implorando para que eu me lembrasse. Nunca parei para pensar em quanto isso o afetou em tão tenra idade. Como isso ficou marcado em sua memória. Como isso arruinou seu jovem cérebro.

— Não precisamos do Henry pra isso — afirmo.

— Pelo visto, precisamos, sim. Já que jogar bolas de beisebol no seu quintal como Billy costumava fazer não funcionou, e já que invadir a droga da sua casa usando a chave da minha mãe não funcionou, ficou claro que eu precisava agir de forma mais drástica.

Andy puxa Henry para si, como se fossem grandes amigos. Mas o brilho em seus olhos é tudo menos amigável.

— Mas eu me lembrei — conto. — Estou surpreso que você ainda não saiba, já que tem me vigiado.

De repente, sem aviso, Andy solta Henry, que se desequilibra com o súbito movimento, cambaleando em direção à cachoeira. Henry consegue se equilibrar novamente e dá um passo arrastado para longe da borda do afloramento. Andy age depressa, agarrando o menino pelo colarinho e puxando-o de volta para o seu lado.

— Me conte — ordena Andy.

— Vou contar — digo e faço um gesto com a cabeça na direção de Henry. — Assim que eu tiver certeza de que ele está em segurança.

Andy volta a pousar o braço nos ombros de Henry, desta vez apertando-o com mais força ainda.

— Não. Agora!

— Foi Russ Chen — solto. — Ele cortou a minha barraca. E depois fez mal ao Billy.

Atrás de mim, Ashley arqueja, e eu me dou conta de que ela também não sabia. Tenho certeza de que a presença da polícia na casa de Russ a fez suspeitar, mas é diferente ouvir a confirmação em alto e bom som.

O irmão de Billy, no entanto, não fica nem um pouco surpreso. Em vez disso, adota uma expressão cética.

— Não, não — retruca Andy. — Russ Chen pode até ter cortado a barraca. Mas eu acho que foi outra pessoa que matou o Billy.

Dou um passo hesitante na direção dele; é a curiosidade que me atrai para mais perto.

— Por quê?

— Porque eu estava lá, do lado de fora daquela barraca. — Andy me lança um olhar, desafiando-me a duvidar dele. — E ouvi o que você disse para o meu irmão.

Sábado, 16 de julho de 1994
00h47

Andy acorda de um sono agitado e leve, com a sensação de que não dormira nada. Os eventos daquela noite continuam repassando em sua mente, um lembrete tão forte quanto as folhas de grama ainda presas na sola de seus pés.

Ele sentiu a grama gelada entre os dedos enquanto caminhava em direção à cerca viva entre o quintal de sua família e o dos Marsh.

Um quintal que ele começou a vigiar depois que sua mãe o mandou para a cama.

E um quintal que ele visitou depois que ela se recolheu.

Andy foi autorizado a ficar acordado depois de sua hora de dormir porque sua mãe sabe que ele tem se sentido excluído durante todo o verão. Não há crianças de sua idade em Hemlock Circle, o que o obriga a passar esses intermináveis dias sem aula brincando sozinho enquanto Billy pode perambular por onde bem entender com Ethan.

Acontece que uma hora a mais de televisão não é o suficiente para Andy. Ele quer estar presente, participar das coisas, assim como seu irmão. O fato de Billy nunca o deixar ir junto, nem lhe contar sobre o que tem feito, lhe parece injusto. Andy também quer ter experiências, viver aventuras, mesmo que seja apenas de forma indireta. Então, se ele não tinha autorização para acampar, poderia pelo menos aproveitar para observar Billy fazendo isso.

Graças à localização de seu quarto, que fica no canto do segundo andar, e com uma janela voltada para a floresta e a outra com vista para a lateral do quintal dos Marsh, ele conseguia ver a barraca laranja de Ethan e a maneira como ela brilhava feito uma chama quando a lanterna lá dentro se acendia. Dava para ver até as silhuetas dos dois meninos, borradas e indistintas.

Observando-os, Andy começou a imaginar o que estavam fazendo, sobre o que conversavam, como era ser mais velho e ter um melhor amigo. Ele continuou refletindo por um bom tempo depois que a barraca ficou às escuras. E, quando ela voltou a reluzir, como um inesperado triângulo de luz na noite de julho, ele não conseguiu resistir à curiosidade.

Então, saiu de fininho da casa e atravessou a cerca viva de um quintal para o outro. Andy não planejava ficar lá por muito tempo. Embora seu pai estivesse viajando e sua mãe dormindo, ele sabia que corria o risco de brigarem com ele caso fosse flagrado do lado de fora àquela hora da noite. Ele queria apenas um vislumbre da vida de Billy. E de Ethan também. A vida de qualquer menino mais velho que ele lhe parecia enorme e ilimitada.

No entanto, conforme foi se aproximando com cautela da barraca, Andy começou a suspeitar de que estava equivocado. Porque Billy e Ethan estavam discutindo, e suas vozes soavam abafadas e assustadas. Principalmente a de Ethan, pois dizia coisas que deixaram Andy chocado.

Besteirada do cacete.
Esquisito.
Aberração.

O chocante não eram as palavras em si. Mesmo aos sete anos, Andy já tinha ouvido um bocado de palavrões. O que o abalou foi a maneira como Ethan falou. Havia uma maldade nas palavras que Andy nunca havia associado ao garoto. E ele não gostou nem um pouco. Ainda mais da última parte.

Se você gosta tanto de fantasmas, por que não morre e se torna um?

Quando se afastou da barraca e começou a voltar correndo para casa, Andy ouviu a voz do irmão, sem saber que seria pela última vez.

Hakuna matata, cara.
Relaxa, cara.

Mas Andy não consegue deixar de se preocupar enquanto se revira na cama. É assim que é ser mais velho? É assim que melhores amigos

345

falam uns com os outros? Acima de tudo, Ethan realmente teve a intenção de dizer o que disse?

Ele ainda está pensando na última pergunta enquanto adormece, e continuará pensando por muito tempo. Ela estará lá de manhã, quando seus pais se sentarem com ele para dizer que Billy foi sequestrado. Estará lá quando detetives com nomes, rostos e distintivos que ele não conseguirá diferenciar perguntarem se ele viu algo suspeito naquela noite, qualquer coisa.

Andy não contará sobre o que ouviu Ethan dizer, pois todos lhe disseram que Billy havia sido sequestrado, provavelmente por um desconhecido que o capturou após cortar a barraca.

Andy começará a duvidar dessa teoria apenas anos depois, e mais anos se passarão até que ele forme uma teoria própria. Até lá, seu pai estará morto, sua mãe, internada, e Andy Barringer, muito mais velho do que seu irmão já fora, não terá mais ninguém a quem contar.

TRINTA E QUATRO

Cambaleio para trás quando as palavras de Andy me atingem como um soco. Mais forte do que o golpe que Russ acertou em cheio no meu rosto. É um pequeno milagre eu ainda estar de pé. Quando falo, estranho o som da minha voz atônita.

— Você ouviu o que eu disse?

— Cada palavra — afirma Andy. — E passei a maior parte da minha vida me perguntando se você quis mesmo dizer aquilo. Acho que quis. Acho que era mesmo sua intenção, tanto que você até tentou fazer acontecer, mesmo que não se lembre.

Estendo o braço, agarrando o ar, desejando que fosse algo tangível com o qual eu pudesse me firmar. Porque agora eu entendo tudo. Andy quer que eu me lembre, sim. Mas há outra coisa que ele quer.

Ele quer que eu confesse.

— Você acha que eu matei o Billy?

— Você é a única pessoa que poderia ter feito isso — responde Andy.

— Eu nunca teria feito mal a ele. Eu o amava.

— Mas eu *ouvi* você! — berra Andy, saliva voando de sua boca. — Eu estava no seu quintal naquela noite. Bem do lado de fora daquela barraca. Eu ouvi as coisas que você disse. Que ele era uma aberração. Você disse pra ele morrer. Não tinha nada a ver com amor, Ethan. Foi puro ódio.

— Não, foi...

Frustração. Imaturidade. Crueldade.

É isso que eu quero dizer, mas de nada adianta, porque o que eu disse a Billy naquela noite foi horrível. Pior ainda, foi imperdoável.

Saber que outra pessoa ouviu faz com que a culpa esmague meu peito, com tanta força que acho que minha caixa torácica vai desabar com tamanha pressão.

— Eu não deveria ter falado aquelas coisas. Sei disso. E passei trinta anos desejando poder retirar tudo que eu disse. — Eu me aproximo de Andy, estendo a mão, na esperança de que ele aceite, na esperança ainda maior de que ele acredite em mim. — Mas eu não quis dizer nada daquilo. E é claro que eu não matei o Billy.

Andy pondera, as engrenagens em sua mente girando dentro daqueles olhos grandes e assustadores, e então meneia a cabeça.

— Talvez isto faça você contar a verdade.

Ele pega Henry pela cintura e, em um movimento suave e surpreendentemente rápido, levanta o menino do chão e o segura na borda do afloramento.

— Não! — grita Ashley, correndo em direção a eles.

Eu giro e seguro os ombros dela, forçando-a a desviar o olhar da visão de Henry se balançando, indefeso, nos braços de Andy.

Os óculos do menino escorregam do nariz e desaparecem na escuridão abaixo.

— Mãe! — grita ele. — Me ajuda!

Dou mais dois passos em direção a Andy.

— Solte o menino. *Por favor.* Se você quer que eu confesse, eu confesso — imploro.

— Fui eu! — grita Ashley, as palavras reverberando pelo breu da floresta.

Andy fica paralisado.

Henry também.

Apenas eu me mexo, me virando bem devagar para ela.

— Ashley, não. Não precisa mentir para ele soltar o Henry.

— Não é mentira, Ethan. — Ela olha no fundo dos meus olhos, sua expressão se partindo em mil emoções conflitantes. — É tudo verdade. Fui eu. Eu matei o Billy.

Sábado, 16 de julho de 1994
00h48

Billy precisou reunir todas as suas forças para não se debulhar em lágrimas até dormir. Embora tenha conseguido, chorou por dentro. Uma cascata de lágrimas vertendo de seu coração partido e escorrendo por suas costelas.

Tudo por causa do que Ethan disse.

Pouco importava que seu melhor amigo tivesse se desculpado na mesma hora. Ou que Billy tivesse aceitado com um descontraído "hakuna matata, cara". Ambos sabiam que uma coisa horrível tinha sido proferida na barraca naquela noite, e que nenhuma desculpa reverteria isso. Não significava que Ethan e ele não eram mais melhores amigos. Mas algo tinha mudado e não havia como voltar atrás, fato que fez Billy se sentir triste e solitário como nunca.

Ainda assim, ele dormiu. Pelo menos por um tempo. Durante a noite, acordava vez ou outra e olhava para a forma adormecida de Ethan na barraca, consumido por uma desesperada vontade de sacudi-lo, acordá-lo e fazê-lo jurar novamente que não teve a intenção de dizer aquilo. Assim como lutou para conter as lágrimas, Billy pelejou contra essa vontade e voltou a dormir, voltando a acordar alguns minutos depois, ardendo com o mesmo desejo suplicante.

Da última vez que acordou, não chegou a abrir os olhos. No saco de dormir ao lado, Ethan se remexeu, levando Billy a pensar que também estava acordado. Ele cogitou dizer o nome do amigo, as cinco letras chegaram a se formar em seus lábios, prestes a se tornarem reais.

Então, ele ouviu algo.

Um farfalhar na grama do lado de fora da barraca.

Em seguida, fez-se um som que Billy não reconheceu. Algo tão estranho que o manteve paralisado de terror, fechando os olhos com força.

Scriiiiiitch.

Ao lado dele, Ethan se revirou novamente. Será que ele também tinha ouvido? Billy queria ver se Ethan estava acordado, mas continuava com muito medo de abrir os olhos.

Minutos depois, Billy ainda estava com os olhos fechados, mas agora sentia um vento no rosto. Uma lasca de frescor cortando o interior abafado da barraca. A sensação sobrepuja o medo, deixando-o curioso o bastante para finalmente abrir os olhos.

É quando ele vê: um longo corte na lateral da barraca.

Billy fita o rasgo, sentindo-se surpreso, confuso e cerca de mil outras emoções. A que mais se destaca, no entanto, é o espanto.

Para ele, apenas uma coisa poderia ter causado o rasgo.

Um fantasma.

Um tipo de fantasma que até então não conhecia. Um tipo não mencionado em seu livro gigantesco. Não é surpresa alguma para Billy que um espírito misterioso e raro esteja vagando por essa floresta. É claro que estaria. Ele se lembra do que o sr. Hawthorne lhe disse.

Existem fantasmas em todos os lugares, se você souber onde procurar.

Billy sabe. Eles estão bem aqui.

Enquanto espia pelo buraco na barraca, procurando por sinais do espírito que a cortou, Billy percebe que não está com medo. E nem deveria estar. Se o fantasma — qualquer que seja — pretendesse machucá-lo, já o teria feito. Em vez disso, Billy desconfia de que a visita tem outro propósito, e isso o deixa curioso.

Ele desliza para fora do saco de dormir e passa rapidamente pelo corte na lateral da barraca. Atravessar o rasgo parece especial de alguma forma. Monumental. Como se ele estivesse renascendo.

Billy dá alguns passos em direção à floresta e então para. Ele não sente tristeza. Já esqueceu a maior parte do que Ethan disse a ele. Billy só se lembra de algumas palavras-chave.

Esquisito. Aberração.

Ele não culpa Ethan por chamá-lo dessas coisas. Afinal, é verdade. Billy é esquisito. Ele é uma aberração. É por isso que Billy acha que o fantasma veio atrás dele. O fantasma sentiu que Billy é um espírito semelhante, um irmão de alma, e veio até aqui para anunciar que ele não está sozinho. Que existem outros como ele.

E Billy sabe exatamente onde procurá-los.

No Instituto Hawthorne.

Um lugar para onde ele pode voltar quando quiser.

É por isso que Billy avança sem fazer barulho até o início da floresta. Ele nem se lembrou de calçar os tênis quando saiu da barraca. Agora é tarde demais para voltar e buscá-los. Pode acabar acordando Ethan, e então Billy terá que explicar o que aconteceu e para onde está indo. Não é uma boa ideia. Embora não seja uma caminhada curta até a cachoeira e o instituto, dá para ir, mesmo descalço.

Antes de se embrenhar mais na floresta, Billy se permite um breve olhar de relance para trás em direção à barraca de Ethan e à própria casa. Ele não tem certeza de quando retornará a qualquer uma delas, ou se retornará. Billy não tem ideia do que os fantasmas reservam para ele.

Quando enfim se afasta de sua casa e de seu melhor amigo, não é com medo, tristeza ou arrependimento, mas com carinho. Ele é grato por cada um dos momentos que passou com seus amigos e sua família, porque esses momentos o trouxeram até aqui.

Billy começa a abrir caminho pela mata, ansioso para descobrir o que o espera do outro lado. Está tão ansioso que, quando chega à estrada que corta a floresta, não percebe os faróis que surgem ao longe, no horizonte.

Ou o carro que vem em disparada na escuridão.

Ou a adolescente ao volante, nervosa, pois está muito tarde, e ela não deveria estar dirigindo. Não sem habilitação. Não depois de ter bebido tanto que não consegue pensar direito.

À medida que o carro se aproxima, Billy anda até o meio da estrada, com os olhos focados apenas em seu destino e em como, quando ele chegar lá, será enfim aceito.

TRINTA E CINCO

— Foi um acidente.

Um olhar desnorteado cruza o semblante de Ashley. Como se ela não quisesse dizer isso. Como se não fosse ela falando, e sim outra pessoa forçando as palavras a saírem de sua boca. Um ventríloquo. Um demônio. Mas agora que está falando, e agora que Andy colocou Henry de volta no chão firme do afloramento rochoso, ela não se cala, mesmo que eu não queira ouvir nada.

— Preciso que você acredite em mim — prossegue ela, me encarando, mas dirigindo-se a todos nós. — Eu nunca teria machucado Billy de propósito. Simplesmente aconteceu, e eu sinto muito. Eu sinto muito, muito mesmo.

Ela profere as palavras mais rápido agora, em uma torrente de confissão.

Um relato de como ela foi a uma festa com sua amiga Tara, dirigindo o carro da mãe, apesar de ainda não ter carteira de motorista.

De como Tara ficou com um cara chamado Steve Ebberts, e Ashley ficou pê da vida e foi embora sem a amiga.

De como ela ficou levemente embriagada, mas não bêbada, porque uma pessoa bêbada não se preocuparia em desviar da polícia pegando apenas ruazinhas secundárias para chegar em casa.

De como uma dessas ruas era a que cortava a floresta.

De como ela estava pisando fundo no acelerador, nervosa com a possibilidade de ser pega pelos pais, prestando mais atenção no relógio do painel do carro do que na estrada em si.

De como talvez ela *estivesse* bêbada, e essa é a razão pela qual ela não viu um cervo no meio da estrada e o atropelou.

De como depois ela pisou bruscamente no freio, olhou no espelho retrovisor e a estrada atrás dela tinha um brilho carmesim por causa das lanternas traseiras do carro.

De como ela desafivelou o cinto de segurança. Devagar. E saiu do carro. Devagar. E deu a volta no carro. Devagar. E viu que não era um cervo que ela tinha atingido.

— Foi o Billy — diz ela, sua voz se dissolvendo num choro de puro desespero.

Quanto mais Ashley fala, pior a história fica. Cada palavra traz uma pontada de dor ao meu peito. Como pregos sendo martelados em meu coração.

Ela nos conta que avistou Billy em algum arbusto na beira da estrada e soube na hora que ele estava morto. Ela nos conta que gritou, depois chorou, depois rastejou até o lado dele e o embalou no colo e disse a ele que sentia muito, muito mesmo.

— Fiquei lá assim por uma hora — afirma Ashley, agora aos prantos, as lágrimas escorrendo sem parar. — Fiquei esperando o tempo todo que algum carro passasse e parasse para ver o que eu tinha feito. Eu desejei que isso acontecesse. Eu *rezei* por isso. Mas ninguém apareceu. Éramos só Billy e eu.

Ashley continua o relato. Ela esperou mais tempo. Pegou um cobertor na mala. Enrolou o corpo. Esperou mais um pouco. Ponderando sobre suas opções, todas ruins.

— Eu tinha quinze anos, estava bêbada, dirigindo sem habilitação, e tinha acabado de matar alguém — diz ela, seu tom amargurado deixando claro que ela se odeia por cada um desses pecados. — Eu sabia que minha vida acabaria. E que a do Billy já tinha acabado. E, por mais que eu não pudesse salvá-lo, eu sabia que ainda havia uma chance de me salvar.

A história de Ashley termina com ela sóbria e carregando Billy até a cachoeira. Não foi fácil, mas ela era forte, e o corpo de Billy era leve como uma pluma. O amanhecer se esparramava pela floresta quando ela chegou à queda d'água, onde aumentou o peso do cobertor enrolando algumas pedras e empurrou Billy pela mesma torrente onde estamos agora.

— Depois, fui pra casa e contei aos meus pais que eu tinha pegado o carro emprestado e atropelado um cervo. Eles gritaram comigo e me deixaram de castigo, e eu nem liguei porque sabia que a polícia encontraria o corpo de Billy e viria me prender. Era só uma questão de tempo até que todos soubessem o que eu tinha feito e que eu era um ser humano horrível. Mas Billy nunca foi encontrado, e a polícia nunca veio. E essa foi a pior parte. Saber que eu matei aquele menino doce e inocente e estava saindo impune. Porque ser pego é fácil. O difícil é viver sozinho com a culpa. É pior do que qualquer prisão. Vocês não têm ideia de quantas vezes eu quase confessei. De como eu só queria me livrar da culpa. Mas então Henry apareceu, e eu sabia que teria que viver com isso. Pelo bem do meu filho.

Andy solta Henry, o menino quase esquecido. Em vez de correr até a mãe, Henry fica imóvel onde está, com os olhos voltados para seus tênis. Andy sai do lado dele e se aproxima de Ashley como se pretendesse bater nela ou fazer coisa pior. Ashley se prepara para o que quer que esteja por vir, fechando os olhos e enrijecendo o corpo.

— Faça o que quiser comigo — continua ela. — Mas, por favor, não machuque meu filho. Ele é a única coisa boa que eu fiz na vida.

Andy pousa a mão no ombro dela. O toque a assusta e a faz engolir em seco.

— Obrigado — diz ele.

Em seguida, Andy desaba no chão e cai no choro.

Vou até ele, coloco os braços em volta de seus ombros e choramos juntos, dois homens aos prantos por tudo o que perdemos enquanto, ao mesmo tempo, nos livramos do pesado fardo que carregamos por muito, muito tempo.

— Eu sinto muito — lamenta Ashley outra vez. — Eu causei tanta dor a vocês...

Ao contrário de Andy, não consigo expressar apreço por Ashley, que dirá gratidão. Porque muitas pessoas foram feridas pelas atitudes dela. Todos em Hemlock Circle, desde Billy até seu próprio filho.

Henry enfim levanta a cabeça, e percebo que não importa quanto a confissão de Ashley tenha me destruído, é duas vezes pior para ele. Seu olhar está atordoado, como se o garoto tivesse acabado de levar um soco. Eu até pensaria que ele está em choque, não fosse pelo seu semblante de absoluta tristeza.

Ver isso machuca minha alma.

A meu ver, nenhuma criança deveria ter que passar pelo que ele está passando agora.

— Henry — sussurra Ashley, com os braços estendidos.

O menino não responde.

Ashley se aproxima.

— Meu bem, por favor.

Henry balança a cabeça, dá um passo para trás, perde o equilíbrio. Por um momento, tudo desacelera, fica mais alto, entra em foco. O barulho de pedras cedendo sob os pés de Henry. O balançar de seus braços enquanto ele tenta recuperar o equilíbrio. O som que Ashley começa a fazer ao meu lado. Em parte arquejo, em parte grito. A maneira como meu coração, já acelerado, começa a martelar no peito. Então, meu corpo, paralisado como todo o restante, entra em ação. Músculos se flexionam. Braços e pernas se esticam. Eu me vejo correndo em disparada.

Atravessando as rochas.

Em direção a Henry.

Estendendo a mão para o menino enquanto ele cai para trás.

Mas é tarde demais.

Ele se debate um pouco mais antes de escorregar, inclinando-se para longe de mim, despencando da borda e desaparecendo de vista.

Vou até Henry, ignorando qualquer hesitação, qualquer pensamento e autopreservação. Tudo que percebo enquanto salto para o vazio são meus pés deixando o chão, Ashley berrando atrás de mim e um leve borrifo abaixo, quase abafado pelo rugido da cachoeira.

Henry batendo na água.

Então, tudo desaparece no exato instante em que mergulho na escuridão atrás dele.

TRINTA E SEIS

Bato na água com um violento estrondo.
O impacto sacode meu corpo, seguido por uma queda giratória e vertiginosa abaixo da superfície. Como se uma mão invisível me arrastasse para o fundo.
A água é mais escura que a morte. Um vasto negrume que em segundos me deixa desorientado. Eu me debato na escuridão, sem saber em que direção nadar, buscando luz, ar, segurança. É só quando atinjo o fundo — um leito surrealmente suave de lodo e lama — que sei para onde ir.
Para cima.
Pego impulso e disparo, chutando furiosamente, meu peito apertado pelo esforço e pela falta de oxigênio. Irrompo na superfície, com a boca aberta, ofegando por ar e gritando o nome de Henry ao mesmo tempo. Minha voz ecoa pelo ar da noite, como uma pedra saltando na água.
Henry. Henry. Henry.
À medida que o eco se extingue, ouço outro som: um coaxar sufocado pela água que rapidamente desaparece com um leve respingo.
Mergulho em direção ao som e me perco de novo na água escura. Não consigo ver nada além das minhas mãos se estendendo a esmo nas profundezas. Mesmo assim, elas estão distorcidas, turvas, a água escura deslizando feito seda entre meus dedos.
Continuo girando e tateando freneticamente por mais um minuto.
E mais um.
Quando o aperto no meu peito retorna, tão súbito e feroz que meus pulmões parecem prestes a explodir, volto à superfície.

Pego mais um pouco de ar e mergulho outra vez.

Afundo tão rápido e para tão longe que de repente não consigo dizer onde é para cima e onde é embaixo. Nado em direção ao que julgo ser a superfície, surpreso quando bato no fundo lamacento do lago. Inverto o rumo, me lançando para cima, mas esbarro novamente na lama e no lodo.

A única coisa em que consigo pensar é em Henry fazendo a mesma coisa. Desorientado, aterrorizado e preso debaixo da água enquanto seu peito vai se apertando tanto quanto o meu está apertado agora. A pressão é tão agonizante que temo que meus pulmões explodam.

Sei o que essa sensação significa.

Estou ficando sem ar. O que significa que Henry também está. Se é que o ar dele já não acabou de vez. Imaginá-lo à deriva nas profundezas, com os pulsos ainda amarrados, à beira da morte, me faz chutar e agitar os braços na água escura sem pensar mais em nada.

De repente, algo aperta minha mão.

O toque é leve como uma pluma, quase reconfortante. O aperto imediatamente me acalma, e me vejo sendo puxado para a frente. Permito-me ser levado pela água, pensando que deve ser Henry. Que ele me encontrou, em vez do contrário.

Porém, quando estico meu outro braço, pegando na água turva na minha frente, não sinto nada. Não há literalmente nada ali.

No entanto, o aperto suave e insistente perdura. A mão de um desconhecido segurando a minha.

Percebo que é a mão de um menino.

E não de um desconhecido.

Billy.

Sei que é ele, pois sua presença está em todo lugar. A sensação é exatamente a mesma de quando ele estava vivo. Pacífica, feliz e gentil.

Não é Andy.

Nem é uma alucinação.

É Billy Barringer, meu grande amigo, finalmente me reencontrando.

Deixo que ele continue me guiando, sem saber para qual direção estamos indo, mas confiando que seja a certa. Talvez ele esteja aqui para me levar para cima, rumo à segurança. Talvez esteja aqui para me levar para a vida após a morte.

Seja o que for, eu aceito.

Billy continua me puxando. Mais rápido agora, nosso destino logo à frente. Então, eu irrompo na superfície, o ar da noite me dando um tapa que me põe atento e em alerta. Nadando no mesmo lugar, eu ofego por ar enquanto agarro a mão invisível que me trouxe até aqui.

Só que ela não está mais lá.

Ergo minha mão para fora da água e a encaro, flexionando os dedos na luz fraca.

Billy se foi.

Mas de repente Henry aparece, atento à minha presença, pelejando para permanecer na superfície. Eu o puxo para meus braços, verificando se há sinais de ferimentos.

— Você se machucou?

Chocado demais para responder, o menino consegue apenas balançar a cabeça.

— Você está bem — digo, tranquilizando-o. — Nós dois estamos bem.

Mergulho novamente, desta vez para encaixar meu corpo no espaço entre os braços amarrados do menino. Quando volto a emergir, ele está nas minhas costas, com os braços presos em volta do meu pescoço. Assim que nos ajeitamos nessa posição segura, embora estranha, nado até a margem do lago, e só paro depois de arrastar nós dois para a terra firme.

Enquanto desamarro os pulsos de Henry, olho para os cantos sombrios ao redor da cachoeira, esperando ter um vislumbre de Billy.

Não o vejo, é claro, porque não consegui vê-lo quando estava sendo resgatado. Simplesmente senti sua mão na minha e soube que era ele. Somente agora, enquanto aguardo um novo resgate, é que a dúvida se insinua de mansinho.

Achei que já tinha visto o fantasma de Billy antes, e ficou provado que eu estava errado. Talvez eu também esteja equivocado agora. É mais provável que tenha sido apenas uma forma de lidar com o que presumi que seria a minha morte. Sei que esse tipo de coisa acontece.

Pessoas que afirmam ver parentes que já faleceram há muito tempo dando-lhes as boas-vindas à vida após a morte logo antes de serem puxados de volta para o mundo dos vivos.

Quando estou começando a tender para a hipótese da alucinação, Henry pergunta:

— Sr. Marsh, aquele menino também ajudou você?

Sinto meu coração palpitar.

— Que menino?

— Aquele que me tirou da água.

Embora seja possível que ambos tenhamos vivenciado alucinações semelhantes de quase morte, é também incerto. Sobretudo porque ainda não há explicação para como consegui encontrar Henry nas vastas e escuras águas do lago.

Por isso, escolho acreditar que havia outra força em ação. Uma mão benevolente que me guiou para longe das profundezas e para o lado de Henry.

— Sim — respondo. — Ele me ajudou. Mas ele não é um menino qualquer. É meu amigo. O nome dele é Billy.

Quarta-feira, 31 de dezembro de 2025
23h55

Flocos de neve grandes e úmidos caem nas janelas enquanto Ethan espera dar meia-noite. Ele se espreguiça no sofá, meio sonolento, mal assistindo pela TV às hordas de foliões que comemoram na Times Square. Na mesa de centro à sua frente, há uma garrafa de cerveja pela metade, uma lata de refrigerante pela metade e uma pizza pela metade.

Como eu sei curtir uma festa, pensa ele com um sorriso preguiçoso.

Em sua defesa, foi um dia agitado. Seus pais vieram da Flórida para o Natal e foram embora apenas naquela manhã. À tarde, ele visitou Vance Wallace e, como uma bênção, o encontrou lúcido, o que nem sempre é o caso. Depois, à noite, Ragesh e o marido vieram jantar, mas foram embora cedo, assim que a neve começou a cair.

Se a previsão do tempo estiver correta, haverá quase trinta centímetros de neve no chão pela manhã. Ethan tenta se lembrar de fazer café a mais amanhã para que consiga distribuir a bebida quente quando todos os moradores de Hemlock Circle estiverem reunidos limpando a neve das calçadas. A rua sem saída sempre parece adquirir uma atmosfera de festa quando neva. Muito diferente da melancolia que recaiu sobre o bairro quando a verdade sobre a morte de Billy foi revelada.

Foi um caos por um tempo: um enxame de repórteres na rua. O fluxo de pessoas entrando e saindo furtivamente do quintal de Ethan era tão intenso que ele teve que desligar a câmera de trilha, pois ela ficava apitando sem parar vinte e quatro horas por dia.

A atenção, felizmente, não durou muito, uma vez que todos perceberam que não havia nada de sensacional no que aconteceu de fato.

Em partes desagradáveis da internet nas quais Ethan nem se dá ao trabalho de se aventurar, as pessoas expressaram até decepção pelo desfecho do caso ser tão mundano, tão enfadonhamente humano. Não havia vilões na história. Nem heróis. Apenas um bairro de pessoas imperfeitas, algumas mais do que outras.

Então, a mídia os deixou em paz, e a vida seguiu em Hemlock Circle. Ethan acha incrível quanto a vizinhança mudou em dezoito meses, com novos rostos chegando à área, agora que a maioria dos antigos se foi. Vance Wallace foi o primeiro a partir. Com a ajuda de Ethan, ele colocou sua casa à venda e usou o dinheiro para pagar por uma moradia assistida. Graças à vertiginosa alta do mercado imobiliário, ele receberá cuidados pelo resto da vida.

Fritz e Alice Van de Veer foram os próximos, seguidos, de forma nada empolgada, pelos Chen. Russ alegou que estavam se mudando pois precisavam de mais espaço depois que o segundo filho nasceu. Uma menina. Jennifer e ele a batizaram de Hannah. Pode até ser que a justificativa tenha um fundo de verdade, mas Ethan suspeita de que ele próprio teve algo a ver com a ida da família. Quando ficou claro que Ethan havia decidido permanecer de vez em Hemlock Circle, Russ decidiu mudar de ares.

Ethan e Russ não são mais amigos. Nem inimigos. Eles existem naquele estranho espaço onde muita coisa foi feita e dita um ao outro para que não se afastassem. Ainda assim, Ethan lhe deseja tudo de bom e espera que Russ faça o mesmo por ele.

Quanto a Andy Barringer, Ethan o viu duas vezes desde aquela noite na cachoeira. Uma vez quando Billy foi enfim enterrado ao lado do pai, e seis meses depois, quando Mary Ellen Barringer se juntou a eles. Tendo escapado por pouco de uma acusação de sequestro, graças a algumas súplicas de Ashley e à detetive Palmer, que pela primeira vez na carreira fez vista grossa, Andy está fora do radar outra vez.

Mas sua antiga casa foi enfim vendida, tornando-se a quarta residência em Hemlock Circle a mudar de dono. Em breve, serão cinco, porque no jantar, horas antes, Ragesh disse a Ethan que seus pais colocariam a deles à venda na primavera. Quando isso acontecer, Ethan Marsh se tornará o último morador original de Hemlock Circle — um desdobramento que ele nunca, jamais esperou.

Mas tem sido bom ver novas famílias se mudando e dando vida ao lugar. Todas com filhos, entre seis e dezesseis anos. Há até um menino na casa ao lado com a mesma idade de Henry e, melhor ainda, a mesma curiosidade intelectual. Os dois passaram a maior parte do verão juntos coletando insetos, identificando plantas e lendo um número alucinante de livros da série *Goosebumps*.

Para Ethan, ver Henry florescer é a melhor mudança de todas. Ele estuda na mesma escola particular onde Ethan dá aula. E também tem amigos lá, além de ser adorado pela bibliotecária, a srta. Quinn, que talvez tenha uma quedinha por Ethan. Antes das férias, ela perguntou se ele queria sair para tomar um café algum dia. Ethan disse que sim, mesmo depois de Henry informá-lo de que "sair para tomar um café" é um código para um encontro amoroso. Ethan não sabe ao certo onde foi que o menino ouviu isso, assim como não tem certeza se quer mesmo saber a resposta.

— Como ele está? — pergunta Ashley toda vez que liga para Ethan, pontual como um relógio suíço, toda quinta-feira à noite; uma ligação a cobrar do Centro Correcional para Mulheres Edna Mahan.

— Ele está ótimo — responde Ethan todas as vezes, e é verdade.

Demorou um pouco para Ethan aceitar o que Ashley fez. Tem dias em que ele ainda sente certa dificuldade, e uma explosão de raiva o atinge de forma tão avassaladora que o deixa ofegante. Ele achou surpreendentemente fácil perdoá-la por ter matado Billy. Foi um acidente, Ashley não tinha a intenção de machucá-lo, e desde então ela deixou bem claro seu remorso. É a dissimulação que Ethan ainda não consegue superar. Todos teriam sido poupados de muita dor se Ashley, em vez de fingir, simplesmente tivesse confessado imediatamente, e não esperado trinta anos.

Por outro lado, se ela tivesse feito isso, não haveria Henry. E Ethan não consegue imaginar sua vida sem o menino.

No sofá, observando a hora se aproximar cada vez mais da meia-noite, Ethan pensa naquela noite na cachoeira. Ele pensa nisso com frequência. Henry e ele ficaram caídos à margem do lago enquanto policiais e equipes de resgate chegavam à área num baita alvoroço, entre eles a detetive Cassandra Palmer e Ragesh Patel.

Ashley ainda estava lá também, já sob custódia policial, embora Ragesh a tivesse deixado abraçar o filho antes de algemá-la. O menino retribuiu o abraço de modo hesitante, como se não tivesse certeza se ela ainda era sua mãe, e não uma desconhecida.

— Vou ficar longe por um tempo — explicou Ashley a ele. — Só preciso que você saiba que eu te amo mais do que qualquer coisa neste mundo.

Então, Ashley agarrou Ethan, puxando-o num abraço apertado e desesperado para que pudesse sussurrar em seu ouvido:

— Quero que você cuide do Henry. Sei que é pedir muito, mas meu pai não consegue fazer isso sozinho. Henry precisa de você. Eu preciso de você. Prometa que vai cuidar do meu filho.

Ethan prometeu.

E cuidou.

E quer continuar cuidando pelo máximo de tempo possível.

Depois de se declarar culpada, Ashley foi sentenciada a duas penas, uma de dez anos pelo homicídio culposo de Billy Barringer e outra de mais dez anos por ocultação de cadáver. Como ela era menor de idade na época e demonstrou remorso, o juiz permitiu que ela cumprisse as penas simultaneamente, com uma chance de liberdade condicional após oito anos em regime fechado.

— No melhor dos cenários, Henry terá dezoito anos quando eu sair — ponderou Ashley alguns meses após sua condenação, durante uma conversa com Ethan. — Ele merece ter uma família até lá.

— Você é a família dele — respondeu Ethan.

— Uma família legal. Uma família *de verdade*. Agora, tudo que ele tem é uma mãe condenada por homicídio, e esse fato vai persegui-lo pelo resto da vida. — Ashley fez uma pausa, e, mesmo em silêncio, Ethan percebeu que ela estava chorando. — É por isso, Ethan, que eu acho que você deveria adotá-lo.

Ethan aceitou a ideia, e, com o consentimento oficial de Ashley, tornou-se legalmente o pai de Henry. Uma decisão que Ethan sabe

363

que foi acertada quando, à meia-noite, ele sobe para o que antes era seu quarto quando pequeno. Agora é o quarto de Henry, refletindo os interesses e gostos do menino. Animais, planetas e dinossauros. Dando uma espiada lá dentro, Ethan mal consegue se lembrar de como era o quarto na época em que era dele.

Henry está na cama, lendo na pouca claridade lançada pela luminária ao lado da cama. Não é uma surpresa. Ele costuma ficar acordado até mais tarde lendo.

Por um tempo, Ethan ficou preocupado que o que aconteceu na cachoeira ofuscasse o brilho especial de Henry. Que o menino endureceria o coração para que nunca mais fosse ferido. Até agora, isso não aconteceu. Ethan faz o melhor que pode para que continue assim.

Depois de um instante observando Henry sem que o menino perceba sua presença, Ethan diz:

— Feliz Ano-Novo, amigão.

Ele parou de chamá-lo de sr. Wallace há muito tempo, assim como Henry parou de chamá-lo de sr. Marsh duas noites depois que sua mãe foi presa. Desde então, ele o chama de Ethan. Mas, nesta noite, Henry levanta os olhos do livro e responde:

— Feliz Ano-Novo, pai.

Ethan demora um minuto para se recompor. Ele nunca esperou ser chamado dessa palavra. E nunca quis. Mas, agora que ela foi dita, ele nunca mais quer ouvir Henry se referir a ele de outra forma.

— O que você está lendo aí? — pergunta, tentando controlar a emoção.

O menino empurra os óculos mais para cima do nariz.

— Um livro antigo. Eu o encontrei na prateleira de cima.

Ele ergue o volume e revela um título conhecido: *O livro gigante de fantasmas, espíritos e outras assombrações*.

Isso propicia a Ethan uma agradável onda de surpresa. Embora tivesse se esquecido de que o livro ainda estava lá, fica feliz em ver que Henry o encontrou.

— Já tinha ouvido falar dele?

— Não — replica o menino. — Mas estou intrigado. Parece *Goosebumps*.

Ethan se senta na beirada da cama.

— É como mil *Goosebumps*. Era de um amigo meu. Uma pessoa muito especial.

Ele não conta a Henry que o livro pertencia a Billy pelo mesmo motivo que os dois não falam sobre aquela fatídica noite na cachoeira. Considerando tudo que aconteceu, Ethan não tem certeza de como Henry reagiria. De todo modo, ele desconfia de que Henry já saiba, pois o menino lida com o livro com uma delicadeza que não costuma usar com as suas surradas edições em brochura.

— Então você deveria ficar com ele — afirma Henry.

— Não. Eu já li. Agora ele é todo seu. Se bem que já está na hora de você dormir. Já está tarde.

— Mais cinco minutos?

Ethan sorri antes de atender ao pedido. Ele sabe que esses cinco minutos se transformarão em pelo menos trinta.

— Claro. Mas só cinco.

Henry toca no livro, como se conseguisse sentir quanto ele é valioso para Ethan e para o menino a quem um dia pertenceu. Em seguida, Ethan coloca sua mão sobre a de Henry, e, juntos, eles viram a página.

AGRADECIMENTOS

Agradeço a todos na Dutton e na Penguin Random House, mas especialmente à minha incrível editora, Maya Ziv, e à equipe dos sonhos de imprensa e marketing, composta por Emily Canders, Lauren Morrow, Stephanie Cooper e Caroline Payne. Agradecimentos adicionais a Christopher Lin pelo maravilhoso design de capa, e a Alberto Ortega por nos permitir usar uma de suas incríveis pinturas como arte de capa. Vocês são demais!

O mesmo vale para minha agente, Michelle Brower, e para todos na Trellis Literary Management.

Obrigado também a Hilary Zaitz Michael, Carolina Beltran e a todos na WME por não deixarem a peteca cair na parte de direitos para cinema e TV.

Sou eternamente grato a Michael Livio, que me estendeu a mão nos momentos de alegria, frustração e insegurança que me ocorreram enquanto eu escrevia este livro. Ele recebe agradecimentos a mais por manter o quintal cheio de animais e por, anos atrás, ter comprado uma câmera de trilha que acabou inspirando muitas cenas divertidas no livro.

1ª edição	AGOSTO DE 2025
impressão	LIS GRÁFICA
papel de miolo	HYLTE 60 G/M²
papel de capa	CARTÃO SUPREMO ALTA ALVURA 250 G/M²
tipografia	ADOBE GARAMOND PRO E AVENIR